历史与现场丛书

孟繁华 贺绍俊 主编

为70年代小说拼图
——20世纪70年代小说的整理与研究

李 雪◎著

中国社会科学出版社

图书在版编目（CIP）数据

为 70 年代小说拼图：20 世纪 70 年代小说的整理与研究/
李雪著 . —北京：中国社会科学出版社，2018.6
ISBN 978 - 7 - 5203 - 2300 - 0

Ⅰ.①为… Ⅱ.①李… Ⅲ.①小说研究—中国—当代
Ⅳ.①I207.42

中国版本图书馆 CIP 数据核字（2018）第 065183 号

出 版 人	赵剑英
责任编辑	郭晓鸿
特约编辑	席建海
责任校对	郝阳洋
责任印制	戴 宽

出 版	中国社会科学出版社
社 址	北京鼓楼西大街甲 158 号
邮 编	100720
网 址	http://www.csspw.cn
发 行 部	010 - 84083685
门 市 部	010 - 84029450
经 销	新华书店及其他书店

印 刷	北京明恒达印务有限公司
装 订	廊坊市文阳区广增装订厂
版 次	2018 年 6 月第 1 版
印 次	2018 年 6 月第 1 次印刷

开 本	710×1000 1/16
印 张	27.25
插 页	2
字 数	343 千字
定 价	118.00 元

目　　录

下篇　20 世纪 70 年代小说资料汇编

上　篇

20世纪70年代的文学现场与历史细节

绪论　为什么要整理 20 世纪 70 年代小说

第一节　"文革"小说的研究

对"文革"文学的研究一直是学界的热点问题，也是颇具争议的话题。"文革"文学是否有研究价值；如果有的话，应该研究"文革"文学的哪些部分和问题（是研究所谓的"地下文学"，"民间文艺"，样板戏，公开发表的小说、诗歌、报告文学、散文，还是研究文艺思潮、文学生产机制、作家组成、语言形式，甚至知识分子的精神史）；对研究对象的选择是否有重要和非重要之分；在承认研究对象存在价值的前提下，又该以什么方法来研究"文革"文学。

对这些问题的回应与争论颇多，大多研究者的发言往往建立在道德评判、理论预设和学术反思的基础之上，换句话说，这些言论是研究者在还没有了解"文革"文学完整图谱的情况下针对研究历史与现状所做的反思和预设，当然这其中不乏高明的提问和理智的研究规划，不过，在没有真正触摸到具有实感的作品之前，一切设想、反思和期望都可能成为没有材料支撑的空洞言说。

　　纵观"文革"后对"文革"文学的发言，可看出对"文革"文学的研究主要是围绕三个问题来展开的，即要不要研究，研究什么，怎么研究。

　　1981 年，郭志刚、董健等编著的《中国当代文学史初稿》出版，相对于后来的文学史著作，此版较早出现的文学史对"文革"文学的基本情况做了较详细的描述。这部文学史注意到 1971 年以后文学的"复苏苗头"，尤其提到了一些被后来的研究者摒弃的作品。它以"艺术价值"为度量工具来衡量"文革"文学，受"四人帮"影响小的被认定为相对有"生活感受"的好小说，如《春潮急》《万山红遍》《沸腾的群山》《李自成》等，受"四人帮"影响大的当然被认定为不好的小说，如《牛田洋》《大海铺路》《我们这一代》等，对小说的批评与对"四人帮"的批判紧密地联系在一起。1986 年出版的张钟主编的《当代中国文学概观》几乎未提到"文革"文学，堪称"文革"时期无文学观点的典型论著。1987 年朱寨主编的《中国当代文学思潮史》虽然给予"文革"文艺思潮相应的篇幅，但对"文革"文学仍然持批判的态度。可以说 20 世纪 80 年代对"文革"文学的研究思路基本是政治上、道德上的批判（或者说是政治道德上的批判）和文学性上的否定。

　　1989 年《钟山》于第 2 期组织了三篇有关"文革"文学的论文，尤为引人注目的是潘凯雄、贺绍俊的《文革文学：一段值得重新研究的文学史》，此文为研究"文革"文学摆出了理由。文章首先指出以往的研究"只是一种情感式的价值判断而并非有充分的科学性"，认为"群众诗歌、快板词、打油诗、对口词、三句半"等都应该被纳入研究视野，并且"必须从文学机制内部进行探讨"，以明确"文革"文学与"十七年"文学和新时期文学的联系。潘、贺之文虽然论述得比较简单，却触及了日后"文革"文学研究的很多问题。1993 年《文艺争鸣》第 2 期围绕杨健的《"文化大革命"时期的地下文学》一书对"文革"文学研究展开了争论,谢冕提出应重视"文革"文学的"社会认识价值"、史料价值,强调它是文学史的必要组成部分。2011年《文艺争鸣》刊发了程光炜的论文《为什么要研究 70 年代小说》,更系统地强调了研究"文革"时期小说的重要意义。查看各时段研究者对研究原因的阐释,基本可以将为什么要研究"文革"文学概括为以下几个方面:第一,"文革"文学具有史料价值;第二,它是文学史的必要组成部分;第三,研究"文革"文学是进入思想、文化研究的一个途径;第四,研究"文革"文学可以进一步厘清它与其他时期文学的关系。可以说,20 世纪 80 年代末以来这些学者的反复论证和倡导已经确立了研究"文革"文学的合法性和必要性。

随着 20 世纪 90 年代的到来,对"文革"的叙述不再延用那种国家/公共话语的叙述腔调,出现了大量个人对历史的讲述,甚至是个人对历史中的个体的讲述,这种个人视角的出现为我们展现了"文革"鲜为人知的另一面,同时也为"文革"研究者和"文革"文学研究者提供了可资利用的宝贵资料。这些具有史料价值的著作包括作家、文化名人所作的关于"文革"的回忆录,如杨绛的《干校六记》、季羡林的《牛棚杂忆》、韦君宜的《思痛录》、梅志的《往事如烟——胡风沉冤录》等;又有诸多以口述史、自述史的形式对"文革"历史进行补充的书籍,如《一百个人的十年》《红卫兵忏悔录》《牛田洋风潮》《口述历史下的老舍之死》《70 年代》等;有"文革"中处于风口浪尖上的政治人物的自白,如沈如槐的《清华大学文革纪事——一个红卫兵领袖的自述》;有小人物对重大政治事件的纯个人化记录,如孙维藩《清华文革亲历——孙维藩日记》;也有大时代中个人对细碎人生的娓娓道来,如洪子诚、么书仪的《两忆集》。对"文革"经验的讲述不仅是作家、文化名人的特权,"文革"中具有标志性身份的

红卫兵、知青的故事也甚为引人关注，甚至所有具有"文革"经验的当事人都具有了言说的可能性，这种"当事人"的身份使他们的讲述获得了相当程度的可信度和说服力。国外及中国港台地区亦出版了大量有关"文革"的书籍。在众声喧哗中众多的叙述声音不断表明"文革"是丰富的、多面的，而非单质的。同一时期，历史学等学科对"文革"资料库的建立使得很多文献可查、可证，为"文革"文学研究打开了方便之门。

随着越来越多的文献浮出历史地表，对"文革"文学多方面的研究渐渐得到重视。陈思和在《当代文学史教程》中提出了"潜在写作"的概念，杨健在《"文化大革命"时期的地下文学》中论及了一大批未发表的作品及很多不为人知的秘密创作的写作者。长久以来对"文革"主流文学缺乏文学性的失望情绪，使许多人在"潜在写作"或"地下文学"中找到了心理上的满足，一时间讨论"潜在写作"/"地下文学"成为热点，很多人认为研究"地下文学"比研究公开发表的文学更有价值。《中国知青文学史》（杨健）、《沉沦的圣殿——中国 20 世纪 70 年代地下诗歌遗照》（廖亦武主编）、《暗流——文革手抄本文存》（白士弘编）等为"地下文学"的研究提供了史料，并初步绘制了"地下文学"的草图。与此同时，"文革"文学思潮、话语方式、作家浩然等也都得到了不同程度的阐释。杨鼎川的《1967：狂乱的文学年代》、洪子诚的《中国当代文学史》、杨守森主编的《二十世纪中国作家心态史》、王尧的《彼此的历史》、孙兰与周健江的《"文革"文学综论》等著作不仅搜集、整理了"文革"文学林林总总的史料，也做了提纲挈领的阐释。多部以"文革"文学为研究对象的博士论文更是在有意识地丰富着文学史料，这些博士论文包括王家平的《1966——1976 年中国诗歌研究》、王尧的《"文革"文学研究》、廖述毅的《"文革"十年小说研究》、祝克懿的《语言学视野中的"样板戏"》、武善增的《"文革"主流文学论》、黄擎的《废墟上的狂欢：文革文学的叙述研究》、张红秋的《"文革"后期文学研究（1972—1976)》、雷亚平的《从显赫到湮没——文革期出版的长篇小说研究》、董建辉的《文化大革命时期主流小说创作研究》、杨懿斐的《〈朝霞〉——文革后期文学的样板》、陈纯尘的《"文革"文学研究》等。从这些博士论文的研究对象看，公开发表的小说渐趋受到关注，不过论文重视的大多是长篇小说，尤其是耳熟能详的那几部，大部分小说还是被遗忘了，尤其是短篇小说，依然没有得到足够的关注。

这些论著中综论、总述的形式偏多，对具体文本的分析还不够深入。没有深入的原因或许有两方面，一方面是研究者还没有触摸大量文本，无法让文本之间展开对话，亦无法确定某小说在"文革"小说图谱中的位置；另一方面是研究者还没有找到一个好的方式进入"文革"文学研究中，尤其没有找到进入"文革"小说的突破口。由宏观研究转到微观研究或许是当下"文革"文学研究的趋势。目前，对"文革"小说的研究不仅被提上日程，并且已经展开，不只洪子诚、程光炜、王尧这样具有"文革"经验的成熟学者试图拓展小说的论述空间，一大批更年轻的研究者也试图接近那些一度无人问津的公开发表的"文革"小说，并取得了一些成果，如肖敏的专著《20 世纪 70年代小说研究——"文化大革命"后期小说形态及其延伸》，再如由程光炜在《小说评论》《文艺争鸣》主持的"70 年代小说研究"专题，其撰稿者基本为"80 后"的博士生。

时至今日，众多学者的反复论证和倡导已经确立了研究"文革"文学的合法性和必要性，并初步尝试了多种研究方法，如：洪子诚于文学史的视野中讨论"文革"文学，李杨引入现代性的相关理论对其进行"再解读"，王尧在整理材料的基础上试图扩大文学研究的边界，程光炜则更注重文献的整理与考证，强调研究的"问题意识"和"历史化"倾向。可是，到底应该怎样研究"文革"文学——尤其是公开发表的小说，仍然是一个学术难题。如果小说本身比较简单、程式化，甚至"干巴"，找一个外在的东西来激活它，或是将其放入大的文学史甚至历史的背景中也许是有效的、可操作的方法。20 世纪 80 年代末 90 年代初，贺绍俊、谢冕等人便提醒，要注意"文革"文学与其他时期文学的关系，就是说要把它纳入一个大的文学史链条中来论说。2002 年，围绕王尧对"文革"文学的研究，《当代作家评论》刊发了几个学者对"文革"文学研究的意见。郜元宝认为："研究文革，不能把文革放在一个孤立的历史时段。文革研究，应该是反思整个中国现代文明的一个最好的切入点。要放宽历史的视野，远的不说，至少应该从五四一直看到今天。"① 王尧也表明了他的研究方式和意图："我自己试图想从更宏观的、更复杂的背景上来探讨这个问题，这才能显示出它的复杂性，单纯的一个角度进入是不够的，我自己有意识地从文学拓展到思想文化领域，拓展到知识分子思想精神研究上来。"并且"必须考察文革与中国'现代性'历史的联系，包括与五四新文化、十七年思想文化的联系。应当在'现代性'的视野中来研究文革"。② 同时，李杨、唐小兵等人的"再解读"也在努力寻找、搭建框架，以一种更"文化"、更"理论"的方式来重新激活这一时期的主流文学。然而，笔者认为在没有理清"文革"主流小说之前，宏观研究只能是一种规划和设想，研究的道路困难重重。其一，从 20 世纪"五四"时期的文学到 30 年代的左翼文学到延安时期的文学再到"十七年"这条线尚没有得到有效的清理，将"文革"文学徒然地放入这样的大背景中，实际更增大了研究的困难。其二，"文革"本

---

① 郜元宝：《关于文革研究的一些话》，《当代作家评论》2002 年第 4 期。
② 蔡翔、费振钟、王尧：《文革与叙事——关于文革研究的对话》，《当代作家评论》2002 年第 4 期。

身尚没有得到深层的分析，很多"文革"史料依旧被封存或已经佚散，在历史还没有明朗以前，"文革"文学也无法被文学史定位，对其空发议论、草率评价不免失当。在这种情况下，我们先在有限的史料与文本中发现和阐释问题不失为一种得当的方式，由粗疏的宏观研究过渡到以文本为中心的微观研究也应该成为当下的必要任务了。如王尧所说："如果我们把文革的文本清理一遍的话，我们就能发现我们今天关于文革的许多研究恰恰只是一种想象、一种非常简化的想象。把文革简化到一个层面、一种理论。"① 所以回到最初、清理文本、理清那一段文学的历史才能为以后更深入、阔大的研究打好基础。

　　21 世纪以来，《虹南作战史》《闪闪的红星》以及浩然的几部"文革"时期的小说时常被论及。程光炜于 2011 年组织博士生研讨"文革"小说，包括公开发表的小说《万年青》《较量》《使命》《分界线》《征途》《响水湾》等，以及《第二次握手》《公开的情书》《一双绣花鞋》《波动》《晚霞消失的时候》等写于 20 世纪 70 年代到 80 年代才得以发表的小说。对于这些小说，程光炜不提倡用某种西方理论来使文本增值，他认为"目前的 70 年代小说研究应该具备两种视角，一个是'新时期文学视角'，另一个是'70 年代视角'"，他强调做 70 年代小说研究需要有历史的同情，应将小说放入产生它的历史语境中，"从 70 年代再出发，以体贴、肃穆和庄严的心态去看待创作了那个年代文学作品的作者和主人公。应该意识到，他们之所以这样做或者那样做是具有他们的历史理由的，他们这样做是当时的历史所决定的，而如果深入洞察当时的历史状况，我们从这些人物的一言一行中就可以提取到具体的样品，找出实证，从而才会对历史有一个圆融、深刻

---

　　① 蔡翔、费振钟、王尧：《文革与叙事——关于文革研究的对话》，《当代作家评论》2002 年第 4 期。

和全面的把握"。① 要做到这些,对资料(作者信息、历史事实、同类文本等)的整理与探究是必备的前期工作。比如,赵黎波、朱厚刚在分析《征途》时不约而同地注意到小说产生的历史背景、金训华事件的始末及作者的身份和经历,他们都是在积累小说生成中的大量信息之后展开分析的。② 朱厚刚还将《征途》称为"'文革'中第一次用长篇小说的形式直面知青题材"的小说,这个"起点"的提法非常有意思,不过,不能因为《征途》是"文革"时期第一部知青题材的长篇小说就将其简单地称为起点,而应有理有据地论述它的起点性意义,即它对此前的短篇知青小说有哪些方面的总结和突破,它为此后的知青小说提供了哪些内容和怎样的模式,对以后知青小说的发展有何种意义,这就需要对"文革"时期的知青小说有全面的了解和阅读经验,没有这些方面的阅读和知识,对文本的分析就无法真正展开。另外,"关联性"研究的必要性已成为学界的共识,程光炜近年的两篇论文《80 年代文学的边界》《为什么要研究 70 年代文学》尤其关注了70 年代文学与新时期文学的关系,张红秋与肖敏两位博士则以具体小说和作家为切入点,以对文本的细致解读和对作家"年谱"的辨析尝试勾连了 70 年代文学与新时期文学。③ 这些研究方向都昭示了文本、作者的重要性,架空文本的总说、综论、设想式研究它们已经完成了它们的历史使命,具体化应该成为下一步的研究方向。在这样的研究背景下,研究如若得以继续并深入,我觉得还需要回到搜集资料、整理小说篇目、扩展阅读的起点工作上。王尧、孙兰、杨鼎川等学者已

---

① 程光炜:《为什么要研究 70 年代小说》,《文艺争鸣》2011 年第 18 期。

② 参见赵黎波《"文革"后期知青小说的不同叙述——〈征途〉与〈分界线〉的比较研究》,《文艺争鸣》2012 年第 2 期;朱厚刚《〈征途〉与知青小说的起点》,《小说评论》2013 年第 1 期。

③ 参见张红秋《"文革"后期文学研究(1972—1976)》(非出版物),博士学位论文,北京大学,2005 年;肖敏《20 世纪 70 年代小说研究——"文化大革命"后期小说形态及其延伸》,中国社会科学出版社 2012 年版。

经做了很多这方面的工作，但仅凭几个人的力量是不够的，还需要有更多的人来做这样的工作，才能不断丰富、完善我们的"文革"文学资料库。如王尧所说："文革历史，仍然像一只层层包裹的盒子，很多人直到今天，还只是绕着这只盒子，作各种想象，发出各种各样的以为'正确'的议论，可就是不肯去打开它，看它到底都有些什么。"① 本书所要做的工作便是打开盒子，细描盒子中物品的来龙去脉及其"性状"。

第二节　问题与方法

随着"文化大革命"的进行，"文革"初期几乎停滞的小说创作到 70 年代才被官方提上日程，并希望产生与以往不同的能够反映"文革"、体现"文革"精神的典型且新型的作品。"文革"小说经过短时间的酝酿于 1972 年随着各地文艺期刊的复刊、创刊在数量上明显增多，并在尝试中粗具"形状"。本书以"20 世纪 70 年代小说的整理与研究"为题，强调"整理"小说篇目、校对发表时间及版本、考察作者身份、划分小说题材等基础工作的重要性，认为"研究"是基于"整理"之上的二度工作，并希望借整理与详细的说明为更多的研究者提供有关文本的诸多方面的信息。

首先要说明的是，这里说的 70 年代是哪几年。物理时间上的70 年代并不代表文学意义上的 70 年代，我认为文学意义上的 70 年代是 1972 年到 1977 年这一段。之所以把 70 年代的开端定在 1972

---

① 　蔡翔、费振钟、王尧：《文革与叙事——关于文革研究的对话》，《当代作家评论》2002 年第 4 期。

年，还需追溯一下 1971 年。1971 年有两件大事发生，一是林彪事件，二是全国出版会议的召开。林彪事件使很多人从"文化大革命"的狂热迷梦中惊醒，也使很多早就对运动存有疑虑的人坚定了自己的否定态度，无论是官方还是民间都已是激流暗涌，思想上的波动自然带来了文学上的活跃。在此之前，1971 年 3 月 15 日至 7 月 29 日召开的"全国出版工作座谈会"对"文革"时期的文学发展无疑也起到了重大的作用。1971 年下半年，部分出版工作者和文学工作者回到原来的岗位，不过在"四人帮"的干预下，恢复原来的工作方式与作风变得不可能，"四人帮"提出"大换班"，把"老人马、老思想、老作风"通通换掉。于是，在"新人""旧人"混杂的文学界，文学期刊开始复刊（当时被强制称为"创刊"，以表示对过去的反叛）。1971 年 12 月，《北京新文艺》等率先试刊，随后各省文学期刊陆续"创刊"或试刊。与此同时，报纸也活跃起来，一些报纸设立了"文艺副刊"。这样，1972 年在上一年的准备、酝酿中迎来了创作上的小丰收，显示了"文艺复苏"的苗头。自 1972 年起，"文革"文学渐趋成型、成熟，具备了自身独特的时代表征。当然，这一年文学成绩的取得自然也离不开毛泽东对政策的调整，大的政治空气始终左右着文学创作。1972 年绝对是一个值得标注的时间点，之于"文革"、之于"文革"文学，它都包含了很多重要信息，这里只简单说明划定 1972 年为起始点的部分原因，下文将列专节讨论 1972 年的文学状况。再说文学意义上 70 年代的结束。按照惯常的划分方法，70 年代应结束在"四人帮"倒台的 1976 年，或是十一届三中全会召开的 1978 年。然而，需要注意的是政治阶段的结束不代表文学阶段的结束，1977 年出版的小说很多完成于 1976 年，"四人帮"的覆灭无法瞬间阻断一个时期文学的延续。我主张将 1977 年放入 70 年代，不仅是因为它与 1976 年具有一致性、连续性，还因为在政治事件的影响下它的过渡性质非常明显，充满历史转折时期呈现出的分裂感，这种"分裂"中其实包含了很多话题。对 1977 年文学的分析之于我们理解"文革"文学与新时期文学的关系至关重要。如果说，一个新的文学时期的到来需要有标志其到来的作品，那么 1977 年 11 月刘心武《班主任》的发表则正式拉开了"伤痕文学"的序幕，从这一点来看，文学的"新时期"是在 1977 年底开始的，那么将 1977 年纳入笔者所论述的 70 年代则再合适不过。

其次需要说明的是，这里选择整理、研究的小说为 70 年代公开发表的小说，包括以书籍形式出版的长篇小说、中篇小说、短篇小说集、含有小说的综合性文集，以及散见于文学期刊上的小说（因中篇小说、短篇小说集和综合性文集独立成册出版，便于记载书名、作者和出版情况，所收单篇小说也易于查阅，这里不作为重点来考察），原则上不包括专门性的儿童文学，因为儿童文学在 70 年代自有其特殊的地位和样貌，还有专门刊载儿童文学的杂志和画报，理应专门讨论，这里暂不涉及。① 单独成册出版的长篇小说、中篇小说以及文集虽然不可能被尽数搜集，相对来说还是比较好记录的，而各个期刊中的短篇小说因数量多又过于分散，加之 70 年代的期刊往往残缺不全，难于全面搜集，常常被研究者忽视，故本文将重点整理这些散落于各个期刊中的小说，将其汇于一处，以便更多的研究者可直观期刊小说的"历史原生态"。遗憾的是，因为搜集、整理上的困难（日报数量过多，因人力和时间不及，不得不舍弃这部分），暂且不将报纸上所刊发的小说纳入；值得庆幸的是，70 年代出版的小说集偏多，一些刊发在报纸上的有代表性和影响力的小说会被收入作品集中，仍可见部

---

① 在整理文艺期刊时，许多儿童文学混杂在小说中无法一一辨认，暂且列入后文的《期刊小说总目》中，一般会标明某某为"儿童文学"。

分真容。

这里所说的 70 年代小说仅指公开发表的小说，而不将写于 70 年代而未发表的小说纳入。一方面，对所谓的"地下文学""潜在写作"的搜集和认定存在很大困难，因为没有相关的史料记载，我们只能根据亲历者（写作者和当时的读者）的回忆推知小说的写作时间、传播时间、传播范围、原版小说的内容和细节，很容易陷入"道听途说"的尴尬中，徐浩渊就曾批评杨健的《"文化大革命"时期的地下文学》中的一些内容与历史不符。当然对徐浩渊的话也不能尽信，我只是想借此指出对所谓的"地下写作"的讲述其实存在很大的分歧，讲述者的身份、经验、日后际遇和当下观念、情怀决定了讲述的局限性和片面性。另一方面，很多手抄本已经阙佚，我们今天很难搜集到大部分小说编制出一份相对完整的目录，何况一些版本真假难辨，一些作品标注的写作日期本身就令人生疑。这些年来我们反复谈论的手抄本小说和文人秘密写作的作品不过是耳熟能详的那些，继续扩大"地下文学"的范围的确存在很多实践上的困难。其实，每一个时代都有没有公开发表的作品，都有所谓的"地下文学""禁毁"文学，很多人之所以一再强调"文革"时期"地下文学"的重要性，不过是对公开发表的文学不满，从而在"地下文学"中寻找文学性和不屈的抗争精神，更理性的目的则是还原一个多层面的"文革"文学。手抄本小说的流传范围到底有多广、影响力有多大，我们都无从考证，如《公开的情书》《晚霞消失的时候》《波动》《第二次握手》这样的手抄本其实是被新时期文学遴选上的几部，即使在 70 年代有读者群，还是在公开发表后才被更多的人熟知，且发表的版本已经与 70 年代的版本有所不同，具有了更明显的"新时期"意识。所谓的"地下文学"，因其内容丰富、形式自由、文学性更强，是不是价值就高于公开发表的作品？如果以文学性为衡量标准，或许是，但它们只是那个时代小说中的一小部分，真正能代表"文革"文学的其实是公开发表的作品，这些公开发表的文学才如实反映了那个时代的主流审美倾向、思维方式、生活模式、情感取向和历史大事件。在"文革"中成长起来的大部分人也许无缘接触《公开的情书》这样的小说，他们往往是听着样板戏、看着《红色娘子军》、读着《金光大道》《虹南作战史》《朝霞》《学习与批判》度过了他们的青少年时代。

这些年，大家普遍感到对"文革"文学的研究不够深入，尤其对"文革"小说难以处理，无论是将其放入文化史、思想史中来分析，还是寄希望于外国理论将其激活，都给人隔靴搔痒之感。我们与其陷入理论困境和思想的深潭中，不如借鉴中国古代文人的治学方法，做一些具体可行的整理与研究工作。古代所指的"目录"与今天我们普遍认为的意思不同，古代的"目录"一词包含两方面的含义，"目"指书目/篇目；"录"指叙录，包括书的内容、作者生平事迹、校勘经过、对书的评价等，编制目录的工作即为"条其篇目，撮其旨意"（《汉书·艺文志》）。比如汉朝的目录书《七略》，它实际只有六略，额外一篇《辑略》为综述学术源流的总论。可见，古代的目录书迥异于现代图书馆学上的目录、索引，古代目录书的目的不仅记载文献，而且以分类、写作总序、小序、解题等方式有系统地整理、校勘文献，以期达到"辨章学术，考竟源流"（章学诚）的目的。

现代文学的研究者继承了古代文学的治学传统，非常注重文献的整理、校勘工作，比如编制与修订年谱、对作家作品进行补遗、对书籍及期刊篇目进行有系统的收录等。"1961 年、1962 年先后出版过内部发行的《中国现代文学期刊目录（初稿）》和《中国现代戏剧电影期刊目录（初稿）》。'文革'结束后，《中国近代期刊篇目汇录》（1979 年）、《民国时期总书目》（1987 年）、《中国现代文学期刊目录汇编》（1988 年）等，均先后出版。贾植芳、俞元桂主编的《中国现代文学总书目》也于 1993 年面世。"① 仅对现代期刊篇目的收录来说，1988 年由天津人民出版社出版的唐沅、韩之友等编撰的《中国现代文学期刊目录汇编》（2010 年知识产权出版社出版了新版）和 2010 年出版的由吴俊、李今等主持编撰的《中国现代文学期刊目录新编》是颇具规模的两部。诚如现代文学期刊目录的编撰者所言，治目录不仅有利于学人"多方面地综合群籍，取便稽考"，还是"一项文学和文化历史遗产的抢救工程"，因为"书籍、期刊、报纸一直分藏在各个图书馆，随着时间的流逝，不可再生的宝贵资源也时刻面临着损毁、湮没、散佚和流失的严重危险"②。当年王瑶曾提醒现代文学研究者要掌握和进行版本、目录、辨伪、辑佚的工作③，程光炜则进一步提醒说，这样的忠告"并不限于现代文学，也适用于当代文学史研究"④。对当代文学来说，尤其是对"文革"时期文学作品的大规模的整理、收录工作还刚刚起步。目前研究者所依赖的工具书主要是由中国版本图书馆编撰的《全国总书目》，这是记录每年各类书籍、报纸、期刊出版情况的系列著作，并非由专业的文学研究者编撰，所以存在很多问题，除了有讹误、遗漏的情况，对出版物情况的记录也不够详细。我们如果以此为蓝本，接触的实际是二手材料，二手材料若有误便会造成"以讹传讹"的后果。此外，由王尧编撰的《"文革文学"大系》⑤

---

① 吴俊、李今、刘晓丽、王彬彬：《中国现代文学期刊目录新编》前言，上海人民出版社 2010 年版，第 1 页。

② 同上。

③ 参见王瑶《关于现代文学研究工作的随想》，《王瑶全集》第五卷，河北教育出版社 2000 年版，第 19 页。

④ 程光炜：《文学年谱框架中的路遥创作年表》，《当代文坛》2012 年第 3 期。

⑤ 据王尧在《"文革文学"大系——小说卷》的"导言"中说，在 20 世纪 90 年代中期他便着手做"文革文学"的史料搜集工作并计划出版，却未能出版。1999 年底再次有出版的希望，还是没有成功。直到 2006 年这个出版计划得到台湾出版社和学者的重视，被认为是"有价值的工作"，才最终得以在台北的文史哲出版社出版。

几经周折由台湾的文史哲出版社出版，其中包括诗歌卷、散文卷、电影戏剧卷等，尤其选出了五卷本的小说，这套书为我们阅读"文革"时期的作品打开了方便之门。不过这里的作品只是"文革"中的一小部分，是经编者自己筛选过的，要俯瞰"文革"文学的全貌恐怕还需要依靠尽量全面、翔实的目录汇编以便研究者按图索骥。

　　本书正是希望借鉴古人治目录之经验，参考现代文学的治学方式，编制 70 年代小说的目录，不仅条例篇目，亦如古代人一样"撮其旨意"，对期刊的基本信息、书籍的主要内容、作者的身份作必要的说明，这样才能清晰地绘制出 70 年代小说相对完整的谱图，以供研究者及后来人查阅、补充。上篇讲述所整理的文献、发现的问题，实际承担古代"录"的功能；下篇呈现所整理的篇目，按类编辑。从文献整理工作的顺序来看，必须先广泛地收集图书，辨明各书之版本，然后再详加校勘，掌握内容及作家、作品的基本信息，最后才能根据整理结果编制书目（我在这里会详细到篇目）。在整理的过程中，长篇小说的出版时间、作者、主题自然会被厘清，众多期刊的创刊时间、出版年份及其中小说的刊发情况也将被按时间顺序记述，这样，书籍、期刊的"存、缺、佚、未见"毕现，自然不说自明；在整理的基础上，统计、说明、分析和深入的研究才能进一步展开。本书的大部分工作都放在了整理和说明上，研究只是浅尝辄止，不过正如梁启超所言："凡做学问，不外两层工夫：第一层，要知道'如此如此'，第二层，要推求'为什么如此如此'。论智识之增殖，自然以第二层为最可宝贵。但是若把第一层看轻了，怕有很大的危险；倘若他并不是如此，你模模糊糊地认定他如此，便瞎猜他为什么如此，这工夫不是枉用吗？枉用还不要紧，最糟是瞎猜的结论，自误误人。所以我们总要先设法知道他'的确如此如此'。知道了过后，我自己能跟着推求他'为什么如此'，固然最好；即不能，把事实摆出来让别人推求，

也是有益的事。"① 所以，与其空发议论，不如"多考证而少议论"，"提要钩玄，引而不发"②。

因个人经历、财力、行政权力上的局限，这里所呈现的目录不可能如古代官修目录那样能搜集到全国各地的文献，这里所收录的小说并不全面，所整理、校对的小说仅限于国家图书馆、中国人民大学图书馆、北京大学图书馆三馆存有的图书、期刊，以及各大电子图书馆可查到的文献，如《四库全书》一样，所录篇目都有迹可循，决不会空有名目，而无处寻内容。对于三馆阙佚的图书、期刊，会参考《全国总书目》《中国小说提要》（当代部分）等工具书和其他文献列出并加以说明。

书目编纂工作不是一个人、一代人就能够完成的，书目内容需要历代人不断进行补充，这里只是抛砖引玉，仅仅给其他研究者提供一个可参考的简单模型，希望其他研究者能指出错误，并不断补充新的文献。

---

① 梁启超：《中国历史研究法补编》，中华书局 2010 年版，第 237 页。
② 余嘉锡：《目录学发微》，时代文艺出版社 2009 年版，第 40 页。

第一章　1972 年与 1977 年：
开始或结束

　　1972 年与 1977 年之于"文革"文学是尤为需要标识的两个时间点。1972 年在一定程度上结束了"文革"以来独尊样板戏的时代，开始恢复到各种文学形式并存的相对正常的创作时期，尤其改变了"文革"以来短篇小说少、长篇小说缺的局面，各种题材、体裁的文艺开始摸索它们在新的历史时期里合法的存在形式。可以说，这一年是 20 世纪 70 年代文学起航的坐标，它所透露的种种信息昭示了 60 年代的结束、70 年代的开始。而对于 1977 年来说，一个时代的结束与另一个时代的开始的过渡性不言自明，如果我们细读 1977 年的小说、观察 1977 年的文坛，真的很难将其果断地归入新时期，它的混杂性与分裂感注定它既是结束，也是开始。

　　1972 年与 1977 年在某种程度与某些方面的相似性使二者得以形成一个首尾相连的圆圈，这个"圆"所圈定的便是整个的 70 年代文学。

第一节 1972 年：小说的复苏

一 1972 年的到来

1972 年，《金光大道》（第一部）、《牛田洋》《江畔朝阳》《桐柏英雄》《矿山风云》《虹南作战史》《飞雪迎春》《激战无名川》《闪闪的红星》9 部长篇小说[①]出版，改变了"文革"以来无长篇小说的局面；《艳阳天》（第一卷）、《连心锁》《渔岛怒潮》《沸腾的群山》《海岛女民兵》5 部曾在"十七年"出版过的小说经修改获得了再版的机会。这些长篇小说主要由人民文学出版社和上海人民出版社出版，可见这两家出版社早在 1972 年以前就已经着手长篇小说的写作和出版工作了，只不过要写出符合新时代要求并能体现新时代文艺精神的长篇小说是需要时间的，多部小说同年出版更需要一个政治契机。除了长篇小说的写作和出版取得了小小的成绩，文艺期刊和报纸的文艺副刊也在这一年里活跃起来。部分省级文艺期刊重整旗鼓试刊或正式创刊[②]，主张刊发小说、诗歌、散文、报告文学、杂文、文学评论、戏剧等，力争恢复到"文革"前的办刊形式上，更多地刊发文学作品，以期与"文革"中不定期出版的革命文艺材料相区别；地县级期刊

---

① 不包括典型的儿童文学作品。《矿山风云》和《闪闪的红星》虽然以儿童为主人公，所涉及的内容却不局限于儿童的斗争生活，小说的影响力比较大，这里特意列出。

② 很多刊物实际是复刊，当时为了表明复刊的杂志与"文革"前的执行"资产阶级、修正主义"路线的杂志不同，是全新的面向工农兵的"群众性文艺期刊"，除了《解放军文艺》明确表明是"复刊"外，其他文艺期刊则自称为"创刊"。新时期以后，各个期刊在书写自己的历史时，也将"文革"时期纳入其中，并改用"复刊"一词。为了尊重当时的历史状况，在本书中，我将用采用"文革"中通用的"创刊"的说法。

不再只刊发学习材料、工农兵演唱材料和大批判文章，也开始追求内容的多样性和文学性。短篇小说作为一种必要且主要的，但在1972 年以前很少出现的文学样式受到各期刊的普遍重视，刊发量逐渐增加。

1972 年以其文学实绩标志着"文革"文艺从此前的红卫兵诗歌、革命故事、群众演唱、革命样板戏、革命性民间曲艺过渡到真正的文学创作时期，出现了属于 20 世纪 70 年代的标志性作品和可供借鉴的样板小说。自 1972 年起，"文革"文学，尤其是小说，不断寻找自己的写作方式，并渐趋稳定、成熟，形成了自身独特的时代品质。当然，这种"时代品质"不是文学自发的，而是不断被政治浪潮打磨而成的。

文学小丰收的到来绝不是一个意外事件，1972 年小说的复苏也不可能一蹴而就，这其中包含了政治和文学方面的多种原因，是诸多事件的合力塑造了文学意义上的 1972 年。

很多人认为 1972 年以前无文艺期刊、无文学作品，这种说法显然是一种道听途说、缺乏调查的臆断。早在 1967 年 10 月，《文艺革命》便于上海创刊，之后，四川、陕西、安徽等地的《文艺革命》陆续出版，这些期刊一般是由革委会宣传组直接领导的"文艺大批判和理论"刊物，以配合"文化大革命"为使命，虽然不刊发小说，但它们作为学习资料向各部门尤其是文化部门传播，并以行政手段要求相关人员学习、领会，实际为相关部门、作家及业余作者指明了文坛形势和创作要求，甚至规定好了创作方法。"文化大革命"初期在文艺工作者一时间还辨不明形势的时候，这些学习材料性质的期刊指明了新的历史时期应该批判什么、表现什么和如何表现。可惜的是，如今各省的《文艺革命》在北京各大图书馆中已残缺不全，只有安徽的《文艺革命》发过《终刊启示》，注明于 1970 年 3 月后停刊，对其他刊物我们则无法获知准确的停刊时间和发刊期数。今天看来，那些批判文章对文艺的讨论不符合逻辑，但在当时，它们则是文艺工作者的必备学习手册。

待到 1971 年，几件大事影响了中国文坛。这一年的 9 月林彪、叶群等人谋划在上海附近刺杀南巡中的毛泽东，发动武装政变，却没有成功，9 月 13 日"林彪、叶群、林立果等驾驶二五六号专机出逃。飞机在蒙古温都尔汗坠毁"……"12 月 11 日中共中央发出通知，将中央专案组整理的材料《粉碎林、陈反党集团反革命政变斗争》其中之一下发全国，以后又陆续下发三批材料，要求在全国范围内进行批林整风和清查运动。"① 随着文件的下达和报纸、广播的反复报道，"九·一三事件"得以在全国传播，造成大规模的思想波动，虽然"波动"的强度各有不同，但这一事件的确促成了很多人对"文革"态度的转变，如陈丹青所言："那一刻人心的幡然突变，尤甚于几年后毛的死亡。"② 这一政治事件看似与文学无关，实则触动了"人心"，也带动了各方面政策的调整。或者可以大胆地假设，无论这个意外事件发生与否，"文化大革命"轰轰烈烈地进行了几年，也到了"喘口气"的阶段了。

在此事件之前，文艺界已经发生了些微的变化。1971 年 3 月 15 日至 7 月 29 日召开的"全国出版工作座谈会"对"文革"时期的文学发展无疑有着重大的意义。会议期间，周恩来发表讲话，"他严肃地批评了形而上学、割断历史、打倒一切、否定一切的极左思潮，反复强调出版工作除了坚持把马克思列宁主义著作、毛主席著作放在首位外，还应该做好青少年读物、文学艺术读物、科学技术读物、经

---

① 贾新民主编：《20 世纪中国大事年表（1900—1988）》，中国人民大学出版社 1992 年版，第 452—453 页。

② 陈丹青：《幸亏年轻——回想 70 年代》，选自北岛、李陀主编《70 年代》，生活·读书·新知三联书店 2009 年版，第 61 页。

济、历史、地理、国际知识读物和工具书等各类图书的出版工作"①。在周恩来的敦促下，部分出版界和文学界的工作者回到原单位，文学书籍和期刊的出版工作被正式提上日程。1971年或更早，各省的市、县级刊物率先创刊，如长沙市的《工农兵文艺》、广州市的《工农兵文艺》、福建乐清县的《革命文艺》等，除个别期刊不刊发小说，大部分期刊虽然被定位为"群众性/工农兵文艺期刊"，刊发曲艺、演唱材料、戏剧、社论、批判文章、美术作品，也同样重视短篇小说、散文和报告文学，并且逐渐有意识地增加了短篇小说的刊发数量。在1971年的期刊、报纸上短篇小说创作已呈现出活跃的态势，并为1972年短篇小说的发展积累了经验。

到1971年底，毛泽东适时地为略微好转的文艺界打了一针强心剂。1971年12月16日，《人民日报》头版发表毛主席题词："希望有更多好作品出世。"② 同日的《人民日报》刊发了短评《发展社会主义的文艺创作》，该文首先肯定了"文化大革命"以来的文艺成绩，称："在毛主席无产阶级文艺路线的指引下，在各级党组织和革命委员会的领导下，在大力普及革命样板戏的基础上，一个群众性的革命文艺创作运动正在蓬勃兴起"，而后提出"努力创作出又多又好的社会主义文艺作品"的要求，并且声言："各种文艺形式的创作，都要发展。"③ 短评虽然一再肯定成绩，尤其是样板戏的成绩，却流露出除了样板戏别无所长的尴尬，"蓬勃兴起"的背后却是其他文艺形式的凋敝。在这样的情况下，文学不仅要继续承担宣传政治、图解政治的任务，还需要有大量的各种形式的品质较好的作品来证明"文革"对于文艺发展的良性作用。换言之，毛泽东在此时亟须文艺上的丰收来证

---

① 方厚枢辑注：《中国出版史料·现代部分·第三卷》（上册），山东教育出版社2001年版，第204—205页。

② 毛泽东：《题词》，《人民日报》1971年12月16日。

③ 《发展社会主义的文艺创作》，《人民日报》1971年12月16日。

明"文革"的正确性和必要性，同时又需要小说等传统文艺形式来书写"文革"、歌颂"文革"，从而将"新时代的新文艺"落到实处，而不仅仅停留在口号上。在这样"隆重"的呼吁下，文艺界怎能不有所行动。

到 1971 年底，省级文艺期刊首都的《北京新文艺》、广西的《革命文艺》、内蒙古的《革命文艺》开始试刊，1972 年则有更多的省级、市县级期刊创刊。长沙的《工农兵文艺》《长沙画册》于 1972 年合并而成《长沙文艺》，广西的《革命文艺》于 1972 年改名为《广西文艺》，内蒙古的《革命文艺》于 1973 年改名为《内蒙古文艺》，《北京新文艺》于 1973 年改名为《北京文艺》……从名字的更替上，我们亦可看出剑拔弩张的"革命"正在被平稳的"文艺"取代。这些较早出现的文艺期刊经过更名、调整成为 70 年代重要的文学刊物。

期刊大批出现的同时，短篇小说集也于这一年得以出版。据中国版本图书馆编撰的《全国总书目》记载，1971 年之前无小说（包括长篇小说、短篇小说集）出版，1971 年则出版了 10 部短篇小说集[①]（包括小说、散文合集）。小说集中的小说写于 1971 年或更早的时间，大部分最初散见于报纸，它们得以被精心挑选出来结集出版，恰恰证明了它们的"政治正确性"和"艺术合法性"，也就是说它们符合 70 年代要求的小说，具有"样板"的性质。这些小说实际为 1971 年后短篇小说的创作提供了可资借鉴的故事类型和行文模式。况且，小说集中的部分小说并无草创期的幼稚病，它们已经为 70 年代小说要表现什么和怎么表现定下了基本框架和模式，在表现"路线斗争"上，

---

① 这 10 部短篇小说集分别是：《工农兵短篇小说集》，河北人民出版社；《三进校门》，辽宁省新华书店；《飞雪扬鞭》，内蒙古人民出版社；《方向舵》，南昌市新华书店；《向阳列车》（小说、散文集），上海人民出版社；《讲台》，天津人民出版社；《进军号》，浙江人民出版社；《家属主任》，云南人民出版社；《船台战歌》，天津人民出版社；《新的高度》，上海人民出版社。

这些被挑选出来的作品要比1972年及之后的很多小说更"深入"、更"复杂"、更"一波三折"，或者说更有可信度和可读性。《三进校门》《向阳列车》《家属主任》《讲台》《进军号》等是当年各个作品集中争相收录的小说，它们发挥了短篇小说短小精悍的优势，迅即反映了"文革"时期社会各行各业的新面貌，综合起来比几部长篇小说提供的信息量还要大。虽然我没有确切的证据证明后来的创作者曾阅读并受这些小说影响，但"文革"时期最早结集全国发行的小说应该会成为其后创作者尤其是业余作者的写作"参考书"吧。细心考察其后的小说创作，不难发现很多小说不过是这些小说的改写品和衍生物。

这样看来，1972年文学出现复苏的苗头不是偶发的，不是在这一年专业作家和业余作者突然就能写出符合时代需要的文学作品，而是在1972年之前，方方面面已经为这一年的文学发展做了准备工作，并为其后的创作提供了一定的经验。

在这样的情况下，1972年迎来了"文学的复苏"。"复苏"不只因为此前的铺垫为它的到来做出了努力，还因为1972年是毛泽东《在延安文艺座谈会上的讲话》发表三十周年，为了纪念与回应《在延安座谈会上的讲话》，表明在《在延安座谈会上的讲话》的指引下社会主义文艺"蓬勃兴起"，文艺上的丰收成为1972年必须完成的政治任务。《解放军文艺》《河北文艺》《山东文艺》《贵州文艺》《湘江文艺》《加格达奇文艺》《湛江文艺》《梧州文艺》《宝鸡文艺》《株洲文艺》、《革命文艺》（苏州）、《征文作品》（大兴安岭）等都是应纪念《在延安座谈会上的讲话》而筹备出版的，大部分刊物更是于1972年5月首次亮相，以突出"纪念"主题。

二　1972年的短篇小说：写什么与怎么写

1972年出版的14部长篇小说中，有5部是"文革"前已出版经修改再版的小说，首度出版的 9 部小说大部分写于"文革"前（"文革"中几经修改才得以出版）。这些长篇小说大多反映的是离"文革"有段时间的生活，比如，写于 1970 年年末的《金光大道》（第一部）讲述的是发生在新中国成立初期的故事，《矿山风云》《桐柏英雄》《激战无名川》分别表现的是抗日战争、解放战争、抗美援朝战争时期的斗争生活。真正与"文革"联系紧密、堪称典型"文革"作品的当属《飞雪迎春》《虹南作战史》和《牛田洋》。《飞雪迎春》讲述的是发生在 1968 年前后的故事，处于"文革"进行时。《虹南作战史》和《牛田洋》都是由"文革"中特有的写作组集体创作的，《虹南作战史》写作组于 1970 年 6 月成立，《牛田洋》最初的写作目的是响应毛泽东的《五·七指示》并为林彪立碑，"九·一三事件"后写作组迅速调整内容，赶出了符合 1972 年要求的新一版小说。短时间内响应官方吁求而创作的书写当下的这几部长篇小说反映的"文革"生活是很有限的。

长篇小说的写作毕竟需要一个沉潜的阶段，不太可能迅速达成新时代方方面面的需求，短篇小说则在这个空档期肩负起表现"文化大革命"以来火热的战斗生活的历史使命，新的创作原则和新的时代命题在短篇小说中最先得到落实。

1972 年，众多文艺期刊试刊或正式创刊，急需大量的文稿。当时征募稿件的方式主要有三种：一是编辑慕名到各地去组稿；二是由各地的文艺创作学习班和各单位的宣传部门推荐稿件；三是由杂志社举办征文活动。"征文"是当时解决稿源问题的非常重要的手段，尤其在小说稿件比较缺乏的 70 年代初，更是亟须靠"征文"来保障小说的刊发量。这一年杂志对短篇小说（包括小小说）的需求和重视是显而易见的。一方面，小说作为重要的文学样式是进入文艺平稳发展时期必不可少的一种，期刊对小说的重视当然有借助小说提高自身文学性的目的；另一方面，短篇小说的短小适于及时地配合政治任务、反映"路线斗争"，能以简单、形象的故事说明"人民内部矛盾"和"阶级斗争"的实质，是"打击敌人，教育人民"方便、快捷的武器。通过征文，不仅可以挑选出适合的小说，同时也为短篇小说的创作与发展提供了机会，还可以借此选拔出一批业余作者，这些业余作者进一步被组织培养，其中的一些人成为20世纪70年代小说创作队伍中的重要力量。

从历史环境来看，1972年的政治空气是相对和缓的。对外政策有所放宽：美国总统尼克松访华；日本首相田中角荣访华，中日两国建交；中国在"文革"中首次选派留学生36人分赴英、法学习。① 对内，周恩来也展开了有限度的"批左"②。在这样的时代氛围中，文学创作获得了些许的自由，或者说刚刚起航的小说还没有来得及被套上层层枷锁，各种题材的小说创作在借鉴1971年经验的同时，尚处在摸着石头过河的阶段。领导层自期刊创刊伊始便一再强调小说创作要学习样板戏的经验，但怎样将样板戏的创作方法移植到小说上却是一个实践层面上的问题，无论当时的报纸、期刊发表多少号召学习样板戏的大致雷同的理论文章，具体到小说创作则各有不同的路数。一批从"十七年"过渡到70年代的"旧作家"更是把握不住新时代创作要求的本质，比"文革"中培养起来的工农兵作者更容易"过界"，比如写作《生命》的敬信、写作《高山春水》的侯树槐③。在规范尚没有完备的时期，小说的内容还是比较丰富的，虽不乏剑拔弩张地表

---

① 参见贾新民主编《20世纪中国大事年表（1900—1988）》，中国人民大学出版社1992年版，第452、457页。

② 12月17日毛泽东说："林彪是极右、修正主义、分裂主义阴谋诡计、叛党叛国"；又说"极左思潮还是少批一点吧！"此后，"批林"即要"批右"，进而把林彪和孔子联系起来，展开了大规模的"批林批孔"运动。

③ 敬信的《生命》曾遭到全国范围的批判；侯树槐的《高山春水》在吉林省内引起争议，并未酿成批判。

现阶级斗争和路线斗争的作品，还有很多以表现新时代的新人物、新气象、新精神为主的小说，这种斗争意味不强烈的小说在当时被批为"写好人、好事"的中庸之作，作者一再被要求超越"真人真事的局限"，写出"源于生活，高于生活"的具有典型性的作品。

据笔者的不完全统计，目前能在中国国家图书馆中找到的 1972 年的文艺期刊中共刊发短篇小说 400 余篇，这些小说总的主题为表现"文化大革命"中各条战线上火热的生产和斗争生活、塑造了各条战线上涌现出的英雄人物。

农村小说是 1972 年短篇小说中最常见的一类，"农业学大寨"、建设社会主义新农村是这类小说的总纲要，表现农业生产中两条路线、两个阶级的斗争是这类小说的惯有动作。不过，在这样的时代命题下，小说的侧重点各有不同。表现阶级斗争的小说中规中矩，阶级斗争故事带有明显的人工编造的痕迹，可信度低，地主被塑造得滑稽且孱弱，所干的坏事无非一些偷鸡摸狗、挑拨离间、无事生非的小勾当，他们的秘密最终会被主人公带领群众轻松揭发。在这些故事中，富裕中农通常充当功能性人物，是被地主拉拢利用、被主人公教育的角色。这类小说情节简单，故事千篇一律，但因表现了阶级斗争长期存在这样一个重大主题，一直得到鼓励，如发表在《广西文艺》上的《红松村的故事》①，虽遭到一些读者的批评，被认为有些情节缺乏可信度，好评的声音却占了上风，还被选入各种版本的文集中。另一类力图表现对敌斗争长期性和艰巨性的小说是通过描写民兵刻苦训练、重视战备工作来实现的，小说的侧重点不在"斗争"，而在于表现民兵们舍己为国的高尚情操。以路线斗争来组织故事的小说比上一类小说丰富得多，这主要是因为作者对所谓的"路线斗争"有各不相

---

① 黄辅林：《红松村的故事》，《广西文艺》1972 年第 1 期。

同的理解。什么是路线斗争、路线斗争包括哪些方面，在"上纲上线"的时代，任何行事上的分歧、看待事物角度上的差异都可能被渲染成一个严肃的路线斗争故事。这里需要强调的是，所谓的"路线斗争"在1972年的小说中尚不属于敌我斗争，而是人民内部矛盾①，作者常就一个事件引发两方争论，比如：如何处理粮食生产和发展副业的关系，农业生产上是再创新高还是保住成绩，面对兴修水利等困难是艰苦奋斗还是止步不前，关键时刻是利己还是为公；双方经过一番对抗、争执，最终英雄人物一定能以实际行动教育落后人物，获得完美的结局——这是一些没有悬念的小说。在这一年的农村小说中，古华的《"绿旋风"新传》、李若兵的《红色的乡山》② 是描写"文革"中农村新面貌的作品中较为引人注目的两篇。《"绿旋风"新传》发表于《湘江文艺》，这一年（1972）的《湘江文艺》刊发了多篇有关发展农业机械化的小说，古华的这篇能够令人眼前一亮不仅因为他把新农村的景象描写得非常美好，还因为小说中的人物活泼、场面热闹，作者巧妙借鉴了古典小说的技巧，使这篇小说在千篇一律的农村小说中显得很别致。李若兵的《红色的乡山》则以描写新农村的美景和农村姑娘的姿态见长。这类小说的重点是"新面貌"，火药味不浓，能给人欢愉的阅读感受，同时展现了"文化大革命"中农村美好的现状和前景，是典型的许诺希望的文学作品。在农村题材小说中，还有一些小主题，如赞扬妇女参加劳动，歌颂女劳模、女干部，提倡男女同工同酬等。对女性角色的设定在1972年还显简单。事实上，在整个70年代各色的女性人物经常在小说中充当重要角色，尤其出现了众多

---

　　① "反击右倾翻案风"、批判"走资派"运动开始后，党内的路线斗争被扩大化为敌我斗争，小说一般要设置一位领导干部与主人公作对，且不肯改悔，这样的领导干部已经成为反面人物，是不肯悔改的走资派。
　　② 古华：《"绿旋风"新传》，《湘江文艺》1972年第1期；李若兵：《红色的乡山》，《工农兵文艺》（陕西）1972年第7期。

赶超男性的女英雄。

工业题材小说是 1972 年小说中非常重要的一种。农业题材小说可以借鉴的资源丰富，70 年代的农村小说其实与"十七年"乃至新中国成立前的农村小说关系密切，工业题材小说可效仿、汲取的资源较少，因此，情节简单，布局分明，通常呈现为两种模式：一类小说被写得大气磅礴，以中国人对工业现代化的想象为大背景；另一类则以描写工厂中平凡工人的先进事迹为内容。《志气》《光辉的道路》《天高云淡》①是第一类小说中写得比较复杂的几篇，故事一波三折，既追忆解放前资本家对工人的迫害，批判"爬行主义""洋奴哲学"，揭露"十七年"时期外国专家对中国工业生产的阻挠、鄙视，又以宏大的场面描写来表现"工业学大庆"中领导干部、知识分子、青老工人团结起来自力更生进行工业现代化建设的干劲。这种布局方式一直在 70 年代的工业题材小说中延续，只是不同时期批判对象有所不同而已。在 1972 年的小说中，对知识分子的态度有所缓和，知识分子通常作为可教育对象出现，充当功能性角色。对知识分子着墨最多的当属《光辉的道路》，此篇小说中的老教授第一个出场，且一出场就已经是一副老工人的模样，从而证明经过"文化大革命"的洗礼，知识分子取得了巨大的进步。然而，看似改造好的知识分子改变的只是外表，知识分子的"痼疾"还残存在他们的思想中，他们根深蒂固的通病便是相信书本，不相信工人的能力，不能发动群众、依靠群众，最后，老教授在工人师傅和老革命者的教育下进行了又一轮的精神大改造。虽然此篇小说中知识分子是非常重要的人物，甚至有"抢戏"的嫌疑，但在此时知识分子是不可以成为主人公的，无论他们在"文革"

---

① 吴荣福：《志气》，《工农兵文艺》（湖南）1972 年第 1 期；刘学铭、田居俭：《光辉的道路》，《吉林文艺》1972 年第 1 期；于鲁人：《天高云淡》，《革命文艺》（内蒙古）1972 年第 2 期。

中被教育得多么好，他们注定是"问题"人物。另一类小说是描写工厂中平凡岗位上小人物的小说，这类小说比较简单，属于"好人好事"型小说，不过当时不提倡单纯写"好人好事"，而是号召作者应"不受真人真事的局限"，努力挖掘模范人物做好事的思想根源，于是"忆苦思甜"、学习《毛泽东选集》成为这类小说屡试不爽的"深挖思想根源"的桥段。此后，苦大仇深的阶级出身与毛泽东思想的教导几乎成为所有小说中正面人物具有正义性的根本原因。

"提高警惕""全面备战"是这一时期军事小说的主题。《解放军文艺》是发表军事题材小说的专门刊物，不过无论是 1972 年的《解放军文艺》还是其他刊物，都缺乏那种主题重大、气势雄浑的小说。这时的军事题材小说主要以"文革"中军队的备战琐事为内容，强调要把战备工作落到实处，反对空谈和"锦标主义"。炊事班、通讯班等辅助性部门是最常被表现的对象，像《决心书》① 这样在当时受到欢迎的小说探讨的是如何做炊事班的工作能更有利于战时需要，所记录的基本是战士们平时工作中的疏漏和窍门。无论作者的创作意图如何，今天我们重读这些小说会很明显地发现 70 年代的军队已经进入了"和平年代"，虽然"战备"无处不在，军队的生活与工作却已经被日常化。除此之外，表现军民团结、军民鱼水情的小说也不在少数，它们是 70 年代里相对"安全"的一类。

革命历史题材的小说在这一年里非常少，一是因为领导层提倡写"十七年"，尤其要写"文革"；二是因为很多老军人被"打倒"，稍不留神就有踩过界的危险。《惩罚》② 是目前笔者能够找到的比较显眼的一篇，小说描写的是抗日战争时期一支游击队的故事，文学性较强，描述性语言多，读起来比较艰涩，与其他作品有很大的不同。小说高

---

① 何先润：《决心书》，《解放军文艺》1972 年 5 月号。
② 管桦：《惩罚》，《解放军文艺》1972 年 8 月号。

度突出了主人公古佩雄的英雄形象，把主人公塑造得颇有侠士之风。虽然革命历史题材的小说稀缺，但革命历史故事却在此时以插叙的形式转移到农业题材小说、工业题材小说甚至知青小说中，成为这些小说中"忆苦"的重要内容，发挥着"教育人民"的作用。

知青小说在 1972 年刚刚起步。知青的主体形象在此时还没被树立起来，主要以工农兵模范的见证人身份出现，即使成为主人公也要突出贫下中农的教育作用，进而证明"上山下乡"的必要性和正确性。在《红妹》《旗委书记和陆小猛》① 等个别小说中知青作为主人公已经成了英雄典型，这是因为他们具有非同一般的身份，即老革命或烈士的后代，有的更是有意到父亲曾战斗过的地方锻炼自己，这样的人物不需要"再教育"便获得了"革命接班人"的身份。1972 年还有一篇流露出"拔根"意图的知青小说，便是发表在《北京新文艺》上的《理想》②（这篇小说也曾在《黑龙江文艺》上刊发过）。小说的主题虽然是教育知青处于平凡的岗位也可以实现自己的理想，但最引人注目的还是"新鲜头儿过去了，思想要长毛儿啦"的实际情况。

还有少量的小说以"教育革命"和"农村医疗合作化"为主题。这类小说属于表现"文化大革命"新事物的小说，得到了肯定和支持，如《"赤脚校长"》《肖红梅》《灵芝草》《山村红燕》③ 等。

另有一小部分小说塑造了商业战线上的先进人物，《"目标大叔"》《线路图》《旅店新风》《满堂飘香》④ 等是其中有代表性的几篇。这些

---

① 金稼民：《红妹》，《广西文艺》1972 年第 5 期；王士美：《旗委书记和陆小猛》，《吉林文艺》1972 年第 8 期。

② 枫山：《理想》，《北京新文艺》1972 年第 4 期。

③ 高伟文：《"赤脚校长"》，《湛江文艺》1972 年第 2 期；袁欣：《肖红梅》，《贵州文艺》1972 年第 1 期；苗迎吉：《灵芝草》，《河北文艺》1972 年第 3 期；于美仪：《山村红燕》，《安徽文艺》1972 年 9 月号。

④ 冯植、李英源：《"目标大叔"》，《广东文艺》1972 年第 5 期；黄远金：《线路图》，《广西文艺》1972 年第 5 期；唐克文：《旅店新风》，《广东文艺》1972 年第 5 期；谭亚新：《满堂飘香》，《革命文艺》（苏州）1972 年第 3 期。

小说立足于颂扬"全心全意为人民服务"的工作作风，通过这些典型的个人，表明70年代的商业部门不以营利为目的，而以为工农兵服务为宗旨。

众所周知，"文革"通行的创作方法是"领导出思想、群众出生活、作家出技巧"，实际上，技巧也是由组织教授的，尤其要教会业余作者怎样写小说、教会专业作者如何帮助业余作者改好小说。甚至可以说，70年代的大部分小说不是被创作的，它们是可以被习得的。如今我们谈起"文革"文学的写作方法，通常会谈到"三突出"及"革命浪漫主义和革命现实主义相结合"这两大写作原则，在对1972年短篇小说的阅读中，我们还可以轻易发现一些反复被利用的套路和方法。

（一）无论专业作家还是业余作者，除了参加创作会议、学习班、贫下中农忆苦会、英模报告会等各种名目的大小会议，最主要的活动便是下基层，也就是去"深入生活"，所以1972年的小说多以"我"到"某地去"开篇，通过"我"这个见证者来讲述各条战线上的新人与新事、矛盾与斗争，有的小说直接点明"我"到某地就是应领导的要求去采访或调查。这个"我"不参与故事，也不影响故事的发展，只具有视角的功能。这样的小说有很强的报告文学色彩，笔者曾试着把它们与当时的报告文学对照着看，除了真实度、生动性方面，其他并无太大的差别。以记载和加工"我"的所见所闻行文，或许对业余作者来说是相对容易的一种写法。

（二）"困难降临—发动群众—艰苦奋斗—无坚不摧"是工业、农业题材小说中最常用的故事链条。小说在开篇先设置一个巨大的困难，看似不可完成，然后让主人公出场接受任务，并通过发动群众把不可能变为可能，在最艰苦的时刻必须高喊"排除万难，去争取胜利"的口号，从而使一切问题迎刃而解。这类小说不仅要突出群众的

力量，更要突出精神的力量、思想的力量。为了避免对政治的图解，小说往往要用大量笔墨来描述克服困难的过程，设计种种克服困难的办法，这样做增加了细节，却并不具有可读性。

（三）表现"路线斗争"的小说必须要围绕一个中心事件设计正、反两个人物，正面人物是教导者、宣传家，以毛主席语录为理论工具，能得到群众的支持，取得最后的胜利，反面人物则最终被正面人物感召。这里的反面人物尚不是阶级敌人，他们往往也居于领导岗位，也有着清白的历史和革命功绩，但在和平时期却放弃了思想上的改造，成为亟须被劝诫的"危险"人物。待到批判"党内走资派"时期，走上错误路线的干部则成为"不肯悔改"的敌人。

（四）各类小说都少不了痛说旧社会苦难家史和战争史的桥段。塑造一个模范人物，要追究其出身，旧社会受迫害是新社会做劳模的根本原因；教育后代、教育在路线上走偏的干部要通过忆苦来达成；描述战争岁月的艰苦、英雄的牺牲更能说明新社会的来之不易。这些桥段一般出现在主线故事的中间，以插叙的方式完成教育功能，从而使主线故事获得圆满的结局。这种写法在 1972 年的小说中已经开始泛滥，并在整个 70 年代屡屡被用，插入的革命故事往往被编造得千篇一律，巧合迭出。

今天，我们再来看 1972 年的小说，当然会觉得它们只不过是一些没有创意的图解政治的下等之作，而在当时，政治空气乍暖还寒，作者如履薄冰，种种对文学的规范限制着创作，无论专业作者还是业余作者能动用各种手段完成时代的命题并不"触礁"，的确是一件不容易的事情，即使不能"戴着镣铐跳舞"，也还是在缓步前进，毕竟小说开始大量地产生了。

第二节　1977 年：小说向何处去

一　1977 年的文学现场

1976 年 1 月 20 日国家级文学期刊《人民文学》几经波折终于"创刊"（实际是复刊，《诗刊》《人民戏剧》《美术》《舞蹈》《人民电影》《人民音乐》等也相继复刊）。在创刊号的《致读者》中，编者大谈"文化大革命"以来社会主义事业，尤其是文艺战线上取得的胜利，暗藏的意思却是"革命"已经搞了很多年，目前应该到真正发展文艺的时刻了，并提出贯彻执行"双百"方针，坚持"革命的政治内容和尽可能完美的艺术形式的统一"，容许"艺术上不同的形式和风格可以自由发展"。[1] 这篇发刊词宛如 1971 年 12 月 16 日《人民日报》上的那篇短论[2]，预示着经过 1974 年到 1975 年的禁锢和各种名目的批判，文艺有可能获得新的发展机会。

《人民文学》创刊号上刊发了蒋子龙的小说《机电局长的一天》，这篇小说不仅在"文革"的尾声阶段遭到批判，在新时期得以"复活"，更成为当前研究者们尤为关注的"文革"小说之一，它往往被视为可以勾连"文革"文学和新时期文学的文本，之于新时期文学具有"起源性"的意义。[3] 但这种"起源性"的文本刚刚露面旋即被又

---

① 人民文学编辑部：《致读者》，《人民文学》1976 年第 1 期。

② 《发展社会主义的文艺创作》，《人民日报》1971 年 12 月 16 日。

③ 相关论文、论著如：程光炜：《"80 年代"文学的边界问题》，《文艺研究》2012 年第 2 期；程光炜：《文学的"超克"——再论蒋子龙小说〈机电局长的一天〉》，《当代文坛》2012 年第 1 期；张红秋：《"文革"后期文学研究（1972—1976）》（非出版物），博士学位论文，北京大学，2005 年；肖敏：《20 世纪 70 年代小说研究——"文化大革命"后期小说形态及其延伸》，中国社会科学出版社 2012 年版。

一轮政治运动压制,《人民文学》自第 2 期起迅速配合政治需求,刊发以"打击右倾翻案风"为主题的作品。到 1976 年 4 月,风起云涌,人心惶惶,各大、小期刊均刊发了三则重要的政治文件,即《中共中央关于华国锋同志任中共中央第一副书记、国务院总理的决议》《中共中央关于撤销邓小平党内外一切职务的决议》《吴德同志在天安门广场广播讲话》(吴德在讲话中将"天安门事件"定性为"反革命政治事件"),多家杂志又奉命转载了《人民日报》上刊载的《天安门广场的反革命政治事件》一文。一时间文艺期刊被政治诗文占去了版面,即使刊发小说,也必须配合政治斗争,完成"愤怒声讨党内走资派、放声歌唱文化大革命"的命题。这一时期,"声讨党内走资派"的小说有陈忠实的《无畏》,诽谤"天安门事件"的小说有伍兵的《在严峻的日子里》。这样,小说内容刚刚转向"抓革命,促生产",便又转为批判"党内走资派"。

1976 年的 9 月 9 日零时十分,毛泽东逝世;10 月 6 日,"四人帮"被粉碎。一个以"文化革命"为主题的时代终于进入尾声。曲终人不散,十年的"革命"不可能一朝鸣金收兵,"四人帮"落马,"文化革命"还要继续。对于依旧由官方控制的文艺期刊来说,此时的任务还是配合政治政令,于是,自 1976 年 10 月起,期刊打乱了正常的版面设置,开始刊发悼念毛主席、歌颂华主席、纪念周总理、批判"四人帮"的诗歌、散文、批判文章及中央文件,各期刊基本停止刊发小说,只有地方性的小杂志尚在刊发为数不多的斗争意味不强的"中庸之作"。

经过 1976 年一系列重大的政治事件,小说寥寥,历史的巨变没有带来作品的丰收,却让小说创作停下脚步;这也许不是坏事,正可以让作者借此平复情绪、反思时代问题,为小说创作提供一段酝酿的时间。1976 年 11 月,《人民文学》编辑部在北京召开短篇小说创作座谈会，会上就作家的个人创造性和个人爱好、题材与风格的多样化问题进行了热烈的讨论，这样的会议正是在为"文学性"的 1977 年做准备。1976 年其实不是结束，它是一个设问句，制造了一个大悬念，等待 1977 年来作答。如果我们把"文革"文学人为地截断在这里，这将是一个多么不明不白的戛然而止的结局啊！

且看来年……

直到 1977 年 2 月，各大期刊，如《人民文学》《解放军文艺》才正式恢复正常的版面设置，开始刊发小说。单以《人民文学》为例，1977 年第 2 期上的小说的确展现了新的气象，让人眼前一亮。这一期刊发了王石的《党课》、贾平凹的《铁妈》和罗先明的《嫩苗茁壮》（儿童文学）。

《党课》虽然是以毛主席号召领导干部要与群众搞"三同"，即"同劳动、同学习、同参加批判资产阶级的斗争"为思想依据，却不只是图解毛主席语录，而且能够把一个没有官架子、吃苦耐劳、深入群众的领导干部写得很朴实、生动，小说的优势在于对人物形象的塑造。"文革"中同类题材的小说《师长与运输员》（毛英）、《骑骆驼的人》（敖德斯尔）[①] 都是 70 年代文学中的佳作，它们虽然在努力表现最主流的主题，却没有放弃对人物的雕琢。《党课》主题不新、结构不新，也安排了一个思想上有问题的"反面人物"，他需要被正面人物教导，但双方之间却不是在"路线斗争和阶级斗争"的话语体系中交锋，70 年代惯用的"当面锣对面鼓的斗争"被消解在行动的细节中，在这里实际行动的感召取代了"语录"的强行压制与教化。

贾平凹的《铁妈》塑造了一个一心为公的保管员大婶，题材非常普通，思想亦不够深刻，属于"好人好事"型小说，故事虽然围绕大

---

① 毛英：《师长和运输员》，《解放军文艺》1972 年 11 月号；敖德斯尔：《骑骆驼的人》，《内蒙古文艺》1973 年第 2 期。

公无私的铁妈与自私自利的富裕中农老六的矛盾展开，却不具有斗争的意味，仅仅通过几个片段来讲述两个非常有生活实感的农民的"博弈"，带有喜剧的轻松、欢愉感。故事是"文革"故事，笔法却是民间的、古典的，读起来如同读合辙押韵的歌谣，如小说中写道："第一笤帚，扫红了老六的脸；第二笤帚，扫皱了老六的眉；第三笤帚还未扫，老六跳了起来……"

自《人民文学》第 2 期之后，一批老作家（新中国成立前作家、"十七年"作家）复归，这些老作家受"文革"文学的影响较小，不太善于紧跟时代，往往写作革命历史题材小说和回忆录性质的小说。

到 1977 年 10 月，《上海文艺》复刊（它是最晚复刊的省级文艺期刊），长期受"四人帮"控制的上海终于迎来了"文革"前就存在的代表性刊物的回归，这标志着我国重要的文学期刊从 1971 年开始陆续试刊、复刊（当时称为"创刊"）到此时悉数登场。鉴于上海在"文革"中的特殊地位和《朝霞》的巨大影响，《上海文艺》一经发刊便猛烈批判"四人帮"和《朝霞》，并在《创刊词》中提出创作自由、争论自由的办刊理念。第 1 期刊发了老作家巴金的《杨林同志》和茹志鹃的《出山》，二文回避了对当前形势的发言，讲述的是故人旧事，内容中规中矩，行文的方式、情感的表达都是"文革"前的。

除《人民文学》《上海文艺》外，各期刊都在 1977 年呈现出活跃的态势，刊发的小说渐趋多元。不过中央对打击"走资派"的政令依旧没有废除，狠批"四人帮"的风潮持续不断，又接连发出"农业学大寨""工业学大庆""全国人民学雷锋"的号召，小说仍旧被要求体会中央精神、紧扣时代命题。

除了配合政治任务的小说，革命历史小说在 1977 年得以复兴，尤其是长篇小说：一批"文革"前出版过的革命历史小说重新出版；一些写于"文革"前却被"文革"中断的革命历史小说迅速浮出水面；一些在"文革"中便获得出版权的小说因写作革命历史故事，受"四人帮"影响相对较小，在 1977 年还可以顺利出版。这就使这一年出版的长篇小说以革命历史小说为主，如《风扫残云》《燕山游击队》《鹰击长空》《吕梁英雄传》等。当然，在 1977 年前筹划的一些反映阶级斗争、路线斗争的长篇小说依然有选择地被出版，一是因为长篇小说的写作和出版本来就有滞后性，二是因为此时只是在批判"四人帮"，对"文革"本身尚没有做出否定性的论断。

短篇小说创作也表现出对革命历史故事的青睐，白桦创作了纪念贺龙的小说《天上的"神仙"》，王愿坚创作了一系列以"长征"为主题的小说，如《足迹》《长征路上》等。然而，以直逼时代为己任的短篇小说在新的历史契机中不可能满足于仅仅回忆过去，此时，短篇小说做出了种种想要突破的预备动作，但还无法确定自身前进的方向，尚在观望，屡屡回眸。这样的踟蹰是因为创作尚需要回应官方的召唤，作家还是要听党的号令，"文革"以来的文学生产方式和写作方式仍旧被沿用，而对于作家自身来说，在历史的转折点上他们也不知道文学将向何处去、自己将往哪里走。郑万隆曾坦言："粉碎四人帮之后，我差不多一年多没有写过一个字，有两年的时间没有发表任何东西。我的思想转不过弯来，我无法理解为什么会发生这么大的事情，我一直没有从被粉碎中醒悟过来，到一九七九才再拿起笔来。"①如果说 1972 年是 70 年代文学的草创期，那时"摸着石头过河"的作家尚有国家的种种规范来指导写作，可时间到了 1977 年，国家除了限定主题，提倡"双百"方针外，却并无具体、细致的规定，这反倒使一直处于严密监控中的作家们不知所措。这时，一批老作家出面充当了对广大作者发言的角色。

---

① 郑万隆、梁丽芳：《郑万隆：发掘了创作的金矿》，选自梁丽芳采编《从红卫兵到作家——觉醒一代的声音》，万象图书股份有限公司 1993 年版，第 413、414 页。

1977 年 11 月 21 日《人民日报》编辑部邀请文艺界人士举行座谈会，提出坚决批判"文艺黑线专政论"和开展文艺界"拨乱反正"的任务。10 月至 11 月陕西省召开全省文艺创作会议，并在同年第 11、12 期的《延河》上刊发了一批老作家谈文学创作的文章，包括马烽的《到火热的斗争中去》、李准的《短篇小说的人物塑造及其它》、柳青的《对文艺创作的几点看法》、王汶石的《继续努力、写好英雄》、杜鹏程的《漫谈深入群众》、李若冰的《作家、战士》等。《人民文学》于第 8 期刊发了孙犁的《关于短篇小说》。这些老作家并没有发出超越时代的声音，基本是在重复中央对文艺的希望和要求。具体到文艺创作的细节，作家们达成的共识是"要有生活气息"，是否具有"生活气息"成为当时判定作品好坏的一个重要标准。

在这样的情况下，1977 年的文坛表现出强烈的混杂性和分裂感，一些人试图书写过去，避开当下，一些人还沿着"文革"文学的老路走下去，一些人想要直面时代的问题，一些人则在写法上谋求突破。综观 1977 年的小说，可以将其概括为六类。

一是上文讲到的革命历史小说，这里不再赘述。

二是改换型小说，这些小说延续以往的写作套路，只是改换被批判的对象，70 年代初批判刘少奇、林彪，而后批判"走资派"、直指邓小平，如今则批判"四人帮"，故事依旧是旧故事，形式依然是旧形式，正反对立、矛盾分明、语气铿锵。比如发表在《上海文艺》创刊号上的《比武》，依然沿用"落后青年出场—揭露落后原因：'四人帮'毒害—教育、帮助—《毛选》教导、华主席感召—思想转变"这样的典型"文革"模式。再如发表在《人民文学》第 8 期的《高高的红石崖》，小说在"农业学大寨"的背景下展开故事，将以往小说中批判的反面人物置换为"四人帮"，其他情节则并无大的改变。

三是学大寨、学大庆、学雷锋的时代赞歌，属于表扬"好人好事"的和缓之作，如逯斐的《在林区列车里》①。

四是开拓表现内容的小说，如将知识分子作为主人公并进行赞颂的《今天》、反映教育领域的《禁声》、触及爱情话题的《果林里》②。当时的实际情况正如李准所言："题材还是太狭窄，应该扩大。'四人帮'为了达到篡党夺权的目的，在题材上搞的是反革命的实用主义，到后来甚至只准写一种题材，就是所谓写'走资派'。我自己就曾受到这个反动谬论的影响。现在要把我们的作者眼界扩大开来。我们的文艺作品不仅应该反映当前现实斗争，也要反映革命历史题材，科学方面、教育方面的题材，也应该大力提倡。"③ 在题材尚不丰富的1977年，这类小说拓展了表现领域，塑造了以往不能被重点书写的人物，让人眼前一亮。

五是混杂型小说，新旧主题集于一身，往往是新意识包着旧故事，写法虽不太新颖，却也打破了陈旧的故事链条，如叶文玲的《丹梅》④。

六是在写法上有所突破的小说，这类小说虽然常常以学大寨、学大庆为背景，注重表现的却是个人的形象，行文方式不拘一格，已经为文学打开了通往新时期的大门，让我们隐约看到了新时期的多种面貌，如贾平凹刊发在《安徽文艺》第10期上的《短篇四题》。

二　混杂型小说：《丹梅》与《禁声》

《丹梅》发表于《人民文学》1977年第3期，作者叶文玲是在"文革"中已发表多篇小说、到70年代末期非常活跃的一位女作家，

①　逯斐：《在林区列车里》，《上海文艺》1977年第2期。
②　杜斌：《今天》，《人民文学》1977年第8期；彭新琪：《禁声》，《上海文艺》1977年第3期；贾平凹：《果林里》，《安徽文艺》1977年第10期。
③　李准：《短篇小说的人物塑造及其它》，《延河》1977年第11期。
④　叶文玲：《丹梅》，《人民文学》1977年第3期。

她所创作的《心香》虽然在 1980 年获得了全国优秀短篇小说奖，进入新时期以后，她本人却并未引起太多的关注，也许因为她的散文曾被选入小学课本，才被更多的人知晓。叶文玲在"文革"中属于回乡知识青年，高中辍学，曾回乡务农，在本地文工团、宣传队做过宣传员，在工厂里做过工人，1977 年 55 岁的她以工人业余作者的身份进行创作，"利用业余时间写作，星期日也极少休息，经常熬夜，有时孩子嬉戏于身旁仍然坚持写作"①。1977 年的叶文玲接连发表了三篇小说，即《丹梅》（《人民文学》1977 年第 3 期）、《雪飘除夕》（《人民文学》1977 年第 5 期）、《春夜》（《河南文艺》1977 年第 4 期），像她这种在"文革"中写作到 1977 年还能保持如此产量的作家其实并不多，大部分作家都有着如同郑万隆那样的困惑和无所适从。那么，是叶文玲骤然完成了转型和自我突破，还是 1977 年本来就是挣脱不了"文革"影子的交界点？

《丹梅》讲述的是发生在 1976 年春的故事，小说篇幅虽短，却不是一个单线故事，它包含了几个 70 年代惯有的故事类型，又在细微处超越了惯有模式的束缚，表现出些许的差异。小说乍看起来是一个典型的知青故事，讲了一个叫丹梅的女知青在农村苦干、实干，且不求荣誉的模范事迹。这个"广阔天地、大有作为"的知青故事再平常不过，却因被置于 1976 年故事发生的语境和 1977 年故事发表的语境中而与以往的知青小说有所不同。它略去了"接受贫下中农再教育"和"扎根、拔根"的思想斗争这些屡屡出现的情节，也不反复申明"大有作为"的豪情壮志，而是提倡实干，将"抓革命，促生产"的信条转换为"促生产是革命的具体行动"的理念。提倡实干、反对空谈除了为呼应 1977 年发出的"农业学大寨"号召，也是为了将矛头

①　郑州纺织机械厂业余文艺评论组：《革命人民和"四人帮"斗争的生动写照——评叶文玲同志最近发表的三篇小说》，《河南文艺》1977 年第 6 期。

指向以空谈著称的"四人帮"，从而引出另一层面的故事，即与"四人帮"对抗的故事。在"农业学大寨"和知识青年扎根农村这两大背景下，去城里开会揭露"四人帮"爪牙的虚伪面目本是小说的主线故事，作者却让丹梅在路上"节外生枝"，使主线故事发生偏离，另外讲述了丹梅救孕妇的学雷锋故事。在学雷锋的过程中又插入三个小故事：第一个是关于孕妇赶路的故事，对赶路原委的讲述引出了一个舍己为公的劳动模范故事；第二个故事是军属故事，丹梅为了帮助孕妇分娩，敲开了一户人家的大门，进而了解到这户军属全家的光荣事迹；第三个故事再度以孕妇为主人公，经由军属讲述了孕妇曾经来此地指导劳动、帮助生产的故事。插入的两个人物引出三个典型的"文革"故事，这三个小故事又被 1977 年开始复兴的学雷锋故事统辖，而学雷锋的行为直接导致了丹梅开会迟到，进而将丹梅与"四人帮"爪牙的矛盾激化。对"四人帮"的批判恰恰是 1977 年的主要内容，叶文玲动用了一系列"文革"故事，通过巧妙的排列组合，最终奏响了 1977 年的主旋律。故事虽然是旧故事，精神却是新精神，并且通过环环相扣的布局，打破了"文革"小说的惯用套路。看似每个小故事都是不出彩的，但组合在一起却别有新意。尤其需要注意的是，人物的对话、行文的语句都是"文革"式的，基调却是温和、徐缓的，甚至流露出人与人之间那种互相关心的温情，而非概念化的阶级友情，如同小说中写的那样："祖国处处有亲人，广阔天地都是家。"结尾处与"四人帮"爪牙的斗争也不是广场式的、仪式化的，丹梅最终没有走入会场，而是以拒绝的姿态离开了那不属于她的"革命"会场，"文革"小说中那种主人公冲上讲台、一呼百应的豪情被淡淡的哀伤取代，参与意识被疏离意识取代，知青群体的言说在小说中被丹梅个人的内心活动置换。虽然每个小故事都是耳熟能详的，小说却绝不属"替换型"小说，它展示了在旧时代结束、新时代即将开始的转

折点上一个从旧时代中走过来的作家在处理新问题时所表现出的分裂感，她正是用混杂各种元素的手段表现出了她与时代的切近。

《禁声》发表于 1977 年第 3 期（12 月号）的《上海文艺》上，作者彭新琪 1951 年毕业于复旦大学中文系，"文革"之前便开始创作，这样的高学历背景与"十七年"创作经验使她的小说比叶文玲的小说明显多了些文人气，少了些"文革"风。这位具有良好教育背景的作者创作的小说甚是质朴感人，虽然以第一人称口吻用进行时讲述"我"在 1975 年的经历，读来却有回忆录的感觉，仿佛 1977 年的人在回忆过去的际遇，表达过去的情感，这种回忆性质的小说本来就容易打破模式，加之以时间顺序和个人情绪来组织全文使小说更为出彩。

《禁声》在 1977 年得以成为"主旋律"作品，是因为它是一篇批判"四人帮"的小说，对"四人帮"的揭露正是《上海文艺》急需的题材。彭新琪以"旧"的"十七年"文学经验来组建一篇呼应 1977 年的小说，自然不同于那些新瓶装旧酒的"替换型"小说，也异于《丹梅》那种从"文革"创作中延续下来的小说。1977 年的"旧"作家是谨慎的，巴金、茹志鹃、王愿坚这些知名作家重返文坛后都选择了离"文革"有些距离的故事来写，彭新琪这样的不知名文学工作者以批判"四人帮"为任务，较早在小说中展现了知识分子在"文革"中的际遇，相比同为教育题材的《班主任》，《禁声》中老教师的主角地位和主体性都要强于张俊石老师。《班主任》的主角看似是张老师，实际却是几个孩子，老师更像一个功能性角色，具有"看"的功能和评论、引导的功能，事实上，张老师的主体性是时代和政治认可的政治正确性，《禁声》中老教师的遭遇和个性却是读者首先关注的焦点。

《禁声》讲的是 1975 年政治空气缓和，被发配到食堂做饭的"我"回到原来的教师岗位，看到学生受"读书无用论"的影响荒废学业而努力搞好教学工作，不久开始抓"复辟"典型，"我"成为被抓的危险分子，"我"虽然有一时的动摇，打算"禁声"，可最终本着对学生的责任感不肯离开教学岗位。这篇小说里面有三条线索：第一条线索是"读书无用论"对学生的毒害——这是一个类似于《班主任》的故事，并且刘心武和彭新琪都是了解青少年的作者，他们的小说是"有生活"的，是有感而发的，不管情节的虚构成分有多少，发现问题的眼光足够真诚。第二条线索，小说如《班主任》一样，也有两个需要被教导的"坏学生"，一个是工人子弟高军，不爱学习，在老师的教导下认识到知识的可贵，转变为拥护老师的学生，另一个是干部子弟梁云，小说虽未言明，其实暗指其父为"四人帮"一伙的领导干部，老师从未放弃这个学生，这个学生却向其父告发老师，引抓"回潮"的人前来调查，但在老师的内心，这样的孩子还是可教导的，而不应把他直接归入"四人帮"一伙。第三条线索是"四人帮"抓回潮。"四人帮"爪牙在小说中并没有以清晰的面目出现，作者多次用几个在玻璃上"压扁的鼻子"来代替，以表现那些调查者可恶、猥琐的偷窥行为。小说的三条线索都紧紧围绕着批判"四人帮"这一主题，这一主题实际限制了作者的发挥，加之这样的老作者通常缺乏对时代的灵敏嗅觉，她很难发出刘心武那种开时代先声的"救救孩子"的呼唤，她对时代缺乏一种抽象的概括能力，仅仅借助个人生活经验来完成符合国家要求的写作。即便这样，《禁声》在1977年出现，仍有值得被关注的几点。

首先，老师作为知识分子的主体形象得以被树立起来，因为彭新琪本人的身份和经历，她所塑造的这个知识分子形象是朴素、真切的，而不同于为知识分子翻案的小说《今天》。在1977年，以知识分子为主人公的小说获得合法性，即使知识分子不是主人公，只要他们出现在小说中便具有同一面目，即爱国、爱党、促生产，他们的知识在促生产上可以发挥巨大的作用，这样的知识分子面目是国家对知识分子新的定性，而非小说作者对知识分子的"发现"。比如《今天》里的那位知识分子，他具有共性却不具有个别性，而《禁声》中的老教师却具有更多的实感和个人特质，当然比起以后的知识分子形象，这个老教师形象显然比较单薄，这里笔者只是在 1977 年的语境里谈。另外，小说在写法上虽不算新颖，却不同于典型的"文革"文学，它最大的特点是多处处理得比较隐晦。比如，结尾是开放式的，暗表了老师与"四人帮"对抗的决心；"坏"学生梁云如何发展也不可预知；对"四人帮"爪牙的刻画非常模糊，仅用"鼻子""脸"等部位代指人物，并且不设计正面人物和反面人物的正面交锋，反面人物始终被当作一种无处不在的"黑暗势力"来处理，或者说反面人物仅仅是一种时代氛围，而不是一两个具象，"文革"文学那种正反对抗、矛盾激化、正面一定战胜反面的模式在小说中被完全回避了。

在 1977 年这样的关节点上，具有不同身份、经历和知识背景的作家各有其应对的创作方法，通过一些被忽视的作品考察他们这一时期的文学活动、写作方式实际是很有意思的事情，细读这些作品能使我们清楚地看到作家个人乃至整个文学界前进的方向和方式。在考察 70 年代文学与新时期文学的关联性时，贯穿两个时期的作家成为学界关注的重点，比如蒋子龙、陈忠实、张抗抗，像叶文玲这样在新时期受关注度低的作家往往被忽视。实际上，局限在几个作家身上来考察文学在历史中的运动、演变是不够的，回到文学发生的现场，梳理林林总总的信息才有可能摸清文学的脉络。

1977 年，文学逐渐打破"文革"文学的典型模式，无论是继续利用"文革"文学元素，还是调用"十七年"文学资源，或是另辟新路，在时代允许的范围内文学已在这一年出现分流的迹象，新时期文学的多种面目正是在此时露出端倪。

第二章　长篇小说的"故事"

"文化大革命"开始后，小说凋敝，到 1972 年才开始出版长篇小说，至 1977 年共出版 160 余部，可以说，70 年代是长篇小说减产的时代。长篇小说受自身文学规律的限制，在政治宣传上远不及诗歌、民间文艺直接、快捷，无论其如何努力完成时代命题、承担教化功能，还需人物和故事来承载。即使存在文学与政治之间的显见矛盾，因长篇小说在文学界和读者群中的影响力，及其在文学世界中的重要地位，官方始终没有放弃打造具有代表性的长篇小说。在写作与出版方面的严苛规定下，70 年代产生了一批多方干预，甚至多人创作的平庸、雷同之作，以致学界一直对这一时期的长篇小说评价过低，甚至无法以"文学性"为标准对其进行打捞和研究。

如今有关 70 年代小说的资料汇编较少，很多资料尚有待考证，资料的错记和错用情况屡见不鲜。比如，1976 年山东人民出版社出版的《山里人》的作者为张雷，很多研究者却将其写作"张雪"，这就是二手资料错误导致的后来者的误用。还有一些在当时采用现在已经弃用的汉字（写法的弃用），如今往往被人随意用形似或同音的字来代替，这种不严谨的做法会造成不同字的混用。如长于考证的解志熙所言，"有些文字讹误，的确'差之毫厘，谬以千里'"[①]，今天我们通

---

① 解志熙：《考文叙事录——中国现代文学文献校读论丛》，中华书局 2009 年版，第 3 页。

常觉得古代文学、现代文学需要考证，当代文学资料即便出现错误也无关紧要，它离我们最近，易查、易辨，尤其对于这样艺术价值不高的作品，即便记错几个作者的名字也于文学研究无碍，殊不知今天我们放过了这些错误，这些错误便会一直延续到后代。无论这些小说将会获得怎样的历史地位，记载它们都须谨慎。

在对 70 年代长篇小说的搜集、整理之上，本章将讲述以长篇小说自身为主人公的故事——讲述长篇小说的主题、出版等方面的情况；同时，也将察看 70 年代的长篇小说讲述了怎样的故事，是如何讲述的。

第一节　70 年代长篇小说概貌

从 1972 年到 1977 年，共有 160 多部[①]长篇小说（不将重复出版的小说计算在内）被正式出版、发行，其中 1972 年出版小说约 14 部，1973 年约 13 部，1974 年约 16 部，1975 年约 28 部，1976 年约 44 部，1977 年约 50 部，呈明显的逐年上升趋势。[②] 这里所指的长篇小说不包括《护宝记》（杨明礼）、《探宝记》（李云德）、《小铁头夺马记》（蔡维才）等儿童文学[③]；也不包括《玉龙的眼睛》《香蕉村的黎

---

① 《飞雪迎春》第二版与第一版存在很大的不同，第一版实际是小说的上部，第二版为上部和下部的合集，故将其算作两部不同的作品。

② 《艳阳天》三卷分两次于不同年份单独出版，虽为同一小说，不同年份出版的内容却不同，故将不同年份出版的卷册分算；《金光大道》在 70 年代出版两部，因于不同年份出版，在计算每年的出版物时，也将其分两次计算。此种情况的小说还包括《沸腾的群山》。这里不同年份出版的不同部分均单独计算。

③ 在这 160 多部小说中，也有以青少年为表现对象的小说，如李诗学的《矿山风云》，李诗学自己也将其小说称作儿童文学，但因《矿山风云》展现了矿山的斗争生活，不仅仅局限在几个孩子身上，并非单纯的儿童文学，这里将其计算在内。基于同样的理由，《闪闪的红星》也被列入。

明》这样的故事①；对于像《万里战旗红》这样的采写黄继光生前所在连队英雄事迹的作品，将其视为报告文学，与小说区分看待；至于张长弓的小说《青春》，虽然篇幅较长，被有的研究者划为长篇小说，但因其在期刊上连载和以单行本形式出版时都被定为中篇小说，这里也遵照当时的看法，不将其归为长篇。

在这 160 多部小说中，存有一些在"文革"前便已经出版、"文革"中再版的小说，这些再版的小说基本都经过修改，有的改动非常大，如《难忘的战斗》，其前身为 1958 年出版的《粮食采购队》，小说作者不仅被要求修改不符合 70 年代方针政策的部分，还须将"三突出"等创作原则体现在新版小说中。即便官方对创作有颇多苛求，为了树立样板，展示创作实绩，一些小说尚能得到官方的肯定，并多次被再版，如《艳阳天》《牛田洋》《桐柏英雄》《连心锁》《剑》《千重浪》等。在再版的图书中，有一类为"农村版图书"，这是从全国出版的图书中遴选出适合农村需要、向农村推广发行的一批书，不仅包括文学艺术读物，还包括政治读物、社会科学基础读物、文化科学读物以及工具书。从 1974 年起每年都有几本小说被选作"农村版图书"重印，如《敌后武工队》《剑》《草原新牧民》《霞岛》《较量》等，足见当时对农村文化生活的重视。事实上，当时农村文化活动丰富，除了演、唱、讲，读、学、写也是农村文化生活的重要部分，具有农民身份的作者尤其能得到组织上的鼓励和培养，一大批农村业余作者在读和学的基础上走上了创作的道路，这些作者中的大部分是回乡知识青年和插队知青，当然，也有少数在学习和活动中脱颖而出的

---

①　在"文革"时期，革命故事不仅指革命历史故事，反映"文化大革命"中生产、生活、斗争的所有故事都被称作"革命故事"。革命故事是 70 年代一种重要的文学形式，它与小说相近，主要用于口头讲述，通俗易懂，便于传播，既遵从"三突出"等"文革"中的创作方法，也运用一些民间艺术形式，设置悬念、运用巧合是革命故事惯有的方法。基层一般都设有革命故事编讲队。

土生土长的低学历（小学毕业）或无学历农民。

70年代长篇小说以农业、工业、军事、革命历史、知青小说为主，兼及教育、医疗、反特等题材。

农业题材小说在长篇小说中所占比重最大，《虹南作战史》《艳阳天》《春潮急》《金光大道》等是反映50年代农业合作化的小说；《惊雷》《青石堡》等是反映农村社教运动的小说；《万年青》《响水湾》等主要针对反"三自一包"、反资本主义道路来展开60年代初的农村故事。农业题材小说中最主要的一类为反映"农业学大寨"的小说，"农业学大寨"的号召从50年代起一直延续到70年代末，新中国成立后的农业题材小说多以其为背景组织故事，通过开山引水、发展机械化等情节来表现人们的生产热情、歌颂农业取得的巨大成就，并在生产故事中糅入阶级斗争和路线斗争的内容，从而将农业生产革命化。《雨后青山》《地下长龙》等是这类小说的代表。

如果我们将"农业"视为一个大概念，那么农、林、副、牧、渔可以统称为农业。70年代长篇小说中也有反映林业、渔业、畜牧业的小说，如描写70年代初渔民生活的《渤海渔歌》，讲述林业、农业互助故事的《燕岭风云》，反映50年代渔业合作化的《闹海记》。我们可将这些划为农业题材小说，但要注意将它们与农村小说区分来看待。实际上，反映大农业生产的农业题材小说不等于农村小说，农村小说自有其历史、文化沉淀下来的特有的乡土气息，即使乡土被合作化、阶级斗争等国家意识包装，乡土农民特有的生活方式、话语习惯、思维特征还是影响着70年代小说的细节。另外，还有相当数量的反映农场生活的小说，农场虽然也是从事农业生产的所在，却是"单位"性质的机构，农场中人员构成复杂，不仅有农民，还有军人、知青（初高中学生）、大学毕业生（农场相当于他们的工作单位）。像《牛田洋》《军垦战歌》这样反映军垦生活的小说虽然主要讲述的是农业生产故事，却不应将其视为农业题材小说，它们实际展现了军队在和平时期的另一种存在方式；而如《分界线》这样的以农场为舞台展开故事的小说其实是典型的知青小说。强行以题材来给小说分类或许是不当的方法，这里不过是想通过划分讲明70年代长篇小说触及了哪些历史内容、讲述了什么样的故事。

工业题材小说虽然是新中国成立后国家非常重视的一类，相较农业题材、军事题材、革命历史小说的数量却并不算多，1972年至1977年，平均每年仅有3部出版，多反映矿工和钢铁工人的生产生活。《沸腾的群山》《飞雪迎春》《较量》《东风浩荡》《创业》《草原的早晨》是其中较有代表性的几部。工业题材小说虽然在70年代数量不太多，影响力却相对比较大，新时期以后，研究者对工业题材小说依然比较重视。

70年代长篇小说中数量较多的是革命历史小说和军事题材小说。讲述中国共产党的光辉革命历史、人民军队在抗日战争和解放战争中的英雄事迹是70年代最安全的"无功无过"型小说。无论"文革"前提倡的"写十三年"，还是"文革"中提倡的"反映无产阶级'文化大革命'以来的新生事物"，都是希望作者能紧密配合当时形势，为国家政令呐喊助威，即便这样，革命历史题材还是因为其安全、合法、受限制相对较小得到作者们的青睐。况且，很多作者本身便具有军旅生活经历，新中国成立后写作过往难忘的斗争岁月也是他们的夙愿。70年代出版的很多革命历史小说都写于"文革"前，经不断修改获得出版权，特别是1976年后，面对错综复杂的政治剧变无论作者还是出版社都对反映"文革"生活的题材生畏，革命历史小说刚好可以在此时获得出版时机，这样，1977年革命历史小说迎来了大丰收，反映抗日战争和解放战争的小说就有15部，另有一些反映土地革命、建立农村革命根据地的小说，如《南国烽烟》《万山红遍》等。

革命历史小说大都属于军事题材，"革命历史"不过是新中国成立后对反映中国共产党以往斗争史的小说的一种特定叫法。军事题材小说单指反映新中国成立后军队活动的小说，主要涉及三方面内容：数量最多的一类为反映抗美援朝战争的小说；其次为表现人民解放军在和平时期参加生产建设的小说，包括反映军队屯垦戍边的小说《牛田洋》《古玛河春晓》，讲述海军潜水小分队支援水电站建设的小说《水下尖兵》，讲述军队修筑铁路的小说《钻天峰》；最后一类为反映新中国成立后剿匪、清特、加强战备的小说，如《草原歼匪》《风扫残云》《黄海红哨》等。

知青小说是 70 年代小说中备受关注的一类，此类小说不仅在当时被出版社有计划地组织写作和出版，也得到当下研究者的重视。1973 年出版了《征途》《草原新牧民》；1974 年出版了《剑浪河》；1975 年出版了《铁旋风》《分界线》；1976 年出版了《云燕》《鼓角相闻》《我们这一代》《晨光曲》和《延河在召唤》。这些不同年份出版的知青小说因政治形势和知青运动的变化而各有侧重点，考察这些小说的异同，发现作者的创作倾向和意图对理解知青运动如何在 70 年代被文本化、文学化，甚至对了解知青群体的历史命运和精神演变都有很大的意义。

"文革"中最受鼓励的一类为歌颂"文化大革命"以来新生事物的小说，教育革命和医疗卫生革命是其中常被文学反映的两个方面。这一时期，呼应教育革命而创作的小说有《草原明珠》《使命》《前夕》，反映医疗卫生革命的小说有《雁鸣湖畔》《映山红》《澜沧江畔》。

70 年代还有 3 部反特小说——《红石口》《斗熊》《斗争在继续》，3 部讲述 70 年代初公安战线对敌斗争的小说故事性较强，如果将它们与"地下文学"中的反特小说如《一只绣花鞋》《绿色尸体》等对照阅读，或许会有新的发现。

另外，还有一些表现铁路运输、工程建设、商贸、金融等领域的小说，如《汽笛长鸣》《广大的战线》等。几部专门反映根治海河的长篇小说——《龙滩春色》《中流砥柱》《擒龙图》《激流》，因"一定要根治海河"的口号由毛泽东亲自提出，得到官方的扶植和重视。到1977年，3部历史小说《义和拳》《陈胜》《李自成》（第一卷，上、下册）得以出版，打破了"文革"以来无历史小说的局面。

　　今天我们整理和阅读这些小说，不仅能看清小说的大体样貌，发现那个年代小说的特点、暴露出的问题，还可以做勾连性、对照性阅读，即在一个大的文学时代中来看某一部小说，而不是将文本抽离时代，孤立地来解读"这一部"。在搜集文献时，笔者对小说的出版时间、版本、作者、写作时间、主要内容等基本信息进行了整理、考证和记录，这样既可以呈现每部小说的情况和不同年份出版的多寡、题材的调整，还便于将具有相似性的小说挑选出来，如主题相似、作者组成情况相似等。① 总之，陈列出 70 年代长篇小说的篇目，并记录其基本信息，便于我们按图索骥，在小说的地图中寻找到研究方向与方法。

　　比如研究"文革"时期的知青小说，单独拿出一部来看很容易觉得它只不过是乏味、模式化的"文革"文学之一种，若是从《征途》《草原新牧民》开始读，一直读到1977年的《延河在召唤》，使小说形成一个系统，彼此有所参照，也许我们就不会对任何一部"文革"小说无话可说了。我们往往对单独的一部"文革"小说无话可说，不只因为小说的文学性太差，还因为我们本身缺乏"文革"文学的阅读史，从而无法获知它与其他文本的关系，更无法确立"这一部"在整个"文革"小说中的位置，试图用文学之外的理论来激活一部"死气

---

① 参见本书下篇"1972—1977 年长篇小说提要"。

沉沉"的作品有时尚不如用文学作品本身来彼此激发。除了让 70 年代出版的小说自成系统外，还可以用"地下"小说、不同时期的具有参照可能的小说乃至其他类型的文本（比如新闻报道、档案、回忆录、历史著作等）来对照着阅读，这样，我们就有可能提出更多有价值的问题。比如，70 年代出版的 3 部"反特"小说与"地下"反特小说有哪些异同，《红石口》与《一只绣花鞋》是否有关联，所谓的"地上文学"与"地下文学"真的那么格格不入吗？如何将一则新闻、一个政治事件文本化？模范知青的故事如何被酝酿成《征途》？至今仍在讲述的战争故事、"土改"故事、"合作化"故事在不同年代如何被呈现、怎样演变？种种问题的提出都始于整理和阅读，对种种问题的分析和解答也要依靠对文本方方面面信息的掌握。随着"文革"资料的逐步公开、档案的解密，回忆性文本大量出现，小说自然可以获得新的被解读的角度，反过来，这些小说作为历史的沉积物，也可以与当时及之后的各种材料一起来讲述、还原（有限度的）一段历史。

　　70 年代长篇小说的出版比短篇小说要谨慎得多，从题材选择到作者写作的每一个细节都需层层把关，经组织研究方可出版。在这样严格的遴选制度下，凡正式出版的长篇小说基本没有遭到批判，而以反映"文革"以来各行各业生产、以斗争为主的短篇小说却几次被点名批评。长篇小说如此谨慎的创作和出版态度使作者顾虑重重，选择相对安全的题材、回避"文革"成为大多数作者的策略。所以，70 年代长篇小说总体上呈现出这样一个显著特征：即使官方一再强调作者要写"文革"，160 多部小说中真正讲述"文革"故事的却并不占大比重，写"十七年"反倒成了热门。不过，70 年代小说中出现的"十七年"明显是被 70 年代意识改写的"十七年"，也就是说作者是站在 70 年代按照 70 年代的官方意志来构造"十七年"故事的。比如郑万隆的小说《响水湾》。《响水湾》写于 1975 年，出版于 1976 年 6 月，写的是 1962 年前后的故事，小说里的人物虽然生活在 60 年代初，他们的所思、所想、所为却要符合 70 年代的政治逻辑。如果说"十七年"小说中所写的人物往往是成长型的，无论英雄还是普通群众，都有一个被教育并改正、提高的过程，70 年代小说中的英雄则是完全长成的英雄；如果说"十七年"小说有对政策、政令的惶惑，《响水湾》这样的写 60 年代的 70 年代小说中对"三自一包"和以刘少奇为首的"走资派"的批判却是斩钉截铁的，并带有暗讽邓小平的意味（这是 70 年代批判"走资派"的结果）。作者们虽然可以回避 70 年代，写的却不是具有实感的"十七年"，"十七年"的故事被征用做酒瓶，装进的却是 70 年代的酒。鉴于《响水湾》体现了 70 年代小说在处理新中国成立后至"文革"前这一历史时段的显著特点，且小说中女性角色的设置具有"文革"主流小说的代表性，笔者将在下一节着重讨论郑万隆的小说《响水湾》。

第二节 70 年代小说对"十七年"的改写： 以《响水湾》为例

一 无产阶级的女儿

1973 年，29 岁的郑万隆在《北京文艺》第 3 期上发表了短篇小说《一个心眼儿》，主人公养猪场的女场长以亲切活泼的自述口吻向听众讲述了她在丈夫——一个老党员的引导下参与村中事务、学习文化知识、担任养猪场场长、被评为劳动模范，并最终成为共产党员的故事。经历了几个事件之后，女场长兴奋地总结道："大伙都说我变了，俺也觉乎着俺干革命的心气更高了，经过无产阶级文化大革命，俺两次评上模范饲养员，还光荣地加入了中国共产党。"① 这是一个典型的新中国女性的成长故事，一个农村家庭妇女成长为女劳模、女领导、女党员的故事，众多细节铺排的着力点不只为了催生最终的结果，更在于一步步展现"变"的过程。虽然女场长作为中心人物是作者极力要宣传、表扬的典型，其实小说中更有力量、更具英雄品质的是她的丈夫——一直引导她、不断帮助她提高政治觉悟的老基层干部，我们完全可以将其丈夫称为她的"精神导师"，这里面有一个"教育—成长—长成"的小说模式在起作用。读这个故事，有一种熟悉的感觉，它会让我们想起赵树理描写农民开大会的热闹场面，想起马烽让农民自己讲自己思想转变过程的叙述方式，想起《李双双小传》里夫妻"博弈"的小技巧。如果找几篇"十七年"的农村题材小说进行细致比较，我们会发现《一个心眼儿》运用了太多"十七年"的资源，甚至可以说，如果不动用"十七年"的文学资源郑万隆这样的年轻写作者还能求助于什么？20 世纪 80 年代末，郑万隆在接受台湾学者梁丽芳采访时说："我认为中国这一代作家都受过这'十七年'文学的养育，他们是在十七年的基础上往前发展的，他们读到的五四作品不多，五四文学作品在解放以后出版的很少。因此，这一代的作家，很难逃出十七年的文学的影响。"②

1975 年 1 月，郑万隆开始写作他的第一部长篇小说，即《响水湾》，第一个出场的人物也是一个朴实的养猪能手，小说中的"中心英雄人物"李耕是她的丈夫，在这里《一个心眼儿》中那个拥有强大的感召能力的丈夫终于在《响水湾》中从妻子的背后走到了前台。不

---

① 郑万隆：《一个心眼儿》，《北京文艺》1973 年第 3 期。

② 郑万隆、梁丽芳：《郑万隆：发掘了创作的金矿》，选自梁丽芳编《从红卫兵到作家——觉醒一代的声音》，万象图书股份有限公司 1993 年版，第 414 页。

过，女饲养员的故事在长篇中并没有被展开，或者说她的政治故事没有被展开，她完全被局限在家庭中，成为无限支持丈夫大干社会主义的坚强后盾，而几个非常耀眼的年轻女性迅速登上响水湾的政治舞台，作为主要英雄人物来陪衬中心人物李耕。值得注意的是成长故事在长篇小说中被简化了，年轻的姑娘们在更多时候呈现的是长成的状态，作为女饲养员的下一代——新一代的无产阶级女儿，她们已经具备了极高的"政治觉悟"，在很多时候，她们甚至能遮住李耕的光彩，以更激进、更大胆的工作作风超越李耕的沉稳和神机妙算，在关键时刻做李耕力所不及的"大事"。如果说李耕是规划者，姑娘们则是勇敢的实施者、行动者，李耕的绝对"中心性"不断遭到作为陪衬的女人们的"挑战"。这种喧宾夺主的结果可能是作者想极力避免的，可是在作者将主题文本化的过程中因为不想展露无产阶级女性的内部矛盾和思想上的"落后"与挣扎，教化的过程被省略，喧宾夺主的效果便意外地出现了。正是在这一点上，我们可以清楚地看到"十七年"屡试不爽的教育、讨论、成长故事被"文革"话语屏蔽，令人激动的美好结果挤掉了曲折艰难的过程，取而代之的逻辑是阶级出身决定政治表现，无产阶级的女儿注定是无产阶级的接班人。

虽然《响水湾》写于 1975 年，出版于 1976 年 6 月，写的却是 1962 年前后的故事，这个时间差产生了一个奇怪的效果，就是小说里的人物虽然生活在 60 年代初，他们的所思、所想、所为却符合 70 年代的政治逻辑，也就是说作者是站在 70 年代按照 70 年代的官方意志来构造"十七年"故事的，这里面涉及 70 年代对"十七年"的改写问题。而 70 年代最使人不可信的就是那种本质化的叙述——阶级出身决定政治立场，决定一个人物该是好人还是坏人。作为小说着墨颇多的年轻的无产阶级女儿，因为她们根红苗正的出身，无一例外地具有了政治上的正确性。如何表现这些长成的接班人的政治觉悟、如何表现新一代女性的风貌、如何突出女性是社会主义建设中必不可少的力量这些时代命题，按照 70 年代的创作规则必然要将其放入路线斗争和劳动生产中，也就是要将其放入农村的三件大事即农业合作化、两条道路斗争和农田水利基本建设中来表现。这是 70 年代的郑万隆要完成的约定性动作。

在女人身上用笔墨绝不是郑万隆的独创，20 世纪 50—70 年代的小说中"红"女人不计其数，最能集中体现新中国女性风貌的当属《海岛女民兵》。主人公海霞完全符合新中国对女性的三大要求：第一，出身好，思想"红"，政治觉悟高；第二，是斗争中的猛将；第三，是生产中的劳动模范。作为对海霞达标的奖励，小说安排毛主席接见了她，这是在那个时代国家给予个人的最高荣誉。作家们对女性的关注与共产党的妇女政策息息相关。早在革命时期共产党便多方争取受压迫的女性参与到革命中来，并为她们描述了"妇女解放""男女平等"的新中国图景；在"合作化"的过程中，毛泽东不止一次提到女性劳动力的重要性，他认为："合作化以后，许多合作社感到劳动力不足了，有必要发动过去不参加田间劳动的广大妇女群众参加到劳动战线上去"，"为了建设伟大的社会主义社会，发动广大的妇女群众参加生产活动，具有极大的意义"。[①] 在毛泽东的号召下，各地积极动员女性参加农业劳动和水利建设，1955 年以后，全国出现了众多讲述如何动员女性参加劳动的小册子，如《农业生产合作社中妇女工作的经验》《发动妇女参加农业生产》《农村妇女当了社主任》《社会主义建设中的女劳动模范》[②] 等。这些小册子一方面致力于分享基层妇

---

① 毛泽东：《毛主席论妇女》，中华人民共和国全国妇女联合会编，人民出版社 1978 年版，第 18 页。
② 《农业生产合作社中妇女工作的经验》，中华全国民主联合会研究室编，财政经济出版社 1956 年版；《发动妇女参加农业生产》，新知出版社编辑，新知出版社 1956 年版；《农村妇女当了社主任》，上海人民出版社编辑，上海人民出版社 1956 年版；《社会主义建设中的女劳动模范》，湖北省民主妇女联合会宣传部编，湖北人民出版社 1956 年版。

女工作经验,所谓"经验"无非是物质奖励和思想劝导;另一方面表扬妇女,树立典型,以期进一步调动她们的劳动积极性。"大跃进"中更是出现了很多歌颂妇女劳动能力的诗歌,如诗集《妇女力量半爿天》①。在这样的语境下,小说中出现了众多新时代的新女性,她们可以女英雄、女劳模,以及女知青、女赤脚医生等身份充当主人公,被刻画得近乎完美。即便在以男性角色为中心人物的小说里,也有不止一位女性担当着重要角色,是小说中必不可少的功能性人物,在长篇小说中对女性角色的设置几乎形成了一套屡试不爽的模板。

不过,与五六十年代书面记载不同的是,70年代塑造的响水湾的无产阶级女人们已不再需要物质鼓励和说教式的动员,"小腿疼"之流仅存在于地主、潜藏敌人、富农和极少量中农之间,在70年代的规则中长成的无产阶级女性已经能够自主、自觉地参加到开山引水的繁重劳动中,并把参加劳动视作体现自己阶级立场的外在表现,同时也把劳动视作获取男女平等的有力武器。这样,作为劳动力的女性便在劳动中找到了自我价值,通过集体劳动她们深刻体会到她们也存于社会组织结构中,从小的方面说,她们是村里的一员,从大的方面说,她们是新中国的主人,她们已经完成了从小生产者到女劳力的改造,并以饱满的热情投入社会化大生产中。在这样的逻辑中,劳动不再是繁重的负累,不需要物质刺激,而是光荣的使命,是快乐的源泉,是地位的证明。小说中有一处上坡挑水的情节很富有喜剧性:姑娘们踊跃参加劳动将自己当男劳力用,小伙子却有些瞧不起她们,英雄人物之一的大菊便得理不让人。

大菊俏皮地挑了挑浓浓的眉毛,说:"坡还有不大的,不冲着这大坡,俺们还不来哪。"

① 上海民歌编委会:《妇女力量半爿天》,上海文艺出版社1958年版。

"嗬！打针鼻眼里往外望，小瞧死人了。道儿不是人走的呀？你能干，我们就能干！"大菊这么一说，几个姑娘也对着拴柱放开了"机关枪"……①

男女同劳动的场面被描述得很是生动、鲜活，作者巧妙地通过男性的眼睛来看女性的劳动，在男性的眼中女性是那么有力、那么勤劳，甚至那么拼命，丝毫不比男性差，让男性打心眼里不敢小觑。在50—70年代的农村，流传着很多类似"有个姑娘不爱花，爱和小伙子比力气大，小伙子挑泥一百五，她却满装一百八"②的诗句（或者叫顺口溜），这样的诗句自然难掩按照官方意志炮制的成分，更透露出浅薄的浮夸气，可它同时也是鼓舞情绪、激动人心的诗句，可以让读者想象出一幅热闹而欢愉的劳动图景。从这个角度看，70年代的小说其实是给予人希望的小说，让人对未来生活充满期待。

这里无意戳穿70年代造就的无产阶级女劳动者的"神话"，无意去做所谓"祛魅"的工作，只是如实说明了郑万隆在那个历史时刻就是如此塑造女劳动者、女接班人的。这些女人跨越了自私、狭隘的个人局限，超越了"政治上不成熟"的被教化过程，怀抱大干社会主义的狂热激情集体出现，这就是小说的事实。笔者只是在承认作者的基本假设的前提下讲述事实，讲述作者的动作，如迪克斯坦提议的那样："一边是将作者视为与我们相同的人——需要解决有创造性的问题，做出临时的抉择——而抱以同情，另一边是批判性地将文学作品视为一个文化时刻的语言建构，'讲述'作者而不是被作者讲述。"③

---

① 郑万隆：《响水湾》，人民出版社1976年版，第113页。
② 摘自上海民歌编委会《妇女力量半边天》，上海文艺出版社1958年版，第9—10页。
③ ［美］莫里斯·迪克斯坦：《途中的镜子——文学与现实世界》，刘玉宇译，上海三联书店2008年版，第278页。

二　作为典范的女领袖

无论是否是以女性为中心人物的小说，在 70 年代的长篇小说中几乎都有一位根红苗正、思想端正、擅长说教的年轻女性，她们往往负责党团工作，文化高、处事稳，身边时常追随一两个勇敢又冒进的更年轻的姑娘。在《响水湾》中，桂花便是"高大全"式的女领袖，大菊则充当了她的先锋官。

> 王桂花一九五九年高中毕业回乡参加农业生产，一九六〇年入党，是大队团支部书记，去年秋后又选进党支部委员会，是支委会里最年轻的委员。[1]

> 桂花细高挑的个儿，梳着两条油黑油亮的短辫，椭圆形的脸上总是红润润的，眼睛又大又亮。她今年二十四岁，虽然还未脱去姑娘们喜欢喊喳笑闹的脾气，但是，比队上同般大小的姑娘要刚强、沉稳，有心缝。在拴柱妈眼里，桂花是个不平凡的庄稼闺女，回乡才四年多，入了党，还当了全村第一个女支委，又是团支部书记，又是民兵连指导员，女将军哩。[2]

桂花是响水湾向阳坡大队的女干部、女党员，这里需要注意的是对她身份的两点定位。第一，她是党员的女儿。虽然在小说中桂花的父亲没有出现过，母亲只草草地出场一次，却明确交代了其母是老党员，这种家庭出身为桂花提供了政治保证。第二，她被村里人称为"回乡的知识青年"。在我们通常的理解中，知识青年一般指外来者，而在村里人的意识里桂花这种在外面读过高中后归乡的有知识的青年也是"知识青年"，这样一种身份定位赋予了桂花两种优越性。一方

---

① 郑万隆：《响水湾》，人民出版社 1976 年版，第 8 页。
② 同上书，第 22 页。

面她是知识者，明事理，懂政治，熟读毛主席著作，可以充当他人的教导者，不仅可以教导女性，还可以教导男性、教导长辈，她是全村青年男女的主心骨，也是村里老人可以依靠的力量；另一方面她是村里人，是农民，她与村里的群众有着相同的出身和生活体验，对于村民她不是被强加的"领导"，而是被推选出来的自己人。这样安排桂花的身份看似无意，实际包含了国家和郑万隆个人对女领袖的双重想象。

早在革命时期，史沫特莱在采访妇女委员会的女秘书时发现，这些受过教育的女性做农村妇女工作很困难，年轻的女秘书表示："因为我们的生活习惯、文化程度都完全不同于那些乡村妇女，以致很不容易在我们和她们之间找到共同点。所以，现在我们已经组织了一批乡村妇女在这里受训。"[①] 可以说，培养农村妇女干部是中国共产党革命时期和社会主义建设时期组织女性的一贯策略。尤其在 1955 年以后，女性被视为合作化大潮中的重要劳动力，在农村女性中培养积极分子、骨干分子作为妇女工作中的有效经验被大肆宣传，树立妇女典型进而通过她们教育更广大的农村妇女、以女性带动女性的方案的确在那一历史时段开启了女性的另一种新式生活图景。那时候"女劳模""女先进工作者""女代表"这些新名词为广大群众所熟悉。在典型的女性成长小说《海岛女民兵》中，海霞是在老书记的指导下一步步成长起来的，小说着重讲述了老书记教海霞识字的故事。如果从性别的视角来考虑，老书记在这里并不代表男性，而是代表党，不是一个男性教导了海霞，而是党培养海霞成长。小说中真正以男性个体面目出现的是高中毕业生陈小元，而他对教女性识字的工作非常不认真，最终只好由海霞亲自帮助姐妹们学文化。也就是说在女性的成长

---

① ［美］艾格妮丝·史沫特莱：《中国革命中的妇女》，解放军出版社 1985 年版，第 12 页。

史上男性无法充当合适的教化者，女性由被压迫的人转变为社会的人、政治的人、自食其力的人只能依靠女性群体自身的力量，尤其是女领袖的组织能力。这一点在《响水湾》中表现得很明确，年轻的无产阶级女儿并不处在李耕无微不至的教导下，而是围绕在桂花的周围，心甘情愿地被桂花组织。这里的示范教导者已经由代表党的男性转变为女性自身，这正是官方对女性力量和新时代女性任务一再强调的结果。也许毛泽东领导的共产党对女性地位的强调不过是完成革命的规定内容，即形式与话语上的"男女平等"，精神上的独立并不是他们关心的范畴，而后，对女性的大加赞赏不过是在物质上和精神上给女性以奖励以期争取女性成为大干社会主义的劳动力，实现经济增长的目的。然而，不管最初的设想是怎样的，在官方不断地在话语层面提高妇女地位、确认妇女能力的语境下，实际滋长了一种女性无所不能的浪漫情怀。如果说 70 年代的小说塑造了无数个理想主义的英雄，那么女性则是这些英雄中最能体现浪漫主义的一群。

在《响水湾》中桂花如同海霞一样勇拦飞石，即使强壮的小伙子拴柱都没有她动作敏捷；在探泉这村中大事里，桂花如同男人一样下到深洞中，最终是她而不是李耕找到了泉水。另一主要人物大菊不仅是村里尽责的气象员，还是爆破专家，她可以利用几何知识架桥开山，给县里的技术员出主意。她们的这种女闯将精神不仅体现在劳动中，还表现在她们与走资本主义道路的坏分子当面锣对面鼓的斗争中。更有意思的是，小说有着明显的"重女轻男"倾向。《响水湾》里有两对年轻的恋人，一对是桂花和来庆，另一对是玉兰和拴柱。从官职上看，桂花有着一系列的头衔，来庆只是一个生产队的分队队长；玉兰是另一个生产队的大队长，是全公社的头一名女大队长，与拴柱的父亲李耕平级，拴柱只是民兵连长。从政治觉悟上看，桂花是老共产党员（早于来庆入党）、团支部书记，红宝书读得比来庆多，

经常以真理代言人的身份教导来庆；玉兰是公社里，甚至县里重点培养的党员，其政治前途远远好于拴柱。小说中玉兰和拴柱基本没有交流，来庆和桂花单独相处的情节不过有寥寥几处，每次都是桂花主动找来庆说话，而来庆则腼腆得像个姑娘。那么桂花主动找来庆谈什么呢？那个时代的青年男女是如何谈恋爱的呢？

> 来庆直憨憨地说："买点药，哪要两个人，我一个人去吧！"
> 桂花说："趁买药这工夫，我有话跟你说哩，走吧。"
> 来庆不吭声了，跟着桂花踏上了那柳丝飞扬，月色花花的山路。①

"柳丝飞扬，月色花花"，在这难得浪漫的夜晚，读者必然料想两人要说一些缠绵的情话，哪怕互诉一下大干社会主义的共同志趣，可是桂花却以引导、指挥的口吻让来庆劝导她未来的公公"不要走资本主义的道路"，要来庆正确对待其父的错误行为。陪同未婚夫买药是假，做思想工作和布置任务是真，其中竟然没有一句情话。来庆显然对桂花的指示非常遵从，文中写道："'我，我听你的！'来庆扬起脸，目光很坚定。"② 当来庆稍有动摇的时候，桂花的批评丝毫不留情面：

> 桂花不高兴地说："你呀，就是面皮软，没原则性儿。一个共产党员，要有党性，亲爹怎么着？他办得不对，也听着、顺着，不敢斗啦？这样的软棉花瓜子劲儿，可不行，一定得改！……"
> 桂花的话，像锤子敲打着来庆的心，汗水顺着他的腮帮子往下流，白背心溻湿了，浑身冒着水气。③

---

① 郑万隆：《响水湾》，人民出版社1976年版，第184页。
② 同上。
③ 同上书，第92页。

来庆的"汗流浃背"透露了他极度紧张和羞愧的心理,我们已经分不清来庆是因为没有"党性"而紧张,还是为在心爱的姑娘面前丢脸而羞愧,更分不清是桂花的政治正确性压倒了来庆,还是她的美貌战胜了来庆。私人生活与国家话语已经如此紧密地交杂在一起,无法彻底剥离。

　　这里需要注意的是,郑万隆在小说中多次提及桂花外貌的美,并塑造了多个美貌的女英雄。小说多用"苗条""高挑"这类词形容女人,而不用"健硕""健壮",女性的脸蛋是"红润润"的,而不是"黝黑"的,年轻的姑娘们梳着"短辫",而不是"齐耳短发"。在关于中国 20 世纪 70 年代的影像中,灰色、黑色和蓝色是主色调,而在响水湾,女领袖身着红装,女闯将身穿花衣。郑万隆不厌其烦地描绘着女人们的姣好容貌,尤其对"苗条"的女人情有独钟,更赋予这样的女人以知识和才华,男人们在女性的映照下显得过于粗笨、憨直。纵观郑万隆 70 年代以及 80 年代初的作品,我们会很容易发现,在两个不同的文学时期,他小说中的主人公大多是女性,这些女性基本是风风火火、英姿飒爽的美丽形象,她们敢说、敢为,执拗而狂热,男性在她们面前,永远是一副"闷葫芦"的样子。

　　在郑万隆 1974 年的短篇小说《风雪河湾》里,主人公李军便是一个大胆的女工,为了生产可以与老上级叫板。写于 80 年代的中篇小说《年轻的朋友们》因女主人公李晖"过于开放"而引起争议。如果我们在郑万隆的创作中寻找他的习惯动作,那么塑造"急先锋"女性和"闷葫芦"男性无疑是他钟情的手势。我们无法确定,是新中国的妇女政策和政治宣传影响了作者对女性的态度,还是作者本身便对塑造女性有着偏好,抑或根深蒂固的情结,不过没有关系,至少可以通过郑万隆笔下的女性找到一个作家在不同时期创作上的连续点。作为一个长在北京、读过中专的知识青年,郑万隆虽然多次下乡搞运

动，大体了解农村的政治斗争和日常生活，他所偏爱的女性仍然是知识型女性，而且是貌美的女性，女干将的身上少了那么点儿"土味儿"，或许这就是一个知识分子对农村劳动妇女最浪漫的想象。

三　N 种妇女生活

《响水湾》是作者于 70 年代讲述的"十七年"故事，带有明显的 70 年代烙印，那么在"十七年"里，农村妇女的真实生活又是什么样的呢？

笔者查阅了农业合作化后报纸上关于农村妇女的部分报道和一些介绍农村妇女工作情况的手册。在这些官方鼓励发行的出版物上，虽然在大方向上肯定了妇女参加劳动和政治学习的积极性，展望了她们必将成为无私奉献的无产阶级劳动者的美好前景，但现实的困难并没有被回避。有的妇女不愿参加劳动，有的妇女投机取巧，有的妇女不关心集体只关心自留地，这些"落后"的妇女使毛泽东想发展妇女成为重要劳动力的设想实践起来困难重重。在当时的情境中，为她们读"红宝书"是没有用的，除了少数被重点培养起来的骨干分子、劳动模范，大部分妇女关心的只是吃饭问题。面对这些未被"教化"好的妇女，最实际的办法是给她们提供更多的物质刺激。"工分"无疑使女性第一次意识到自己的劳动可以如此立竿见影地向物质靠拢，第一次意识到自己可以像丈夫一样凭借工分为家庭提供部分收入；工分把她们从家庭自主经营里抽离出来，带入社会化大生产中。当时受访的贫农妇女李芬华说："照毛主席指示办，要果木有果木，要粮食有粮食，要记分有文化，再不像现在这样落后了。过去看电影只知道苏联人民生活好，但不知好日子是怎样来的，现在明白了，要到社会主义社会，就得努力劳动。"[①] 这段话明确地表达了一个农村妇女对劳动的

---

① 中华全国民主妇女联合会研究室：《农业生产合作社中妇女工作的经验》，财政经济出版社 1956 年版，第 3 页。

最朴素的理解——劳动是为了过好日子，学文化不过是为了记工分。国家的美好许诺打动了广大妇女，对"美满幸福的前途"的反复描述使她们动心，在好处尚未得到的时候，评功表模，展开劳动竞赛，发挥"女领袖"的召唤作用，也有助于女社员们树立劳动光荣的思想。先用物质刺激，后用精神鼓励，双管齐下，最终使女人们参与到了集体劳动中。

不过，在劳动的过程中，问题还是频频发生，关于记工分的不公平，关于女性的生理局限，关于集体劳动与家务活的矛盾，等等。女人们一方面可以为家庭增加收入，进而提高自己在家庭中的地位，同时获得社会参与感；另一方面从没有摆脱过繁重的劳动，始终没有过上电影里的美好生活。在"十七年"的叙述中，光明与困难并存，不过困难注定在官方的叙述中被克服，高昂的基调总会覆盖中间并不和谐的插曲。这就是"十七年"描述的妇女生活——乐观、向上的女劳动者克服困难成长为社会主义建设者。

众多的妇女出版物和新闻报道再次印证，"十七年"的女性叙述始终在"教育—成长—长成"的模式中，而"十七年"的小说与新闻报道则具有令人惊讶的一致性，只不过小说在更多时候将"经验手册"里对物质的强调转换成对"幸福生活"的憧憬，将策略转换为必要的思想教育。如果我们想了解"十七年"里真实的妇女生活，当时大量的妇女出版物和新闻报道的确是我们接近她们的一种途径，不过这些资料也有其倾向性，很多情节和细节也会被隐去，所以，对这些非文学出版物，我们只能带着辨析的态度去阅读。

时过境迁，当20世纪50—70年代成为历史，历史学家必然想还原某些真相。《剑桥中华人民共和国史》中社会学教授理查德·马德森依据一些社会学著作及社会调查撰写了《共产主义统治下的农村》，比起70年代的《响水湾》、"十七年"新闻报道的高昂基调，历史书中的叙述毫无激情。外国学者在承认妇女参加劳动有助于在家庭中提高地位、男女共同学习和参加生产队的集体劳动可以帮助自由恋爱的展开外，对"共产主义统治下的农村"的妇女生活并不抱有美好的想象。马德森认为："当妇女在社会主义改造后被迫下田劳动时，她们获得了一些地位。现在，她们挣得的工分是家庭收入必不可少的部分。随着妇女在经济上变得更有价值，新郎家付给其未来的媳妇家的聘礼也有所增加。在家里，男性家长的专断统治似乎有所削弱。然而，妇女去集体农田劳动得到的工分总是比男人少一些，她们的收入没有分给她们自己，却给了她们全家，除了做农活外，她们还要做所有的家务活。"[1] 他进一步说："虽然她们希望减轻负担，但是她们似乎并没有形成能系统地促进其地位改善的思想方式和组织形式。"[2] 在马德森的描述中，农村妇女的地位虽有所提高，自由恋爱部分可以实现，但她们仍然是承担着繁重的农业劳动和家务劳动且没有摆脱旧有思想的蒙昧的一群散兵，主人翁精神和新型的社会主义道德并没有在她们身上植根。

我们不止一次被提醒，历史往往不是被发现的，而是被讲述的，"书写历史只不过是书写小说的另一种方式而已"[3]。诚然，所有的历史书都有自己的视角和立场，都会为了凸显自己的观点而修剪材料，不过，历史学家"会给出注解和书目，以申明使用文献的出处，以及引述段落的来源和上下文，以便公开给大众去仔细检验，这样的做法无形中确立了历史学家做学问的专业标准，而这些标准，本身便是经过仔细检验的"[4]。在《剑桥中华人民共和国史》中，马德森依据的

---

[1] ［美］R. 麦克法夸尔、费正清编：《剑桥中华人民共和国史——中国革命内部的革命（1966—1982 年）》，中国社会科学出版社 1992 年版，第 701—702 页。

[2] 同上书，第 709 页。

[3] ［美］彼得·盖伊：《历史学家的三堂小说课》，刘森尧译，北京大学出版社 2006 年版，第 145 页。

[4] 同上书，第 147 页。

文献大多是西方人（包括台湾地区的人）对中国农村的论证和记载，西方社会学家在中国实地采访时，也发现不同地域的农村存在很大的差异，对女性心理和生活境况的书写因为地域和个体经验的不同，本来就难以产生相对同一的书写。西方视角以及台湾地区视角的进入，使看似冷静、客观的叙述中透露出作者对"共产主义统治下的农村"并无好感。西方人在尽量公正地评价这段历史、承认部分积极效果的前提下，侧重讲述的其实是农村中存在的问题，尤其是无产阶级自身的矛盾、困境与思想的沉滞。《响水湾》这样的小说则有意回避了无产阶级的内部矛盾和困窘的生活实情，将农村中最美好的一面展示出来，将劳动和斗争充分审美化，从而突出了精神的巨大作用。相对于《剑桥中华人民共和国史》中所认为的农民与传统的密切和思想的难以转变，小说展现的则是全新的农村社会图景，不需要聘礼，也不存在父权和夫权，"大男子主义"者会遭到女性集体的嘲笑和调侃。历史书中的农民困境在小说中荡然无存，影响农民过好日子的障碍不是劳动的繁重、不是家务和集体劳动的冲突，而是坏分子、党内右倾干部对生产的破坏，这样，内部矛盾便自然地被转化为阶级矛盾，或者说借助于阶级斗争暂且掩盖了农民生活的另一种不便言说的实情。

　　身处80年代的郑万隆曾检讨自己70年代的写作，他说："我没有对那个时代完成一种超越，或实现一种超越。"① 对超越的要求实际是一种脱离历史的苛求，无论《响水湾》作为文学作品、作为史料具有多么大的局限，毕竟它清楚地彰显了70年代的作家是如何在多种力量的左右下想象社会主义农村的，并且描写了在70年代的观念里女性的至美形象。

---

　　① 　郑万隆、梁丽芳：《郑万隆：发掘了创作的金矿》，选自《从红卫兵到作家——觉醒一代的声音》，梁丽芳采编，万象图书股份有限公司1993年版，第413页。

第三章　短篇小说地形图

1972 年在一定程度上结束了"文革"以来独尊样板戏的时代，开始恢复到各种文学形式并存的相对正常的创作时期，小说作为"文革"开始后一度被边缘化的文艺形式也于此时得到了官方的鼓励，开始摸索在新的历史时期合法的存在形式。与短篇小说相比，长篇小说需要相对长的创作时间，在不断变换批判与歌颂对象的 70 年代，短篇小说更多地被赋予了紧跟时代、正面反映"文化大革命"的重任。

如何随政策的调整来写短篇小说，并将短篇小说创作中取得的经验应用于长篇小说创作？是重归"十七年"文学，还是将"十七年"文学乃至现代文学经验适时与 70 年代国家主题进行重组、勾兑，抑或全盘抵制以往的文学经验而生成新的文学成规？实际上，被认为"模式化"的"文革"小说并非一蹴而就，在历史转折点上，写作者乃至整个文艺界曾无所适从，如果说曲艺、诗歌可以被充分"大众化""革命化"的话，小说受自身创作规律的限制很难被彻底"改造"。在"文革"小说的草创期，大众文艺（口头故事、民间曲艺、革命诗文、样板戏等）、"十七年"文学等资源都曾经被利用，小说甚至会以原材料并不匹配的"拼盘"形式被呈现。可以说，"文革"小说在 70 年代初尚面目模糊，但它很快在自我尝试、被规训，以及样板戏经验的强制渗入中形成了颇具时代特征的一套写法。而很多长篇小说正是将短篇叠加、拼盘的结果。

第一节　文艺期刊：短篇小说的阵地

70 年代的短篇小说大部分首发于各地的文艺期刊；报纸也刊发短篇小说，刊发数量却远不如期刊多；短篇小说集中的小说大多已经在期刊、报纸上发表过，经挑选再度结集出版，虽不乏各地、各单位专门组织稿件以小说集的形式首发，这种情况毕竟占少数。当然，文艺期刊也刊发中篇小说、选载和连载长篇小说，不过因期刊版面有限①，短篇小说一直是期刊的首选。

70 年代长篇小说中直面"文革"或写"文化大革命"以来新生事物的小说占少数，大部分作家还是选择写"十七年"及"革命历史"，这其中的原因不言而喻。实际上，短篇小说更多承担了写"文革"的重任。当时的文艺期刊被官方所控，须随着政治形势、文艺政策的变化进行组稿和发稿，无论是"工业学大庆""农业学大寨""一定要根治海河"这样的生产、建设号召，还是"批林批孔""反击右倾翻案风""批资批邓"这样的政治事件，短篇小说都被要求在第一时间将政治意图文本化。比如，"天安门事件"在 1976 年 4 月一经定性，《北京文艺》在第 6 期上便发表了按照官方意志来安排故事情节和正反人物的小说《严峻的日子》。如今我们想了解 70 年代的短篇小说需要从文艺期刊读起，通过逐年翻阅期刊、触及被历史湮没的大量文本

---

① "文革"结束后，我国出现了主要刊发长篇小说、中篇小说的文学期刊，但在 70 年代这种期刊是不存在的，当时，文艺期刊不仅要刊发小说、散文、诗歌，还要刊发大量的批判文章和曲艺、演唱材料，甚至雕刻、摄影等艺术作品，小说虽然获得发表权，所占的比重却不大。小说受文学规律的限制，在通俗性、大众化、配合政治任务等方面远不及其他文艺形式，地位比较尴尬。

不仅可以了解到整个 70 年代小说主题、写作方式的演变，同时可以通过期刊了解与小说相关的林林总总的信息。比如，文艺期刊上会同时刊发政治社论、与文艺有关的政令、批判文章、对当时出版的长篇小说和短篇小说的评论、作者创作谈、文艺研讨会纪要、期刊办刊方针和要求等内容，每种期刊都是一个小文坛，将各地、各个时间段的期刊汇总到一起，便可以勾勒出一个原始的、完整的 70 年代的文学场。我们在这样一个文学场中看小说，看到的便不仅仅是一篇篇模式化的小说，而且能看清小说与政治形势、文学场域、写作规则的互动。可以毫不夸张地说，要摸清 70 年代小说的特征及发展，了解 70 年代文学的实际情况，就要从翻阅期刊开始。

1972 年文学期刊开始全面恢复工作，创刊（复刊）的期刊在整个 70 年代中数量最多，1973 年次之，以后逐年递减，可见 70 年代的大部分期刊在 1972 年、1973 年便已经出现。如今，我们搜集和整理 70 年代的文学期刊实际是有很大困难的，如梁启超在研究近代历史人物时发现的那样，越是离我们近的历史，"本来应该多知道一点，而资料反而异常缺乏"①。目前国家图书馆的藏刊量最多，但也只存有一部分。单以 1972 年为例，国家图书馆内可搜集到的文艺期刊（包括省级、地市级、县级，不包括青少年读物、非汉语期刊、非正式出版的油印期刊）就有几十种，其中个别期刊在 1972 年并未刊发小说。另外，通过 1973 年的总期数可以推断《山西群众文艺》《邕江文艺》《工农兵文艺》（山西阳泉）在 1972 年便已经出版，但国图及北京各大图书馆却找不到 1972 年的期刊册。一位国家图书馆的工作人员被上级要求记录过的创刊和终刊时间及总期数，那位工作人员表示很多期刊缺佚或破损，很难确认创刊、终刊情况。造成这种局面的原因很

---

① 梁启超：《中国历史研究法补编》，中华书局 2010 年版，第 63 页。

多，笔者认为最主要的原因有两个。一是对"文革"时期的文艺期刊不够重视（当然对"文革"时的其他文艺出版物也不够重视，1971年出版的10部短篇小说集，中国人民大学图书馆仅存有1部，并且长时间无人借阅）。对"文革"有兴趣的人士一方面苦恼于"文革"的大量资料不公开，另外又对公开发表的文献没有太多的热情，认为公开发表的文学没有文学性，没有研究价值，不值得花心血搜集、整理。不仅个人不愿去搜集这些缺失期刊，图书馆、文联等相关机构也仅保存现有的，无再度搜集、购买的意向，各机构和个人普遍对史料的保存意识不强。二是因为国家没有动用行政权力搜集这些刊物。古代每朝每代官员修目录时，都会从中央到地方以行政手段广泛搜集文献，从而保证目录的"全"和"细"，对古代文人乃至帝王将相来说，修目录、记载文献都是一件举国大事。在当今社会，以个人之力搜集相对全的专门文献实际是不大可能的。目前国家应联合国家图书馆组织专业人士搜集地方期刊，把散落在地方图书馆、文联及个人手中的刊物搜集、整理上来，以便于更多的人查阅。研究者普遍利用的《全国总书目》，也亟须进行补充和校对。在对"文革"资料库的建设方面，历史学研究者要比文学研究者做的工作多。可以说，基于大量文献之上的"文革"文学研究还没有被真正展开。

这里单以1972年的期刊为例，考察这一年期刊的实际出版情况。

1974年出版的《1972全国总书目》只记载了部分文献，对于地方期刊仅记载到省级。如果以《全国总书目》记载的期刊来了解当时的文学生产情况和各地的文艺活动，显然会认为全国的文艺景象很是惨淡，实际情况则是大到北京、各省，小到地市县都曾办刊，并展开征文活动，从而使众多业余作者（尤其是知识青年）通过期刊获得了参与文学活动的机会。

那么，1972年究竟出版了多少种文学期刊呢？这个目前很难确定，以国家图书馆及北京大学图书馆、中国人民大学图书馆的馆藏为准，并且参考"读秀"的相关信息，可以找到下表中的 44 种期刊①，这里所指的期刊为以发表文学作品为主的综合性文艺期刊，不包括画报、曲艺杂志等以其他艺术门类为主的期刊。

地点＼期刊	一	二	三	四	五
北京	《北京新文艺》②（试刊）	《解放军文艺》			
天津	《天津文艺》（试刊）				
河北	《河北文艺》（试刊）				
河南	《文艺作品选》				
山东	《山东文艺》（试刊）				
山西	《革命文艺》③	《工农兵文艺》④（阳泉）			

---

① 《工农兵文艺》（广州电白县）发刊信息不全，无法确定 1972 年是否出版，暂不列出。本表所列期刊不全，比如发表小说《生命》的《工农兵文艺》（沈阳）在 1972 年已经出版（内部发行），但因目前北京各大图书馆中无法找到期刊册，本表暂不列出，本表所列期刊在国家图书馆中基本可以找到，如查询不到，可去北京大学图书馆做补充查阅。本表所列期刊为综合性文艺期刊，不包括青少年读物、文艺画报。不标明创办地点的《工农兵文艺》和《革命文艺》为省级机构创办。另外，本表标注"试刊"的期刊为刊物本身标明处于试刊阶段的期刊，一些期刊虽然也处在内部发行、不定期发行的试刊阶段，刊物本身未标明，此处亦遵照原刊，不做说明。

② 《北京新文艺》于 1971 年 12 月便开始试刊。

③ 《革命文艺》（山西）1971 年便已经出版。

④ 《工农兵文艺》（山西阳泉），根据 1973 年总期号可推知 1972 年已经出版，创、终刊时间不详，现存刊本中无小说。

续表

期刊\地点	一	二	三	四	五
陕西	《工农兵文艺》	《宝鸡文艺》			
宁夏	《工农兵文艺》①（银川）				
新疆	《天山文艺》②				
内蒙古	《革命文艺》③（试刊）	《呼和浩特文艺》	《包头文艺》（试刊）		
吉林	《吉林文艺》（试刊）				
辽宁	《辽宁文艺》（试刊）	《文艺作品选》（本溪）			
黑龙江	《征文作品》（大兴安岭）	《加格达奇文艺》	《群众文艺》④（齐齐哈尔）		
湖南	《长沙文艺》⑤（试刊）	《工农兵文艺》⑥（湖南省）	《工农兵文艺》（衡阳）	《湘江文艺》	《株洲文艺》
湖北	《革命文艺》⑦				

————————

①　《工农兵文艺》（银川市）1971 年便已经出版。

②　《天山文艺》1972 年出刊三期，1972 年期刊册暂缺。

③　《革命文艺》（内蒙古）1971 年 12 月开始试刊。

④　《群众文艺》（齐齐哈尔），根据 1972 年总期号可以推知 1971 年便已出版，具体创刊、终刊时间不详。

⑤　《长沙文艺》由长沙市的《工农兵文艺》和《长沙画报》合并而成。

⑥　《工农兵文艺》（湖南）1971 年便已试刊。

⑦　《革命文艺》（湖北）1971 年便已出版，期刊册残缺不全，目前所存刊本中无小说。

续表

期刊\地点	一	二	三	四	五
江苏	《革命文艺》①（苏州）	《泗阳新文艺》②			
广西	《广西文艺》③	《梧州文艺》	《邕江文艺》④		
广东	《广东文艺》（试刊）	《湛江文艺》	《工农兵文艺》⑤（广州）	《港城文艺》⑥（湛江）	
福建	《晋江文艺》（《闽中文艺》改名而来）	《革命文艺》⑦（乐清）	《工农兵文艺》（永定）	《厦门文艺》⑧	
海南	《海南文艺》⑨				
安徽	《安徽文艺》⑩（试刊）				
四川	《四川文艺》（试刊）				
贵州	《贵州文艺》（试刊）				

---

① 《革命文艺》（苏州），根据 1972 年总期号可以推知 1971 年便已经出版，但 1971 年刊本缺。

② 《泗阳新文艺》1971 年开始出版，期刊册不全，目前能找到的期刊册中无小说。

③ 《广西文艺》1971 年以《革命文艺》为名试刊两期。

④ 《邕江文艺》，由 1973 年总期号可以推知 1972 年便已出版，但 1972 年刊本缺。

⑤ 《工农兵文艺》（广州），1971 年已经出版，1972 年刊本缺，1973 年改为《广州文艺》。

⑥ 《港城文艺》1972 年出刊两期，暂缺。

⑦ 《革命文艺》（乐清）1971 年便已出版。

⑧ 《厦门文艺》为《工农兵文艺》（厦门）改版而来。

⑨ 《海南文艺》，1972 年试刊两期，刊本缺。

⑩ 《安徽文艺》由《征文作品》（安徽）改刊而来。

　　仅以国家图书馆为中心，兼及北京大学、中国人民大学图书馆①，就可以找到 1972 年出版的 44 种期刊，当然，这是一个不完全的统计，比如刊发过小说《生命》的沈阳市的《工农兵文艺》在这些图书馆中就查阅不到。如《工农兵文艺》一样散佚的期刊肯定不止一两种，《右江文艺》《西江文艺》《佛山文艺》等期刊虽然曾出现在一些文献中，如今却不得一见。

　　这样看来，1972 年出版的期刊数目并没有我们想象的那么少，一些期刊在 1971 年便已经出版，到 1972 年省级期刊大部分开始试刊，地市县级期刊大量出现，群众性文艺发展得如火如荼。所以说，所谓的"文革"无文学或文学凋敝的说法是片面的，只能说一大批专业作家，尤其是知名作家被剥夺了写作的权利，专业性文学写作受阻，而群众性的文学创作得到鼓励，并蓬勃发展。从质量上看，70 年代的确是文学的低谷，而从数量上和对文艺活动的重视程度上看，70 年代其实是群众性文学创作的兴盛期。

　　考察 1972 年的期刊，可以发现省级期刊虽尚处在试刊阶段，但内容已相当成熟，小说、散文、报告文学、诗歌、文艺评论等成为期刊的主要内容，改变了之前大量刊发演唱和曲艺材料的局面。北京、上海两大城市并未表现出优势，《北京新文艺》里的小说写得拘谨，阶级斗争的气味浓烈，故事简单且概念化痕迹明显，上海则无期刊发行（或者已经散佚），上海的代表性期刊《上海文艺》直到 1977 年 10 月才得以复刊。地方期刊在此时的发展并不弱于北京，尤其是湖南省的期刊，《湘江文艺》《长沙文艺》《工农兵文艺》不仅在 1972 年表现出色，之后持续出版，是整个 70 年代里重要的文学刊物。1972 年以后，各地的文艺期刊纷纷复刊、创刊。这些期刊提供给我们许多有价

---

　　①　这三所图书馆藏刊量大，如果在这三所图书馆查阅不到，北京乃至全国各大图书馆就很难查阅到了。部分地方性期刊可以尝试在本地图书馆和文联中查找。

值的文献。

章学诚在谈治一国之史时认为，不能单讲中央政治，要以地方史做基础，与地方志相结合才能成就有价值的历史。做一国之文学史，尤其面对特殊的时期，更应关注地方文学的创作情况，这样才能对七十年的文学状况有更全面的理解和准确的把握。可能有人会觉得一些地县级期刊水准低，没有整理的价值，笔者认为无论其文学价值多大，作为历史上曾经存在的文献，便有被记载的权利。这些不被重视的刊物如果不被整理、记载，虽存在其实便等于佚，今天我们记载了它们，标明它们是怎样的文艺期刊，即使它们随着时间的流逝不存在了，后人也可以知道它们大体是什么样的文献，就像目录学家郑樵所说的那样："类例分，则百家九流各有条理，虽亡而不能亡也。"更何况，那时的地方性期刊并非不值一提。北京、上海这样的政治中心在当时受到严密的监控和限制，《人民文学》到 1976 年才复刊，《上海文艺》则更晚，地方性期刊相对来说更为自由。受到批判的几篇小说分别来自辽宁、吉林、四川等地，可见边缘地区对稿件的审查没有那么苛刻，对中央精神的领会尚不到位，所以才更易于被抓到痛脚。各省的文学期刊有效补充了国家级期刊的缺席，并分别体现出各省的不同特色。比如我们研究"文革"时期的知青文学，便需要查看《黑龙江文艺》。黑龙江生产建设兵团吸纳了大批知青，很多知青通过油印刊物、当地小期刊，经由《黑龙江文艺》走上文坛，如肖复兴、陆星儿等。若要研究工业题材的小说，具有大型钢铁厂、矿场的地区所创办的期刊则是重点阅读的对象，小小的《包头文艺》中就包含了大量的工业小说。像《内蒙古文艺》《云南文艺》《广西文艺》《四川文艺》这样的期刊则更具地域特色，少数民族独特的风俗习惯和情感表达方式为小说平添了几分生活气息和当时少有的陌生感。地市县的期刊虽然水准不高，却可以从中发现省级期刊中不易触及的内容，比如婚姻、家庭生活的细节。很多在"文革"中或新时期成名的作家最初就是经由这些名不见经传的小期刊踏上文学道路的，如古华、朱苏进等。

历史学家金大陆认为，对"文革史"的研究应引入"地方视角"，"'文革区域史研究'是一个突破的方向"①。同样的，在文学研究领域，对各地的文艺期刊、作家进行研究并不少见，但对 70 年代的文学期刊却少有人碰触，除了《朝霞》受到关注，其他各地的期刊一直未被全面整理，更谈不上对某一期刊进行细致的考察。实际上，将各地期刊汇集，并重点研究一些期刊，才有可能绘制出 70 年代文学的完整地形图。这种由地方到全局的研究视角或许也是"文革"文学研究的一个突破方向，至少它可以使目前的粗疏研究被进一步精细化，并以材料为支撑为我们呈现可考的历史细节。

第二节　写"文革"的短篇小说

一　何谓写"文革"

1974 年《朝霞》月刊创刊时曾发表过一则征文启事，依然如之前的政令一样呼吁写"文革"。为什么到了 1974 年，群众性的文艺创作已经发展了几年，小说的数量逐年递增，还要在"四人帮"筹划的重点期刊中旧事重提，难道之前的短篇小说也如长篇小说一样更愿意选择写 1966 年之前的故事吗？显然不是，短篇小说自 70 年代初便随着

---

① 金大陆、启之：《一个研究"文革"的新思路新方法——金大陆教授访谈录》，《社会科学论坛》2012 年第 2 期。

中央的政令及批斗方向不断调整自身的主题和人物设置。从始终坚持歌颂"文化大革命"中各行各业的成绩、表现阶级斗争与路线斗争，到以文学的形式参与"批林批孔""批资批邓""反击右倾翻案风"，及配合"农业学大寨""工业学大庆""知识青年上山下乡""根治海河"，70 年代文学与社会、政治的贴近已超越了文学应与之保有的合适距离，甚至形势的些微变化都会引起小说创作上的变动。比如，70 年代的知青小说明显会随着知青运动的开展和中央的态度发生变化：在 70 年代初强调"再教育"，知青的背后一定要有一个英雄农民作为"中心人物"，典型的知青英雄尚不提倡被树立；随着"拔根"情绪成为普遍情绪，以劝说为目的的知青小说越来越多；而后为了说明"上山下乡"的正确性，说明知识青年的确可以在"广阔天地大有作为"，作为中心人物的知青英雄才大量出现。可见，70 年代的短篇小说在配合主流意识形态方面是非常及时的。那么，"四人帮"不满的究竟是什么？

《朝霞》月刊及丛刊提出的写"文革"暗含的意思是"正面"写"文革"中的斗争，尤其是有所指涉的、具有具体批判对象的斗争。小说的确都在写"文革"，但写得还不够"正面"，不够"直接"。今天我们来看那一时期的小说，也许会有相同的感觉，"夺权""武斗"、真正的"左"与"右"的斗争都被 70 年代的作者小心回避着，"四人帮"鼓励反映的反面人物对"文革"的破坏和不满往往被简化成反面人物发一两句牢骚。即使"满台红，红一片""人人好，步步高"的时代赞歌和"无冲突论"的小说一直被批评却始终存在于 70 年代，真正具有具体攻击性的"阴谋文艺"在"文革"文学中其实只占一小部分。虽然大部分小说都将"阶级斗争"与"路线斗争"作为故事的根本推动力，但"斗争"在这里更像是被强加的捆绑故事的锁链，更多作者明白无论如何还应在讲故事上下功夫，如果前提、思想、结构方式都是固定的，那么一篇小说唯一的独特性便只能是故事。并且，当时正面描写"文化大革命"以及正在进行中的各种批判运动是非常危险的，实际情况是在"左"的路线中偶有"右"的偏移，政治路线的些微变动有可能使一篇小说随时面临危险，稍有不慎便会犯路线上的错误。比如被批判的小说《生命》，作者的确在努力写"冲突"，却因为人物背景及身份设定失误被批为"毒草"。所以，众多作者都选择在具体生产和工作中发现问题，通过对问题不同的解决方案来表现"两条路线"的斗争。在这样的小说中，人物的设定、冲突的本质、行文的结构都是被规定好的，作者只需找到一个可以争论的"问题"便能够填充故事了。"问题"从何而来呢？"问题"很多是"深入生活"得来的，是作者对日常工作及报纸材料的演绎。只不过，对这些在今天看来不值得一提的问题，在当时具有可以被"上纲上线"的可能性，比如陆星儿的小说《舞台主人》[1]。这篇小说选择争论的问题为：为工农兵服务的舞台要不要演奏更为高雅的艺术品。小说借批判"资产阶级文艺"进而达到"批资"的目的。从小问题一步步引出大思想，从小分歧引到路线与阶级斗争是 70 年代小说的一贯思路。

在知青小说中，对"问题"的设定和讨论显然是具有真诚度的。早在 1972 年，小说《理想》[2] 中便反映了"根红苗正"的知青竟也出现了"拔根"情绪，这种情绪不是来自对知青运动的抵制，而是对"大有作为"的质疑。实际生活使怀有浪漫理想的青年意识到，广阔天地中未必会大有作为，反而使年轻的生命陷入日复一日的平凡劳动中，漫长的没有期待的生活使无望感越来越强烈，这与新时期的知青小说是一致的。虽然《理想》通过树立正面知青形象成功教育了思想

---

① 陆星儿：《舞台主人》，《黑龙江文艺》1976 年第 4 期。
② 枫山：《理想》，《北京新文艺》1972 年第 4 期。

"拔根"的青年，小说对问题的反映和知青情绪的如实描写却是真实的。这种小说在 70 年代中期大量出现，知青问题已经成为无法被主流话语遮蔽的社会问题，小说中的规劝变得愈发雷同和无力，只好依靠树立知青英雄发挥榜样的力量，从而向全社会证明"大有作为"的可能性。所以在 70 年代中后期的小说中，大部分知青已经完成了"再教育"，甚至成长为可以领导农民的绝对"中心人物"。

至于如李若兵的《红色的乡山》、顾工的《跃马扬鞭过长江》那样的小说，则是"一片红""步步高"小说的代表。它们极力描写"文化大革命"带来的新气象、新精神，以高昂的语调赞扬工农兵的革命热情（实为生产、建设热情），即使没有明显的"冲突"存在，因为表现了"文化大革命"以来取得的成绩也具有了合法性。更有一些从"十七年"走来的老作家，虽然在热情地歌颂"文革"，利用的却是"十七年"的文学资源，甚至是现代文学的经验，比如写作了《高高的山上》的艾芜、写作了《牧笛》的颜慧云，像敖德斯尔的《骑骆驼的人》则颇有《我的第一个上级》的风格。事实上，"文革"时期虽然试图全面否定以往文化，摒弃之前的文学资源，但小说中依然保有古典文学、现代文学、"十七年"文学经验，只不过很多作家学会了遵照 70 年代的文学规则来创作，选择安全的题材、合适的角色设置和叙述语调，从而使小说看起来中规中矩，而像艾芜这样的老作家则没有完全消化 70 年代精神，他的小说便显得有些"突出"。

短篇小说一方面在及时地写"文革"，另一方面则回避了"文革"中最真实、残酷、隐秘的斗争。"上海文艺丛刊"及《朝霞》月刊的创立正是试图补充一些被回避的内容，并借助《学习与批判》来明确创作意图和政治目的。当然，它们补充的内容则是另一种失真的斗争。

二 "正面"写"文革"

1973 年上海人民出版社开始出版"上海文艺丛刊",次年改名为"朝霞丛刊",并出版《朝霞》月刊,它们直接受上海写作组的领导,而写作组听命于"四人帮",所以《朝霞》被认为是"四人帮"的"帮刊"。丛刊先后出版多辑,以最早的《朝霞》《金钟长鸣》最为著名,其中的小说《初春的早晨》(署名清明)、《第一课》(署名谷雨)、《金钟长鸣》(署名立夏)等被指为在"四人帮"的授意下、助其进行政治批判和个人攻击的"阴谋文艺"。丛刊很快引起主流批评界的关注,《人民日报》《学习与批判》等都出现了对其大加赞赏的评论文章,《金钟长鸣》等小说更是被认定为最能正面反映"文化大革命"中斗争实情的样板小说,"是一种勇敢的可贵的实践,是值得大加提倡和鼓励的"①。

《朝霞》月刊并不完全刊发"阴谋文艺",70 年代各个期刊中通行的小说都可以在其上发表,像贾平凹这种比较温和的作者也可以在《朝霞》上露面,在当时《朝霞》其实是 70 年代文学青年最期待的文学杂志之一,也是今天研究"文革"主流文学的重要文献。但作为"四人帮"力主创办的期刊,它也刊发了《初试锋芒》《红卫兵战旗》这样正面歌颂"造反"、为"造反派"树碑立传的激进文学,并且将这两篇小说分别刊发在创刊号的第一条和第二条,可见《朝霞》在创刊之时就通过文学作品明确了自己的政治态度和文学规则,但之后的作品却并未完全贯彻执行,这也造就了《朝霞》的丰富性。

大多数 70 年代小说在生产、工作中反映斗争的写作方式令"四人帮"不满,《初试锋芒》《红卫兵战旗》则是去"生产"、不工作或

---

① 马联玉:《新的斗争生活的赞歌——评文艺丛刊〈朝霞〉〈金钟长鸣〉》,《人民日报》1973 年 11 月 17 日。

少工作，纯粹以斗争为根本，在绝对斗争中写"两条路线"的斗争，在斗争中批判"走资派"，而生产等一切工作都要为思想教育、政治批斗让路，从这个角度看，"阴谋文艺"的确是 70 年代最正面写运动、写革命的小说。这类小说的主人公一定是"造反"上位的激进"造反派"，小说会细述他们"造反""夺权"的历史，并指明在"夺权"之后新的斗争对象和斗争方向，这当然具有明确的影射。《红卫兵战旗》有意思的地方是，它触及了"造反派"内部的斗争，当"造反派"通过"夺权"获得政治地位后，他们展开了彼此之间的二度"夺权"。小说批判了"山头主义"，号召"造反派"进行大联合，却回避了利益争夺的本质，将"造反派"的分裂归咎于"走资派"的挑拨。小说虽然具有明确的政治指涉，却也正面描写了中学中各个"造反"队伍的面貌、大辩论的场面和心理战，从另一个角度补充了 70 年代小说鲜为书写的重要层面。

随着对批判"党内走资派"、歌颂"造反派"为主题的小说的鼓励，以及将一些"阴谋文艺"作品"样板化"，之后小说中的路线斗争越来越激烈、明确，直指"党内走资派"——老干部——邓小平。不过我们不能将其后的此类小说统统视为"阴谋文艺"，它们基本是对"榜样"小说的效仿。

在"反击右倾翻案风"中，陈忠实写作了颇为激进的小说《无畏》，发表于 1976 年第 3 期的《人民文学》。小说的中心人物也是"造反派"出身，但这个"造反派"不再顺风顺水，作者写出了在邓小平恢复工作期间"造反派"所受的"压制"，并且暗指"造反派"出身的干部无法依靠个人力量取得斗争的胜利，他们只能期待中央政策的再度调整。陈忠实显然是一个有实力的作者，他的小说跳出了 70 年代小说惯有的布局，虽然很多地方处理得拖沓，对"造反派"加以雷同的美化，却变相反映了 1975 年的部分社会实情。所以，我们在承认小说产生时遵照的历史逻辑的同时，也可以跳出它的逻辑，发现文本背后另一种逻辑的存在，即使这是作者无意的。

被认为严重歪曲事实的小说当属反映"天安门事件"的《严峻的日子》，这篇署名伍兵的小说显然是一篇被策划的作品。抛开故事情节不谈，小说的有趣之处是，"阴谋文艺"中一直以个体形象出现的弱势敌对分子以群体的形象出现在天安门广场，女主人公的弟弟作为自行跑回北京的落后知青只是群体中的一个代表，并且老干部（爸爸）已经与"坏青年"（弟弟）联系起来，这一群体对始终坚持革命"正确方向"的女主人公进行了足以产生身体伤害（流血）的打击。斗争在这里已经赤裸裸地呈现为群体性的暴力，而以暴力（鲜血）为重要特征的革命在 70 年代的话语中其实是试图被回避的，尤其在文学中暴力革命往往被演绎成语言教化和话语控制。我们习惯性地将所谓的"阴谋文艺""激进文学"妖魔化，其实恰恰是这些有目的的正面反映"文革"事件的小说，可以提供给我们更多以往被忽视的细节。

三　"温和派"：贾平凹

无论写作了《无畏》的陈忠实，还是并不那么激进的张抗抗、郑万隆，他们的作品都是与时代命题切近的，贾平凹则是特别的一个，他的主题虽然完全符合 70 年代的要求、写的是 70 年代的故事，行文方式、叙述语调却一直都是贾平凹特有的，在不同的文学时期他的过渡方式自有其独特之处。

以我们对贾平凹的印象，很难想象他会在《朝霞》上发表小说，但他的确在《朝霞》上发表过两篇小说。一篇是儿童文学，讲的是小孩智斗地主的故事，这种故事在"文革"时期的儿童文学中就是一种基本的故事模型，打个不恰当的比方，"小孩斗地主"就好像是儿童文学的"母题",这基本是不太能发挥的类型,但贾平凹把小孩写得很生动,一蹦、一跳、一怒、一喜跃然纸上,小说少了"文革"时通行的说理,靠人物频密的行动推进故事,读起来轻松有趣。另一篇是很短的小说《队委员》,政治着眼点在"批私"上,写得有点虚张声势,平常的事件很用力地往"批私"上靠。比起"文革"时期那么多剑拔弩张的小说,贾平凹的这两篇小说在表现斗争方面给人不痛不痒的感觉,他选择了最安全的政治落脚点、被别人操练过很多遍的故事模式,给了《朝霞》在那个年代看来很平庸的作品。他作品的长处不在"政治觉悟"上,不在"思想深刻度"上,而在于把农村人物写得很鲜活、很具体,或者说很像农民,而不像很多"文革"小说中的农民那样操着中央社论的腔调,讲着与身份不符的话。

再看他发表于《陕西文艺》上的几篇小说,同样会发现,贾平凹即使在"文革"时期,也是在农村人物和农村生活上花心思,当然他会很明智而"中庸"地选一个当时最被认可的"斗争方向",而他自己决不会在"批判"方面下太多功夫。所以在 1977 年初,文学界不知何去何从,报刊上的小说还在沿用"文革"模式的时候,贾平凹可以很快适应新的环境,他的方法就是不断减少"批斗"力度,把矛盾弱化,而把农民作为写作的重点。政治方向在 1976 年年底到 1977 年年初的不明朗,不但没有让他找不到写作的方向,反而使他获得更大的自由,得以把自己的长处充分发挥出来。比如 1977 年初发表在《人民文学》上的《铁妈》,故事虽然围绕分别代表"公"与"私"的两个农民的斗争展开,"批斗"却被弱化,仅仅通过几个片段来讲述两个非常有生活实感的农民的"博弈",带有轻喜剧色彩。故事是"文革"故事,笔法却是民间的、古典的。这篇小说与贾平凹之前刊发在《朝霞》上的几篇小说相比,明显多了描述性的语言(比如对景物、人物的描写),少了说理的语句。若是把这篇小说换一个时代背景，里面的邻里故事、邻里冲突也可以成立。

把贾平凹"文革"中的小说一一找出来读，包括发表在《朝霞》上的几篇，我们会很容易发现他比其他作家，如陈忠实、路遥、郑万隆、张抗抗等，与新时期的联系更为紧密，或者说，他在两个时期的创作并不存在根本上的裂变，他只是在随着时代改换故事的主题思想，使其顺应潮流获得合法性，写作的笔法（民间的、古典的、有韵味、注重细节、多处留白）、娓娓道来的语调从始至终都是他自己特有的。

实际上，贾平凹"文革"时期的小说中大约有一半都是以儿童为主人公的，属于当年很典型的"儿童文学"。为什么在日后很少写儿童故事的大作家在写作之初写了那么多儿童故事呢？不是贾平凹年轻时偏爱孩子，而是在那个年代只有写孩子可以实现他的美学理想。在写于1975年的《小河的冰哟……》中，贾平凹极力渲染冰雪世界和孩子内心的纯美，那是与阶级斗争无关的美文。

1977年下半年，文学主题已然明确被规定，小说也紧随其后表现时代命题。这一年的两个主题一个是"打倒四人帮"，另一个是"促生产"，文学期刊上的大多小说都围绕这两个主题非常机械地在做文章，刊发的小说大同小异。贾平凹在这一阶段很活跃，而很多从"文革"进入新时期的作家却在历史的转折点上非常迷茫，有的人停笔好几年。为什么贾平凹能顺利地出现在1977年的文坛，创作了为数不少的作品，又很平稳地转到新时期？贾平凹在1977年末发表的一篇叫《果林里》的小说透漏了重要的信息。以贾平凹的性情自然不擅长写狠批"四人帮"的小说，他选择了"促生产"这一主题，响应"农业学大寨"的口号。但他的写作重点似乎又不是生产，而是一个农村姑娘与果园技术员的爱情。他清楚地知道小说不可以偏离时代主题，所以他一再强调姑娘爱上技术员是因为这个技术好的技术员能够促生产，这样小说的"中心思想"便具有了合法性。一旦有了时代主题的庇护，贾平凹便可以让两人在劳动中互通款曲，眉目传情，他把爱情写得既羞涩单纯，又直截了当、明朗坦荡。小说的结尾是一个留白的结尾，跟汪曾祺《受戒》的结尾非常相似。汪曾祺那个颇有余味的结尾一直为人津津乐道，其实早在 1977 年，贾平凹就用了这招式。

> 小青年一愣。
>
> 姑娘捡起一块小石子，丢进池水里。跑了。
>
> 小青年似乎明白了一些什么，咧嘴一笑。看人时，没见了；那深深的、开着淡淡黄花、孕着小枣儿的枣树丛后，响着笑声。
>
> 池水，扩散着可爱的绿色的水纹，一圈儿又一圈儿……

这样的结尾不禁使人想起《受戒》的结尾。我们在看这篇小说的时候不会过多关注果园的生产情况，却会不自觉地被年轻男女的爱情吸引。在这里，贾平凹用了一个技巧，他给爱情故事扣上一顶时代的大帽子，然后时代主题就成为被后置的背景，在台前演戏的是有情有义的一对璧人。他的用语既有民间的活泼，又有古代文学的典雅，在 1977 年一堆沉痛的小说中发现贾平凹的小说的确能给人惊喜。

《果林里》这样的小说虽然在"农业学大寨"主题的统辖下，却有了新时期的面孔，可以说，贾平凹对"文革"的告别是最轻松、最自然的，连一个沉重的手势都没有留下。

第四章　规训与批判:小说生成的秘密

上文勾勒了70年代小说的大致轮廓、描述了70年代小说的总体样貌,本章则试图解释70年代小说为什么会呈现出这样的形态。简言之,70年代正是以规训和批判为手段,制造了那个时代的文学作品。

第一节　规训：小说的生成

一　前文本时期：被习得的创作

皮埃尔－马克·德比亚齐在《文本发生学》一书中关注的是文本生成的过程,介绍了"通过草稿或准备性资料对作品进行诠释"[①] 的方法。如果我们将文本生成的过程扩展,不仅关注写作的过程以及选材后有针对性的资料储备,另将作者写作前所受的规约和影响、必须遵从的写作规则、需完成的写作任务甚至作者在写作前的思想状态与生活内容都算作影响作品生成的因素,那么, 这一阶段也可以被视为

---

① 　皮埃尔－马克·德比亚齐:《文本发生学》,汪秀华译,天津人民出版社2005年版,第1页。

之于写作的"前文本"时期。对于 70 年代的写作者来说,这个"前文本"时期尤为重要,写作前不了解规则、不进入组织获得合法身份,写作便是无效的。为了让写作者创作出符合要求的文本,官方不断下达各种规约性的文件在组织内传达、学习,并通过报纸、期刊有针对性地向写作者提出要求,而且将较好实践了这些要求的单位、个人树立为榜样,通过让他们谈经验来告诉更多的人应该如何实践。

写作前的种种宣传无非是想让写作者清楚地知晓应该写什么、如何写。可以说,70 年代的写作是一种能够被习得的写作,在写作之前,一套理论和方法就已经被强制灌输到作者的头脑中。考察 70 年代写作者的理论依据、创作原则和组织形式,自然可以窥破小说生成的秘密。

1971 年 12 月 10 日,《人民日报》发表了《批判"写真实论"》一文,一时间反对写"真人真事"的文艺评论出现在各个期刊、报纸和下发的学习材料中。《人民日报》是中央的喉舌,本有着不可被辩驳的地位,然而,曾经的"典型英雄人物"高玉宝却对此提出批评,在 1972 年 8 月 14 日的《解放军报》上其短评《文艺创作不能凭空编造假人假事》被刊发。此文一出,于会泳旋即组织文章进行围攻,说"高玉宝的文章'坚持要为写真人真事的错误主张进行辩护',是'奇谈怪论'",并称"'这是有背景的'"。①

批判"写真实论"的目的不过是让作品"高于生活",塑造出"典型环境中的典型人物",尤其是"典型英雄形象",这样的"典型英雄"被祛除了瑕疵、回避掉成长的过程,成为体现官方尤其是干预文艺的"四人帮"意志的载体。反对"写真人真事"的要求与塑造"无产阶级英雄典型"相联系,成为 70 年代进行创作的重要原则。

---

① 《年表》(1966—1975),选自杨鼎川《1967:狂乱的文学年代》,山东教育出版社 1998 年版,第 253 页。

除了反对"真实论"，"灵感论""天才论"也是 70 年代屡屡被批判的观点。"灵感论"和"天才论"都认为文学创作需要一定的甚至特殊的才能，70 年代的官方却一再强调"灵感论""天才论"都是资产阶级观点，无产阶级的文艺服务于广大工农兵，也可以被广大工农兵自行创造。而群众性文艺创作说起来容易，实践起来却并不容易，文化水平普遍偏低的工农兵如何能创作文艺作品呢？

　　首先，将群众组织起来办夜校、文艺创作学习班，或形成创作组，而后让组织在一起的工农兵学习《在延安文艺座谈会上的讲话》、样板戏和当时的政治文件，以及各种文艺创作原则，比如上文提到的反"真人真事论"和塑造"英雄典型"。天津四六一厂创作组作为业余创作组的榜样曾讲述他们展开业余文艺创作活动的具体方案：首先，要"坚持党委的直接领导"，"抓路线教育"，"注意根据党的路线和方针政策，把握业余文艺创作的正确方向"；其次，要"坚持以工人为主体"；具体到创作方法，则要明确"如何不受真人真事的局限"[①]。长篇小说《盐民游击队》创作组也讲明了他们在党委的领导下学习的过程："一九七〇年冬，我们这个以工人为主体的文学创作组，在场党委的直接领导下成立了。按照场党委的要求，我们首先学习了毛主席的《在延安文艺座谈会上的讲话》等光辉著作和革命样板戏的成功创作经验，并联系实际，狠批了刘少奇反革命文艺路线的认识。在整个创作过程中，我们也经常反复学习毛主席的著作和革命样板戏的创作经验，积极批林整风，不断提高认识，解决创作中遇到的一些问题。"[②] 1976 年，《山西群众文艺》还刊发了孙越的《小将开路》一文，以小说的形式讲明了当时创作上的种种规约，并插入了一段"小

---

　　①　六四一厂创作组：《我们是怎样展开业余文艺创作活动的》，《天津文艺》1972 年第 1 期。
　　②　天津汉沽盐场创作组集体创作：《后记》，《盐民游击队》，天津人民出版社 1973 年版，第 310 页。

说创作学习班"的故事。文中写道："这期学习班我们认真学习了毛主席的《在延安文艺座谈会上的讲话》和样板戏创作经验，大家讨论作品，交谈心得，集体修改了一批作品，准备汇编成册，出版发行。"足见《讲话》和样板戏创作经验已成了文学创作的"指路明灯"，《讲话》是纲领性的理论依据，样板戏则提供了更多具体的创作模式和方法。

自 1972 年起小说数量逐年增多，如何将革命样板戏的经验移植到小说中一直是"四人帮"反复琢磨的问题。对于广大作者来说，样板戏经验不止"三突出""三陪衬"那么简单，如何塑造英雄人物、如何在生产事件中糅入阶级斗争和路线斗争、如何在斗争中表现时代的本质都是考察一篇小说优劣的条款。

文学创作无疑是需要技巧的，但在任何一个时代，对技巧的解析也许都没有 70 年代细致和具体。除了以学习文件形式下发的材料，报纸、文艺期刊中也刊载相当数量的文艺理论文章，初澜、任犊这样具有至高阐释权的作者（写作组）的文章自不必说，各省也积极组织讨论"如何写"的理论文章（或者应该称之为指导文章，其理论性并不强），一方面要手把手地教会广大工农兵作者，另一方面不厌其烦地"谆谆教诲"也是怕作者不能完全领会上面的指示而"犯错误"。如《包头文艺》这样的市级刊物，都不乏讨论文学创作的短论，其刊发的理论文章紧跟时政，很好地理解了中央精神，比如 1972 年刊发的张琦的《肃清"无冲突论"的流毒》、1973 年刊发的星宇的《谈"纵深"》、文向欣的《选材要严、开掘要深》等。这些理论文章并无理论深度和创新点，基本是遵命文章，不过将政令具体化，甚至将写作中的每一个问题都讲清楚，的确可以成为作者们的必备"宝典"。而通过评论小说本身来讨论创作问题的评论文章则更为详尽、具体地提出了一些既具有可实践性，又极具限制性的创作原则。比如黑龙江大学中文系工农兵学员评论组在评价长篇小说《千重浪》时明确提出以"农业学大寨"为主题的小说应具备的要素："大办农业机械化"是必备的生产事件，生产"最重要的是靠马列主义、毛泽东思想"，选择"一条正确的路线"才能促生产，在生产的过程中"必须发扬自力更生，艰苦奋斗的革命精神"，并且"必须执行群众路线"，生产的同时必须"同党内的错误路线，同资本主义倾向，同阶级敌人斗"。[①]也就是说，一部农村题材小说只有触及这些内容才能成为合格的小说。

经过一系列的理论培训，动笔之前尚有选材这一关。如何选材，也有一套方法。当时讲"创作要上去，作者要下去"，"下去"就是要深入生活，尤其要深入被当时树立为样板的地点和单位中去，比如大寨、小靳庄、河南郏县等。当然，各省市县乡也都有各自的标兵单位，以各个单位争红旗为内容的小说在 70 年代屡见不鲜，足见获得"样板"的身份是多么具有吸引力。当时小说惯有的一种开头方式就是"我"到某地去调查、采访或写经验报告，正是以小说的形式体现了创作的实际情况。堪称 70 年代作家好榜样的浩然在"深入生活"方面也决不马虎。为反映西沙军民所进行的自卫反击战，浩然深入西沙群岛，得到表扬。在 1975 年针对中篇小说《西沙儿女》的座谈会上，有评论者称："尽管作者原来并不熟悉南海渔民和舰艇部队的生活，但他从革命需要出发，克服种种困难，几次深入南海渔村和舰艇部队，努力熟悉自己所不熟悉而又应当表现的生活，同时又调动原有的生活积累，认真学习革命样板戏的创作经验，运用文艺创作典型化的原则，在较短的时间内就写出了《西沙儿女》，及时地

---

① 黑龙江大学中文系工农兵学员评论组：《大干社会主义的带头人——谈长篇小说〈千重浪〉中洪长岭形象的塑造》，《黑龙江文艺》1975 年第 2 期。

发挥了战斗作用。"①

　　然而，作家真是在深入生活中发现了值得一写的素材吗？深入的地点是被指派的，这样的指派自然有其目的。到大寨是为了让作者反映大寨人的生产热情，到小靳庄必须歌颂农民进行文学创作这一新生事物，写作的目的即是宣传这些"样板"的经验，让更多的地方效仿。这样的"发现"不是作者在生活中个人化的独到感知，而是官方设计好题目让作者收集材料并编制成符合官方意图的文本。实际上，浩然奔赴西沙群岛是受命，未到西沙之前主题、立场就已经定好，"深入生活"不过是为了增加生活细节，从而编制出具有一定可信度的小说。同样，深入工厂的作者不过是需要了解生产的过程和专业性知识，以避免描写生产场面和技术难题时无的放矢，要歌颂什么、反对什么早在收集素材之前已心中有数。比如要塑造一个工厂中的英雄人物，作者一般会实地采访劳模，可是他们发现记录这个劳模的故事是远远不够的，写出来不过是"好人好事"型小说，鉴于此，他们会采访多个劳模，选取这些劳模英雄事迹中具有典型性的事件，并把多个劳模汇聚成一个人物，将这个人物设计进一场路线斗争或阶级斗争中，再按照当时通行的"三突出""三陪衬"等方法编制成文。这样的创作方式虽然刻板，如果可以执行尚属行之有效的方式，而据韦君宜事后回忆，当时的很多作者被上级分配了题目，却无具体操作的能力，一些人长久拖延写作计划，不见作品。她举例说："那位有稿约的工人作者找我谈他的创作情况。革委会给他的任务是写一部长篇小说，主题是工人学哲学，要把工人在学'哲学'的路上如何当家作主的过程塑造出来。他已经努力写了几万字，现在怎么也写不下去了。……然后还有市里指定的'三八'女子炼钢炉的工人要写小说，

────────

① 王恺等：《豪情诗笔写西沙——部队作者座谈中篇小说〈西沙儿女〉发言摘要》，《解放军文艺》1975 年第 1 期。

一个岛上的小学'开门办学'也要写小说……都来谈计划，都得应付，而作品还只字全无，简直使人弄不清这究竟是计划，还是梦话。"① 提起"深入生活"，韦君宜同样觉得荒唐：大寨动用大量人力做一些无谓的劳动，只为了表现大寨人吃苦耐劳的革命精神；样板造船厂引人参观，扬言造出了巨轮，巨轮却无法下水。恐怕这样的"深入生活"不仅不能使作者文思泉涌，反倒对运动看得越来越清楚。当然，不排除一些作者本着真诚的态度在各地索材，于一些细节处体现出"生活的实感"。见证了文艺创作上诸多荒唐事件的韦君宜也认为："写《伐木人传》的屈兴歧，写《延河在召唤》的沈小兰，写《草原早晨》的扎拉嘎胡，写《千重浪》的宗涛、毕方都有生活。"②

　　而对于广大的工农兵作者来说，他们虽然战斗在生产第一线却不代表他们不需要"深入生活"，他们"深入生活"的方式被要求为联系群众，理解周遭生产斗争的本质，即从认识上"深入生活"。同《小将开路》一样，《一篇小说稿》③ 也是讨论文学创作的小说。小说中的两个青年姚晨和宝耕同在农村务农，姚晨写小说为个人名利，思想上存在错误的他脱离群众、闭门造车，宝耕帮助姚晨改小说只为歌颂贫下中农，表现如火如荼的农业生产。说到底，是否真的了解生活是不重要的，重要的是，是不是理解"时代的本质"，当然，这种"本质"是被政治规定的本质，并随着政治形势的变化而变化。比如到了批判"走资派"时期，时代的命题是"与走资派作斗争"，体现在文艺上则不但"要写与走资派的斗争，而且作品中的走资派一定要是党的各级主要领导，最好是一把手，还有一个要求是这些走资派不

---

① 韦君宜：《思痛录·露沙的路》，文化艺术出版社 2003 年版，第 129 页。
② 韦君宜：《老编辑手记》，四川人民出版社 1985 年版，第 37 页。
③ 陈歆耕：《一篇小说稿》，《杭州文艺》1976 年第 2 期。

能写成'犯错误的好人',即都要不肯改悔"①。这种凭空设计阶级敌人的写作肯定不是"深入生活"的结果,必定是"高于生活"了。不过,当时对这种失真的写作却有颇多解释,如一篇《题材要严 开掘要深》的文章所说:"一个作者要写一篇作品,总要解决'写什么''怎么写''为什么要写'三个问题。在这三个问题中,又总要以'为什么要写'去统帅'写什么''怎么写'。这个'为什么要写',就是作者对其所要表现内容的'开掘'。"② 这样的开掘无非是将日常生活提到政治、革命的层面上,为所有人物、事件寻找政治依据。

"写什么""如何写"在 70 年代被强制教授,"为什么写"作为写作的态度和思想被反复"端正"。教授的内容早在作家着手准备写作之前便已经左右了文本的生成,也就是说,一个写作者想要进入创作的队伍,首先要做的并不是取材、选题,而是先学习这样一套规则,一切不了解规则、不遵守规则的写作都是无效的。

即便无效的写作无法获得公开发表的机会,还是有大量的写作者坚持"地下写作",但也有一些"地下"写作者被主流文学收编。增城县派潭公社《向阳花》创作组在谈开展业余创作的经验时道:"当《向阳花》创作组积极开展创作活动时,有个大队有几个比较后进的知识青年暗地凑在一起,对《向阳花》冷嘲热讽,甚至还写爱情小说、颓废诗歌,暗中传抄,互相传阅,说要跟《向阳花》'比高低'……一方面,我们认为这是一场严肃的无产阶级跟资产阶级在意识形态领域里的斗争,必须跟这种资产阶级思潮斗争到底。另一方面,我们也看到,这几个知识青年搞的,还是人民内部矛盾,应该采用'团结—批评—团结'的办法解决。于是,我们在公社党委的领导

①　陕西省工农兵艺术馆大批判组:《向谁作斗争——评所谓"写与走资派作斗争的作品"》,《群众艺术》1976 年第 11、12 期合刊。
②　星宇:《谈"纵深"》,《包头文艺》1973 年第 1 期。

下，坚持原则，既指出和批判他们的错误做法，又把《向阳花》大门打开，热情支持《向阳花》。其中有个青年，经过帮助后，转而写革命文艺作品给《向阳花》投稿了。前年，他安排回广州市工作，还经常来信来稿，表示要永远做一名《向阳花》的成员。"① 我们无法证明这个青年是不是因为写作了符合要求的革命文艺作品而获得了回广州工作的机会，不过，在当时作家是一种吸引人的身份，成为工农兵业余作者的确是改变自身命运的一种方式，尤其对"上山下乡"的知识青年来说。

二　文本生成的过程：以《一担水》为例

埃德加·坡认为："一个作家愿意——当然他也能够——通过细节，一步一步地回想起最终完稿的作品的写作过程，为什么世界上就没有出现过一篇这样的文章——我很难对此作出解释——但是要解释这一空白点，可能用作者们的虚荣心来解释会比用其他的理由来解释更好。"② 然而，在 70 年代的中国，却有作家写作这样的文章来公开自己的写作过程，并且，不是任何一个写作者都有权利公开，作品受到肯定的作者才有资格传授写作经验。

对于浩然这样的"样板"作家，谈创作经验是他在 70 年代的重要活动，《〈一担水〉写作前后》③ 便是这样一篇以具体实例"一步一步地回想起最终完稿的作品的写作过程"的文章，通过这篇文章我们可以清楚地看到一个专业作家是如何取材、修改，最终组织成一篇非常符合时代要求的小说的。

---

① 增城县派潭公社《向阳花》创作组：《在斗争中建立一支业余创作队伍》，《广州文艺》1975 年第 4 期。

② 转引自皮埃尔—马克·德比亚齐《文本发生学》，汪秀华译，天津人民出版社 2005年版，第 11 页。

③ 浩然：《〈一担水〉写作前后》，《北京文艺》1973 年第 5 期。文中再引此篇文章，不再标明。

　　浩然在《〈一担水〉写作前后》一开头便表明这个"一担水"的故事是深入生活所得，并强调深入生活、广泛取材的重要性，文中说："不经常接触生活斗争，不经常呼吸新鲜空气，不经常开发源流，'这一部'作品也是写不好的。基于这样一种认识，去年春天，我的长篇告一段落，就抽空到一个生活的'老根据地'住上几天，借机会观察生活、研究新问题。"在"老根据地"，浩然发现了一个帮孤寡老人挑水的人，并从别人口中得知这人是"雷锋式的人物，经常帮助队里那些没有劳动能力的人家做些零活"，便决定将挑水人塑造成名叫马长新的英雄人物。回京后，浩然根据这个学雷锋的原型事件草拟了一篇"好人好事"型小说。这篇就事说事的学雷锋故事连作者本人都感到"平淡无味"，若是初学写作的业余作者写出一篇这样的作品尚有通过的可能性，而像浩然这样的标杆作家写出这样一篇不温不火的"好人好事"型小说自然无法交差。究其失败的原因，浩然认为是自己没有在典型环境中塑造典型英雄人物，没有高于生活，因而决定"学习革命样板戏'三突出'的创作经验"，"千方百计地多侧面地描写刻画马长新"。

　　在第二稿中，浩然利用"三突出"的方法将好人好事进行"拔高"。他首先设置了一个开社员大会的场面，"用当时的时代背景、环境、气氛和周围的人，烘托了马长新的模范行动"。场面铺陈一直是70 年代小说中惯用的技巧，浩然在这里以社员大会为英雄人物的出场做铺垫并不算新颖。接着，俗套的情节再度出现：他为英雄人物完成挑水任务设置了重重困难，第一个困难是雪天挑水，第二个困难是忍病挑水，细述任务的艰巨、克服困难的勇气同样是 70 年代小说中频频出现的段落。最后，作者让事件转到十八年后，马长新这样的英雄人物自然被安排为这个大队的大队长（大队长、支书一般都会成为农村题材小说中的主人公），已经成为队长的他即使到公社开会也要连夜赶回给老人挑水。第二稿一出，浩然觉得"基本写得不错了"。可是，若是我们了解 70 年代文学规则的话，自然可以发现第二稿的问题：第一，小说情节、布局都非常老套，"场面描写—人物出场接受任务—遇到困难—克服困难"的组织方式被各种小说利用，即使通过人物陪衬、环境渲染让英雄人物在事件中凸显高大形象，依然只是一篇无功无过的"好人好事"型小说，当然，在当时情节老套并不是主要问题，问题是所选择的事件并不具有典型性；第二，没有把典型英雄人物放在路线斗争和阶级斗争中来塑造，回避了"冲突"；第三，没有挖掘英雄人物做好事的思想根源，也就是没有写出英雄人物的本质。

谙熟 70 年代文学规则和评价标准的浩然自然很快意识到第二稿的不足，反复看了几遍后，"觉得马长新这个人物分量不够，主题揭示得不深"，"想来想去，是因为在作品里没有写矛盾冲突造成的"。虽然不满意，浩然一时无计，只好把稿子放到一边。这时，"深入生活"又再次解救了他，回故乡生活一段时间的他在姐姐家发现亲人为了个人私利变得不睦，这使浩然将普通的家庭纠纷与小农经济遗留下来的私有观念联系起来，从而联想到"马长新这个英雄在跟私有观念决裂这一点走到了前边"。这样马长新这个人物便不仅仅是一个做好事的人，而且是一名具有先进思想的英雄，学雷锋的故事就这样生成了公、私观念大斗争的主题。

主题一经确立，便需要实践这一主题，首先需要设置一个反面人物，浩然将"姐姐家那哥几个的落后思想"连同"平时对那些留恋资本主义道路的富裕中农的体验和了解"进行揉捏、联想，塑造出"韩耙子"这一反面人物，这样一个原事件中不存在的人物就被糅合而成了。第二稿中冒雪挑水和抱病挑水这两个俗套且不能突出典型英雄形象的事件被删掉，增加了马长新与韩耙子的两个冲突情节。一个是十

八年前韩耙子作为老人的本家侄子怕马长新继承老人的遗产，自己无利可图，而与英雄发生冲突；一个是十八年后，在新的斗争形势下两人二度对垒。第三稿写完后，浩然这样的专业作家响应了集体创作、修改的号召，请几位工农业余作者提意见。其中最启发浩然的意见是：马长新为什么能坚持十八年，思想根源是什么。为了解决这一问题，浩然又一次利用了一个俗套的桥段，即 70 年代流行的"痛说革命家史"——马长新的身世决定了他对私有制的痛恨、对阶级感情的珍惜。到这一稿，浩然基本完成了 70 年代对作品的一切要求，有典型英雄形象，有陪衬，有斗争，有思想根据，完全做到了"不受真人真事的局限"，看到了原型事件背后的本质，这正是"观察、体验、研究、分析一切人，一切阶级，一切群众，一切生动的生活形式和斗争形式，一切文学和艺术的原始材料"（毛主席语录）的结果。

对于普通作者来说，写到这里已经完成了任务，而对于浩然，重复被用滥的小说桥段尚不能使其满意，作为样板作家，他还肩负着为其他作者提供创作经验的责任。我们作为后来者自然看得清楚，这一稿的最大败笔是以苦难家史作为人物成为英雄的思想根据，这样写既俗套又缺乏可信度。也许，浩然对这一点的处理原本就是不满意的，只是他在写作时很难为人物找到坚持十八年帮人挑水的依据，只好以惯用的"痛说苦难家史"桥段姑且作为人物的思想动机。料想浩然自己是能够意识到小说的问题的，他却谦虚地通过其他人之口指出了"可信度"这一"软肋"。为了让英雄人物可信，他又在支书介绍情况的文字中补写了一段，"列举了高级社阶段、三年困难时期和最近县里表扬一批老干部这三个历史阶段时，两个阶级、两条道路、两条路线，在这小小的一担水上的反映"，这样，马长新做好事的行为"完全超越了个人品行问题，而是代表了无产阶级和革命路线"，同时，马长新的挑水故事与"二十来年的历史故事串联起来"表现的便不只是一个人的思想，而是历史的本质。

这一稿与初稿大相径庭，原始的好人好事素材经加工变为反对私有制，甚至成为反映历史本质的大故事，很好地实践了毛泽东关于文艺作品要"高于生活"的指示。如毛泽东所说："文艺作品中反映出来的生活却可以而且应该比普通的实际生活更高，更强烈，更有集中性，更典型，更理想，因此就更带有普遍性"，此时的马长新正体现了这样的"普遍性"，他代表的不是他个人，而是所有站在正确路线上的人物的典型。浩然对这一稿很有把握，并将其送交《解放军文艺》，小说顺利发表。

在《一担水》收录到小说集前，浩然又对结尾部分做了修改，将原稿中欲从马长新肩上接过扁担的两个没有标明姓名的青年设定为马长新的儿子和韩靶子的外甥女。"马长新这个共产党员、贫下中农，他的儿子接他的班，在我们这个时代和国家里，是理所当然的"，韩靶子的侄女与马长新的儿子相恋，与韩靶子划清界限，才能更有力地显示出在我国经过无产阶级专政"文化大革命"以后，韩靶子那种人的思想，将要后继无人。结尾的巧合和刻意安排如今看来使小说变得更为不可信，在当时看却饱含着深刻的寓意。从浩然的行文语气可读出，他对这一处的修改是颇为自得的。

浩然通过公开自己取材、构思、写作、修改、定稿的过程和细节，不仅表明自己如何兢兢业业实践官方的创作纲领，同时，以实际的例子提供给其他写作者经验，对文本生产过程的细致描述远比枯燥的理论文章更能使写作者掌握创作的原则和方法。相信浩然遇到的写作上的种种难题——材料的取舍、人物的设定、情节的安排、矛盾的展开及对矛盾本质的定性、政治理论的运用等也是其他作者关注的问题。无独有偶，工人业余作者梁淇湘在谈自己创作的小说《起点》时，也讲述了与浩然相似的修改过程："开始，我花了不少精力，把锅炉技革小组三次锅炉改革的前前后后写了出来，场面较大，技术情节写得过多。给人一看，说是‘技术革新记录’。后来我就砍去了头、尾，删了些技术细节，情节虽然集中了一些，但见事不见人。于是我又以某人为形象，加了一个主人公。人物是有了，但干巴，无力，形象不高大，故事情节直线上升，没有矛盾冲突……（经过修改）通过了曹家兄弟对锅炉改革后的不同看法之争，反映出先进与保守思想之争，继续革命与固步自封思想之争，歌颂了敢于革命，不断革命，在成绩面前不停步，荣誉面前不骄傲的主人公曹志刚……"①

像浩然这样的专业作家自然具有非常自觉的修改意识，而据韦君宜说，大部分作者都要靠编辑来指导写作和帮助其修改作品，甚至出现"工农兵写了头一遍，一般由编辑重写第二遍，能剩下三五句就算好的了"②的情况。这不禁使我们猜想，现在我们看到的很多工农兵作者的小说是否实际出自编辑之手？幸好一些在 70 年代写作的业余作者到新时期仍旧能继续写作，有的成为新时期非常重要的作家，可见 70 年代尚有部分业余作者的确具有写作的能力和天分。

第二节　批判：小说边界的确立

一　"文艺黑线回潮"与小说《生命》

1972 年对外、对内政策都有所放宽，这种"松"的政策表现在文学上，主要是数部长篇小说出版，各省的省级文艺期刊纷纷创刊，地

---

① 梁淇湘：《身在生活，仍要深入生活——谈谈创作小说〈起点〉的体会》，《广州文艺》1973 年第 2 期。
② 韦君宜：《思痛录·露沙的路》，文化艺术出版社 2003 年版，第 136 页。

市县级期刊活跃起来，一部分文艺界的知识分子回到原来的工作岗位，一些人获得了再度写作的权利。对于准备创刊的文艺期刊来说，解决稿源问题是头等大事，通过征文从各地区、各单位的来稿中选出相对好的作品不失为良策，不过审阅大量的稿件，尤其从众多写作水平良莠不齐的业余作者的来搞中选出合适的作品，不单增加了工作负担，又没有质量上的保障，而鼓励和培训"归来"的老作者（"文革"前便发表作品的作者，包括活跃在新中国成立前或"十七年"的知名作家和普通文艺工作者，"老"在当时指写作经验和经历，不单单是指年龄）参与到"新时代"的创作中，则既方便又可以保证质量。这些从下放的农村走入"新时代"的作者通过学习文艺政策、样板戏经验和实地体验生活，开始为"新时代"服务，连年迈的艾芜为了写小说都亲身到凉山彝族地区生活了一段时间，他们努力配合新时代的作品经过编辑部审阅大多得以出版，后来被批判的艾芜的小说《高高的山上》还被刊发在《四川文艺》的创刊号上。

同样在 1974 年遭到批判的小说《生命》《长长的谷通河》《牧笛》《除夕之夜》也都顺利地于 1972 年至 1973 年上半年分别被刊发，在发表的当年并未听到批评的声音。这些正反人物设置有问题或以情动人的小说在当时没有被点名批评，足见刚刚得到喘息的文艺界正处在平静的恢复期，即使没有完全采用"样板戏经验"的小说也尚可面世，或者说，70 年代小说必须严格遵从的那套写作理论还没有完全形成，写作者尚有发挥的空间。

在 1972 年、1973 年，唯一引起争议的小说为吉林老作家侯树槐创作的《高山春水》，针对主人公知青英雄春花的塑造，有人称赞，有人提出了批评，由此展开应该如何塑造英雄人物和知识青年的话题。《吉林文艺》将这次争论定性为对作品的"自由讨论"，几组评论文章仅对应该"如何写"发言，并不涉及政治层面上的攻击，几期之后，《吉林文艺》声言讨论停止，此后再无对《高山春水》的评论文章被刊发。

种种迹象表明，林彪事件后，文艺界的确迎来了复苏期，"好人好事"型小说、无冲突小说，甚至表现人的内心世界和感情的小说都可以露面，"文艺发展在某种程度上越出了江青给文艺划定的条条框框"①。不仅文艺情况让"四人帮"不满，重新走上岗位的老干部更使其紧张。从 1973 年下半年开始，"四人帮"开始了有计划的夺权行动，在政治上打击异己，在文艺上通过为样板戏歌功颂德和批判一批文艺作品，从而试图建立一套刻板的创作原则和方法，进而开辟所谓的"新时代的新文艺"。

1973 年 3 月毛泽东决定恢复邓小平的组织生活和国务院副总理职务，邓小平重新走上政治舞台；12 月，毛泽东又让邓小平参加中央军委工作，并任总参谋长。另一边，"四人帮"开始积极扩大自己的影响，批评文艺，并建立自己的"宣传站"。1973 年 5 月，《朝霞》丛刊在上海创刊；9 月 15 日《学习与批判》在上海创刊，由上海市委写作组严格控制，"创刊号发表《论尊儒反法》一文，以后还发表了一系列'批法批儒'中颇具影响的文章"②，此后"批孔"与"批林"相联系，一发不可收拾。同年 7 月，江青等人对湘剧舞台艺术片《园丁之歌》加以指责，上纲上线地认为该剧是"反攻倒算"之作，是"为反革命修正主义教育路线招魂"③ 的黑作品。由这些可看出，江青等人在 1973 年的活动其实是 1974 年大批判的前奏，在这一年他们便开始有预谋地一方面建立自己的喉舌，创办杂志、丛刊，组织为己所用的

---

① 张红秋：《"文革"后期文学研究（1972—1976）》（非出版物），博士学位论文，北京大学，2005 年。

② 贾新民主编：《20 世纪中国大事年表（1900—1988）》，中国人民大学出版社 1992 年版，第 461 页。

③ 《年表》（1966—1975），选自杨鼎川《1967：狂乱的文学年代》，山东教育出版社 1998 年版，第 253 页。

写作组；另一方面挑选"过界"作品，通过放大作品问题来攻击文艺界及领导层。

据辽宁文艺界的相关人员和敬信本人讲，早在 1973 年 8 月中国共产党第十次全国代表大会在京举行时辽宁省的某位领导便接到"四人帮"的指令，命其关注发表在沈阳市《工农兵文艺》上的短篇小说《生命》，认为小说反对了上海的"一月革命"。[①] 该《工农兵文艺》属内部发行杂志，能引起上层的注意，足见"四人帮"对搜罗"黑"小说非常用心。这位领导回到沈阳后，向《工农兵文艺》过问此文，"当时省文化局的负责同志提出：小说虽有一些问题，但发表在内部刊物上，影响不大，加之文艺创作的情况刚刚开始好转，还是不公开批判为好；可以在内部刊物上评论一下，以引起搞创作的同志注意，认真总结经验教训，从正面提出探讨文学作品如何反映'文化大革命'的问题。当时那个死党表示同意，并将任务落实给辽宁大学，要辽宁大学写文章在当时还未公开发行的《辽宁大学学报》上发表，内部开展评论。"[②]

这样，辽宁大学奉命写作批评文章，并在《辽宁大学学报》1973年第 3 期上刊发了四篇。这四篇短论尚没有将《生命》与"黑线""回潮"紧密联系在一起，讨论的基本是作品在人物塑造、情节安排上的错误，比如《老铁头并不"铁"——评小说〈生命〉的人物描写》一文认为小说只是在塑造英雄人物上"不成功"[③]，也就是说批评

---

①　参见本刊编辑部据座谈整理《一次反党篡权的丑恶表演——戳穿"四人帮"在辽宁的死党批小说〈生命〉的阴谋》，《辽宁文艺》1977 年第 4 期；韦达志《戳穿一个篡党夺权的阴谋——"四人帮"在辽宁的死党为何策划批〈生命〉》，《辽宁大学学报》（哲学社会科学版）1977 年第 3 期；李敬信《还我〈生命〉——揭批"四人帮"及其死党围剿小说〈生命〉的罪行》，《辽宁文艺》1978 年第 4 期。

②　本刊编辑部据座谈整理：《一次反党篡权的丑恶表演——戳穿"四人帮"在辽宁的死党批小说〈生命〉的阴谋》，《辽宁文艺》1977 年第 4 期。

③　辽宁大学中文系学员徐春玲：《老铁头并不"铁"——评小说〈生命〉的人物描写》，《辽宁大学学报》（哲学社会科学版）1973 年第 4 期。

者依然认为将老铁头作为英雄人物来写是没问题的，只是写得不好，这种观点与 1974 年认为老铁头是反面人物，走的是"资本主义、修正主义道路"的看法完全不同。到 1974 年 1 月，"四人帮"授意《光明日报》转载《辽宁大学学报》的四篇文章，并亲自操控《编者按》，批判《生命》的用心完全暴露出来。对发动批判的人来说，这不仅仅是一篇写得"有问题"的小说，而是其达成政治目的的一颗棋子。2 月，《辽宁文艺》设置了批评《生命》的专题，《编者按》一改《辽宁大学学报》的温和，明确将《生命》定性为"歪曲一月革命风暴夺权斗争，否定无产阶级文化大革命，翻无产阶级'文化大革命'的案"的坏作品，并称："《生命》的出现不是偶然的，它是当前那股妄图否定无产阶级'文化大革命'的反动思潮的反映，是反革命修正主义文艺黑线回潮的表现。"[①] 此后，全国性的对《生命》的批判大肆展开，除了辽宁本地的报纸、杂志，黑龙江、上海、北京、山东、广东等地的重要报刊也刊发了批判《生命》的文章。这就不再是于文学语境中来讨论小说，而是肆意进行政治判罪和人身攻击了。而 70 年代被批判的其他三篇小说因为没有像《生命》这样早早被高层选中、在 1973 年便经过有计划的铺陈，也因为所犯"错误"与《生命》不同，基本是写法上的错误，而非将正反人物设计错位，没有像《生命》这样"刮起一场十级台风"[②]。

对《生命》这样一篇发表在内部发行的市级期刊上的小文、对敬信这个名不见经传的辽宁作家如此大动肝火实在令后人难以想象。实际上，《生命》只不过是"文艺黑线回潮"论在小说领域里的一个"证据"而已，批判一篇小文不是目的，通过对各种文艺形式中"黑

---

① 编者：《对短篇小说〈生命〉的批判》，《辽宁文艺》1974 年第 2 期。

② 本刊编辑部根据座谈整理：《一次反党篡权的丑恶表演——戳穿"四人帮"在辽宁的死党批小说〈生命〉的阴谋》，《辽宁文艺》1977 年第 4 期。

文"的批判，恰恰可以形成一波大批判的浪潮，结束林彪事件后的和缓期，酿成"第二次文化大革命"才是最终目标。

"四人帮"进行政治夺权一贯开始于文艺界。60 年代创造了样板戏，70 年代将样板戏的经验普及到各种文艺形式中从而建立起 70 年代的"新文艺"是他们的理想；另外，通过批判部分文艺作品抹杀 1972 年和 1973 年的文学成绩，为文艺创作划定禁区、制定详细的规则是他们达成目标的手段。

1974 年 2 月，晋剧《三上桃峰》惨遭荼毒，《人民日报》刊发了初澜的批判文章，将其定性为"回潮"作品；接续 1973 年对《园丁之歌》的不满，1974 年年初正式展开对《园丁之歌》的大规模批判，认为其妄图复辟"修正主义教育路线"。"3 月 30 日于会泳在中直文艺单位批林批孔大会上，点明批判话剧《松涛曲》《不平静的海滨》《友谊的春天》和《要有这样一座桥》"①，被攻击的作品不断增多。事实上，70 年代对戏剧、话剧、电影的批判多于对小说的批判，并且，批判不止局限在 1974 年。而对小说的批判主要是为了配合"文艺黑线回潮"论，集中在 1974 年上半年，其他时间则无作品受难。在对戏剧展开大规模批判的同时，小说《生命》也成为重点批判对象，此外《吉林文艺》的《长长的谷通河》、《文艺作品选》（河南）的《牧笛》、《四川文艺》的《高高的山上》、《文艺作品选》（合肥）的《除夕之夜》②也都受到不同程度的恶意指责。

这边给 1972 年和 1973 年的文艺抹黑，那边则大肆为样板戏树碑立传、歌功颂德。1974 年《红旗》杂志第 1 期刊发了初澜的《中国革

---

① 《年表》（1966—1975），选自杨鼎川《1967：狂乱的文学年代》，山东教育出版社 1998 年版，第 253 页。

② 《除夕之夜》首发在合肥市的《文艺作品选》1973 年第 2 期上，《文艺作品选》1973 年第 1 期为创刊号，1974 年更名为《文艺作品》，所以后来者一般称小说发表在《文艺作品》上，首发时被当作散文刊出，《安徽文艺》第 3 期将其当作小说再度发表，不久，对外发行的《中国文学》（英文版）转载了这篇作品。

命历史的壮丽画卷——谈革命样板戏的成就和意义》，不仅大力鼓吹样板戏的成就和意义，为其树立独尊、至高的地位，还将其推崇为一切文艺创作的"宝典"。同年 4 月 24 日《人民日报》刊载了江天（写作组）的《进一步普及革命样板戏》，一再提倡将样板戏的经验用于其他艺术形式，要求全体写作者学习样板戏经验。为了证明样板戏经验的可实践性，"四人帮"推出了学习样板戏经验的样板作品，如浩然的小说《艳阳天》、张永枚的诗报告《西沙之战》，任犊（听命于"四人帮"的上海写作班子）特地撰文于 4 月 17 日的《人民日报》上称赞《西沙之战》，称这是"一首壮丽的诗篇，是新诗创作中学习革命样板戏创作经验的成功范例"①。"四人帮"还组织创作了话剧《千秋业》《冲锋向前》，不仅从创作方法上实践其"文艺理论"，且从内容上呼应其政治目的，将矛头指向党内老干部。

1974 年 7 月 17 日，毛泽东在公开会议上点名批评江青："江青同志，你要注意呢！别人对你有意见，又不好当面对你讲，你也不知道（笔者按：江青当然知道别人对她有意见，有人反对对《三上桃峰》的批判，被迫害致死）。不要设两个工厂，一个叫钢铁工厂，另一个叫帽子工厂，动不动就给人戴大帽子。不好呢，要注意呢。"② 毛泽东的不支持使江青等人欲策划的"第二次文化大革命"无法进行下去，大批判不久便结束。在五篇被批判小说中，所受批判最弱的《除夕之夜》除在《朝霞》中被以"读者来信"的方式批评外，并未酿成大的批判浪潮。据作者本人讲："《文艺作品》《安徽文艺》编辑部的同志亲自打电话给警备区党委和我部队党委的领导同志，说《除夕之夜》

---

① 任犊：《来自南海前线的战歌——读张永枚同志的诗报告〈西沙之战〉》，《人民日报》1974 年 4 月 17 日。

② 转引自张杨、张建祥《中国现代史》（下），陕西师范大学出版社 1988 年版，第 207 页。

没有问题，还说有问题责任由编辑部负责，把担子担了。"①编辑部顶风向作者约稿，又接连刊发了邓俊平两篇作品。曾撰文表扬《除夕之夜》的宿阳（唐先田）也回忆说，编辑对批判不以为然，并称"后来，'四人帮'和那一股'左'的恶势力自顾不暇，再后来，'四人帮'垮台了，所谓《除夕之夜》鼓吹人性论之说，也便烟消云散了"②。即使受难最深的《生命》到1974年年末也淡出了众人的视野。

1975年受"四人帮"压制、阻挠的两部电影《海霞》《创业》最终上映，让"四人帮"清楚地看到即使对文艺界他们也不能完全控制。毛泽东认为"四人帮"对《创业》批评"太过分了，不利于调整党的文艺政策"，并且对整个文艺形势不满，称"百花齐放都没有了"。毛泽东对"四人帮"和文艺的态度迅速改变了此前的文艺形势，文艺界又获得了短暂的平静。

然而，不能说批判的结束意味着"文艺黑线回潮"论彻底失败，批判中对文艺作品逐字逐句的纠错使广大作者愈发清楚写什么、如何写才能不触到边界，才能避开危险。批判变相为文艺创作设立了更为分明的框架，只有在这个框架中写作才可能写出符合要求的安全作品。从此之后，像《高高的山上》《长长的谷通河》这样以情动人的作品几乎绝迹了，像《生命》这样将造反派视为反面人物的小说更是不可能出现；"十七年"文学资源遭到强力压制，而样板戏经验如何运用到小说创作中则成为写作者的课题。

二　它们因何成为反面教材

在上文中，我们已经粗略梳理了文艺批判与政治的关系，将《生

---

① 邓俊平：《围绕〈除夕之夜〉的一场斗争说明了什么?》，《文艺作品》（合肥）1977年第6期。

② 唐先田（宿阳）：《真情的书写》，《新安晚报》2011年2月19日。

命》等小说定性为"文艺黑线回潮"的代表作品当然挥的是政治皮鞭，不过，为什么会从上千篇小说中选出这五篇则事关作者本身和小说的具体内容、写法，换句话说，它们的确在某些方面冲破了"四人帮"对文艺的限定，触到了底线，才会被抓到"把柄"。

1974 年被批为"黑文"的小说共有五篇，即敬信的《生命》、艾芜的《高高的山上》、何鸣雁的《长长的谷通河》、颜慧云的《牧笛》、邓俊平的《除夕之夜》，这五篇皆为短篇小说。其中，《除夕之夜》只是被《朝霞》杂志以读者来信的方式点明批评，署名白克强的读者称小说的"一堆家务事，一片儿女情"是"修正主义文艺黑线回潮的一种表现"①，编者却并没有明确将小说定性，只肯定了来信，称"这封来信提到了当前文艺创作中一个值得注意的问题，即：某些作品中存在着'无冲突论'的倾向。而有的评论还在赞扬这样的作品，有意无意地助长着这种倾向，这就更加应该引起我们的警惕"②。即使有人认为受上海市委控制的《朝霞》将利用《除夕之夜》设计一场大规模的批判，进而攻击《文艺作品选》（合肥）和安徽文艺界，甚至安徽领导层的某些人员，并将矛头指向转载作品的《中国文学》，因《中国文学》与外事部联系紧密，所以最终针对的其实是周恩来，但对《除夕之夜》的批判未真正展开便猝然停止，《文艺作品选》更是表示了对批判的拒绝和不以为然。而其他四篇小说却没有《除夕之夜》这样的运气，除了政治方面的原因，《除夕之夜》及作者本身尚没有那几篇更容易被指摘，而《生命》等几篇小说却很容易在细节上给人以口实。

《除夕之夜》的作者邓俊平是业余工农兵作者，人民武装部的普通工作人员，属于军人，且主管民兵工作，这样的身份很难被认定为

---

① 白克强：《这是在提倡什么》（读者来信），《朝霞》1974 年第 3 期。
② 《这是在提倡什么》的"编者按"，《朝霞》1974 年第 3 期。

"反面人物"，而其他四位作者则是从"十七年"，甚至新中国成立前过渡到 70 年代的旧作者，艾芜是赫赫有名的老作家，在四川更是有着尊贵的地位，敬信与何鸣雁在"文革"前便发表过作品，敬信毕业于东北鲁迅文艺学院剧作干部班，何鸣雁毕业于北京大学，是"根红苗正"的知识分子，颜慧云则是河南的学者，其评论《疾风知劲草——〈三国演义〉败军之将艺术形象的创造》曾被批判为紧跟《海瑞罢官》的"毒草"。这样的身份使他们"犯错误"也在"情理之中"，因为在当时看来知识分子是很难被彻底改造的，他们在世界观上永远存在瑕疵，就像 70 年代小说中的知识分子一样，他们可以不是反面人物，却一定是需要被工农兵不断教育的人物。"四人帮"对 1972 年、1973 年知识分子陆续回归岗位心存不满，监管并"杀一儆百"的策略必将实施。

艾芜在几位作者中影响力最大，联系其过往的历史对其进行批判更容易说明老作家"不肯改造"的本性。在对《高高的山上》的批判中，几位评论者引出艾芜与鲁迅关于文学创作的通信，将鲁迅对艾芜的建议认定为艾芜的一贯"错误"，即"宣扬资产阶级的人性论和个人主义，背离了马克思列宁主义的阶级论和革命的英雄主义"[①]。实际上，对艾芜的批判是分两个阶段的，第一个阶段是 1974 年年初，批判局限在对作品细节的指摘，第二个阶段在 1974 年 5 月、6 月，批判发展成扣政治帽子。

发表在《四川文艺》第 1 期《群众论坛》栏目的《评〈高高的山上〉》（张签名）和《四川师院学报》（社会科学版）第 2 期的《评小说〈高高的山上〉》（蓝棣之）虽然拉开了批判的架势，对小说的指责却主要限于写法上，张签名还颇为理解地说："艾芜同志是一位老作家，经过无产阶级'文化大革命'和批林整风，能够大胆地提起笔来

---

① 涂一程：《评〈高高的山上〉》，《四川文艺》1974 年 5—6 月合刊。

进行创作，并且听说他还到凉山彝族地区生活了一个短时期，这自然是好的。要使良好的动机化为使工农兵喜闻乐见的效果，必须彻底改造世界观，使自己与新的时代脉搏不合拍的思想感情来一番切实的改造。"① 蓝棣之的评论显然较为严厉和苛刻，批评的也多是小说不符合70 年代文学规范的方面，而不是一味打政治棍子。蓝棣之对《高高的山上》与《南行记》的关联性分析更是道破了艾芜在新时代"转型"不成功的原因："一读《高高的山上》就让人联想起艾芜的旧作——以写'异域风关'取胜的《南行记》。《高高的山上》和《南行记》，二者在场景、情调、构思、手法、境界、气氛，甚至人物、故事等方面，是多么相似啊。就此一端，已足见艾芜同志是多么留恋过去，怀念往古了！……既看不出艾芜同志对于过去的生活素材的新认识、新理解，也感觉不到他对新时代、新人物的热情和体验。整个作品与我们今天的斗争生活格格不入。"② 蓝棣之的批判可谓中肯，艾芜这样有着几十年创作经验的老作家"积习难改"，虽空有描写新时代的热情，谨遵新时代创作的步骤——学习理论、体验生活，试图歌颂新时代的新人、新事，却并没有领会新时代文艺的种种规约。他其实还是在用旧的、个人的方式来写新时代的故事，而这个新时代的故事却乏善可陈，不得已还是习惯性地插入了一个旧时代奴隶的传奇经历，这个新故事被旧故事抢了戏，反倒成了旧故事的陪衬。这样的小说不必"四人帮"来吹毛求疵，本身就在 1973 年的小说中分外"扎眼"。《高高的山上》的确如蓝棣之所言，与《南行记》很相像，空有一个新时代故事的外衣，写作手法却是旧式的。

何鸣雁、颜慧云所犯的错误与艾芜一脉相承，也都改不掉过往行文的方式和风格，更多了情感丰沛、细腻的牵绊，足见让这些有经验

---

① 张签名：《评〈高高的山上〉》，《四川文艺》1974 年第 1 期。
② 蓝棣之：《评小说〈高高的山上〉》，《四川师院学报》（社会科学版）1974 年第 2 期。

的老作家快速适应 70 年代的写作模式对他们来说是非常困难的。尤其在 1972 年——70 年代文学的草创期来创作小说，尚没有太多的"样板"小说可供他们借鉴，他们甚至不知道政治的"底线"在哪里，也许有的人还天真地以为自己被重新启用便意味着文坛可以恢复到"文革"前。如同批判文章中指责的那样："就在《牧笛》酝酿写作前不久，即一九七二年七月，这个编辑部（河南的《文艺作品选》编辑部）有人曾到《牧笛》作者的所在地召开座谈会，公然散布许多否定无产阶级'文化大革命'、为修正主义文艺黑线翻案的反动言论，他们说什么'现在文艺创作的一个倾向，就是高空作业，标语口号式的，"作品贫乏，质量不高"，叫嚷文艺刊物的"质量最起码要恢复到"文化大革命"以前那个样子'，鼓吹小戏、短篇小说因为篇幅短、容量小，'可以不写阶级斗争'等等。在会上会外，他们还极力吹捧《牧笛》的作者是'老作者了，有基础，有条件'，'经过"文化大革命"焕发了青春'，'鼓励'他'重新拿起笔来'，'带个头，降个调'。"① 这也许不是欲加之罪，可能真的是当时文艺界力主恢复创作常态的一些人的真实想法和言论。

《生命》的情况与其他几篇不同，敬信作为"十七年"中党培养起来的作家且工作上与官方联系紧密，其实更容易掌握 70 年代的创作方法，他所犯的不是写法上的问题，而是正反人物设置上的问题。他在小说中将"一月革命"中上位的"造反派"设定为反面人物，而将一心生产的老贫协主席定为正面英雄，并让一个不明真相的知识青年成为反面人物的帮凶，无论小说如何写、怎样激烈地反映路线斗争和阶级斗争都会因这样的人物设定成为"黑文"。第一，"造反派"永远都是正面英雄，绝对不可以被抹黑；第二，一心抓生产的人犯了不

---

① 　于平：《毒草小说〈牧笛〉出笼说明了什么?》，《河南文艺》1974 年第 1 期。

抓路线的错误，是需要被教育的对象，绝对不可以成为正面英雄；第三，在 70 年代初，知识青年可以有知识分子的通病——不爱劳动、不深入群众、个人主义，却不可以成为反面人物的帮凶，即使后来悔改，形象却不健康，有变相抹黑"上山下乡"运动的嫌疑，到"拔根"时期，才会出现大量的被坏分子利用的却可以被教育好的知青。敬信这样安排人物的身份并不是公然挑战"四人帮"，而是没有写作"文革"小说的经验。在受命写作之前敬信还在"辽中县农村插队"（笔者按：应该是下放到农村劳动），据他回忆："在一九七一年那个时候，省内外还没有一篇反映和歌颂无产阶级文化大革命这类题材的作品公开发表，我想探索一下，踩踩路。首先我学习了毛主席关于无产阶级文化大革命一系列指示和党中央有关文件，同时到县内学大寨的几个先进大队去做调查研究，看了有关资料，根据我占有的生活素材和对生活的认识很快就进入了写作。写好后又征求了当地贫下中农意见，反复进行了修改。"① 当时，在"四清"中下台的干部的确有通过"造反"重新上位的，敬信写的情况并非凭空编造，虽然学习了相关材料，在"省内外还没有一篇反映和歌颂无产阶级文化大革命这类题材的作品公开发表"的情况下直面"文革"中的夺权事件确实是缺乏相关文本可以依傍，他完全不知道自己已然打到了"造反派"的痛处。实际上，不仅在 1972 年，在整个 70 年代的短篇小说中，直接处理"文革"中夺权的小说寥寥，更有意回避了"抄家""武斗"的残酷，即使有所涉及也是避重就轻，仅仅作为一个片段出现在小说中。1971 年开始写作的敬信对处理"文革"题材的危险性浑然不觉，以为了解毛主席的指示和中央文件，而后实地取材就可以写作小说，正是大大低估了 70 年代对文艺限制的严苛性。他所犯的不仅是创作错误，

---

① 李敬信：《还我〈生命〉——揭批"四人帮"及其死党围剿小说〈生命〉的罪行》，《辽宁文艺》1978 年第 4 期。

创作错误的根源是没有看清政治形势而犯了政治错误，所以在几篇小说中《生命》受到的批判最猛烈。

《高高的山上》《长长的谷通河》《牧笛》《除夕之夜》所犯的错误则主要是写法上的错误，只不过在当时写法上的失误也被认为是思想上有问题。"写什么""如何写""为什么写"中最重要的是"为什么写"，"写什么"和"如何写"若是出现问题自然要被追究到"为什么写"这个立场和态度问题上。这里，我们暂且摒弃掉那些无限上纲的思想问题，来看看几篇小说到底如何违反了"纪律"。

70 年代最普遍的创作要求是"塑造典型环境中的典型英雄人物"，就是要将英雄人物放在三大革命中，放在阶级斗争和路线斗争的战场上来塑造。《高高的山上》的故事发生在一个与世隔绝的山上；《牧笛》也搭建了一个"世外桃源"式的环境；《长长的古通河》的故事发生在战场后方，主要是朝鲜族妈妈的家中；《除夕之夜》的故事集中在一个民兵小小的家中。这种"隔绝"的、"私人"的环境自然成不了"典型环境"。并且，这四个故事都是"无冲突论"的代表，《高高的山上》以苦难的家史来表现阶级斗争，这种写法在 70 年代屡见不鲜，但旧社会的阶级斗争替代不了"文革"中的"冲突"，渲染 70 年代阶级斗争和路线斗争的长期性才是被鼓励的。《长长的古通河》写的是革命历史故事，表达的是军民鱼水情，在当时是最安全的题材，何鸣雁却处理得过于"多情"，并且直陈了战争的残酷和对生离死别的恐惧，小说中的人物身上都带有战争留下的身体和精神伤痛，这样直抒胸臆的表情方式和哀婉的基调超越了 70 年代小说的边界。70 年代的情不是"人之常情"而是"阶级感情"，基调不能是哀婉的而应是高昂的。情感、情绪方面的"错误"同样出现在《牧笛》《除夕之夜》中。对情感的细腻表达、对内心世界的娓娓道来成为 70 年代小说的禁忌，这些与情感有关的东西被与"小资产阶级情调"和

"人性论"联系起来,从而获得政治上的批判依据。

经过这样的批判,小说的边界被确定下来,哪些能写,怎么写都变得分明,此后作者们以此为鉴,几乎再没有小说踏过界。"无冲突论"的好人好事型小说依然存在,却再没有情感表达如此充沛、细腻的作品。

规训是一种教导,批判也是一种变相的规约。在这样的规训与批判下生成的符合时代要求的小说必将是:一个典型英雄在阶级斗争与路线斗争中依靠群众取得胜利,并且这个英雄具有高昂的情绪和极高的政治觉悟,他无须进行情感表达和内心独白,他只要大声进行政治教化便具备了英雄的气度。

这样,经过 70 年代初的规划和摸索,70 年代小说渐趋成熟,呈现出属于自身独特的时代风貌。

结　　语

本书以"70年代小说的整理与研究"为题，其实大量的工作放在了整理上，在整理的过程中发现有趣的"故事"和问题，将问题提出，把70年代的文学故事讲清楚便是本书的主要目的。另外，所编制的"长篇小说提要"和"期刊小说总目"皆为笔者亲自翻阅其书（刊）所得结果，虽不免有所遗漏，但对第一手材料的整理更可呈现出70年代文学的原始风貌，可将其作为工具书来看待，希望为其他研究者打开方便之门。

本书以"为什么要研究—怎样研究—研究对象呈现为怎样的面貌—为什么会是这样"的逻辑行文，以描述为主，认为论而不述不免空洞，但也因为述多论少，造成对问题的分析不够深入。这里暂且提出后续研究的几个方向。

第一，需以"原始的眼光"来打量70年代小说。目前，我们提起"文革"文学往往会有一些"理所当然"的看法，认为它就是"那个样子"的——简单地说，就是"图解政治"的文学。如果把一个时代的文学如此简化，研究自然无法进行。在笔者翻阅70年代文艺期刊时，发现当时刊发的文章，包括文学作品、理论文章、中央文件、作品评论、作者创作谈等，其实包含了很多有意味的信息，如果我们摒弃原来约定俗成的看法，以"原始的眼光"亲身接触尚未被用滥和滥用的材料，定然会发现值得论说的问题。目前，对"文革"主流文学的研究难以深入，原因之一便是我们往往利用的是那些耳熟能详的文本和那些被反复征用的理论，新材料、新方法、新视角还没有出现。扩大被研究文本的范围（尤其要关注短篇小说），充分利用文本产生年代中与文学相关的资料，除了中央社论、初澜等人的理论文章，作者的创作谈、各地区的文学发展报告和经验谈等都应引起重视，这样才能还原一段更为接近真实的 70 年代文学。

第二，需要有俯瞰全局的眼界。要理解 70 年代文学，就需要阅读大量的作品，这样才能把握研究的"这一部"在整个 70 年代文学中的位置。同时，本着"知人论世"的原则，对当时的社会状况、政治形势等影响文学的方方面面都要熟悉，也就是要仔细考究文本是在什么样的环境中产生的。

第三，做一些解密性的工作。很多文学事件后的政治原因我们还不清楚，一方面是因为大量的"文革"资料不得公开；另一方面是对资料的查阅还不够。实际上在研究的过程中，地方志、地方报纸等资料都可以帮上大忙。比如针对《生命》的批判事件，表面上看是一个文学事件，实际却是一个有预谋的政治事件。了解当时的政治形势，并结合辽宁本地能够提供的地方性材料，对事情的来龙去脉就会掌握得相对清楚。

第四，做一些采访，充分利用回忆性质的材料。很多有"文革"经历的人，尤其是文学界的人尚且在世，对其进行采访，讲述当时的实际状况，是非常重要的抢救史料的工作。目前关于"文革"的回忆文章、口述史也不在少数，借此勾连当下言说与当时文本，是激活旧文本的一种方式。不过，在利用这些回忆材料的时候，应注意不同发言者的立场和经历，对材料仔细地进行辨析。

第五，注意关联性研究。许多研究者都已经注意到 70 年代文学与其他时期文学的关系，比如与"新时期""十七年"的关系，甚至可以在"大历史"中来考察这短短的几年。如梁启超所言:"吾尝言之矣:事实之偶发的、孤立的、断灭的皆非史的范围。然则凡属史的范围之事实,必其于横的方面最少亦与他事实有若干之关系,于纵的方面最少亦为前事实一部分之果,或为后事实一部分之因。是故善治史者不徒致力于各个之事实,而最要着眼于事实与事实之间,此则论次之功也。"①

第六,注意主题研究,将相关主题的小说进行比较阅读。比如黄子平考察一个文学史时段中的文本对"劳动"这一主题的呈现,这就是一个很有意思的话题。70年代小说因为表现内容有限,是比较容易搜罗到具有相似主题的小说的,每部小说在"雷同"的表象下其实于细节处透露出诸多的不同,细致分析它们的异同,追究它们表现相似内容的技术手段和思想倾向,既可以深入文本,亦可以明了小说与时代的磨合和互动。

前辈学者或许觉得年轻的研究者来触及70年代文学比他们更有优势,因为年轻一代与"文革"保持有一定的距离,可以更冷静、客观地看待那个年代与那个年代的文学,这样"文革"文学研究才有可能成为一门地地道道的"学问",具有"文革"经历的人因为对其有"切肤之痛"、夹杂着青春的爱与忧伤,如今再提起与那段岁月有关的人和文,往往不能给出中肯的评价,或许他们太容易情不自禁地在研究中表达自己的情感。实际上,年轻的研究者在面对70年代文学时,也有着很多难以逾越的困难,最大的障碍便是与时代的"隔膜",恐怕70年代惯用的"话语"对于年轻的研究者来说都是完全不了解的"典故"与"旧事"。这不仅是心理、情感、思维方式的隔膜,也有常识、知识上的隔膜。如果有更多年轻的研究者去关注"文革"的旧

---

① 梁启超:《中国历史研究法》,上海文艺出版社1999年版,第120页。

人、旧事、旧文，做一些基础性的工作，在知识考古的基础上进一步推动研究工作，那么这种工作其实具有了传承的意味。在具有"文革"经验的学者们开始检讨对"文革"文学的态度、重视"文革"文学研究的当下，年轻的研究者再以"没有文学性"来回避"文革"文学，其实是一种缺乏历史责任感和历史反思性的行为，这里无意批评，只是希望有更多的人来关注和从事这项研究，并将此研究持续下去，而不仅仅将其当作一个短暂的"热点"。

下　篇

20世纪70年代小说资料汇编

第一编　1972—1977 年期刊小说总目

　　本目录记载了于国家图书馆、北京大学图书馆、中国人民大学图书馆中查阅到的 1972 年至 1977 年出版的文学期刊中的小说篇目，包括短篇小说、中篇小说、连载或选载的长篇小说、儿童文学（小说），对于非短篇小说，总目中都将标出，但因为一些儿童文学原刊没有标注，笔者不能一一阅读甄别，必然有所疏忽。总目按期刊最初出版的时间排序，分别记录 1972 年、1973 年、1974 年、1975 年、1976 年、1977 年创刊（复刊或试刊）期刊中小说的篇名、作者（部分遵照原刊标注了作者身份或单位），并且说明每种期刊的基本信息，因 1971 年不在本书讨论的范围内，且 1971 年出版的期刊较少，此处将 1971 年出版、1972 年继续出版的期刊记录到 1972 年的目录中，同时会标注期刊 1971 年便已出版的相关信息。这种按期刊创刊年份来记录小说的方式首先可以使人清楚地看出每年创刊的期刊的多寡。其次，这种按期刊来记录篇目的方式可以保证每种期刊的完整性，每种期刊在这一时间段中刊发了哪些小说一目了然。具体到每一年，笔者采取了按地域来划分期刊的方法，一来便于查找，二来也是为期刊绘制地形图，便于考察各省出刊的具体情况。所拟期刊小说总目不仅记录了期刊上的所有小说，也对每种期刊做了简单的考证，这不仅是小说的目录，也是期刊的目录，不仅方便了对小说的查找，也可以通过此目录，考察 70 年代文艺期刊的出版和发刊情况。

当然，因为期刊数目多，小说量大，凭笔者个人之力在搜集和记录的过程中难免出现纰漏，希望更多的研究者关注这样的搜集、整理和考证工作，指出错误，补充材料。

一　1972 年开始出版的期刊

北京

《解放军文艺》：综合性文艺期刊，1951 年创刊，1968 年 10 月停刊，1972 年 5 月复刊，70 年代为月刊，16 开本，由解放军文艺社编辑、出版。

1972 年 5 月号　复刊号　总第 216 期

《决心书》	何先润	《联防新篇》	郑浩豪
《关键时刻》	晓峰	《召唤》	鞠宇东

1972 年 6 月号

《特别报告》	王秉伦	《火红的战旗》	竹青　聚之
《飞在前面的僚机》	思义　凌玲	《李聪赶韩锁》	范建军
《炊事班来的炮长》	赵海峰	《长海伯》	杨清广

1972 年 7 月号

《党委决议》	张洪舜	《党小组长》	陈伟生
《大桥卫士》	任斌武	《飞马岭》	黄京湘
《"航线留图本"的故事》			林杭生

1972 年 8 月号

《惩罚》	管桦	《青山望不断》	李存葆
《新来的连长》	曹征路		

1972 年 9 月号

《篝火正旺》	李占恒	《杏黄时节》	刘振华

《海神礁》　　　　卢伟　　　《寻车记》　　　饶江波

《夜老虎》　　　　李荣华　　《海岸的眼睛》　郭民新

《夜走青石岭》　　傅子奎

1972 年 10 月号

《雄关险道》　　　孟昭恺　　《球赛如期举行》陆中

《张小兵》　　　　飞雁　　　《草原新人》　　李再新

《打豹记》　　　　王腊珍　　《孔雀河新歌》　丁秀峰

1972 年 11 月号

《九十九发和一发》邹仲平　　《考核之后》　　陈生田　黄海汛

《三炮手》　　　　张京生　　《有的放矢》　　周道清

《师长和运输员》　毛英　　　《一往无前》　　李德

《妈妈来队》　　　竹青

1972 年 12 月号

《红旗车》　　　　张民清　　《衬衣》　　　　王彤华

《一路同行》　　　哲中

1973 年 1 月号第 1 期

《布洛罕莫德火种》李占恒　　《激战之夜》　　柳炳仁

《对抗赛》　　　　梁信　　　《葡萄》　　　　郭戈

1973 年 2 月号第 2 期

《云峰山下》　　　罗子军　　《故障》　　　　黄连城

《任重道远》　　　严治中

1973 年 3 月号第 3 期

《小岛宏图》　　　张勤　　　《带班》　　　　陈月昭

《林海新歌》　　　安键

1973 年 4 月号第 4 期

《榛子沟的战斗》 李万启　　《水下尖兵》　　沈顺根

《团结寨来的战友》 雷小兵

1973 年 5 月号第 5 期

《大队政委》　　王世阁　　《金色的种子》　哲中

《岛上人家》　　陈淼

1973 年 6 月号第 6 期

《陈贵连长》　　伍青子　　《追风记》　　张金栋

《重任》　　阮沾　　《芦荡小英雄》　　张德武

1973 年 7 月号第 7 期

《伞兵队长》　　王世阁　　《头一课》　　张玉栋

《闪光的矿山》　　韦炜　　《带响的弓箭》　张登魁

1973 年 8 月号第 8 期

《风雪线路》　　王德本　　《流水清清》　　刘兆林

《新苗》　　赵军　　《十八天》　　毛英

1973 年 9 月号第 9 期

《女台长》　　吴金杰　　《失火之后》　　柳炳仁

《点点滴滴》　　张俊南　　《远航前》　　齐平

《春暖》　　刘宝玲

1973 年 10 月号第 10 期

《开始总值班》　黄知义　　《喜鹊湖畔》　　罗石贤

《领海线上》　　沈顺根　　《安全员》　　晓曙

1973 年 11 月号第 11 期

《霞岛》（长篇小说选载）　周肖

《新任编辑》　　江宛柳　　《铁里木爷爷》　韩忠智

1973 年 12 月号第 12 期　　无小说

1974 年第 1 期

《排长的大手》　　余方德　　《炮声隆隆》　　钱学祥

《幸福》　　　　　草明

1974 年第 2 期

《铁流奔腾》　　　朱苏进　　《大海小考》　　张勤

《踏遍青山》　　　王树和　　《在电波的海洋上》范春荣

1974 年第 3 期

《抢测格奇峰》　　郭怀阳　　《火红的秋天》　刘山民

《"一把火"》　　　周宗奇

1974 年第 4 期

《边防狩猎》　　　张发良　　《接孙孙》　　　宋贵生

1974 年第 5 期

《炕头组长》　　　窦益山　　《接受任务以后》张俊南

1974 年第 6 期

《西沙儿女——正气篇》（中篇小说选载）　　浩然

1974 年第 7 期

《新来的炊事班长》　　　　　赵峻防

《镇海石和瞄准点》　　　　　朱苏进

1974 年第 8 期

《"炮"连长》　　　岳恒寿　　《征途上》　　　阮生江

1974 年第 9 期

《纳新》　　　　　华杉　　　《交车线上》　　辛汝中

《金代表》　　　丁牧　　　《促进》　　　成平

《走在前面》　　陈定兴

1974 年第 10 期

《汽笛声声》　　周宗汉　　《斗天记》　　伍元新

《屏风岭哨兵》　　任斌武

1974 年第 11 期

《西沙儿女——奇志篇》（中篇小说选载）　　　浩然

1974 年第 12 期

《环岛防御》　　王树和　　《合作医疗的风波》李存葆

《朝霞红似火》　　杨满林

1975 年第 1 期

《军营新歌》　　崔洪昌　　《战地黄花》　　高子鲜

《峥嵘岁月》　　许雁

《高高的乌兰哈达》　郭雪波（蒙古族）

1975 年第 2 期

《特殊合金钢》　　刘兆林　　《迸放的火花》　胡世宗

《泷河桥》　　崔玉和　吴升彪

《野营筹粮记》　　杨闻宇

1975 年第 3 期

《归队》　　舒鼎云　　《祁红梅》　　高远征

《战斗在最前线》　梅新生　孙淑敏

《红铁兵》　　柳炳仁　　《华尔旦》　　毕凡

1975 年第 4 期

《捷报》　　孙成武　　《金唢呐》　　吕永岩

《图书员的故事》　刘增新　　《车轮飞转》　张俊南

《过节》　　　　　芦泽华

1975 年第 5 期

《新风》	李义	《着陆点》	王树增
《雪岭轻骑》	李占恒	《春笋拔节的时候》	郑赤鹰
《抗干扰的战斗》	李本深		

1975 年第 6 期

《"半边天"篮球队长》	熊林林	《战士支委》	廖西岚
《拂晓前进入阵地》	张晋	《小帕蒂的生日》	王锡维　张德民
《柳河浪》	王定康	《洪流滚滚》	刘耀华

1975 年第 7 期

《住院》	屈虹	《老兵》	郭戈
《队列》	黄浪华	《金翅》	张步真

1975 年第 8 期

《雷达站长》	陶建军	《准备出击》	江卫阳
《露营》	严振祥	《一秒钟》	侯新民
《赛球》	赵水明	《一公里》	郭新民
《处长的大字》	李卫华　宋小勇		

1975 年第 9 期

《"八一"节那天》	李复楼	《两个班长》	成平
《安家》	杨金书	《"认死理"》	胡忠军

1975 年第 10 期

《磨刀颂》　　　　　崔洪昌

1975 年第 11 期

《国境线上》　　　　申建军

1975 年第 12 期

《"盼圆棒"的故事》　郑怀盛　《命令》　　　　　王金年

《县委书记》　　　孙健忠　《"快一点儿"班长》　王丛

1976 年第 1 期

《准备格斗》　　　李占恒　《强台风到来之前》　树根

《新房》　　　　　张步真

1976 年第 2 期

《黄河飞舟》　　　王尚贤　《紧绷的战备弦》　　胡忠军

《一份经验总结》　车光明　《山村小店》　　　　伍元新

《火网》（长篇小说选载）　王世阁

1976 年第 3 期

《征途万里》　　　张凤雏　《带缆的人》　　　　树根

《难题》　　　　　侯新民　《战马奔驰》　　　　毛英

《哈密瓜的故事》　哲中　　《检验》　　　　　　狄蟠

1976 年第 4 期

《三天的故事》　　林雨　　《征兵》　　　　　　杨国联

《战旗飞扬》（征文）罗云虎

1976 年第 5 期

《新的战斗》（征文）聂立珂　《女反坦克手》　　李兵

《进军卧虎坪》（征文）张广平

1976 年第 6 期 "歌颂无产阶级文化大革命和社会主义新生事物"
征文专辑

《蓝天万里》　　　陈昌坤　《没有枪声的战斗》李志君

《哨兵》　　　　　史阳　　《锣鼓声中》　　　　肖正义

1976 年第 7 期

《顶风记》（征文）　窦益山　《活地图》　　　　武鸣

《"结合部"的工作》（征文）　　　　　　　　路毅

《老猎手新传》　　　　　　　　　　　　　张昌灿

1976 年第 8 期

《离厂之前》（征文）杜斌　　《突破》（征文）　周佳虎

《铁拳》　范春荣　　　　　《准备》　赵志敏

《二下金银沟》（征文）　张勤

1976 年第 9 期

《反击》（征文）　　　高子鲜　《烈火》（征文）　邵长波

《在疾风暴雨的日子里》（征文）　　　　　　赵峻防

1976 年第 10 期

《后盾》（征文）　　　梅新生　《攀高峰》（征文）陶建军

《考试》（征文）　　　刘佩军　樊守录

《严重的任务》（征文）　苏文勋

1976 年第 11 期　无小说

1976 年第 12 期

《将军不下马》郭书琪　　《献上一幅壮美的图》　李占恒

1977 年第 1 期　无小说

1977 年第 2、3 期

《"家务活"》　　　　陈传瑜　《支部书记》　　　耕夫

《鲜艳的红旗》　　　王树和　《仓库主任》　　　刘桂城

《风卷残云》　　　　李心田

1977 年第 4 期

《搭桥》　　　　　　廖西岚　《目标》　　　　　胡奇

《劲草》　　　　　杨东明　祝凯

1977 年第 5 期

《尖岛行》　　　　金为华　《虎口拔牙》　　　张凤雏　王镇平

1977 年第 6 期

《七洲洋》　　　　宋树根　《战斗的新航线》　杨大群

《报喜》　　　　　侯真曦　《海滨歼特》　　　谢阳　闻闯

《二月风暴》　　　柯丽珠（台湾）

1977 年第 7 期

《前辈》　　　　　陶建军　《亲人》谷应

《大炮上刺刀》　　董得春　《一〇一号角杆》　任斌武

《假日交公》　　　张焕南

1977 年第 8 期

《雏鹰展翅》　　　郭金炎　《两岸齐心》　　　金沙水

《路标的故事》　　毛英

《将军河》（长篇小说选载）　　　　　　　　管桦

1977 年第 9 期

《雪山寒夜》　　　段雨生　《快马加鞭》　　　王书俭

《"心理学家"的失算》　　　　　　　　　　　徐光耀

1977 年第 10 期

《保险》　　　　　陈春　　《听号音的人》　　夏国强

《三做病号饭》　　金星　　《兵团司令员》

（长篇小说选载）　孟伟哉

1977 年第 11 期

《静静的激流》　　刘白羽　《长冈人》　　　　贾再柏

《行军途中》　　　耕夫　　《积极因素》　　　朱武

《堤》　　　　　　　徐军

1977 年第 12 期

《界限》　　　　　　樊晓光　　《翻身纪事》（长篇小说选载）梁斌

《"上线"中队长》　樊雨田　　《第九百个航次》　黄传会

《北京新文艺》：1971 年 12 月试刊，不定期出版，1973 年 3 月起改为双月刊，并更名为《北京文艺》，1976 年起改为月刊。

1971 年 12 月　试刊第 1 期

《我的老师郑大叔》　朝华　　《梅花山歌》　　　　夏红

《修房》　　　　　　李子林　　《小瑾》（儿童文学）钱世明

1972 年 3 月　试刊第 2 期

《金光大道》（长篇小说选载）　浩然　　《接班》（征文）平海南

《浪花渡》（征文）　方楠　　　　　　《炼钢炉前》　　刘振熙

《马达轰鸣》（征文）　丹兵　　《海亮和东升》　孟广臣

《风雨白马梁》　　　乐牛

1972 年 5 月　试刊第 3 期

《老库长》　　　　　傅用霖　　《好婆婆》　　　　张友明

《赵师傅》　　　　　北京化工厂集体创作　　杨武兴执笔

《新调来的战友》陆宣

1972 年 10 月　试刊第 4 期

《小茂清参军》　　　北大中文系　《钥匙》　　　　张继芳

《齐英》　　　　　　马川南　《革命春秋》　　创作组

《理想》　　　　　　枫山

1972 年 12 月　试刊第 5 期

《草原红医》　　　　钟华　　《后勤嫂》　　　　方楠

《鱼雷艇长》（中篇小说选载）　　　　　　　　王恺

《北京文艺》

1973 年 3 月号第 1 期

在广阔的天地里：

《李牧》	管桦	《山丹花》	理由　陈分
《百年大计》	傅用霖	《海姑娘》	方楠
《和当年一样》	刘秉荣	《麻藜儿》	张洋

1973 年第 2 期

《娜蒂》	李惠薪	《连心水》	方楠
《小豹》（儿童文学）	韩静霆	《母女俩》	孟广臣
《三棵栗子树》	首钢迁安铁矿创作组		

1973 年第 3 期

《清明雨》	理由	《职责》	李惠薪
《桃花汛》	方楠	《军马草》	刘颖南
《一个心眼儿》	郑万隆	《小伙伴》（儿童文学）	靳丛

1973 年第 4 期

《金光大道》（第二部·长篇选载）　浩然

《河滩上》	刘厚明	《列车飞奔》	陶嘉善　高兴烈

1973 年第 5 期

《响锄赞》	张福德	《长胜大爷》	张友明
《送刀》	张英		

在阶级斗争中成长（儿童文学）：

《苹果熟了》	张寿山	《甜锁儿打蛋》	张建国
《虎子和伙伴》	韩杰		

1974 年第 1 期

《姐妹》　　　　　　　陈大斌　《新队长》　　　　　傅用霖

《一号油的故事》　　　余柏森　《徒弟》（儿童文学）崔永祯

1974 年第 2 期

《金号村》　　　　　　陈淀国　《风雪河湾》　　　　　郑万隆

1974 年第 3 期

《西沙儿女——正气篇》（中篇选载）　　　　　　　　浩然

1974 年第 4 期

《沃土新苗》　王振军　辛晓峰　《猛子》　　　　　陈昌本

《演出前后》　　　　　国柱

1974 年第 5 期

《纳新》　　　　　　　华杉　　《又一个回合》　　　傅用霖

《暴风雨》　　　　　　鲁兆荣　《雨后初晴》　　　　荣玉美

《标准》　　　　　　　吴斌　　《闪光的铆钉》　　　吴国良

1974 年第 6 期

《西沙儿女——奇志篇（上卷）》　　　　　　　　　浩然

1975 年第 1 期

《动力新曲》　　　　　张福德　《沸腾的电视室》　　洪波

《锐笔红心》　　　　　彭哲愚　《柱子》　　　　　　陈昌本

1975 年第 2 期

《心思》　　　　　　　方楠

"半边天"赞歌：

《春花烂漫》　　　　　唐丽达　《春风吹拂》　　　　刘桂权

《龙门女将》　　　　　辛汝忠

1975 年第 3 期

《胸怀》　　　　　傅用霖　《重担》　　　　　孟克勤

新人新作：

《锤炼》　　　　　宋鲁曼　《一丝不苟》　　　梁向东

《时刻在回答》　　王俊华　《二闯虎口洞》　　农戈

1975 年第 4 期

《新来的采购员》　张曰凯　《主人》　　　　　张自仲

《考验》　　　　　高彬

房山县小小说：

《钟声震荡》　　　歌海　　《火红的朝阳》　　赵日升

《花香菜鲜》　　　董华　　《凌云壮志》　　　李桂玲　杨美茹

《劲芽》　　　　　许谋清

1975 年第 5 期

十里钢城漫天红：

《书记归来》　　　刘桂复　张志海

《关键问题》　　　陶外凌　胡景桂

《乘胜前进》　　　景连仲　《动力之歌》　　　刘春祥

《一块钢渣》　　　胡惠玲　《高炉耸立》　　　高彬　晓康

《铁道小哨兵》　　张春海　《路》　　　　　　王金力

《清积雪》　　　　张建军　张树杞

1975 年第 6 期

《春水长流》　　　刘占绵　《小院里的战斗》　辛晓锋

《支农鞋》　　　　钟继筠　穆春玲

《报春花》　　　　尹峻清　《尚奎师傅》　　　陈建功

《泥腿红医》　　　武文明

1976 年第 1 期

《生活在前进》　　王小平　《大路上》　　　　理由

《拆地堰》　　　　胡永连　王静

《两院鸡》　　　　张连苹　陈满

1976 年第 2 期　小说专号

遍开大寨花：

《三把火》（中篇小说连载）　　　　　　　浩然

《桃林三月》　　于公介　《机声隆隆》　　王文平

教育革命赞：

《温榆河边的红花》　　　　　　　　　　周莘榆

《良种》　　　　孟广臣

小小说：

《小姐俩送大鸭蛋》（儿童文学）　　　　马光

《梁雁看瓜》　　文闯

1976 年第 3 期

《第一次出车》　　樊福林　《决赛之前》　　马立诚

《飒爽英姿》　　　辛汝忠　周宗汉

《三把火》（中篇小说连载）　　　　　　浩然

1976 年第 4 期

《高粱红似火》　　高占义　刘廷海

《加工件的风波》　张镒

《三把火》（中篇小说连载）　浩然

1976 年第 5 期

《深山红叶》　　　孔来顺　赵光元　王健娥

《在手术台上》　　龚一文　《小亮赶车》　　王不天

《胶林新曲》　　　　　李惠薪

1976 年第 6 期

《严峻的日子》　　　伍兵　《风雪征途》　　　傅用霖　张镒

《掌舵记》　　　　　方楠　《管理员姑娘》　　　歌海

儿童文学：

《小雪花》　　　　　肖福兴　《彩虹》　　　　　及站稳

1976 年第 7 期　诗歌专号

1976 年第 8 期

《高岭风云》　　　　孟广臣　《菏泽惊澜》　　　陈建功

《坝上石》　　　　　理由　《立新饭庄》　　　高宝善

《荷叶雷》　　　　　张登魁

1976 年第 9 期

《金光大道》第三部（长篇小说选载）　　　　　浩然

小小说：

《警卫员》　　　　　李明发　《办公桌上办公》　歌海

《金马河畔》　陈满

1976 年第 10 期　悼念毛主席

1976 年第 11 期　无小说

1976 年第 12 期　无小说

1977 年第 1 期

《金光大道》第三部（长篇小说选载）　　　　　浩然

1977 年第 2 期

《热气腾腾的田野》张友明　《爸爸是队长》　　　孟广臣

《车队长》　　　　　刘颖南

《一件雨斗篷》（小小说）　　　　　　　　崔石平

《金光大道》第三部（长篇小说选载）　　　浩然

1977 年第 3 期

《灿烂的群星》（长篇小说选载）杨沫

《一张运行图》　　　李宝虹　于文香

《老洪的动员报告》　傅镇岳　《家常饭》　　张静

《凤凰花开红似火》　　　　　　　　　　　李惠薪

《坚守岗位》（朗诵小说）　　　　　　　　刘厚明

1977 年第 4 期

《光明在前》　　　孟克勤　《交锋之前》　张福德

《老倔头》　　　　傅镇岳　《大号》　　　孟广臣

1977 年第 5 期

《退休之前》　　　傅用霖　《闯将》　　　杨啸

1977 年第 6 期

《早来的春天》　　　刘国春

《审公鸡》（儿童文学）　　　　　　　　　胡忠军

1977 年第 7 期

《粮食》　　　　　王愿坚　《生活的考验》　王金相

《小石磨》　　　　刘恒　　《浪淘石》　　方楠

1977 年第 8 期

《启示》　　　　　王愿坚　《将军河》（长篇选载）管桦

《苹果的故事》　　殷宝昌　殷宝洪

《赵军和朱小龙》（儿童文学）　　　　　　马立诚

1977 年第 9 期

《旱田雷》　　　　理由　　《雪山书简》　王宗仁

1977 年第 10 期

《心灵上的眼睛》　　韩静霆　《县城巧遇》　　　孟广臣

《腊梅嫂》　　　　　周莘榆　《火娃子》　　　　石川军

《烈火熊熊》（长篇小说选载）　　　　　　　　舒丽珍

1977 年第 11 期

《他还在战斗》　　　宋子成　《老罗》　　　　　孟广臣

《红果树下》　　　　农戈

《金唇树》（儿童文学）　　　　　　　　　　　孙克捷

1977 年第 12 期

《翻身纪事》（长篇小说选载）　　　　　　　　梁斌

《喜相逢》　　　　　何振英

天津

《天津文艺》：综合性文艺期刊，1972 年试刊两期，1973 年 2 月
正式创刊，定为双月刊，1976 年第 1 期起改为月刊。

1972 年试刊 1

《争端》（小小说）　孙惠诚　《账》（小小说）　郭华

《三个起重工》　　　蒋子龙　《盐滩风云》　　　唐云富

《草原新牧民》（长篇小说选载）　　　　　刑凤藻　刘品青

1972 年试刊 2

《海河狼》　　　　　包祖友　《控制点》　　　　齐明昌

《战歌嘹亮》　　　　沈亦

小小说：

《老树新枝》　　　　张俊华　《锤声又响了》　　师俊山

《"小钢炮"投弹》　樊守禄

1973 年 2 月第 1 期　创刊号

《弧光灿烂》（中篇小说选载）　蒋子龙

《捕蛇记》　　　　陈京灿　《路遇》　　　　刘战英

小小说：

《展翅初飞》　　　辛宪锡　《一匹小马驹》　　刘万有

1973 年第 2 期

《狮子崖》　　　　刘连凯　裴同舟

《三个女护士》　　常学正　《库工》　　　　　王德奎

《列车在拂晓开出》阎桂芳　《"对手"赛》　　张其文

小小说：

《二妞赶车》　　　陈子如

1973 年第 3 期

《绿水青山》（长篇小说《建设者》片段）　冉淮舟

《海燕与黑丫》　　谷应　　《新嫂嫂》　　　　仝正年

儿童文学专辑：

《赶猪记》　　　　浩然　　《柳笛》郭戈

《新来的女同学》　吴金城

1973 年第 4 期

《女支部书记》　　康传熹　《新一代》　　　　孙惠诚

1973 年第 5 期

《治水篇》　　　　长正　　《海河工地育新苗》飞雁

《激战暴风雪》（中篇小说《海河激流》片段）　刘怀章

1973 年第 6 期

《钢花飞舞》　　　王江　　《把关》　　　　　刘志兴

1974 年第 1 期

《压力》　　　　蒋子龙　《初露锋芒》　　杨作林

《接儿媳》　　　　周玉海　《唐河岸边》　　宋安娜

《庙会上的战斗》（长篇小说《盐民游击队》片段）天津汉沽盐场工人

创作组　崔椿蕃　执笔

1974 年第 2 期

《船检站长》　　　王家斌　《女售货员》　　师俊山

《车欢人笑》　　　陈玉英

1974 年第 3 期

《春雷》　　　　　蒋子龙　《改线》　　　　张敬礼

《巡道工》　　　　阎桂芳　《捉老鼠》　　　杨春贤

1974 年第 4 期

《一代风华》　　　张学俭　《水村战旗红》　陈子如

《新委员》　　　　杨玉兰

1974 年第 5 期

《"大老粗"讲历史》阎桂芳　《油井参谋》　　单士航

《鸡场内外》　　　李亮　　《冲锋号队长》　万国勋

《初飞》　　　　　薛胜

1974 年第 6 期

《欢乐的海》（中篇小说·儿童文学）　　　　浩然

《养猪姑娘》　　　杨振关

1975 年第 1 期

《一张船图》　　　刘志刚　《油田的早晨》　宋新英

《大槐树下》（儿童文学）　　　　　　　　魏永田

1975 年第 2 期　无小说

1975 年第 3 期

《势如破竹》（征文）　　　蒋子龙

《迎春》（征文）　　　宋树新

《育苗人》（征文）　景慧明　《前进路上》　　　王德奎

《一把计算尺》（儿童文学）　　　高春丽

新苗苗壮：

《车间风云》　　张同义　《当家人》　　　扈其震

《海英》　　　赵克荣　《麦浪滚滚》　　　王素荣

《英姿》　　　张秀玲

1975 年第 4 期

《英雄本色》（征文）　汾飞　《前沿阵地》　　　杨作林

《午休时间》　阿凤

沸腾的车间：

《支农站》　　　天津拖拉机厂　　　姜意年　杨士刚

《一把椅子》　　　天津重型机器厂　　　张存铭

《心愿》　　　天津重型机器厂　　　蒋子龙

《十分钟》　　　天津重型机器厂　　　陈自华

1975 年第 5 期

《新征途》（征文）　张家埠　《移山主任》　　　蔡嵘

《向阳路上》（征文）　　　薛胜

《争分夺秒》　王军扬　《夺钢先行官》　　　毕春永

《砍刀》　　　佟德立　《工人验船师》　　　周忠海

《早春的火》　傅延生　《小社员》　　　李晋珍

《方案》　　　徐新

1975 年第 6 期

《四海为家》　　　梁爱丽　《长征》　　　　许淇

《永不停步》　　　沈力勤　《代培》　　　　白洁

《电影管理站长》　董季群　《拦车》　　　　冯品清

1976 年第 1 期

《背包书记》　　　任宜芳　《小松树》　　　杨啸

《扬鞭记》　　　　李如

《机电局长》（中篇小说连载）　　　　　　蒋子龙

1976 年第 2 期

《机电局长》（中篇小说连载）　　　　　　蒋子龙

1976 年第 3 期

《关键时刻》　　　　　　　　　　　刘志刚　白世和

《主人》（征文）　王江　《山村火车站》　阎桂芳

《机电局长》（中篇小说连载）　　　　　　蒋子龙

《沙坨新颜》　　　谷应

1976 年第 4 期

《顶风击浪——一位中学教师的叙述》（征文）　宋树新

《潮白河畔》　　　袁玉兰　《永攀新高峰》　朱志刚

《机电局长》（中篇小说连载）　　　　　　蒋子龙

沸腾的车间：

《第一线》　　　　曹振起　《方案之争》　　庞志国

1976 年第 5 期

《工人家庭》　　　杨作林　《金灿灿的大道》王富杰

《机电局长》（中篇小说连载）　　　　　　蒋子龙

1976 年第 6 期

《彩霞满天》（征文）　　　　　　　　　李巨发　田志庆

《小牛》（儿童文学）　　　　　　　　　白常宝

《机电局长》（中篇小说连载）　　　　　蒋子龙

《县委书记二进银沙滩》（长篇小说《银沙滩》片段）　冯育楠

1976 年第 7 期

《机电局长》（中篇小说连载）　　　　　蒋子龙

《引航》　　　　林险峰　《继续前进》　管建勋

小小说：

《女修鞋工》　　张欣　　《在政治夜校里》　军生

《管委会主任》　王金平

1976 年第 8 期

《黄沙河的浪潮》　冯品青　《阵地》　　张晓栋

《举旗人》　　　李凤楼

小小说：

《铁师傅》　　　张红　　《师长和战士》　张新安

1976 年第 9、10 期合刊

《抗震前线》　　夏里　　《小兵上阵》　袁玉兰

小小说：

《工人本色》　　杨柏林　《探桥》　　　李子林

《大河抢渡》　　刘连凯　《不灭的灶火》　扈其震

1976 年第 11 期

《踏遍青山》　　张敬礼　《我的学生张大鹏》　韩石山

1976 年第 12 期　无小说

1977 年第 1 期

《不平常的日月》（中篇小说连载）　　　蒋子龙　冉淮舟

1977 年第 2 期

《不平常的日月》（中篇小说连载）　　　　　　　蒋子龙　冉淮舟

1977 年第 3 期

《不平常的日月》（中篇小说连载）　　　　　　　蒋子龙　冉淮舟

《闪光的方向盘》　　　　　　　　　　　　　　　馥华

沸腾的铁路线：天津铁路局古冶机务段工人创作选

《列车正点到站》　刘占雨　《突击之前》　　　李桂玲

《调车场上》　　　张小军

1977 年第 4 期

《前进的脚步声》　蔡嵘　　《新徒工》　　　　牟秀华

《搬家》　　　　　张其文

《不平常的日月》（中篇小说连载）　　　　　　　蒋子龙　冉淮舟

在学大寨第一线：静海县良王庄四小屯大队社员作品选

《为民的妈妈》（小小说）　　　　　　　　　　　高清江

《我们的队长》（小小说）　　　　　　　　　　　项宝忠

《田大娘迎女婿》（小小说）　　　　　　　　　　王长芹

1977 年第 5 期

《不平常的日月》（中篇小说连载）　　　　　　　蒋子龙　冉淮舟

《海图》　　　　　王家斌

大寨花开运河畔：武清县群众文艺创作选

《方田春暖》　　　杨振关　《探亲》　　　　　　李克山

1977 年第 6 期

《不平常的日月》（中篇小说连载）　　　　　　　蒋子龙　冉淮舟

《生活的道路》　　宋树新　《小铁牛》　　　　　潘嘉璋

《滹沱河上的鱼鹰》　　　　　林呐

1977 年第 7 期

《不平常的日月》（中篇小说连载）（续完）　　　　蒋子龙　冉淮舟

《小秀儿》　　　　张庆田　《龙腾虎跃》　　　　杨柏林

《深山密林看站人》 张敬礼

1977 年第 8 期

《夜过老鹰岭》　　　　张伯涛

1977 年第 9 期　无小说

1977 年第 10 期

《"穿透山"侧传》　张峻　《初春的故事》　　杨振关

《对手》　　　　邓万平　《争艳》　　　　杨丽娟

1977 年第 11 期

《翻身记事》（长篇小说选载）　　　　　　梁斌

《道路》　　　　杨润身　《雁叫当空》　　　韩映山

《平凡的岗位》　刘建光　《为了孩子》　　　杨保和

《婆媳赶集》　　贾宇文

1977 年第 12 期

《"起重王"新传》　王江　《"虎"师傅》　　　傅延生

《复仇》（长篇小说《义和拳》片段）　　　冯骥才　李定兴

《老主任的窍门》　雷焕生

河北

《河北文艺》：综合性省级文艺期刊，1972 年 5 月试刊，1973 年第 1 期正式发刊，定为双月刊，1975 年改为月刊。《河北文艺》的评论栏目十分活跃，紧跟最新发表的小说，对当时发表的新小说做出了及时的回应。

1972 年 5 月试刊 1

《铁水奔流》　　　　潘福海　《新到任的书记》　张绍良

《银海春潮》　　　　保定市群艺馆文艺创作组

《我和郭连长》　　　徐东明

《三送球鞋》（小小说）　　　　　　　　王文煜

《雨夜红灯》（小小说）　　　　　　　　王宽

《亮眼叔》（小小说）　　　　　　　　　张荣珍

1972 年 9 月试刊 2

《秀岭春风》　　　　张峻　　《引航》　　　于佳奇

《草原飞鹰》　　　　汾飞　　《小洪刚》　　高健

小小说：

《"老全管"大伯》　任庆阳　《一包红葡萄》　王文宏

1972 年 11 月试刊 3

《心向海河》　　　　飞雁　　《老班长》　　王士平

《军队代表》（小小说）　　　　　　　　阎克岐

《灵芝草》（小小说）　　　　　　　　　苗迎吉

1973 年第 1 期

《杨花汀》　　　　　任宜芳　《塞上曲》　　徐东明

《东风浩荡》（长篇小说选载）　　　　　刘彦林

《春色满城》　　　　曹治淮

小小说：

《一颗螺丝钉》　　　赵宪　　《窑场上》　　贾玖峰

《乒坛新苗》　　　　刘永年

1973 年第 2 期

《龙港之春》　　　　苗迎吉　《水生师傅》　阿网

《俺那没过门的媳妇》 王和合

《风云夜路》（小小说） 刘记占

1973 年第 3 期

《新课题》（小小说）辛曙光 《现场会》（小小说） 李如会

《擒龙图》 肇文 《壮志凌云》 潘福海

《骏马欢歌》 弓伟

1973 年第 4 期

《迷人泉》 宫克一 《碱滩风云》 汾飞

《小麦扬花的时候》 李克灵 《哨兵》 常学正

《鹰嘴崖》 康传熹

1973 年第 5 期

小小说特辑：

《汇报》 郭华 《新的起点》 新学

《两副对联》 赵宪 《山泉映月》 关笑波

《竞赛曲》 陈玉英 《月夜》 骆荣顺

《代理机手》 张绍良 《槽头红灯》 徐成礼

《虎虎》 任庆阳 《小哨兵》 张荣珍

1973 年第 6 期

《在风浪面前》（长篇小说《擒龙图》选载） 张峻

《施工方案》 王大华 《槐花峪》 秦宗贤

《烈火红心》 赵国兴 《潮白河畔》 任宜芳

《坚固的金堤》 武保忠 《"老海河"探家》 郭淑敏

1974 年第 1 期

《朝阳路》 张峻 《起飞线》 刘战英

《在农事试验场里》 苗迎吉

1974 年第 2 期

妇女节特辑：

| 《洪流》 | 耿桂云 | 《英姿飒爽》 | 高健 |
| 《郑辛回来了》 | 马秀华 | | |

1974 年第 3 期

| 《乘风破浪》 | 潘福海 | 《闪亮的火花》 | 李煦 |
| 《听课》 | 徐顺才 | | |

1974 年第 4 期

| 《劲吹的东风》 | 徐东明 | 《宽阔的机场》 | 邹尚庸 |
| 《春雷》 | 康传熹 | | |

1974 年第 5 期

| 《金色的季节》 | 赵沫英 | 《银水长流》 | 艾东 |
| 《小钉子》 | 张荣珍 | | |

1974 年第 6 期

| 《中流击水》 | 耿桂云 | 《新起点》 | 王德奎 |
| 《选拔前夕》（儿童文学） | | | 刘永年 |

1975 年第 1 期

新人小集：

《新英》	宁连生	《新苗》	常凤军
《农业哨兵》	杨彦彩	《火爆儿》	徐德霞
《考场》	张月忠		

1975 年第 2 期

| 《新的一步》 | 王树兰 | 《新芽》 | 陈战勇 |
| 《放鸭场上》 | 魏忠琴 | 《重要的一课》 | 纪元瑶 |

1975 年第 3 期

热情歌颂社会主义新生事物：

《柜台激浪》	杨在泉	《新风寨》	祝尧
《春风峪》	贾雪芹	《老导演》	赵新
《银流滚滚》（小小说）			石庆林
《闪光的金梭》（小小说）			宋秀梅

1975 年第 4 期

《狂飙曲》	可华	《迎风击浪》	张锁林
《革委会成立之前》	枫林	《风云街》	张祝丰
《红河渡》	康传熹		

1975 年第 5 期

《矿灯闪闪》	钟和	《天轮飞转》	晓敏
《把关》	吴玉华		

1975 年第 6 期　　儿童文学特辑

《最新最美的画》	徐德霞	《儿童团》	李煦
《早晨》	陈德生	《梨花湾》	飞雁
《霞霞和她的弟弟》	边玉琨	《枪》	张荣珍

1975 年第 7 期

《春风催雨》	高尔纯	《战旗飞扬》	杨海光

1975 年第 8 期

《报告》	赵立山	《碧空银鹰》	邹尚庸
《闪电淖畔》	张大民		

1975 年第 9 期

《在五月里》	艾东	《新霞》	王继民

1975 年第 10 期

《钢流滚滚》　　　潘福海　《书记的点》　　　郭华

《高高的灯塔》　　正茂　弓伟

1975 年第 11 期

《飞云峡》　　　　康传熹　《"红卫兵"连长》张记书

小小说：

《朝霞似锦》　　　郭峻岭　《"一团火"》　　龙贵新

《小裁判》　　　　刘永年　《修车》　　　　　王书平

《看电影》新学

1975 年第 12 期

《战鼓催春》　　　马秀华　《生猪收购员》　　冬原

1976 年第 1 期

《跃进图》　　　　郭华　　《为了未来》　　　张绍良

《青梅》　　　　　碧波　　《本分》　　　　　李同振

《深山枫红》　　　李金刚

1976 年第 2 期

《请炮手》　　　　群力　　《刺破青天》　　　沈英　左洁

《过"江"之后》　　孙耀

1976 年第 3 期

《师长的女儿》　　刘新壮　《锁龙人》　　　　张逢春

1976 年第 4 期

《风疾松青》　　　群力　　《岩梅》　　　　　艾东

《红小兵队长》　　张志勇　《镰刀歌》　　　　宁水林

1976 年第 5 期

《东风凯歌》	弓伟	《鹰击长空》	裴安遥
《进军号》	潘福海	《朝霞满天》	何中

1976 年第 6 期

《进击者》	东燕	《叱咤风云》	王大华
《争夺》	张大民		

1976 年第 7 期 诗歌专号

1976 年第 8 期

《激流滚滚》	魏秋星	《铁蒺藜》	张锁林
《小根的故事》	安钟和	《鲜红的袖章》	赵永霞

1976 年第 9 期

《燕岭风云》（长篇小说选载）		单学鹏
《值班主任》	张祝丰	

1976 年第 10 期 无小说

1976 年第 11 期

《渔汛时节》	徐东明	《三查轴承》	亚平

1976 年第 12 期

《老兵新歌》	李义春	《红丫》	小萌 高山

小小说：

《火车头》	吴玉华	《矿灯》	陈京松
《创业斧》	刘晓钟	《桥头哨兵》	冬原
《党课》	宁水林		

1977 年第 1 期

《山庄纪事》	康传熹	《炉火》	贾大山

《路》　　　　　郭峻岭　《姐姐养猪》　　刘石刚

1977 年第 2 期

《龙港新图》　　苗迎吉　《开工之前》　　边玉昆

《沸腾的大清河》　刘洪章　秦天寿

1977 年第 3 期

《社花》　　　　东燕　　《杨岭新歌》　　张绍良

《新媳妇的"新戏"》　张荣珍　《火春儿》　　铁凝

1977 年第 4 期

《取经》　　　　贾大山　《大地回春》　　李克灵

《解放》　　　　潘福海　《女铸工》　　　孔祥春

1977 年第 5 期

《正点列车》　　弓伟　　《钢铁长虹》　　李煦

《伙伴》　　　　刘士龙

1977 年第 6 期

《瑞雪纷纷》　　碧波　　《夏夜》　　　　王锡峰

《送宝》（小小说）　陈京松

儿童文学特辑：

《风云渡》（长篇小说《战火纷飞的年代》片段）　张庆田

《小浪花》　　　刘克玲

1977 年第 7 期

《"革命党"续志》　张峻　《岗位》　　　　魏秋星

《老牛筋》　　　赵新　　《补点》　　　　孙雷

《初试锋芒》（长篇小说《虹河湾》片段）　魏淙江

1977 年第 8 期

中长篇小说选载：

《解放石家庄》　　李丰祝　《将军河人》　　　管桦

《夜渡黄河》　　　蔡维才

1977 年第 9 期

《表态》　　　　　李煦　　《公社农机站里》冬原

《蕊子的队伍》　　铁凝

1977 年第 10 期

《红山丹》　　　　宫克一

《"革新迷"的故事》　　　　　　　　　郝照远

小小说：

《香菊嫂》　　　　贾大　　《阵地》　　　魏玉楼

《老严头》　　　　陈京松　《对手》　　　吴俊泉

《标准定在哪里》　宁水林

1977 年第 11 期

《炉火纯青》　　　李满天　《特种钢》　　潘福海

《验收》　　　　　刘宝池　《竞赛》（小小说）辛曙光

1977 年第 12 期

中长篇小说选载：

《九月九日——〈苍茫大地〉中的一章》　　　苗迎吉等

《莲蓬荡》　　　　韩映山　《扁担之歌》　陈映实

《抗震曲》　　　　单学鹏　《绣河图》　　耿江国

《五月的平原》　　张朴　　《战争奇观》　柳杞

河南

《文艺作品选》：综合性文艺刊物，起初内部不定期出版，刊发诗

歌、小说、唱词、歌曲、美术等，由河南省文化局编辑，1972 年 10

月号为创刊号，终刊时间不详，目前只可找到 7 期。

1972 年 10 月号第 1 期　总第 1 期

《向阳人家》	石振声	《"特殊"列车》	张金铭
《炉火通红》	朱润祥	《银线丹心》	王鸿钧
《雨润新苗》	新红文	《车轮滚滚》	张复兴

1972 年第 2 期　无小说

1973 年第 1 期

《红花满山》	马凤超	《牧笛》	颜慧云
《战鼓催春》	陈克	《新任保管》	李拴成
《妇女队长》	张帆	《红樱嫂》	虞文
《铁锤姑娘》	邢可		

1973 年第 2 期

《柳林曲》	侯钰鑫	《连心绳》　瑞雪
《当月计划完成的时候》		叶文玲
《任三思和马大炮》		牛自耕
《"上纲"之后》　樊俊智		

1973 年第 3 期　无小说

1973 年第 4 期

《风雨归途》	李克定	《青春的脚步》	张复兴
《山村姑娘》	万可鑫		

儿童文学：

《在那遥远的北方》	阎继明	《小喇叭》	尚兰芳
《鸭司令》	涂白玉		

1973 年第 5 期　总第 7 期

《有心人》　　邓县文艺创作组　冀振东执笔

《争分夺秒》　　　　陈向军　《滚龙口》　　　　　徐印州

山东

《山东文艺》：综合性省级文艺期刊，1972年5月试刊，1973年10月正式创刊，定为双月刊，中间停刊，1977年2月再度复刊。

1972年5月试刊1

《缚苍龙》　　　　　徐本夫　《冲锋之前》　　　　严玉树

《在瓜棚里》　　　　刘金忠

1972年8月试刊2

《赶车姑娘》　　　　吴延科　《守岛战士》　　　　徐恒进

宁津县小说创作专辑：

《入党介绍人》　　　崔连捷　《我们民兵连长》　　张长水

《这是谁家的山羊》　郭洪江　《小菊和凤莲》　　　杨德林

1972年11月试刊3

《梨花盛开》　　　　许善斌　《刘秀珍》　　　　　孙玉忠

《锁柱哥》　　　　　匡万平

《"老列席"和"家家管"》　　　　　　　　　　李芳苓

1973年试刊4

《山村大路》　　　　晓划　　《庄户科学家》　　　马同秀

《大刀记》（长篇小说选载）　　　　　　　　　　郭澄清

《雪梅》　　　　　　徐本夫

1973年试刊5

根治海河专辑：

《雨过天晴》　　　　郭建华　《菜园上》　　　　　张方文

《思想交锋》　　　　王宏源　《不平静的湖水》　　黄瑞梓

《春燕高飞》　　　　王小津

1973 年试刊 6

《友谊》　　　　　　杨增珊　《青青的麦苗》　　申均之
《小广播管理员》　　辛显令　《金滩激浪》　　　　掖县业余创作组
《柳庄风云》　　　　杨清广　《春苗正旺》　　　　栗昭杰
《黎明之前——长篇小说〈烽火〉》选载　　　　牟崇光

1973 年 10 月号第 1 期　创刊号

《女连长》　　　　　王绍亮　《跃马扬鞭过长江》顾工
《新来的船长》　　　王成人　车吉新

1973 年 12 月号第 2 期

《第一场风雪》　　　栗昭杰　《南阳湖的早晨》　阎丰乐
《闯新路》　　　　　张天波

1974 年第 1 期

《猛虎添翼》　　　　李存葆　《在广阔的天地里》郭荣光
《妇女队长》　　　　吴延科

1974 年第 2、3 期合刊

《雪映红旗》　　　　许善斌　《三闯卧虎洞》　　崔连荣
《挑战》(儿童文学)　郭建华　《芦海飞舟》　　　孙兆颖

1974 年第 4 期

《柳翠》　　　　　　张翊翔　《春雷》　　　　　冯传家

1974 年第 5 期

《清明时节》　　　　魏金永　《春笋》萧端祥

1974 年第 6 期

《两个虎子》　　　　顾澄郁　《阿依霞》　　　　王松雪

《战冰凌》　　　　　王希平　董宝林

1975 年第 1 期

《峥嵘》　　　　　谢新生　《春风歌》　　　　郭荣光

《钢城铁柱》　　　李世清　《阳光灿灿》　　　雷庆龙　刘正军

1975 年第 2 期

《战火中的支委会》（长篇小说《大刀记》第二部中的一章）　郭澄清

《饲养院的重要新闻》　　　　　　　　　　　程永凤

1976 年停刊

1977 年 2 月号第 1 期　复刊　无小说

1977 年第 2 期

《瓜园风波》　　　王学苏

1977 年第 3 期

《大牛》　　　　　王忆惠　《荷花》　　　　　于清泉

1977 年第 4 期

《三会老严》　　　陈传瑜　《静妹》　　　　　段剑秋

1977 年第 5 期

《队伍向南开》　　高桦

《赵燕闹海》（长篇小说《擒鲨记》选载）　　王安友

《翠竹青青》　　　李小萍

1977 年第 6 期

《戎萼碑》（长篇小说选载）　　　　　　　曲波

《"全速前进"》　　张树桓

1977 年第 7 期

《智闯威海卫》　　赛时礼

《戎鄂碑》（长篇小说选载）　　　　　　　　曲波

1977 年第 8 期　特刊

《家》　　　　　　支福田　胡范姚

1977 年第 9 期

烟台地区文学创作学习班作品选：

《外轮升起五星红旗》吴德永　《伟大的事业》　　林雨

《闯路姑娘》　　　　李秋香　《报喜之后》　　　郝鉴

1977 年第 10 期

《岗位》　　　　　　徐昆源　《母子俩》　　　　孙立宪

《"小豆豆"的故事》孙祥琇

1977 年第 11 期　小说专号

《龙井岗》　　　　　林雨　　《老师》　　　　　李德芹

《巧葛》　　　　　　段剑秋　《科长的脚步》　　苗丰振

《节日里的喜事》　　鲁芝　　《党小组长》　　　王润滋

《一捏盐》　　　　　王连军　《"泰山"新歌》　　刘琳

《三个侦查排长》（长篇小说《决战》中的一章）　　知侠

《陈凤和大志》（长篇小说《凌河激战》中的一章）　王安友

《飞》（科学幻想小说）　　　　　　　　　　　　高炜宾

山西

《革命文艺》《山西群众文艺》：1971 年创刊，主要刊发歌曲、诗歌、戏曲、短评，不刊发小说，由山西省革命委员会政工组文教办公室编；1972 年改由山西革命委员会文化局编，主张刊发小说、散文、革命故事、报告文学等，1973 年改版为《山西群众文艺》，定位为群众性文艺月刊，1975 年正式公开发行。

《革命文艺》：

1971 年出 5 期，无小说

1972 年第 1 期　总第 6 期　无小说

1972 年第 2 期

《梨园春色》　　　　　　　诚一

1972 年第 3 期　无小说

1972 年第 4 期

《苗儿青青》（小小说）　张敬龙

1972 年第 5 期　缺

《山西群众文艺》：

1973 年第 1、2 期

《车轮滚滚》（小小说）　张庭秀

1973 年第 3 期　无小说

1973 年第 4 期

《带路》　　　　　　　　　泰勤

1973 年第 5 期　无小说

1975 年第 6 期

《小英雄的故事》（中篇小说选载）　王新民

1973 年第 7 期　无小说

1973 年第 8 期　无小说

1973 年第 9 期

《俊花回婆家》（小小说）　牛万林

1973 年第 10 期

《红缨大鞭》　　　　　　　马文生

1973 年第 11 期　无小说

1973 年第 12 期　无小说

1974 年第 1 期　无小说

1974 年第 2 期　无小说

1974 年第 3、4 期合刊　无小说

1974 年第 5 期

《光辉的道路》　　　　　　崔巍

1974 年第 6 期

《老罗书记》　　　　　　　刘长安

1974 年第 7、8 期合刊

《丁凤姑娘》　　　　　　　李良　程亮

1974 年第 9 期

《目标》　　　　　　　　　王红罗

1974 年第 10 期

《炉火正红》（征文）　　　董保存

1974 年第 11、12 期合刊

《百年大计》（征文）　　　崔巍

1975 年 4 月号

《马尾河畔》　　　　　　　牛玉秋

1975 年 5 月号

《岭上春水》　　　　　　　张文清

1975 年 6 月号

《冬青吐翠》　　　　　董保存

1975 年 7 月号

《进军》　　　　　黄树芳

1975 年 8 月号　无小说

1975 年 9 月号　无小说

1975 年 10 月号　无小说

1975 年 11 月号

《指标》　　　　　孙钊

1975 年 12 月号　无小说

1976 年第 1 期　无小说

1976 年第 2 期　无小说

1976 年第 3 期

《关键时刻》　　　陈凤生　《战地炮声》　　　刘武

1976 年第 4 期

《红梅正俏》　　　张文清　《新花》　　　　元建兴

1976 年第 5 期　增刊　无小说

1976 年第 6 期

《三次交锋》　　　　刘颖娣

1976 年第 7 期

《战旗红似火》　　　张文清

1976 年第 8 期

《斗》　　　　　秦怀录

1976 年第 9 期

《小将开路》　　　　　　　孙越

1976 年第 10、11 期合刊　无小说

1976 年第 12 期　无小说

1977 年第 1—8 期　无小说

1977 年第 9 期

《岳家父子》　　　　　　　陈滨

1977 年第 10 期

《老支书王泰》　　　　　　郑惠泉

1977 年第 11 期

《开山炮响了》（小小说）　路树军

1977 年第 12 期　无小说

陕西

《宝鸡文艺》：1972 年 5 月创刊，由宝鸡市文化馆编辑，不定期出版，为群众性文艺刊物，追求作品的通俗性。

1972 年第 1 期　创刊号

《两捆麦种》　　张军　《何进猛》　　　周波

1972 年第 2 期

《一块绝缘板》　　海生

1972 年第 3 期

《我师傅的故事》　颂今诗　《协作》　　　张军

1973 年第 1 期

《属牛的》　　　弓保安　《高粱专家》　　曹民生

《班长》　　　　　　周波

1973 年第 2 期

《把关》　　　　　　贾璞　　《渭河浪花》　　　李宪英

1973 年第 3 期

《新来的党委书记》 曹民生　《备课》　　　　　　尹著岭

1973 年第 4 期

《服务员》　　　　　弓保安　《种子》　　　　　　倪桂林

《时俊英》　　　　　李逢春

1973 年第 5 期

《捉虎蝎》（儿童文学）　　　　　　　　　　贾璞

《欢送会前》　　　　李乃乾　《上坡路》　　　　　何大愚

1974 年第 1 期

《老八路》　　　　　江润林　《选靶场》　　　　　张俊彪　陈明华

1974 年第 2 期

《当家人》　　　　　于彦鹏　《春播时节》　　　　张军

1974 年第 3 期

《工人理论组新事》 弓保安　《雏鹰展翅》　　　　黎军

1974 年第 4 期

《风展红旗》　　　　马友庄

《夯歌嘹亮》　　　　冯家山工程指挥部创作组　孙涛　马永安执笔

1975 年第 1 期

《炉火正红》　　　　冯家山工程指挥部创作组　王章保执笔

《连心田》　　　　　冯家山工程指挥部创作组　罗宏兴执笔

1975 年第 2 期　革命故事专号

1975 年第 3 期

《"不管部长"》（小小说）　　　徐福斌

1975 年第 4 期　缺

1975 年第 5 期　缺

1976 年第 1、2 期合刊

《森林小卫士》　　　黎军　　　《青春的火焰》　　　朱晓国　傅植礼

1976 年第 3 期　无小说

1976 年第 4 期　缺

1977 年第 1 期

《高平师傅》　　　倪桂林　《关键时刻》　　　陈云高

1977 年第 2 期

《侯金兰》　　　苗松岗　崔平法

《关老师傅》　　　祁永安

1977 年第 3 期

《前纺丙班》　　　弓保安　《喷泉》　　　袁永平

《工农兵文艺》（陕西）、《群众艺术》（陕西）：1972 年第 1 期为创刊号，由陕西省工农兵艺术馆编辑，具有宣传材料的性质，前 6 期为 32 开本，从第 7 起改为 16 开本。1973 年改名为《群众艺术》。

1972 年第 1 期

《交粮的日子》　　　尤永杰

1972 年第 2 期　无小说

1972 年第 3 期　无小说

1972 年第 4 期

《搬家》　　　　　　　周岷山

1972 年第 5 期　无小说

1972 年第 6 期

《紫兰》　　　　　　　李志清

1972 年第 7 期

《红色的山乡》　　　李若冰　《老班长》　　　　　陈忠实

《何猛进》　　　　　　周波

1972 年第 8 期

《闪光的瓦刀》　　　宋登

1972 年第 9、10 期合刊

《过场》　　　　　　　肖云儒

1972 年第 11 期

《党小组长》　　　　　邹志安

1972 年第 12 期　无小说

1973 年 1 月起改为《群众艺术》，由陕西省工农兵艺术馆编辑，定为月刊，是一本以发表说、演、唱、画作品为主的宣传毛泽东思想的文艺期刊，基本不刊发小说。

宁夏

《工农兵文艺》（银川）：1971 年开始出版，由银川市文化馆编辑，主要刊发小歌剧、对口词、民歌等群众性表演材料，也刊发少量小说。终刊信息不详，目前只可找到 1971 年和 1972 年的部分存本。

1971 年第 1 期　缺

1971 年第 2 期　缺

1971 年第 3 期　缺

1971 年第 4 期　无小说

1972 年第 1 期　缺

1972 年第 2 期　无小说

1972 年第 3 期　无小说

1972 年第 4 期　无小说

1972 年第 5 期

《穗穗》　　　　　　一禾

1972 年第 6 期　无小说

1972 年第 7 期　缺

1972 年第 8 期

《认师傅》　　　　　刘晓新

青海

《征文》：综合性文艺刊物，由青海省纪念毛主席《在延安座谈会上的讲话》发表三十周年办公室编辑，仅存部分刊本。

1972 年 10 月第 1 期

《接班前后》	单戈	《终点》	程枫
《小巴格林木的秘密》	安可君	《神针》	刘郁莘
《动力》	李玉林		

1972 年第 2 期

《工宣队长》　　　王云飞　《"让月"记》　　　王青槐

《丰收时节》　　　马克刚　《猎熊记》　　　　宋琪

1972 年第 3 期　青海省文艺创作节目调演大会专辑　无小说

新疆

《天山文艺》：综合性文艺期刊，是乌鲁木齐地区业余和专业作者的写作园地，刊发文学、曲艺、美术、音乐等，并主张开展文艺批评，1972 年出刊 3 期，暂缺。

1972 年第 1 期　缺

1972 年第 2 期　缺

1972 年第 3 期　缺

1973 年第 1 期

《大路上》　　　　王嵘　　《汽笛长鸣》　　　左增杰

《老车户》　　　　姜斌　　《风格》　　　　　李文村　崔钰

《风雪途中》　　　托合塔志·肉孜（维吾尔族）

1974 年第 2 期

《新的里程》　　　邵振夫

1974 年第 3、4 期合刊

《夺粮》　　　　　王太强　《苗壮的白杨》　　刁铁英

《天山小牧民》　　韩忠智

《永不停歇的脚步》　樊兴初　朱立元

1975 年第 1 期

《关键任务》　　　段宝珊　《火洲喷绿》　　　黄耀星

1975 年第 2 期

| 《春水飞流》 | 王友忠 | 《毕业论文》 | 姚眺 |
| 《边疆的早晨》 | 韩贵华 | 《铁虎》 | 张国钧 |

1975 年第 3 期

《延安风》	刘兴民	《二十袋化肥》	樊跃琴
《水往哪里流》	苏浩发	《抵制》	吴灵
《考试》（儿童文学）	徐世益	《护苗》	范迅
《理论骨干》	张发良	《果满枝头》	肖陈
《努亚汗》	于淑兰		

1975 年第 4 期

| 《接车风波》 | 朱立元　王文英 | | |
| 《红梅》 | 李戈 | 《红柳花开》 | 连福印 |

1976 年第 1 期

| 《边防巡逻兵》 | 唐栋 | 《红松峡》 | 王也 |
| 《验收》 | 郭绍珍 | | |

1976 年第 2 期

| 《火洲春潮》 | 黄耀星 | 《狂澜初起》 | 邵振夫 |
| 《会演之前》 | 陈学迅 | | |

1976 年第 3 期　缺

1976 年第 4 期　无小说

1977 年第 1 期　无小说

1977 年第 2 期

| 《老管理》 | 张风水 | 《逮花花豹》 | 张德民 |

1977 年第 3 期

《半米之差》	杨传鹏
《石头搬家的秘密》（儿童文学）	康齐民

1977 年 8 月号

特刊　热烈庆祝中国共产党第十一次全国代表大会胜利召开

内蒙古

《呼和浩特文艺》：综合性文艺期刊，从 1972 年开始出版，1973年起定为季刊，由呼和浩特市革委会文化局编辑，于 70 年代连续出版，是内蒙古自治区重要的文艺期刊。

1972 年第 1 期　缺

1972 年第 2 期

《老放心》	王德明	《两进阎村》	照日格巴图
《罗丹扎布》	新雨	《老民兵巴特尔》	崔景禄
《我和六大叔》	陈弘志	《赤脚红心》	冀才政
《金色的童年》（儿童文学）			明照

1973 年第 1 期

《试车前夜》（连载）	张志仁	《老王和小王》	白大中	吴潇
《擦拭》	徐扬	《女外线工》	墨林	

1973 年第 2 期

《奖状发给谁》	郭连升	《丰收图》	毕力格太
《挎粪》	云全珍	《一滴水》	新雨
《我们厂里的年轻人》			肖衍祥

1973 年第 3 期

《梁师傅》	陈寿朋	《百分之百》	王德明

《两个小演员》　　　宋其蕤

《春播前》（小小说）　　　　　　　　　　　　姜信

《试车前夜》（续完）　　　　　　　　　　　　张志仁

《一次爆破课》　　　曹鹤芳　赵锡臣　田耀华

1973 年第 4 期

《耿旺老汉的故事》陈弘志　《闪光的青春》　　杉木

《边防线上的战斗》刘建忠　《我的师傅》　　李仲一　王新民

《军民桥》（儿童文学）　　　　　　　　　　刘登极

1974 年第 1 期

《赵海爷爷》　　　岩波　《老图》　　　　耿瑞

1974 年第 2 期

《雪夜锣鼓》　　　陈弘志

1974 年第 3 期　诗专号

1974 年第 4 期

《卞秀兰》　　　陈寿朋

1975 年第 1、2 期合刊

《柱石》　　　徐扬　《一袋战备粮》　　宋坤茂

《残废叔叔和孩子们》（儿童文学）　　　　宋其蕤

《大学毕业生》　　耿瑞　《邻居》　　　新雨

1975 年第 3 期

《下乡之前》　　王德明　《电焊班长》　　徐扬

《春播》　　　田忠　来顺

1975 年第 4 期

《铁山红光》　　陈耀东　《机关新兵》　　肖衍祥

《考试》　　　　　单玉洁

1976 年第 1 期

《立冬之前》　　　耿瑞

1976 年第 2 期　无小说

1976 年第 3、4 期合刊　无小说

1977 年第 1 期

《一百个鸡蛋》　　韩惠明

1977 年第 2 期

《草原的早晨》（长篇小说选载）　　　　　扎拉嘎胡

1977 年第 3 期

《新来的女传达》　王德明　《星期天的故事》　高德龙

1977 年第 4 期

《一支未吸完的香烟》宫效尧　《风雪夜》　　　徐扬

《革命文艺》：1971 年 12 月开始试刊，由内蒙古自治区革命委员会文化局主办，从 1973 年第 1 期起改名为《内蒙古文艺》，1973 年 7 月号第 4 期起正式发刊，为双月刊。

《革命文艺》：

1971 年 12 月号　试刊 1

《钉子精神》　　　颂东　《丽艳向阳》　　　照日格巴图
《"吃梨"》　　　　础石　《老洪师傅》　　　庞建平
《眼睛》　　　　　　　　　　　　　　　　　晓钟

1972 年 4 月号　试刊 2

《天高云淡》（征文）于鲁人　《老延队长》　　明照

《飞雪迎春》（征文）　　吴宝林　《铜墙铁壁》　　　邵长波　王忠

1972 年　试刊 3

《"老班长"》　　　　国鸿书　《小朝克》　　　材音博彦
《支援》　　　　　　映丽江　《雪里蕻》　　　马焉
《瑞雪飘飘》　　　　照日格巴图（蒙古族）

1972 年　试刊 4

《打靶》　　　　　　杨益　　《在征途上》　　肖申
《订计划》　　　　　培勇　　《并肩前进》　　张志仁
《迎春花盛开的时候》　　　　　　　　　明照
《越南南方小游击队员的故事》　　　　王双林

《内蒙古文艺》：

1973 年 1 月号第 1 期　试刊 5

《第一线》　　　　　吴佩灿　《铁算盘》　　　李文
《孤光闪耀》　　　　朝葵
农业学大寨：
《新开一条河》　　　张长弓　《战天歌》　　　东城
《我调查的第一个生产队》　　　　　　杨益

1973 年 3 月号第 2 期　试刊 6

《红光闪闪》　　　　翼鹏　　《飞军路》　　　张崇溶
《果树沟的春花》　　王致钧　《平泉激流》　　扎木苏荣扎布
《走访火烧梁》　　　张星　　《老支委》　　　丁茂　王琳
《阳光洒满草原》　　肖大赞　《样板》　　　　华光　赤兵
《骑骆驼的人》　　　敖德斯尔

1973 年 5 月号第 3 期　试刊 7

《竞赛红旗》　　　　吴佩灿　《编外班长》　　邵长波　王忠

《雷兵》　　　　　于富　　《在创业的路上》 李庆昌

儿童文学：

《大灰狼，摔死了》　　　　　　　　　　　　乌·达尔罕

《湖畔风浪》　　　材音博彦

《两个小伙伴》　　刘玉清

1973年7月号第4期　正式发行

《追风骏马》　　　刚普日布　作　　　　陈乃雄　译

《青松更翠》　　　赵峻防　《军鞋》　　　乔澍声

《黄河边上》　　　韦苇　《小骑手》　　　滑国璋　马飞高

《山鹰高飞》　　　阿拉德日　王宁　王保

《友谊的种籽》（选自中篇小说《青春年华》）　　张长弓

1973年9月号第5期

《常委会前》　　　胡泽　《牧民的心愿》　浩特

《邻队》　　　　　丁茂　《道钉》　　　　姚尚宏

1973年11月号第6期

《奔向广阔的田野》　　　　　　　　　　　李义

1974年第1期

《烟火颂》　　　　于鲁人　《迎风傲雪》　叶枫

《山村来信》　　　吴潇

1974年第2期

《山丹其其格》　　于富

1974年第3期

《旱天雷》　　　　胡泽　《捕鼠》　　　　孙甲

《小心地雷》　　　孔令正

1974 年第 4 期

《西沙儿女》（正气篇）　　　　　　　　　　浩然

《凤落山》（征文）　　　　　　　　　　　　韦苇

《巴特大爷》　　　李义　　《春满山村》　　禾菱

1974 年第 5 期

《朝霞满天》（征文）　沙采　　《坦克飞驰》　史化三

《"赤脚护士"》（儿童文学）　　　　　　　富刚

1974 年第 6 期

《难忘的岁月》　　　刘云鹏　叶枫

1975 年第 1 期

《撑山的人》（征文）　　　　　　刘雪波　　班澜风

《在灰腾山口》（征文）　　　　　　马布萧

《火热的矿山》　　　于鲁人

《在国境线的密林里》（儿童文学）　　　　蔺鸿儒

1975 年第 2 期

《春雨催苗》（征文）　周彦文　《金桥》　　孙甲

《长河新流》（征文）　芒仲　　《勘探队员》　包家骏

《两次记工》（征文）　李文

1975 年第 3 期

《黄河奔腾》　　　韦苇　　《铁流滚滚》　高新生

《长堤颂》　　　　朱春雨　《第一场小麦》　王喜耘

儿童文学：

《北疆小哨兵》　　富刚　　《高粱红了》　乔澍声

1975 年第 4 期

《山高路广》　　　于鲁人　《柳湾春枝》　侯三毛

《激流》　　　　　林海鸥　《银海飞燕》　　　黄静纯

1975 年第 5 期

《县委书记》　　　马沛然　《钢筋铁骨》　　　于培林

《连心曲》　　　　崔凤鸣　《渠畔春歌》　　　李廷舫

《月亮圆了》（儿童文学）　　　　　　　　　林音博彦

1975 年第 6 期

《二过"黄河"以后》陈弘志　《铁燕》　　　　王裕熙

《红骏马的主人》　阿斯尔　作　　　　楚伦巴根　译

《季延》　　　　　施文俊

《放风筝的时候》（儿童文学）　　　　　　　石林生

1976 年第 1 期

《攀高峰的路》　　胡泽　　《白毛风之夜》　　刘代文

《钢铁师傅》　　　赵振寿　《老鹰湾》　　　　乔澍声

1976 年第 2 期

《喜喷龙泉》（中篇小说选载）　　　　　　　李国月

《转业之后》　　　杉木　东城

1976 年第 3 期

《质量》（征文）　　邵长波　《沙葱花》　　　周彦文

《桂丽森花》　　　特·布和

1976 年第 4 期

《故事员的新节目》芒仲　《爱护》（征文）　　赵峻防

《烽火》（儿童文学）　　　　　　　　　　　郝建军

《金色的草原》（征文）　　　　　　　　　　凌晨

《智擒花脸狼》（儿童文学）　　　　　　　阎继栓

1976 年第 5 期　悼念毛主席　无小说

1976 年第 6 期　无小说

1977 年第 1 期

《特别播音》　　　黄静纯　《三进野猪林》　　侯计

《高山牵"牛"记》　　　　　　　　　　　单学鹏

1977 年第 2 期

《金桔的光芒》　　　于鲁人　《潮头浪》　　　江刘　班澜

《额吉淖尔的女儿》　申建军

1977 年第 3 期

《本职工作》　　　　高新生　《紫铁红钢》　　李汀

《草原的心声》　　　敖德斯尔　温小钰

《蒙古小八路》　　　云照光

1977 年第 4 期

《小兽医其其格》　　杨啸　　《蒙古小八路》　　云照光

《汗水浇灌的鲜花》　玛西巴图

《蒙恩达来之歌》　　特·达木林

1977 年第 5 期

《优胜红旗》　　　　阎川安　《妯娌之间》　　韦苇

1977 年第 6 期

《队长小传》　　　　沙采　　《中流砥柱》　　王德明

《百宝箱的秘密》　　杨青林　《铁鹰》　　　　于富

《包头文艺》：综合性文艺期刊，1972 年 5 月试刊，由包头市文化局创作评论组编辑、出版，1974 年 5 月起全国发行，定为双月刊，1977 年停刊，1978 年继续出版。

1972 年 5 月号第 1 期　试刊

《尺》　　　　　　　冯贵章　《炼铁的故事》　　刘安琪

《特种钢是怎样炼成的》　　　　　　　　于鲁人

1972 年第 2 期　试刊

《两台车》　　　　　人云　　《闯关》　　　　　施文俊　崔一峰

《磨炼》　　　　　　王国士　《她在丛中笑》　　富刚

《司炉》　　　　　　包家骏（蒙古族）

1972 年第 3 期　缺

1972 年第 4 期　试刊

《驾辕的人》　　　　刘安琪　《边鼓声声》　　　吴佩灿

《新的战场》　　　　张珩生　《老管》　　　　　尹富

《对手》　　　　　　峰泉

1973 年第 1 期　试刊

《鹰飞岭》　　　　　李瑞　　《团长的鞋》　　　于富（蒙古族）

《"小喇叭"的故事》富刚　　《哨兵之歌》　　　包家骏（蒙古族）

1973 年第 2 期　试刊

包钢专号：

《山花烂漫》　　　　于鲁人　《爱枪模范》　　　王维章

《勇往直前》　　　　董诗华　《向前冲》　　　　明阁

《我和杨敏》　　　　张璇

1973 年第 3、4 期合刊　试刊

《下乡修车记》　　　王乃秦　《中线》　　　　　播火

《门》　　　　　　　刘安琪　《绿灯亮了》　　　施文俊

《槽头春秋》　　　　　刘云山　《虎队长》　　　　　杜华

《本色》　　　　　　　王彦耘　《一发跳弹》　　　　于富（蒙古族）

《"催春早"和"老解决"》　　　　　　　　　　　王文广

1973 年第 5 期　诗歌专号

1973 年第 6 期

《春天的脚步》　　　　董诗华　《钢城春早》　　　　张翼鹏

《厂长的儿子》　　　　李仰南　《山村婚事》　　　　富刚（满族）

《茫茫的沙海》　　　　王国才　《重要更正》　　　　陈寿朋

《举重运动员》（儿童文学）　　　　　　　　　张我愚

《盘山小八路》（中篇小说选载·儿童文学）　　于品增

1974 年 5 月号第 1 期

《斗争在继续》　　　　李瑞　　《战流沙》　　　　　刘雪

《走访芝尢①梁》　　　滑国璋

1974 年第 2、3 期合刊

《春风》　　　　　　　李振袖　《草原风雨》　　　　班文中

《雪夜红心》　　　　　高宝忠　《布思吉德》　　　　袁远

《风暴》　　　　　　　施文俊　崔一峰　王志洋

《都有一颗红亮的心》　　　　　　　　　　　　张我愚

1974 年第 4 期

《冰凌翠》　　　　　　张崇溶　《敲打》　　　　　　查红旗

1975 年第 1 期

《争夺》　　　　　　　谢凡　　《漫天雪》　　　　　于鲁人

---

① 芝尢："芝"原字为"艹"加"只"，上下结构，查无此字；"尢"，尢的讹字。

1975 年第 2 期

《龙石湾》　　　　沙采　　《避雷针》　　　　叶枫

《决赛之前》　　　王东华

1975 年第 3 期

《早春的雷鸣》　　　刘雪波　班澜风

《托儿所长》（儿童文学）　　　　　　富刚

《搬石头》（儿童文学）　　　　　　　刘静波

1975 年第 4 期

《急管繁弦》　　　滑国璋　《泥土》　　　　庆舞波

1975 年第 5 期

《归心似箭》　　　陈华寿　《风》　　　　　于俊

《初战》　　　　　　　　　　　　　彬城

《老郭徒弟和小郭师傅》　　　　　　高德龙

《画炕围的故事》（儿童文学）　　　张我愚

1975 年第 6 期

《冲锋不止》　　　温小钰　《长征的脚印》　李振袖

《壮志篇》　　　　张翼鹏　《鹰》　　　　　王东华

《杨帆》　　　　　黄静纯　《东风催战鼓》　徐智

1976 年第 1 期

《捡煤核的孩子》　陈华寿　《会战序曲》　　施文俊

《在新的征途上》　富刚　　《青铜镖》　　　张崇溶

《伸向远方的路》（儿童文学）　　　方溦

1976 年第 2 期

《造反者》（中篇小说选载）　　　　李悦　徐扬

1976 年第 3 期　缺

1976 年第 4 期　缺

1976 年第 5 期　悼念毛主席　无小说

1976 年第 6 期

《在工长的大门口》 李同振 《如实汇报》　　于富

1977 年停刊

1978 年继续出刊

吉林

《吉林文艺》：省级综合性文艺期刊，1972 年 3 月开始试刊，1973 年第 1 期起正式出刊发行，是 70 年代重要的文学期刊之一，曾发起对小说《高山春水》的讨论和对《长长的谷通河》的批判。

1972 年 3 月号第 1 期

《高山春水》　　　侯树槐 《光辉的道路》　 刘学铭　田居俭

1972 年第 2 期

《并肩前进》　　　杨廷玉 《同心岭下》　　 张重阳

1972 年第 3 期

《青石河上》　　　成三德 《交接账》　　　 贺恒祥

《报农情》　　　　榆树县文化局创作组

1972 年第 4 期

《通天路》　　　　王承义 《三河桥》　　　 于本红

1972 年第 5 期

《原则问题》　　　侯树槐 《踏遍林海》　　 隋洪润

1972 年第 6 期

《行军路上》　　　孙海礁 《锯轮飞转》　　 姚力

1972 年第 7 期

| 《虎跃青山》 | 刘德昌 | 《三个队长》 | 李兴泉 |
| 《铁英》 | 薛志立 | | |

1972 年第 8 期

《旗委书记和陆小猛》　　　　　　　　王士美

《高高的晾水塔》　　陈光辉　刘丹丹

《眼力》　　王倩

1972 年第 9 期

| 《改路》 | 纪华 | 《珍品》 | 何在 |
| 《剑锋山下狩猎人》 | 红山 | | |

1972 年第 10 期

| 《小郭师傅》 | 徐振清 | 《追风赶雨》 | 杨廷玉 |
| 《闪光的记忆》 | 余瑛瑞 | | |

1973 年第 1 期

《一杆旗》　　贺恒祥　《火红的萨日朗》　栾士贤

1973 年第 2 期

《收获》　　徐宏奎　《场院上》　徐佳辰

1973 年第 3 期

《长长的谷通河》　　何鸣雁　《松花江上摆渡人》　宋衍申

1973 年第 4 期

白城市群众创作之页：

| 《新管家》 | 傅之贵 | 《师傅走后》 | 王祥 |
| 《考试》 | 孙永利 | 《师徒赛》 | 杨永泉 |

1973 年第 5 期

《铁牛催春》　　徐宏奎

1973 年第 6 期

《二进杏花村》（儿童文学）　　　　　　　段序清　陈良

《阳山翠》　　　　朱春雨

1973 年第 7 期　诗歌专号

1973 年第 8 期　无小说

1973 年第 9 期　无小说

1973 年第 10、11 期合刊

《副手》　　　　傅之贵　《第一枪》　　　王凤海　杨自田

《步云岭下》　　朱春雨　《青出于蓝》　　姚力

《樱桃熟了》　　曹臣　　《一家人》　　　唐兵

《责任》　　　　王浙滨

1973 年第 12 期　小戏、曲艺专号

1974 年第 1 期

《导火索点燃之后》　张恺　《槽头日记》　　贾慧卿

1974 年第 2 期

《雪夜红灯》　　徐恩志　《蛙声阵阵》　　范峥嵘

1974 年第 3 期

《清脆的鞭声》　栾淑芳　《量材之歌》　　刘福亭

1974 年第 4、5 期合刊

《三份报告》　　赫历　　《菱花渡》　　　杨廷玉

《福林师傅》　　刻新

1974 年第 6 期

《一张提货单》　贾瑞卿　《办医初记》　　白玉文　王治振

184

1974 年第 7 期

《巴特尔小老蔡》　　王士美　《女队长》　　　　卢国胜

1974 年第 8 期

《西沙儿女》（中篇小说选载）　　　　　　　　浩然

1974 年第 9 期

《战鼓急》　　　　　刘永贵　沈宗昌

《奔腾向前》　　　　孟令政

1974 年第 10 期　无小说

1974 年第 11 期　无小说

1974 年第 12 期

《桥》　　　　　　　崔贵新　《阳光灿烂》　　依松

1975 年第 1 期　无小说

1975 年第 2 期

《工宣队长》（征文）解厚春　《新户》　　　　张引索

《补苗》　　　　　　贾慧卿

1975 年第 3 期

《评论家》　　　　　于志春　《打乌米》　　　王曦昌

1975 年第 5、6 期合刊

《风与火》（长篇小说《铁旋风》第六章）　　　王士美

1975 年第 7 期

《故事员》　　　　　杨景　　《本色》　　　　徐振清

《春到红柳》　　　　朱光雪

1975 年第 8 期

《两种算计》　　　　张有山　《地瓣》　　　　王曦昌

《新来的主任》　　　李满园

1975 年第 9 期

《留下点啥》　　　崔铁良　《队长的老规矩》　晓竹

《小院风波》　　　解厚春　《忙不了》　　　刘万山

《硕果盈枝》　　　李列列

1975 年第 10 期　无小说

1975 年第 11 期

《勇挑重担》　　　刘振龙　《高高的钻塔》　盛世友

《争分夺秒》　　　石工

1975 年第 12 期　无小说

1976 年第 1 期

《跃马扬鞭》　　　王宗汉　《上阵之前》　刘伯英

《审批报告》　　　马犁

1976 年第 2 期

《青春常在》　　　张笑天　《我的同学》　刘兆林

1976 年第 3 期　无小说

1976 年第 4 期

《青山望不断》　　朱春雨

1976 年第 5 期

《时代的激光》（征文）　　　　刘学铭

《在数字里面》　　姚力

1976 年第 6 期

《马背风云》（征文）　　　　　王耀

《山花烂漫》（征文）　　　　　张琦

1976 年第 7 期

《挡不住的列车》（征文）　　　　　　　　　张天平　刘德来

《滔滔的乌龙江》（征文）　　　　　　　　　李广薰等

1976 年第 8 期　诗歌专号

1976 年第 9 期

《路》（征文）　　　　　　　　　　　　　汤景山　王中忱

《八月的曙光》（征文）　　　　　　　　　孙宏桅

《关键时刻》（征文）　徐东平　《最新方案》（征文）冉秀梅

《药店内外》　　　　张耘瑰　《警惕》　　　　崔宝福

《留点纪念》　　　　章云福　《定盘星》　　　吴雅丽

《特木其呼代表》　　赛音吉雅

《擂鼓石在响》　　　肖然

《属"虎"的会计》贾富军　郭伟

1976 年第 10 期　悼念毛主席　无小说

1976 年第 11、12 期合刊

《镜子》　　　　　　宏山林　《警卫员》　　　冬萍

1977 年第 1 期

《关怀》　　　　　　黎时　《争分秒》　　　刘伯英

1977 年第 2 期

《风雨创业堤》　　　朱光雪　《车轮飞转》　　石越　李连海

《春灌之前》　　　　耿直　《大松岭下》　　卢国胜

1977 年第 3 期

《一杯酒》　　　　　陈云高　《春风桃李》　　石帆

《晨光曲》　　　　　徐振清

1977 年第 4 期

《降龙伏虎》　　　秦东辉

1977 年第 5 期

知识青年作品选：

《倔书记》　　　孙歌　　《山村铃声》　　史惠民

《真正的主人》　　孙嘉莉

1977 年第 6 期

《舅舅到来前后》　李望宇　《小木箱的秘密》　孙雁来

《阿龙回来了》　　杨立新　《铁弹弓雷鸣》　　张志强

《智斗敌寇》　　　邓青云　《小机伶》　　　　赵光有

《小文革》　　　　王贤慧

1977 年第 7 期　无小说

1977 年第 8 期

《台湾籍战士》　　梅新生　《铁骑怒火》　　陈廷一　左华

大庆旗更红：

《严师》　　　　　刘春友　《老炊事班长》　　王春生

《珍惜荣誉的人》　　　　　　　　　　　　　封立超

1977 年第 9 期

《红烂漫》　　　　聂立珂

1977 年第 10 期

《我们机关里的一老一少》　　　　　　　　　王汪

《岭下战鼓》　　　张国庆　《接书记》　　　　李凤鸣

1977 年第 11 期

《清晰的辙印》　　杨子忱　《翅膀》　　　　　郭襄

《我和山虎》　　　　曹虹冰　《精神奖的荣获者》刘志清

《风雨翻车岭》　　　　陈廷一　《第一批兵》　　　曹明绪

1977 年第 12 期

《春风》　　　　　　　顾笑言　《项目问题》　　　陈风

小小说：

《擂台》　　　　　　　孙叶荃　《果园的春天》　　秦光涛

《十车煤炭》　　　　　孙德选　《挑水》　　　　　耿直

《秦二爷和他儿媳妇》　　　　　　　　　　　　　刘君

黑龙江

《征文作品》（黑龙江）：由黑龙江省纪念毛主席《在延安座谈会上的讲话》发表三十周年办公室征文组编辑。大部分作品是在各地党委直接领导下，通过办学习班的办法，经过讨论修改后推荐来的。共出两期。1973 年《黑龙江文艺》出版，替代了《征文作品》，成为黑龙江的重要文艺期刊，《征文作品》不再出版。

1972 年 5 月第 1 期

《向阳队长》　　　　　李翔云　《取经记》　　　　薛江

《闯险》　　　　　　　唐克

1972 年 10 月第 2 期

《理想》　　　　　　　椆山　　《三进红石》　　　刘月俊

《大锤师傅》　　　　　屈兴歧　《泵房革命》　　　孔凡晶

《踏遍青山》　　　　　刘康庆

《征文作品》（大兴安岭地区）：1972 年 5 月开始出版，由大兴安岭地区纪念毛主席《在延安文艺座谈会上的讲话》发表三十周年活动办公室编辑，以发表大兴安岭地区及黑龙江省征文作品为主，终刊信

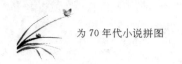

息不详，仅存 1972 年刊本。

1972 年 5 月号第 1 期

《踏遍青山》	刘康庆	《拜师》	张殿儒
《三过穿云岭》	周绍廷	《继红》	刘康庆
《弯把锯》	杜雪	《理想》	王永泰
《立木顶千斤》	哨舟	《征途歌声》	杨学惠　孙文廷
《我们要做天下的主人》		裴继尧	

1972 年第 2 期　缺

1972 年第 3 期

《鹿场风云》	杨润陆	《巴图与努拉》	章琦
《出发之前》	晓帆	《鱼水情》	贾秉忠
《针》	于兰英		

《加格达奇文艺》：1972 年为纪念毛主席《在延安座谈会上的讲话》发表三十周年而创刊，不定期出版，由加格达奇文化馆编辑，终刊信息不详，仅存部分刊本。

1972 年第 1 期　无小说

1972 年第 2 期

《初试》	于万春	《我的老组长》	连第　向民
《换乘》	彤文		

1972 年第 3 期

《方师傅》	王庆生	《接班》	郭向新

1972 年第 4 期

《锁云龙》	常春安	《森林里的战斗》	于万春

《群众文艺》：群众性文艺期刊，1971 年开始出版，创刊、终刊时间不详，由齐齐哈尔文化馆主办，主要刊发本地各单位选送的文艺作品，刊发的多为反映作者本单位生产、斗争和先进人物的作品。1971 年出刊 5 期，仅存 2 期，1972 年仅存 1 期。

1972 年第 2 期 总第 6 期

《雪岳青松》	齐放	《一把车刀》	黄淑云
《警惕》	孙宝成	《两次见面》	张春生
《争夺》	张林	《新苗茁壮》	张文之

辽宁

《文艺作品选》（本溪）：由本溪市文化局编辑，刊发社论、短评、小说、散文、诗歌等，不定期出版，仅存 1972 年和 1973 年的部分刊本。

1972 年第 1 期

《连心包》	刘耀华	《向导》	彭丕杰

1972 年第 2 期

《迎春战鼓》	闻雁	《江霞》	宁可
《接旗之前》	闻兵	《一个铜套》	常太顺
《前辈》	司马秋如		

1972 年第 3 期

《传统袋》	伟威

1973 年第 1 期 缺

1973 年第 2 期 缺

1973 年第 3 期 缺

1973 年第 4 期

《重逢》	戴云亭

1973 年第 5 期　缺

1973 年第 6 期　歌曲专辑

《辽宁文艺》：省级综合性文艺期刊，1972 年 6 月开始试刊，1973 年 1 月起正式出刊，定为月刊。

1972 年 6 月号　试刊 1

《奔腾的铁流》	李继伦	《方向盘》	林牧
《引路》	董来全	《牧民的女儿》	戴云卿

1972 年　试刊 2

《风雨大青山》	迟松年	《炮声》	阎作义　李万启
《闪光的青春》	彩练	《秦师傅》	赵颖

1972 年　试刊 3

《沸腾的群山》（第二部）（长篇小说选载）			李云德
《在航线上》	华林	《白依拉塔》	黄连诚
《严师傅》	马福林	《第一课》	滕毓旭

1973 年第 1 期

《锤声不断》	武宝生	《交鞭记》	金河
《操心班长》	李万启		

1973 年第 2 期

《志愿》	晓凡	《第五个虎头响铃》	张德振

1973 年第 3 期

《祖业》	陈淼	《倔强的姑娘》	吴文泮　彩练
《预热》	李振文	《结合》	刘若思　潘广福
《两个女猪倌》	董迎芳		

1973 年第 4 期

| 《母女俩》 | 张景魁 | 《山菊》 | 金河 |
| 《春天》 | 陈荣山 | 《路》 | 鞠峰 |

1973 年第 5 期

《八盘岭上》	张书绅	《春在窗前》	易长利
《同是操心人》	熙高	《小英子》	李克夫
《榜样》	门枢	《爱憎分明》	李启同
《飞机的翅膀长在哪里》			杨大群

1973 年第 6 期

| 《赛马》（中篇小说选载） | | | 王兰 |
| 《水桶的故事》 | 严振国 | 《迎着暴雨》 | 韶华 |

1973 年第 7 期

《钟声悠扬》	沙仁昌	《差别》	周颖
《目标在前》	郭振海	《实习演员》	王玉良
《淑芝嫂》	吕爱贤		

1973 年第 8 期

《准星》	王龙飞	《边防线》	植高祝　海波
《车轮滚滚》	周忠华	《龙驹传》	金河
《蓝图》	于泽生		

1973 年第 9 期

| 《铲地的故事》 | 牛吉堂 | | |

1973 年第 10 期

《路》	孙淑敏	《比翼齐飞》	陈荣山
《第一次接班》	光先	《老鹰》	崔云鹏
《巧遇》	邹本全	《解疙瘩》	瑛波

1973 年第 11 期

《"考勤册"的故事》　张哲良　《洪雁师傅》　　　　张永东

1973 年第 12 期

《迎着朝阳》　　　　徐明和　《深巷锤声》　　　　张景阳

1974 年第 1 期

《根基》　　　　　　熙高　　《上任之前》　　　　杨闯

《半个密位》　　　　马福林　《风雨之夜》　　　　赵明坡

《新苗》　　　　　　贺小兵　《严连长》　　　　　李义

1974 年第 2 期

《雪松》　　　　　　钱世明　《高高的炼油塔》　　鞠峰

1974 年第 3 期

《边疆风雨夜》　　　张振华　《现场会之前》　　　郭连元　　纪飞

《场外指导》　　　　松岩　　《同心轴》　　　　　王永顺　　卢明龙

《演出前后》　　　　晓生

1974 年第 4 期

《虎子》　　　　　　崔亚斌　《凤凰岭上》　　　　张远征

《早晨八、九点钟》　王不天

1974 年第 5 期

《青山晨阳》　　　　胡景芳

1974 年第 6 期

《进攻》　　　　　　吕克艰　《在炼油厂里》　　　鞠峰

《考核》　　　　　　张瞬　　《根深叶茂》　　　　闻雨

《巴尔格登》　　　　王春平　《第一次出诊》　　　光先

1974 年第 7、8 期合刊

《我的入党介绍人》　褚凤阁　《山乡花正红》　　　金河

《代理班长》　　　张景魁　《明亮的眼睛》　　竹青

1974 年第 9 期

《理论家》　　　　武春河　《骏马飞驰》　　　丛培德

《捉山猫》　　　　赵伟士　《银幕内外》　　　黎时

《山花》　　　　　王瑞起　刘凤祥

1974 年第 10 期

《春汛》　　　　　陈淼　　《杨柳青青》　　　武春河

《风口浪头》　　　李新家　《渡口》　　　　　张新国

《我们的理论辅导员》　　　　　　　　　王不天

1974 年第 11 期

《唯一的宗旨》　　马运　　《旁听生》　　　　徐贵祥

《采访》　　　　　闻雁　　《红梅迎春》　　　上官敬东

《嫂子》　　　　　王永顺　王连高

《店外经理》　　　孙风治

1974 年第 12 期

《针锋相对——中篇小说〈草原明珠〉选载》　　王栋

1975 年第 1 期

《红光闪耀》　　　柏果良　《飒爽英姿》　　　王红岚

《葡萄架下》　　　于海涛　马石利

1975 年第 2 期

《农民大学生》　　胡景芳　《新官上任》　　　金河

《攀高峰》　　　　周梅学

1975 年第 3 期

《处级工人》　　　张林吉　《钢厂的春天》　　李文纯　回连涛

《第十二个春节》　韶华　　《金凤凰》　　　　高作智

1975 年第 4 期

《震不断的运输线》　崔亚斌　《繁星亮晶晶》　　张瞵　孙春平

《春满街道》　　　　孙淑敏

1975 年第 5 期

《先行官》　　　　　林牧　　《阳光灿烂》　　　王正寅

《彩虹》　　　　　　武春河　《窦迎春》　　　　王永顺　王发斌

《新上任的保管组长》　　　　　　　　　　　　侯成路

1975 年第 6 期

《代理队长》　　　　徐明和　《新的种子》　　　宋明琦

《山里红》　　　　　宋一平　《芦荡红花》　　　张仑基

《"小战友"篮球队》　　　　　　　　　　　　　张涛

1975 年第 7 期

《小侦察兵》　　　　陈保民　《高潮》　　　　　崔武年　齐石

《新放炮员》　　　　张雄宵　《春芽》　　　　　许建新

1975 年第 8 期

《柳青枝》　　　　　哈斯巴干《高高的卧虎岭》　武宝生

《不锈钢》　　　　　贾昭衡　《金鹰展翅》　　　刘景奇　王显廷

《"社会公仆"的家事》　　　　　　　　　　　　金河　村人

1975 年第 9 期

《同志之间》　　　　张崇谦　刘元举《分家》　　刘敬美

《早春初犁》　　　　孙巍　　《机播第一天》　　王万涛

《亮子和晶晶》　　　松岩

1975 年第 10 期

《永葆本色》　　　　李义　　《小帆迎风》　　　马运

《金不换》　　　　　武春河

1975 年第 11 期

| 《上阵》 | 王不天 | 《踏遍青山》 | 金旭 |
| 《金色的道路》 | 王瑞起 | | |

1975 年第 12 期

《车过漫水桥》	陈荣山	《贡献》	佟革
《距离》	熙高	《入党第一天》	李玉昌
《奔向海湾》	姜述宝	《渠水奔流》	孙凤治

1976 年第 1 期

| 《雷花》 | 土国强 | "铁三八"新传 | 徐宝静 |
| 《谨防"万一"》 | 张宝珩 | | |

1976 年第 2 期

| 《牵牛记》 | 武春河 | 《新局长》 | 徐贵祥 |

1976 年第 3 期

《雄鹰展翅》	蔡宝玉	《补课》	阎晓风
《质量》	高作智	《饭店内外》	郭象欣
《十字船》	李述宽 岳长贵		

1976 年第 4 期

《驱云破雾》（长篇小说《金色的蚕乡》选载）			吴文泮
《改稿》	杨金书	《春播之前》	韩德盛
《阵地》	吴正格		
《海旺备课》（儿童文学）			姚一风

1976 年第 5 期

| 《反修门》 | 易长利 | 《争气篇》（征文） | 李文龙 |
| 《铁锤砸扁》（征文） | | | 高作智 |

1976 年第 6 期

《试压》　　　　　李焕振　《十七对十七》　　若思　闻雁

《林中哨所》　　　阎振国

1976 年第 7 期　无小说

1976 年第 8 期

《前沿阵地》（征文）　　张景奇　张益民

《风暴》（征文）　　　　邹本全　陈计中

《65 号渔船》（征文）　　刘峰一　姜立林

1976 年第 9 期

《进军》（征文）　　姜立林　《小测报哨》（征文）张忠源

《助理》　　　　　李万启

1976 年第 10、11 期合刊

《团代会代表》　　陈计中　《新来的外协员》　陈冠华

《边疆少年》　　　戴云卿

1976 年第 12 期

《人心》　　　　　李惠文　《骨肉之情》　　　李文纯

《雷雨前后》　　　张林吉　《老钟的故事》　　姚一凤

1977 年第 1 期

《"先锋号"》　　于海臣　《新来的书记》　　姜立林　刘峰一

1977 年第 2 期

《群众代表》　　　王景盛　《评模》　　　　　陈冠华　刘景奇

1977 年第 3 期

《战友重逢》　　　小兵　　《携手并肩》　　　北星学志

《炉火熊熊》　　　孙承江　《石头的故事》　　陈计忠

1977 年第 4 期

《欧阳会计》　　　沈宜韵　《未播出的广播稿》　董志仁

《典型问题》　　　崔亚斌

1977 年第 5 期

《对手》　　　　　马有良　《师傅的师傅》　　徐贵祥

《没有讲完的课》　刘同兴

1977 年第 6 期

《小莲子"失踪记"》（儿童文学）　　　　樊庆荣

1977 年第 7 期

《山里的春光》　　王正寅　《兑现》　　　　　孙淑敏

《回娘家》　　　　张涛　　《展翅高飞》　　　宏智　烈言

1977 年第 8 期

《第一声号令》　　陈淀国　《对手赛》　　　　李义

《找亲人》　　　　李晓杰　《送油老人》　　　王世阁

《光采》　　　　　孙淑敏

《前仆后继》　　　李万启　阎作义

1977 年第 9 期

《嫁接》　　　　　吕志贵　《印记》　　　　　孙淑敏

《考勤员》　　　　何春华　《培养》　　　　　高作智

1977 年第 10 期

《双喜临门》　　　陈计中　《司机长》　　　　张瞬

1977 年第 11 期　无小说

1977 年第 12 期

《热浪》　　　　　初学文　《评比》　　　　　刘振铎

《左撇子投弹手》　　　　杜金学

《车上杏花岭》（儿童文学）　　　　　　　　　郑小凯

湖南

《长沙文艺》：《工农兵文艺》（长沙）由长沙市革命委员会政治部文化组编辑，原为《工农兵演唱》，1971 年第 1 期起改为《工农兵文艺》，刊发文学作品，也刊发大量的曲艺、演唱等群众性文艺材料。1972 年 3 月，《工农兵文艺》与《长沙画册》合刊，定名为《长沙文艺》，由长沙市工农兵文艺工作室编辑。《长沙文艺》是一个刊发文学、演唱、美术等的综合性文艺刊物，起初在内部发行，不定期出版，1973 年定为双月刊，正式发行。

1972 年 3 月号第 1 期

《代理班长》　　　卢雄杰　《桥》　　　　　　罗艺兵

《蜈蚣岭》　　　　李国宏

1972 年第 2 期

《师傅》　　　　　肖建国　《"神刀车床"》　　卢雄杰

《加码》　　　　　戴庭阶　易炳南　晞云

1972 年第 3 期　无小说

1972 年第 4 期

《挑战》　　　　　贺梦凡　张新寿彩霞》　　向延虎

《洪水到来之前》　沈其新

1973 年第 1 期

《"吃牛"》　　　　孙健忠　《夜诊》　　　　　叶敏虎

1973 年第 2 期

《洪流滚滚》　　　胡英　　《金龙喷珠》　　　彭伦乎

《牛尾锁》　　　　　陶冶

1973 年第 3 期

《小伙伴》(儿童文学) 胡之　　《父亲的心事》　　卢雄杰

1973 年第 4 期

《铁扁担队长》　　熊春祐　《老班长》　　　　李国宏

《榴花红似火》　　赵文雄

1973 年第 5 期

《春临村纪事》　　古华　　《一张退信条》　　李柏楹

《一场没有打完的篮球赛》　　　　　　　肖建国

1973 年第 6 期

《夜访金枫岭》　　胡英　　《向东方》　　　　韦凌

1974 年停刊

1975 年 12 月改版试刊，由长沙市文化馆编辑

《水上跳伞场》　　黄知义　《送菜记》　　　　赵德光

《棋手之间》　　　肖建国　《山高水险》　　　胡英

1976 年第 1 期

《工宣队长》　　　扈世伟　罗成伟　李渔村

《周汉双和他的新女婿》　　　　　　　孟贺凡　晓骝

《犟妹子装犁》　　王启革　《进厂以后》　　　张明亮

《春色常在》　　　柳炳仁

1976 年第 2 期

《飞雪迎春》　　　胡英　　《五十九号汽车》　杨生源

《重返雷震山》　　肖建国　《工人大学生》　　赵德光　罗丹

1976 年第 3 期

《政委上任》　　　罗艺仁　《彩霞》　　　　　叶敏虎

《两个小伙子》　　　亦明　　《小英》　　　　　范良钧

1977 年第 1 期　无小说

1977 年第 2 期　缺

1977 年第 3 期

《带血的袖章》　　　李年古　《碧空雏鹰》　　　郑彦英

1977 年第 4 期　总第 18 期

《双喜临门》　　　　彦英　　《老大姐》　　　　谭秉生

《争夺》　　　　　　肖建国　《请客》　　　　　赵德光

《永不歇脚的人》　　张明亮

《湘江文艺》：为纪念毛主席的《在延安座谈会上的讲话》发表三十周年，于 1972 年 5 月 20 日出版创刊号，双月刊，是湖南省乃至全国重要的综合性文艺期刊。

1972 年第 1 期　创刊号

《铁臂传》　　　　　萧育轩　《"绿旋风"新传》　古华

《拖拉机往哪里开》　曹家健

1972 年第 2 期

《飞跃》　　　　　　谢璞　　《老治保委员》　　王兆元

《我的严师傅》　　　志晖　　《"细主任"》　　　邵铁子

1972 年第 3 期

《威信》　　　　　　彭伦乎　《老爬坡》　　　　罗子军

1973 年第 1 期

《"一锤师傅"》　　　陈泽　　《征途》　　　　　罗石贤　贾宜轩

《新的部署》　　　　胡厚春

1973 年第 2 期

| 《新花蕾》 | 罗石贤 | 《并肩前进》 | 郭垂辉 |
| 《追花夺蜜》 | 张步真 | 《辛蓉娥》 | 欧阳戈平 |

1973 年第 3 期

| 《金银花开》 | 熊春祐 | 《擂响鼓的角色》 | 曹光辉 |
| 《半篓薯秧》 | 胡柯 | | |

儿童文学：

| 《灯伢儿》 | 杨刚 | 《小燕子》 | 罗先明 |
| 《"远洋轮"》 | 谭险峰 | | |

1973 年第 4 期

《桃花水》	谢璞	《"老贡献"》	甘征文
《洪流滚滚》	胡英	《螺丝湖畔》	高雪华
《铁弹飞舞》	宾泽文		

1973 年第 5 期

| 《风呼火啸》 | 孙健忠 | 《本色》 | 曹家健 |
| 《山里红》 | 张二牧 | | |

1973 年第 6 期

《理想》	杨振文	《荷花湖边》	刘健安
《春雷滚滚》	向秀清	《茶花盛开》	李孚汉
《最新纪录》	刘韵平		

1973 年特刊

| 《扬鞭跃马》 | 萧育轩 | 《跑接力赛的人们》 | 叶之蓁 |

1974 年第 1 期

| 《青春似火》 | 未央 | 《基础》 | 纪卫华 |
| 《香水欢歌》 | 唐春健 | | |

1974 年第 2 期

《红炉上山》　　　　韩少功　《交锋》　　　　　张新奇　贺梦凡

《出国之前》　　　　王友生　《红领风云》　　　刘凡　　童丛

1974 年第 3 期

《贡献》　　　　　　陈蔚　　《向阳一号》　　　朱赫

《烟厂风云录》（征文）　　　　　　　　　　　萧建国

《车轮滚滚》（征文）　　　　　　　　　　　　王光明

《冲不垮的屏障》　　　　　　　　　　　　　　陈首涛

《新猎手》（儿童文学）　　　　　　　　　　　李华

1974 年第 4 期

《小鹰》　　　　　　向延虎　《鹰峰山上》　　　叶之蓁　滕久发

《方华》　　　　　　胡英　　《战友》　　　　　卓列兵

《新的航程》　　　　罗石贤

1974 年第 5 期

《炮司令》　　　　　卞玉　　《石头连长》　　　向延虎

《新的血液》（征文）萧骝　梦凡　新奇

《猎人之歌》　　　　石宗仁　《海兰花开》　　　吴文华

1974 年　批林批孔增刊

1975 年第 1 期

《隔河两寨》　　　　胡柯　　《高高的井架》　　谭谈　安鹏翔

《突破禁区》　　　　梅中泉　《金湖渔哨》　　　彭伦乎

《战士》　　　　　　丁解

《铁铃和铜铃》（儿童文学）　苏亚平

1975 年第 2 期

《伏虎岗》　　　　　杨克祥　《翡翠的秧苗》　　王以军

《电犁催春》　　　　陈泽　　《迈大步》　　　　刘付正

《山乡新歌》　　　　陈第雄　《投弹》　　　　　邱永权

《小荆湖畔》（儿童文学）　　　　　　　　　易大贵

《海生》（儿童文学）　　　　　　　　　　　陈林生

1975 年第 3 期

《没挂牌的竹木检查站》　　　　　　　　　　刘宪靖

《老战士》　　　　　刘定中

《力量》　　　　　　衡东县洪桥大队业余文艺创作组

《麦子嫂》　　　　　衡东县洪桥大队业余文艺创作组

《斗"牛"的角色》　叶之蓁　《油丫头》　　　余迪平

《烧窑记》　　　　　刘东亚　《先锋》　　　　　王坚革

《山谷里的战斗》　　肖为　　《山花》杨纪美

《红宝子的号筒杆》（儿童文学）　　　　　　眭道金

1975 年第 4 期

《银花满枝》　　　　方存弟　《赶羊》　　　　　罗先明

《红枫寨的春天》　　潘吉光　《榨房里的斗争》　刘绍伟

《春英》　　　　　　刘建兵　《抗洪》　　　　　郑彦英

《互相支援》　　　　苏国钧　《新干部》　　　　黄三畅

《女民兵玉像》　　　何琼崖　《上马记》　　　　赵德光

1975 年第 5 期

《"铁锤"队长》　　李长廷　《进冲前记》　　　彭伦乎

《岩寨逢春》　　　　胡治敏　《老排长》　　　　丁解

《老马达》（小小说）　周志安　《责任》（小小说）　舒新宇

《斧声铿锵》（小小说）　　　　　　　　　　　赵文健

《突击队长》（小小说）　　　　　　　　　　　黄柏连

1975 年第 6 期

《白云红花》　　　梅中泉　《狗鱼的故事》　　叶蔚林

《激流勇进》　　　童隆杰　《一颗金刚砂》　　欧阳卓智

1976 年第 1 期

《"抬田"》　　　　周宜地　《土厂长》　　　　黄子光

《新来的县委书记》叶培昌　《掌稳舵》　　　　郭明

《娜珠》　　　　　孙健忠　《红石洲》　　　　陈林生　赵文健

《收购站的早晨》　刘世平　《催春手》　　　　欧阳卓智

《"补充说明"》　　刘佑平

1976 年第 2 期

《湘江北去》　　　朱树诚　《答卷》　　　　　李孚汉

《马达轰鸣》　　　陈泽　　《登攀》　　　　　杨克祥

《女机手》　　　　苏亚平

1976 年第 3 期

《永不撤岗》　　　刘正洪　《顶风攀登》　　　纪卫华

《蜂飞田野》　　　凌辉　　《回乡路上》　　　吴沁

《放漆的故事》　　黄三畅

《一支气枪》（儿童文学）　　　　　　　　　眭道金

1976 年第 4 期

《锋芒所向》　　　孟星　　《对台戏》　　　　韩少功

《楚城雷电》　　　胡英　　《胸怀》　　　　　刘开生

《司令员的习惯》　丁湘萍

《鼓声阵阵》（小小说）　　　　　　　　　　吴建华

《金丝枣儿甜》（儿童文学）　　　　　　　　赵文雄

1976 年第 5 期

《开刀》　　　　　小暑　　《兰兰出差》　　　　叶之蓁

《禾花开了》（儿童文学）　　　　　　　　　　欧阳卓智

1976 年第 6 期　无小说

1977 年第 1 期

《锁龙井》　　　　贺良凡

《"拖拉机爷爷"》（儿童文学）　　　　　　　叶之蓁

1977 年第 2 期

《红火篇》　　　　萧建国

《卡朋捉"龙"》（儿童文学）　　　　　　　杨容芳

1977 年第 3 期

《"恼火堤"畅通了》　　　　　　　　　　曹家健

《特别通知》　　　胡乃武

《两张不寻常的照片》（儿童文学）　　　　黄新心

1977 年第 4 期

《常青树》　　　　朱树诚　《绿水丹心》　　　苏家澍

《铁鹰》　　　　　彦英

1977 年第 5 期

《二十八丈》　　　刘建安

1977 年第 6 期

《珍珠泉》　　　　鲁之洛　《鱼塘浪花》　　　段杉喜

1977 年第 7 期

《红旗更艳》　　　贺良凡　《无底潭》　　　　罗先明

《工农兵文艺》（湖南）：湖南省重要的综合性文艺期刊，1971 年开始试刊，1972 年 1 月起正式发刊，定为月刊，由湖南省工农兵文艺编辑组编辑。1973 年起刊物定位为群众性文艺月刊，刊发歌剧、花鼓戏、表演唱、诗歌等，小说刊发量不多。

1972 年第 1 期

| 《志气》 | 吴荣福 | 《练》（小小说） | 覃国贤 |

《"老标准"》（小小说） 聂鑫森

1972 年第 2 期

《崖上灯》 郭英忠

1972 年第 3 期

《丰收路上》 古华 《山区医生》 张步真

1972 年第 4 期

《胸怀》 谭谈 《迎着朝阳》 黄国政

1972 年第 5 期

《森林曲》 孙健忠 《"将军锁"》 贺一鸣

1972 年第 6 期

《小兄弟》 杨振文 《无形的铁桥》 柯钜泰

《换鞋》（小小说） 李郁秋

1972 年第 7 期

《我的师傅》 严小兵 《红色线路》 罗石贤

1972 年第 8 期

《向导》 杨荷安

《"神刀车床"》（小小说） 卢雄杰

1972 年第 9 期

《把住"总开关"》 王京山

1972 年第 10 期　　无小说

1972 年第 11 期

《细收组长》　　　　欧阳戈平

1972 年第 12 期

《买化肥》　　　　　欧阳戈平

1973 年第 1 期　　无小说

1973 年第 2 期

《山里妹娃》　　　　古华

1973 年第 3 期　　总第 24 期

《"吃牛"》　　　　　孙健忠

1973 年第 4 期

《雪夜》（小小说）　李启德

1973 年第 5 期

《喜雨》　　　　　　杨振文

1973 年第 6 期

《小牵牛》　　　　　罗先明　《取经》　　　　　朱恩乔

《两片钟钥匙》　　　董佩雯

1973 年第 7 期

《巡逻》　　　　　　邬朝祝

1973 年第 8 期

《一只化油器》　　　李建成

1973 年第 9 期　　无小说

1973 年第 10 期

《车过雪峰山》　　　向延虎

1973 年第 11 期　无小说

1973 年第 12 期　无小说

1974 年第 1 期　无小说

1974 年第 2 期　无小说

1974 年第 3 期　无小说

1974 年第 4 期　无小说

1974 年第 5 期

《闯路人》　　　　　李传统

1974 年第 6 期

《搏斗》（儿童文学）　金振林

1974 年第 7 期

《较量》　　　　　　朱远志

1974 年第 8 期　总第 41 期

《烈火燃烧》　　　　曾世成

1974 年第 9 期

《"铁牛"奔驰》　　罗林远

根据湖南省指示，本刊于 1974 年 10 月停刊。

1975 年 4 月复刊，1975 年、1976 年不刊发小说，无终刊信息，目前仅找到 63 期，无 1976 年后的刊本。

《工农兵文艺》（衡阳）、《衡阳文艺》：

1972 年第 1 期为创刊号，由衡阳地区工农兵文艺工作室编辑，为群众性文艺期刊；1975 年改刊为《衡阳文艺》。《衡阳文艺》由湖南衡阳地区文艺工作室编辑，不定期出版，小说较少。

《工农兵文艺》：

1972 年第 1 期　无小说

1972 年第 2 期

《水车的故事》　　　刘国能

1972 年第 3 期　无小说

1972 年第 4 期　创作歌曲专辑

1973 年第 1 期

《丹丹》　　　　　　卢彦文

1973 年第 2 期

《布谷大爷》　　　胡民生　《考核》　　　　贺定宝

《指示灯》　　　　赵临生

1973 年第 3 期　缺

1973 年第 4 期　缺

1974 年第 1 期　批林批孔专辑

1974 年第 2 期

《车轮滚滚》　　　王光明　《贡献》　　　　陈蔚

《铁柱》（儿童文学）梁贤之

《衡阳文艺》：

1975 年第 1 期

《突破禁区》　　　梅中泉　《支农线上》　　雷新国

1975 年第 2 期

《决裂》　　　　　　　　　　　　　　　　陈蔚

《葫芦丘的秘密》（儿童文学）　　　　　　李昂

1975 年第 3 期　曲艺专辑

1975 年第 4 期

《开足马力》　　　　周孔波

1975 年第 5 期　缺

1975 年第 6 期　缺

1976 年第 1 期

《炉火正红》　　　　袁平

1976 年第 2 期

《难忘的岁月》　　　王光明

1976 年第 3 期　无小说

1977 年第 1 期

《岳北红旗飘》　　　　　　　　　　　　衡阳地区文化局
《革命历史故事集》　　　　　　　　　　创作组

1977 年第 2 期

《严老师傅》　　　　刘汉勋

《火苗》（儿童文学）　　　　　　　　　樊正坤

《株洲文艺》：综合性群众文艺刊物，为纪念《在延安座谈会上的
讲话》发表三十周年于 1972 年 5 月创刊，由株洲市群众文化组编辑，
不定期出版，目前仅能找到 1972 年两册、1973 年两册、1978 年及以
后刊本。所刊发小说多为本市及本省群众创作。

1972 年第 1 期

《特别设计》　　　曹光辉　《演出以前》　　　胡厚春

《防腐工》　　　　李良玉　《车轮滚滚》　　　邓蜀艺

1972 年第 2 期

《我的师傅》　　　张子道　《责任》　　　　　高宁

1973 年第 1 期

《找老李》　　　　曹泽尧　《不息的号角》　　节延华

1973 年第 2 期

《跑接力赛的人们》叶之蓁　《周华》　　　　　范绳祖

《焊花灿烂》　　　胡厚春　《小故事员》　　　陈峰秀

《新来的队员》　　滕久发

江苏

《革命文艺》（苏州）：群众性文艺期刊，由苏州市革命文化馆编辑，1971 年开始出版，1971 年刊本不全，仅存 3 期，1972 年存 3 期，1973 年改为《群众文艺》。《群众文艺》以发展本市群众性文艺创作、培养业余创作队伍为宗旨，不定期出版，目前仅找到 1973 年刊本。

1972 年 5 月号第 1 期　总第 5 期　征文专刊

《抚育》　　　　　喻平官　《并肩前进》　　　薛菊林

《红笔向阳》　　　谭亚新　《线》　　　　　　尹兵

《省报来的任务》　徐颖

1972 年 8 月号第 2 期　总第 6 期

《春燕》　　　　　雪弋

《老章和他的"夜校老师"》　　　　　　　　　徐航

1972 年第 3 期　总第 7 期

《满堂飘香》　　　谭亚新　《骨干》　　　　　云雷

《补课》　　　　　顾聆森　孙钢

《群众文艺》

1973 年第 1 期　总第 8 期　无小说

1973 年第 2 期　总第 9 期　无小说

1973 年第 3 期　总第 10 期

《姐妹》　　　　　徐航　　《技术顾问》　　　向佐得　张听荣

《小哥俩看瓜》　　冯立　　《支援》　　　　　张方

《青春的火焰》　　沈小华

广西

《广西文艺》：1971 年曾以《革命文艺》为名试刊两期，1972 年正式定名为《广西文艺》，双月刊，为省级综合性文艺期刊，是较早在 70 年代创刊/复刊的期刊之一。

1972 年第 1 期

《龙大姐》《在延安座谈会上的讲话》　　　　　于峪

《老班长》　　　　流遥　　《红松村的故事》　黄辅民

1972 年第 2 期

《勇往直前》　　　洪祎冰　《新来的班长》　　李仕强

《雨过天青》　　　黄刚

《武英换枪》　　　广字一〇四部队创作组

1972 年第 3 期

《深巷木棉红》　　韦伟组　《铸铁人》　　　　梁庆梓

《老铁和二铁》　　思冀

1972 年第 4 期

《口盅的故事》　　田山雨　《改选之前》　　　黄辅民

《上课》	彭绍昌	《胸怀》	骆崇龙 车任荣
《小山鹰》	李煊荣		

1972 年第 5 期

《红妹》	金稼民	《小小》	宁元士
《拜师》	熊林林	《新路》	恒颂
《线路图》	黄远金		

1972 年第 6 期

《木棉花正红》	陶筠	《标灯闪闪》	文五悌
《并肩前进》	黄飞卿	《山村碾米站》	周天仕
《老撑渡》	王汉平	《白求恩航线》	谭训章 黄强
《蓓蕾初放》	施敬达	《严师》	王振林

1973 年第 1 期

《南海捕鲨人》	于峪	《四季常青》	杨春涛
《路上》	罗虎	《记分员杏英》	黄飞卿
《管电姑娘》	吕梁	《火花》	陈玉永
《种子金灿灿》（儿童文学）	潘昌仁		

1973 年第 2 期

《三画老贫农》	莫之梾	《依来》	思冀
《开镰时节》	黄远金	《新苗》	严佳宜

1973 年第 3 期

《新邮路》	刘大芷	《风雪山鹰》	红虹
《电键哒哒》	红铁鹰		
《活捉老秃鹰》（儿童文学）	黄钲		
《课堂内外》（儿童文学）	里君		

1973 年第 4 期

| 《志在高峰》 | 许宗强 | 《重返三江口》 | 杨荣杰 |
| 《平凡的岗位》 | 李梦琴 | 《铁汉传宝》 | 熊林林 |

1973 年第 5 期

《登高望远》	李彬	《铺路石》	杨春涛
《烤烟的人》	钟扬莆	《把关姑娘》	柯天国
《最后一班岗》	万邦富	《盐》	石海

1973 年第 6 期

《秀梅》	韦一凡	《付款之后》	黎守真
《春花烂漫》	黄飞卿	《播种时节》	商丹晓
《我和班长》	江波

1973 年第 7 期

| 《老闸管》 | 李彬 | 《一块钢》 | 江水 |
| 《扁担的故事》 | 宁江 | 《捕虾记》 | 陈丹心 |

1973 年第 8 期

| 《田头风雨》 | 唐择扶 | 《千斤顶》 | 尹相如 |
| 《老哨兵》 | 龙鸣 | 《山顶茶》 | 严小丁 |

1973 年 12 月号第 9 期

《不平静的碧兰河》	韦依	《小小班》	何平
《灵泉河边》	刘洁	《过门头一天》	李佩涛　陆严洁
《锤声丁当》	周汉强

1974 年第 1 期

| 《后起之秀》 | 江波 | 《小容姐弟》 | 韦凤英 |
| 《上大学》 | 萌柳 | 《苞谷胡须红》 | 蒋咸美 |

1974 年第 2、3 期

《雄鸡高唱》　　　邓小飞　《一堂公开课》　　黄飞卿

《代理工长》　　　高树彦

1974 年第 4 期

《百柳河畔机声扬》　吴江　《南海两少年》　　莫愈彩

1974 年第 5 期

《锣鼓声声》　　　凌晨　《鱼跃桃花汛》　　邓锦凤

1974 年第 6 期

《桂乡新人》　　　莫之检　《小山娃》　　　陆严洁

《雨后春笋》　　　陈玉宝

1974 年第 7 期

《腾江风浪》　　　屈方雄　《新书记》　　　封光钊

《红缨枪》　　　周宏

1974 年第 8 期

《老参谋和新团长》　钟开梅　《贮木场上》　　程东风

1974 年第 9 期

《大学归来》　　　恒颂　《我的姐姐》　　周汉强

1974 年第 10 期

《甘霖》　　　石小钢　《放电影的时候》　潘茨宣

1974 年第 11、12 期合刊

《焊花闪烁》　　　柯天国　《清清流水长又长》　于峪

《金鸡岭》　　　李梦琴　《高音喇叭》　　石灵龙

《小小测虫站》（儿童文学）　　　杨涉钦　黄飞卿

1975 年第 1 期

《冬梅》　　　　　莫润春　《灿烂的前景》　　陈雨

1975 年第 2 期

《战旗招展》　　　莫之棪　《竹林深处》　　　黄健仁

1975 年第 3 期

《炮声隆隆》　　　黄宗信　《草儿青青》　　　陈上能

1975 年第 4 期

《战友》　　　　　龚知敏　《初到》　　　　　彭宏才　唐爱祥

《送鱼》　　　　　征涛

1975 年第 5 期

《万马奔腾》　　　高树彦　《小小画家》　　　林唯唯

《交锋》　　　　　梁雪兰

《这里不收"优待券"》　　　　　　　　　　康健

1975 年第 6 期

《扑不灭的火焰》　侯苏豫　《风雨百草园》　　谢世烈

《万年青》　　　　李德成

1976 年第 1 期

《鹧鸪岭上》（长篇小说《雨后青山》第二章）　百色地区三结合创
作组集体创作

《最后一班车》　　严冬阳　《阵地》　　　　　蒋咸美

《拦马》　　　　　梁维杰

1976 年第 2 期

《玉英》　　　　　韦一凡　《赤脚书记》　　　龚知敏

《贫管代表》　　　肖祥彰　《岩上小青松》　　莫润春

《○的故事》（儿童文学）　　　　　　　　　　吕梁

1976 年第 3 期

《不息的锤声》　　柯天国　《反击》　　　黄德昌

《耕大叔讲课》　　钟扬莆

《穿上军装的红卫兵》　　　　　　　　　　江波

1976 年第 4 期

《锣未残》　　　　黄元妤　《划等号的人》　吕梁

《拆墙记》　　　　李东伟　《红霞似火》　　乐定俊

1976 年第 5 期　　无小说

1976 年第 6 期

《小小侦察兵》　　韦凤英

1977 年第 1 期

《火上添柴》　　　蒋咸美

1977 年第 2 期

《两个专业队长的故事》　　　　　　　　　钟扬莆

《采蜜人小传》　　于峪

《地下尖兵》　　　黄建夫　岑献青

1977 年第 3 期

《莲塘夜雨》　　　黄飞卿　《厂房里的春天》　高树彦

《伙伴》　　　　　陈多

《雷锋叔叔回来了》（儿童文学）　　　　　李德成

《金色的飘带》（儿童文学）　　　　　　　陆严洁

1977 年第 4 期

《春满果园》　　　钟扬莆　《这不是梦》　　黄德昌

1977 年第 5 期

| 《海石花》 | 龙鸣 | 《伏"鸡"小传》 | 李赤枫 |

1977 年第 6 期

| 《走天涯的人》 | 汪渝 | 《山青绿水》 | 马符生 |
| 《裁缝社里的新人》 | 韦汉三 | | |

《梧州文艺》：综合性文艺期刊，为纪念《在延安座谈会上的讲话》发表三十周年于 1972 年 5 月创刊，由广西壮族自治区梧州市革命委员会文化局编辑，起初不定期出版，1973 年定为季刊。

1972 年第 1 期

| 《警笛长鸣》 | 陈鲁西 |

1972 年第 2 期

| 《新苗》 | 严佳宜 | 《火花》 | 陈玉永 |
| 《新检验员》 | 邓展豪 | 《热浪滚滚》 | 碧小波 |

1973 年第 1 期

| 《俭伯》 | 碧小波 | | |
| 《被称为"革新能手"的人》 | | | 非扬 |

1973 年第 2 期

《线路的主人》	唐小棠	《雄鹰》	赵锦辉
《小颜的秘密》	邓展豪	《岛上织锦人》	李朝柱
《晨曲》	陈玉永	《家纺路上》	李文林

1973 年第 3 期

| 《丰收之后》 | 黄永达 | 《出国之前》 | 林华茂 |
| 《荔枝园里》 | 李朝柱 | | |

1973 年第 4 期

| 《洪英》 | 卢振海 | 《土技术员》 | 杨彦 |

《边陲小兵》　　　韦王成

1974 年第 1 期

《决赛时刻》　　　李振羽　　《风雨行车》　　　吴江

《苗圃青青》　　　林野　　　《走访蛇仓韦师傅》　江枫

1974 年第 2 期

《敢想敢干的年轻人》梁坤源　《麻雀窝里的秘密》　孙马

1974 年第 3 期

《坚持》　　　　　黄永达

1974 年第 4 期

《胜阳江畔》（长篇小说选载）　　　　　　　　何素行

《新航道》　　　　谭俊海　　《雨夜》　　　　　韦王成

1975 年第 1 期

《胜阳江畔》（长篇小说选载）　　　　　　　　何素行

1975 年第 2 期

《一个拖拉机手的日记》　　　　　　　　　　　吴江

1975 年第 3 期

《新来的营业组长》严汉钊　《雏鹰展翅》　　　李文林

《战友》　　　　　梁坤元　　《编外护线员》　　刘治珩

1975 年第 4 期

《台风到来之前》　哲斌　　　《我跟师傅下乡来》陈显祥

《胜阳江畔》（长篇小说选载）　　　　　　　　何素行

1976 年第 1 期

《新站长》　　　　吴江　　　《壮志图》　　　　黄水生

《补鞋》 　　　　　　陈贵善

1976 年第 2 期

《赤脚医生》 　　　海啸 　　《老保管》 　　　卢振海

1976 年第 3、4 期合刊　无小说

1977 年第 1 期

《迎春的人》 　　　严佳宜 　《春来早》 　　　卢振海

1977 年第 2 期

《对手》 　　　　　卢振海 　《紧急任务》 　　黄永达

1977 年第 3 期

《新来的书记》 　　吴江 　　《一份决心书》 　荷葩

1977 年第 4 期

《理想》 　　　　　严佳宜 　《第十个航次》 　风帆

《慧兰的"师傅"》 陈玉永 　《不老松》 　　　王作诗

《邕江文艺》：由南宁市革命委员会文化局编，综合性不定期内部发行刊物。1972 年创刊，无终刊信息，目前仅能找到 1973 年、1974 年部分刊本。

1972 年第 1 期　缺

1972 年第 2 期　缺

1973 年第 1 期　缺

1973 年第 2 期　总第 4 期

《志在高峰》 　　　许宗强 　《钩嘴山来信》 　岳南

《大道朝阳》 　　　陆一兵 　《绿野银犁》 　　黄春秀

《路》 　　　　　　骅人

《木枪小队》（儿童文学） 　　　　　　　　韦世奎

《春浓苗绿》（儿童文学）　　　　　　　　周齐

1973 年第 3 期

《现场会》	山斐	《春插时节》	梁中耿
《源远流长》	莫小均	《红炉丹心》	黄荣珠
《窑火熊熊》	王月寿		

1974 年第 1 期

《前夜》	梁广生	《滨江怒潮》	高粟
《上班之前》	梁炳志		
《红领巾木工小组》（儿童文学）			韦世奎

《右江文艺》：1971 年开始出刊，由百色地区革命委员会文化局编，仅存部分刊本。

1972 年　缺

1973 年第 1 期

《智擒"座山雕"》	黄钲	《迎春曲》	杨军
《守门人》	方士杰	《责任》	邹海峰
《铺路石》	杨春涛		

1973 年第 2 期

《小蜜蜂》	黄钲	《马缨花》	黄奇峰
《红花满山》	阮庆丰	《并肩前进》	姚赴旺
《彩色的高原》	杨军	《"管粮工"》	黄永邦
《一捆龙须菜》	梁干	《小放映点》	邓小飞
《决赛之后》	陈子能		

1974 年第 2 期

《山桃》	邓小飞	《春风满巷道》	谢少波

1975 年第 1 期 总第 8 期

《明亮的小马灯》　　　刘让君　《墙》　　　　　林红

《小红松》　　　　　　　杨晔　　《新配方》　　　潘茨宣

1975 年第 2 期

长篇小说《雨后青山》　　　　　　　　　　选载

百色地区《雨后青山》　　　　　　　　　　创作组

1976 年第 1 期 总第 10 期

《老参谋》　　　　　　　韦雷　　《矿山猛虎队》　姚赴旺

《老战友的女儿》　　　　劲松

广东

《广东文艺》：1972 年 1 月开始试刊，1973 年 1 月正式出版，为省级综合性文艺月刊。

1972 年　试刊 1

《雨夜》　　　　　　　　何流（农民）

《激浪丹心》　　　　　　揭西县业余文艺创作组

1972 年　试刊 2

《铁拳》　　　　　　　　番禺县文艺创作组

《"鱼眼"》　　　　　　　珠海县文艺创作组

1972 年　试刊 3

《青山渡》　　　　　　　赖天受　《职责》　　　　阮乐天

《凤凰之歌》　　　　　　陈列　　《奔腾急》　　　陈石平

《养路工》　　　　　　　吴坤蛟　吴坤民

1972 年　试刊 4

《夜宿青松岭》　　　　　剑琼　　《矿山人》　　　黄均康

《日常生活里的诗》　军健　　《春花》　　　　　　何海棠

1972 年　试刊 5

《旅店新风》　　　唐克文　《"目标大叔"》　　冯植　李英源

《渔工的心》　　　珠海县文艺创作组

《红缨钥匙》　　　侯海波　《"炊事参谋"》　　钟缨

1973 年第 1 期

《落地生根》　　　李前忠　《公社食品站》　　程贤章

《水乡女儿》　　　熊诚　　《闯崖》　　　　　杨昭科

《迎着朝霞》　　　廖红球

儿童文学：

《叔叔的信》　　　丘超祥　《小理发师》　　　林廷荣　林慧泉

1973 年第 2 期

《山外青山》　　　沈仁康　《石榴爷爷》　　　姚涌

《驯"龙"手》　　　陈民生

1973 年第 3 期

《萧荔英当家》　　庞太熙　《弧光闪闪》　　　王文锦

《半步之差》　　　陈焕展

1973 年第 4 期

《京广大道》　　　杨冠英　《艇》　　　　　　王启基

《路上》　　　　　竹风　　《沈龙公四》　　　房础远

《双英会》　　　　丘超祥

1973 年第 5 期

《追穷寇》（中篇小说连载）　　　　　　　　　李晓明

《青山南北》　　　林超　　《刚离开码头》　　郑亚南

《海虹》　　　　　　郑浩豪　芮灿庭

1973 年第 6 期

《追穷寇》（中篇小说连载）　　　　　　　　　　　李晓明

儿童文学：

《送药》　　　　　吴绿星　《两个小武工队员》　何芷

《鱼的故事》　　　岑之京　《小猎手》　　　　　龚政宇

《我和阿蟹》　　　赖天受

1973 年第 7 期

《树大成材》　　　关永业　《管大爷》　　　　　廖红球

《洪刚师傅》　　　曹祖年　《晒田的故事》　　　熊诚

《夜渡》　　　　　姜之虎

《追穷寇》（中篇小说连载）　　　　　　　　　　　李晓明

1973 年第 8、9 期合刊

《红梅》　　　　　黄唐进　《老高同志》　　　　赵澄卓

《业余教练》（儿童文学）　关夕芝

《冬英姐姐》　　　袁晓敏

《红星永远闪金光》　郑亚南

1973 年第 10 期

《在祖国》　　　　崔钜雄　《商量商量》　　　　周仕科

《秤星叔》　　　　薛昌青　《马前卒》　　　　　钟缨

《蚕房新事》　　　岑之京　《生命线上的哨兵》张瑞龙

1973 年第 11 期

《新风联队》　　　梁延超　《台风到来之前》　林松阳

《老胡回家》　　　赖天受

1973 年第 12 期

《山村新菊》	阮乐天	《七天七夜》	陈慧
《青云山下》	伍铭泽	《考试》	陈庆祥
《早开的红棉》	余松岩		

1974 年第 1 期

《在当年的战场上》	谭朝阳	《女检查员》	王梁用
《东山坡上》	金潮		

1974 年第 2 期

《在时代的考场上》	张瑞龙	《拥军鱼》	林松阳 伍延才
《珠光闪闪》	梁禹		
《海边少年》（儿童文学）			阮立威 黄每裕

1974 年第 3 期

《二十三斤番薯》	陈日安	《杨柳春风》	黄火兴
《工人的女儿》	阮乐天	《山村医疗站》	黄秉增

1974 年第 4 期

《枇杷成熟的时候》	廖红球

1974 年第 5 期

《在另一个战场上》	曹祖年	《满潮的时候》	戴胜德
《豆花的婚事》	容南宁		

1974 年第 6 期

《跳高架旁》	黄虹坚	《接孙女》	杨依现
《鹅的故事》（儿童文学）			赖天受
《老树红果》（儿童文学）			熊诚

1974 年第 7 期

《牛角号又吹响了》	王杏元

1974 年第 8 期

《重返金舟岛》　申学军　《烈火》　黄计钧

《铁凤探亲》　钟缨　《蜂箱后面的秘密》徐春先

1974 年第 9 期

《海上侦察兵》　章明　《新屋》　李玮

《尝糖记》　龚仲超

1974 年第 10 期

《强大的电流》　杨光伟　《小塘巨浪》　余松岩

《远航归来》　林松阳　伍廷才

《海上侦察兵》（续完）　章明

1974 年第 11 期

《涛声》　罗同松　《胶林深处》　汪绪华

《脚手架上的斗争》劳春林

1974 年第 12 期　无小说

1975 年第 1 期

《火红的战旗》　张健人　《横空出世》　李彦雄

《试卷上的风云》　陆基民

1975 年第 2 期

《吹冲锋号的人》　孙玉方　《强台风袭击以后》周群杰

《破浪前进》　戴胜德　谢德明

1975 年第 3 期

《深山黎寨女南布》汪绪华　《瑶寨之家》　江泉

《故事员的故事》　陈庆祥　《桂英上阵》　孙伦

《管天妹》　曾福英

1975 年第 4 期

| 《丰收时节》 | 陆基民 | 《方向》 | 赵澄卓 |
| 《铺满霞光的道路》 | 罗英超 | 《婚礼》 | 江泉 |

1975 年第 5 期

| 《战斗的春天》 | 张纪才 | 《一盏小马灯》 | 徐太宏 |
| 《养红萍的故事》 | 陈堪进 | | |

1975 年第 6 期

《半夜枪声》（儿童文学）	王杏元
《特别任务》（儿童文学）	莫清华
《水乳交融》	何芷

1975 年第 7 期

《写给农场党委的报告》	苏炜
《激浪飞舟》	程贤章
《在闪光的轨道上》	李科烈
《老师傅的肖像画》	廖致楷

1975 年第 8 期

| 《演兵场上》 | 王业淳 | 《汽车班长》 | 宁江 |
| 《我是瑶山人》 | 熊林林 | | |

1975 年第 9 期

《勤姐》	陈非	《小耿出车》	肖敏刚
《山外烽火》	罗文	《伶仃洋畔》	余松岩
《战友》	何国根	《小鹰》（小小说）	黄令华

1975 年第 10 期

| 《领飞》 | 李春晓 | 《新兵》 | 许功钺 |
| 《加速》 | 李国伟 | 《带头人》 | 莫李亨 |

| 《三改合同》 | 钟伯平 | 《襟怀》 | 伊始 黄伟虎 |
| 《在新的阵地上》 | 徐太宏 | 李悦强 | |

1975 年第 11 期 无小说

1975 年第 12 期

| 《父女之间》 | 冯其伟 | 《启示》 | 何芷 |
| 《备课》 | 黄湛雄 | 《不能改》 | 肖敏刚 |

1976 年第 1 期

《迎着灿烂的未来》	廖致楷	《站到最前列》	黄虹坚
《春风春雨》	徐春先	戴凡 程贤章	
《亲家》	王金梁		
《生产队的"勤务员"》			刘昌勇

1976 年第 2 期

| 《航线》 | 罗同松 | 《绚丽的光华》 | 张振雄 |
| 《争分夺秒的人们》 | 莫李亨 | 《夜进山背村》 | 陈云清 |

1976 年第 3 期

| 《山鸣谷应》 | 伊始 | 《价值》 | 黄令华 |
| 《大寨河的诞生》 | 黄向农 | | |

1976 年第 4 期

《青春的火焰》	郁茏	《老船新手》	林松阳
《红棉花开》	李科烈	《大路歌》	戴胜德
《赛场内外》	肖锋锐		

1976 年第 5 期

| 《在大风大浪中》 | 黄虹坚 | 《十年间》 | 廖致楷 |
| 《红袖章》 | 何民琦 | 《水乡红医》 | 梁厚祥 |

1976 年第 6 期

《新来的工宣队员》 姚天元 《船城新事》 崔合美

《种子》（儿童文学） 丘陶亮

《特急件》（儿童文学） 华棠

《呵，生机勃勃的树苗》（儿童文学） 陶萌萌

1976 年第 7 期

《真理在胸》 郁茏 《早晨》 梁永斌

《铁英烧窑》 凌辉

1976 年第 8 期

《团结起来到明天》 廖楷致 《架桥》 罗德祯

《第三次出击》 树根

1976 年第 9 期

《小站风云》 苏炜 《铁心》 钟扬莆

《我是一个兵》 叶穗 《翠竹》 初耘

1976 年第 10 期

《首战告捷》 何芷 《送图纸》 吴群任

1976 年第 11 期

《冲锋在前》 梁永斌 《春燕》 冯华

1976 年第 12 期 无小说

1977 年第 1、2 期合刊

《真假无产者》（长篇小说选载） 于逢

《十月的春潮》 李科烈

1977 年第 3 期

《新上任的工管员》 王梁用 《滨海新苗》 陈致和

《"指天椒"上任》　廖红球　《"一日官"》　　　丘陶亮

《虎姑娘》　　　　刘庆祥

1977 年第 4 期

《在这片土地上》　苏炜　　《老贫农上县》　　谢天炳

《油菜地上的故事》华棠　　《饭店师傅》　　　仇权邦

1977 年第 5 期

《钢与渣》　　　　江川

《008 号车引起的故事》　　庞太熙

1977 年第 6 期

《火中飞出金凤凰》李树坚　《主人》　　　　　戴胜德

儿童文学：

《捉"黄莺"》　　谢继贤　《林明和小皮球》　侯雪莺

1977 年第 7 期

《火花》　　　　　杜埃

1977 年第 8 期

《雪天》　　　　　黄玉昆　《宏图大展》　　　王不天

《龙虎风云记·序篇》梁信　《金色的航程》　　树根

1977 年第 9 期

《龙虎风云记·序篇》（小说连载）　　　　　梁信

1977 年第 10 期

《蹲点记》　　　　程贤章　《会战"木星"号》胡荣海

《龙虎风云记·序篇》　　　　　　　　　　梁信

1977 年第 11 期

《红林朝晖》　　　李英敏

《龙虎风云记·第三章》（长篇小说选载）　　　　梁信

1977 年第 12 期

《吊装场上》　　　翟龙柱　《归队》　　　　石欣

《龙虎风云记·第六章》（长篇小说选载）　　　　梁信

《湛江文艺》：1972 年 5 月开始出版，由湛江地区革命委员会政工组文艺办公室编，是综合性、群众性的文艺刊物，1974 年第 1 期起定为双月刊。

1972 年 5 月第 1 期

《决战时刻》　　　郑文　　《路遇》　　　　李伟芬

《职责》　　　　　阮乐天　《旅伴》　　　　梁梵杨

《荔枝熟了的时候》　　　　　　　　　　　何流

1972 年第 2 期

《肖荔英当家》　　庞太熙　《"赤脚校长"》　高伟文

《永不掉队》　　　　　　　　　　　　　　吴晖

1972 年第 3 期　缺

1973 年第 1 期

《凌云峰上》　　　竹风　　《管天大爷》　　何流

《飞涛千里》　　　江俊桃　《领航》　　　　江哲

《雷电姑娘》　　　陈堪进

1973 年第 2 期

《风浪》（儿童文学）　　　　　　　　　　王海涛

《鹰飞瑶山》（长篇小说连载）　　　　　　梁梵杨

《渔港的主人》　　郑文贤　《治水书记》　　孙伦　吴扬

《钳山苍松》　　　刘俊扬　《胶场凯歌》　　吴阳

1973 年第 3 期

《勤俭书记》　　　　龚宁

《萝卜叔和阿姜嫂的故事》　　　　　　　　　张翅

《红缨闪亮》（儿童文学）　　　　　　　　　郑文贤

《荔枝红似火》（儿童文学）　　　　　　　　海涛

《鹰飞瑶山》（长篇小说连载）　　　　　　　梁梵杨

1973 年第 4 期

《打石头》　　　　吴茂信　《桂英上阵》　　　孙伦

《鹰飞瑶山》（长篇小说连载）　　　　　　　梁梵杨

1973 年 8 月号增刊　演唱资料专辑之一

1973 年 9 月号增刊　演唱资料专辑之二

1974 年第 1 期

《红花》（儿童文学）　　　　　　　程立达　刘振扬

《新事新办》　　　　吴扬　　《饲养员》　　　黄平聪

1974 年第 2 期

《春暖花红》　　　　余教

1974 年第 3、4 期合刊

《捕"蛇"记》（儿童文学）　　　　　　　　王浩

《海妹》（儿童文学）　　　　　　　　　　　赖凤华

1974 年第 5 期

《书声朗朗》　　　　竹风　《普通劳动者》　　李踔厉

1974 年第 6 期　演唱资料专辑

1975 年第 1 期

《青竹吐翠》　　　　孙伦　《早晨的战斗》　　吴扬

1975 年第 2 期

《现场会后》　　　　郑文贤

1975 年第 3 期

《南岗红柳》　　　　　　　　　　　　　　丁小莉

《小珍学"红灯"》（儿童文学）　　　　　梁之汤　杨富

1975 年第 4 期

《志气歌》（长篇小说选载）　　　　　　　杜峻

《车轮飞转》（小小说）　　　　　　　　　吴志强

1975 年第 5 期

《志气歌》（长篇小说选载）　　　　　　　杜峻

1975 年第 6 期　无小说

1976 年第 1 期

《牛角湾》　　　　陈堪进　《胶林战歌》　　张国善　吴阳

1976 年第 2 期

《大海归来》　　　梁兰萍　《江霞》　　　　桂汉标

《迎风击浪》　　　丁小莉　《下乡第一夜》　李踔厉

1976 年第 3 期

《红苗》（儿童文学）　　　　　　　　　　罗本森

《猫头鹰的叫声》（儿童文学）　　　　　　佘元开

1976 年第 4 期　无小说

1976 年第 5 期

《盛夏》　　　　　吴晖　　《山乡邮递员》　黄德霞

《商场哨兵》　　　孙伦

1976 年第 6 期

《新苗如火》 梁之汤 杨富

《瑶家寨》（长篇小说连载） 梁梵杨

1977 年第 1 期

《大干伯》 李高万 《良种田边》 陈玉吉

《瑶家寨》（长篇小说连载） 梁梵杨

1977 年第 2 期

《不息的锤声》 陈玉吉

《瑶家寨》（长篇小说连载） 梁梵杨

1977 年第 3 期

《拆庙风云》 庄森

《瑶家寨》（长篇小说连载） 梁梵杨

1977 年第 4 期

《砖头风波》 吴扬 《我和站长》 向娅 徐景颜

《瑶家寨》（长篇小说连载） 梁梵杨

1977 年第 5 期

《百尺竿头》 杨枫

《瑶家寨》（长篇小说连载） 梁梵杨

1977 年第 6 期

《瑶家寨》（长篇小说连载） 梁梵杨

《工农兵文艺》（广州市）：《工农兵文艺》为群众性文艺刊物，1971
年 1 月由《工农兵演唱》改刊而来，主要刊发歌曲、对口词、戏曲等，基本不刊发小说。从 1973 年第 1 期起《工农兵文艺》改刊为《广州文艺》，成为综合性文艺刊物。

《工农兵文艺》，共出 7 期，缺。

《广州文艺》：

1973 年第 1 期　总第 1 期

《领阀门》　　　　　梁锦豪　梁淇湘

《赤脚教师》　　　　陆镇康　《女卷扬机手》　　江滔　江夏

1973 年第 2 期

《师徒俩》　　　　　黄泳瑜

1973 年第 3 期

《开学之前》　　　　黄文洽　《三出卧龙湾》　　周苇　志刚

1973 年第 4 期

《诱导》　　　　　　刘筱玲

1973 年第 5 期

《结合》　　　　　　梁达平　《小龙伏"虎"》　　单丹

1973 年第 6 期

《温暖》　　　　　　黄见好

1974 年第 1 期

《文化室之夜》　　　黄文洽　《大坝巍巍》　　　侯锡南

1974 年第 2 期　无小说

1974 年第 3 期

《锤炼》　　　　　　何向芹　《经监组长》　　　梁锦豪　梁淇湘

1974 年第 4 期

《山茶》　　　　　姚瑞英　《丰收时节》　　　　骆添

1974 年第 5 期

《师徒新曲》　　　岑之京

1974 年第 6 期

《红蕾满枝》　　　陈茹

1975 年第 1 期

《硝烟滚滚》　　　刘胜元　《扛犁耙的人》　　　甘昭文

1975 年第 2 期

《跃进的春潮》　　王汉中　《风雨流溪》　　　　谢连波

1975 年第 3 期

《鸭杆红缨》（儿童文学）　　　　　　　　　　巴江

1975 年第 4 期

《春暖》　　　　　伍铭泽　《山妹》　　　　　　姚涌

1975 年第 5 期

《小燕》　　　　　李伟宏　《拦路杆》　　　　　王印

《职责》　　　　　刘胜元　《大厨师》　　　　　丁家瑞

《春意正浓》　　　何向芹　《重油炉旁的战斗》　卢民举

小小说：

《在列车上》　　　叶长清

1975 年第 6 期

《眼界》　　　　　何芷　　《果实》　　　　　　周蜜蜜

小小说：

《烙人的热钢》　　劳鸿锴　《暖流》　　　　　　叶长青

《工厂的主人》　　王汉中　《只争朝夕》　　　　郭鉴泉

《大局》　　　　　朱荣燊　《"这冰不能起"》　　王印

1976 年第 1 期

《站在前列的人》　姜之虎　《挑战》　　　　　　谭宜

《重任》（小小说）　孔令驹

1976 年第 2 期

《挡不住的巨流》　叶长清　《斗海》　　　　　　刘国锦

1976 年第 3 期

《小养萍员的故事》（儿童文学）　　　　　　　周蜜蜜

《小尖兵》（儿童文学）　　　　　　　　　　邹启明

《成果》（小小说）　　　　　　　　　　　　石国樑

1976 年第 4 期

《擂战鼓的人》　　华棠　　《广播室里的战斗》　茹小雯

《不谢的红梅》　　叶长清　《理论大叔》　　　　陆笙

《预备队长》（儿童文学）　陈非

1976 年第 5 期

《砥柱》　　　　　丁枫　　《顶风的人》　　　　孔令驹

《不灭的窑火》　　梁兆发

1976 年第 6 期　无小说

1977 年第 1 期

《无产者》（长篇小说选载）　　　　　　　　　于逢

1977 年第 2 期

《新枝挺秀》　　　伍深明　《风雨黎明》　　　　方亮　王文锦

1977 年第 3 期

《春天的故事》（儿童文学）　　　　　　　　陆笙

《铁马奔腾》（小小说）　　　　　　　　　　朱荣燊　杨羽仪

《热浪滚滚》（小小说）　　　　　　　　　　王琪

《胶刀铮亮》　　　　罗德祯

1977 年第 4 期

《月梨》　　　　范若丁　《接过革命的枪》　黄力

《深山女猎手》　　　　孙吴远　陈国凯　彭尔清

1977 年第 5 期

《医书记为啥姓医》　祖慰

1977 年第 6 期

《温暖》　　　　黄天源

《港城文艺》：1972 年创刊，出刊两期，1973 年停刊，1974 年改由港城市文化局编辑，再度出刊。

1972 年第 1 期　缺

1972 年第 2 期

《老队长调走之后》　王克明　《争夺》　　　　芳草

1974 年第 1 期　无小说

1974 年第 2 期

《难忘的友谊》　　　张国柱　《阿生》　　　林华新

《麦子扬花的时候》　黎俊生

1974 年第 3 期

《任重道远》　　　　吴晖

《荡涤》（中篇小说选载）　　　　　　　　　　启明

1975 年第 1 期　无小说

1975 年第 2 期　缺

1975 年第 3 期

《志气歌》（长篇小说选载）　　　　　　　　　杜峻

《雷大炮》　　　李松兰

《碧海山鹰》　　　艾彤　　　《油海丹心》　　　张国柱

1975 年第 4 期

《激战南海浪》（长篇小说选载）　　　　　　　蓝田

《展览品的风波》　　　　　　　　　　　　　范艺

《老战友》（小小说）　吴晖　　　《洪伯》（小小说）　甘池

《追西瓜》　　　沈沧源

1976 年第 1 期　无小说

1976 年第 2 期　缺

1976 年第 3 期　无小说

1977 年第 1 期

《战车奔驰》　　　李松兰

《"鬼迷疮"的秘密》　　　　　　　　　　　马先云

1977 年第 2 期

《五月的渔村》　　　祝宇　　　《03 号秘密胶卷》　张国柱

1977 年第 3 期

《中原少年》　　　丁小莉　　　《技术迷》　　　詹锡全

《水滴石穿》　　　朱少卿　　　《雨夜》　　　徐锦山

福建

《闽中文艺》《晋江文艺》：《闽中文艺》是综合性文艺期刊，由福建省晋江地区革命委员会政治处文化组编辑，不定期出版，1972 年第 3 期起改为《晋江文艺》，无终刊信息，目前仅能找到 1972 年、1973 年刊本。

《闽中文艺》：

1972 年第 1 期　总 1 期

《挖虎骨》　　　　　陈文　　《半垅甘薯地》　　李辉良

1972 年第 2 期　总 2 期

《山村女教师》（中篇小说选登）　　　　　　　罗梅

《育秧时节》　　　　杨贾郎　《田野上的笑声》　黄祯祝

《晋江文艺》：

1972 年第 3 期　总 3 期

《李连长》　　　　　吕永春　《阳春三月》　　　黄祯祝

《山村雨夜》　　　　万侃

1972 年第 4 期　总 4 期

《暴风雨中的凯歌》　李金进　《开炸班长》　　　兰池菊

《车师傅》　　　　　李辉良　《小山鹰》　　　　张清桂

《成长》　　　　　　吕永春　《竞赛》　　　　　谢丽

1972 年第 5 期　总 5 期

《决战》　　　　　　陆昭环　《本色》　　　　　黄祯祝

《新来的女兽医》　　纪闻　　《歌》　　　　　　杨成宗

1973 年第 1 期　总 6 期　无小说

1973 年第 2 期　总 7 期

《重返青云岭》　　　王再习　《十五万担肥》　　谢锦书

《芳李正熟》	冠清	《桥》	草禺
《杨柳青青》	林金伙	《席乡女儿》	杨贾郎

《工农兵文艺》（永定县）：群众性文艺刊物，由福建省永定县宣传站《工农兵文艺》编辑组编辑，主要刊发民歌、小歌剧、诗歌、小话剧、歌曲等，间或刊发小说，无创刊、终刊信息，目前仅能找到 1972 年和 1973 年部分刊本。

1972 年第 6 期　无小说

1973 年第 1 期　无小说

1973 年第 2 期

《继续战斗》	曾宪沧	
《新的故乡》（连载）		永宣兵
《欢乐的鱼塘》（儿童文学）		杜若人
《早起》（儿童文学）		张福金

1973 年第 3 期

《锻炼》	杜若人	
《红军枪》	张胜友	张荣生

1973 年第 4 期　无小说

1973 年第 5 期

《禾花》	张胜友	张荣生

《革命文艺》（乐清县）：群众性文艺刊物，1971 年 10 月开始出刊，由福建省乐清县革命文化宣传站编辑，无终刊信息，目前仅能找到 1971 年、1972 年部分刊本。

1971 年第 1 期　总第 1 期　无小说

1972 年 2 月号　总第 2 期

《红管家》　　　　徐白玖

1972 年 4 月号　总第 3 期

《夜宿李庄》　　　袁亚平　《理由》（小小说）金平

《"合算"媳妇》　　南犁英　《山村红梅》　　　红宣兵

1972 年 6 月号　总第 4 期

《山高林茂》　　　潘行球　《桑园新记》　　　刘长发

《炉火通红》　　　林宝树　《分水石》　　　　卢友中　谢作伟

《厦门文艺》：由《工农兵文艺》（厦门）改版而成，《工农兵文艺》共出 5 期，为不定期出版的内部文艺刊物，1972 年第 2 期起改为《厦门文艺》，主要选登本市工农兵群众创作的文学、戏剧、音乐、美术等作品和评论，同时刊登一些文艺学习材料和外地优秀文艺作品。

1972 年第 2 期　无小说

1972 年第 3 期　缺

1972 年第 4 期

《售票窗口》　　　陈乙森　《补锅师傅》　　　戴慧敏

《挎包》　　　　　姜美华　《百宝串》　　　　罗建南

1972 年第 5 期　无小说

1972 年第 6 期

《编外民兵》　　　若虹　　《奔袭》　　　　　赵玉福

1973 年 3 月号第 7 期

《柜台内外》　　　郑惠明　《打杂师傅》　　　吴怡

1973 年第 8 期

《乒乓场上》　　　　陈乙森　《找亲人》　　　　　朱芳　吴怡

1973 年第 9 期

《在丰收的日子里》　尚政　　《未拍完的照片》　　赵玉福

1973 年第 10 期　无小说

1974 年第 11 期　无小说

1974 年第 12 期

《镇海石和瞄准点》　朱苏进　《重返白云山》　　　于平　晓阳

《治虫》　　　　　　林纯熙

《渔网》　　　　　　厦门六中高二年段语文社会调查组　陈抗 执笔

1975 年第 13 期

《列车飞驰》　　　　陈乙森

1975 年第 14 期

《追根溯源》　　　　青刃　　《列车姑娘》　　　　陈乙森

1975 年第 15 期

《闪亮的脚步》　　　朱苏进　《发稿之前》　　　　谢名生

《红缨歌》　　　　　朱水涌　《让房》　　　　　　练美嘉

1976 年第 16 期

《向党汇报》　　　　朱苏进

1976 年第 17 期　无小说

1977 年第 18 期　创作歌曲专辑

1977 年第 19 期

《漂过海峡来的一封信》　　　　　　　　　尚政

《成绩单》	朱水涌	《云海战歌》	洪荔生
《红山村的新鲜事》			郭健
《妹妹》	惠生	《小燕》	张建国

1977 年第 20 期

| 《高师傅》 | 线明 | 《对手》 | 许红光 |

安徽

《征文作品》《安徽文艺》：为纪念毛主席《在延安座谈会上的讲话》发表三十周年，《征文作品》创刊，1973 年 1 月改刊为《安徽文艺》，经过试刊阶段，于 1973 年 5 月起正式出刊，定为月刊，由安徽省革命委员会文化局编辑，是省级综合性文艺期刊。

《征文作品》：

1972 年第 1 期

《理想》	盛锡根	《丰富的矿藏》	张昌华
《老铸钢工》	马钢第一炼钢厂工人创作组		
《红梅万朵》	孙土风[①]		
《不锈的螺钉》	费邦华	《架桥》	楚南
《常备不懈》	汪晓佳		

1972 年第 2 期

| 《春蚕》 | 张文慧 | 《潜力》 | 魏希和 |
| 《航程》 | 王兴国 | 《新汴河水》 | 万克玉 |

1972 年第 3 期

| 《攀山虎》 | 海涛 | 《师徒》 | 陈继廷 |

---

① "土风"，为一个字，左右结构，查无此字。

《红色通信工》　　　戴邦立　《淮水奔流》　　　王绍华

《红缨似火》（儿童文学）　　　　　　　　张先珍

1972 年第 4 期

《炉火通红》　　　周根苗　《政治委员》　　　江楫

《夜行雪峰山》　　王维友　《万紫千红》　　　于美义

《红霞满天》　　　徐弢　　《夺煤》　　　　　杜文彩　张有官

《安徽文艺》：

1972 年 9 月号　试刊

《前进号》　　　　丁祥煦　《牡丹花开》　　　张文慧

《查线哨》　　　　董永龙　《山村红燕》　　　于美义

《月夜》　　　　　汪伟

1972 年 10 月号　试刊

《榴花红了》　　　郭强　　《钢铁的摇篮》　　陶继森

《七月》　　　　　于美义　《银花朵朵》　　　胡少英

《小松》（儿童文学）张先珍　《渔家新歌》　　万克玉

1972 年 11 月号　试刊

《千斤顶》　　　　李洪俊　《金大妈》　　　　于美义

《炉火熊熊》　　　韩子林

《站在最前面的战士》　　　　　　　　　　戴庆中

《引导》　　　　　骊红　　《姐姐》　　　　　碧江

1972 年 12 月号　试刊

《天蓝星灿》　　　万克玉　《夜宿走马岭》　　傅家成

《并驾齐驱》　　　张振华　《茶机隆隆》　　　孙土风

1973 年 1 月号　试刊

《情深谊厚》　　　陈桂棣　《领航主任》　　　窦志先

1973 年 2 月号　试刊

《公社书记》	刘云程	《万全店》	王祖铃
《栽树的人》	魏希和	《车轮飞转》	李安海
《沈庆》	李安祥	《红枫》	陆国斌

1973 年 3 月号　试刊

《明亮的窗口》	李洪俊	《五大员》	桑培初
《老志远和得宽》	项学东	《除夕之夜》	邓俊平
《演习场上》	姚林凌	《马达不息》	宏侠
《道路》	若木	《划线》	吴牧

1973 年 4 月号　试刊

《关口》	宋振国	《老教练》	吴保安　韦金芳
《锤炼》	戚林益	《责任》	张振华
《水稻孕穗的时候》			桓祖玉

1973 年 5 月号

《清渣工》	许太旺	《红色的煤签》	赵洪修　梁俊明
《我的师傅》	李黎	《新春》	万克玉
《态度》	周祥鸿		

1973 年 6 月号

《小闯》（中篇小说选载）	丹江
《针尖对麦芒》	万克玉
《小红和小斌》（儿童文学）	徐华锋

1973 年 7 月号

| 《小闯》（续载） | 丹江 | 《心愿》 | 邹克 |
| 《在舅舅家过暑假》 | | | 马连芬 |

1973 年 8 月号

《育红》	章之风	《三过沁水河》	龚树坤
《炼玉的人》	学开	《小马》	胡德坚
《敌后小英雄》（儿童文学）			边子正

1973 年 9 月号

| 《两个工段长》 | 周根苗 | 《水绿秧青》 | 王有任 |
| 《选队长》 | 陶良年 | 《春雨》 | 郭强　崔波 |

1973 年 10 月号

| 《红莲怒放》 | 王京隆 | 《靳奶奶》 | 曹治泉 |
| 《小梁柱》 | 桑继安 | | |

1973 年 11 月号

《猎手的眼睛》	孙超	《凤凰展翅》	王祖铃
《新手》	费向野	《林管员戴书余》	曹治泉
《桃娃学当家》	吴兆洛	《谱新曲》	张联义

1973 年 12 月号

| 《运鱼花》 | 洪侠 | 《大黑旦和小玲玲》 | 边子正 |
| 《斗虎山》 | 史培发 | 《眼光》 | 项学东 |

1974 年第 1 期

| 《山鹰》 | 赖鲁滨 |

1974 年第 2 期

| 《我的长机》 | 廖汝耕 | 《春蕾》 | 余国松 |

新生事物赞：

| 《新兵》 | 张占祝 |

1974 年第 3 期

| 《难忘的春夜》 | 周根苗 | 《姑嫂间》 | 朱世信 |

《打雁》　　　　　史培发

1974 年第 4、5 期合刊

《战斗的里程》　　王本才　《重要通知》　　张振华

1974 年第 6 期

《战友》　　　　　汪丽景　《孵坊三月》　　桓祖玉

《妈妈不在家》（儿童文学）　　　　　　顾鸣

《志梅》　　　　　　　　　　　　　杨开勋　甘秀华

1974 年第 7 期

《新的起点》　　　吴牧　　《新芽茁壮》　　武漪波　曹治泉

《老冯》　　　　　王仲翔　《桎麻花开》　　费向野

1974 年第 8 期

《拦车》　　　　　杨生源　《远征》　　　　杨积彬

《偏向虎山行》　　魏启平

1974 年第 9 期

《长波万里》　　　邹克　　《一份批判稿》　江明权

《红卫闸旁的战斗》　　　　　　　　　余正新

1974 年第 10 期

《矿山春雷》（征文）　　　　　　　　陈文举

《"逆子"》（征文）　　　　　　　　张文才　方春东

《平原柳》（征文）　　　　　　　　　万克玉

《火把湖畔》　　　　　　　　　　　　魏启平

1974 年第 11 期

《赤脚放映员》　　曹治泉　《小兵》　　　　胡德坚

1974 年第 12 期

《工人大学生》　　杨积彬　《战士的心》　　姬树明

| 《水上教练》 | 姚远牧 | 《一代新人》 | 桑继安 | |

1975 年第 1 期

| 《鱼塘春暖》 | 吴福真 | 《学工第一天》 | 陈书华 | 朱传银 |
| 《方向》 | 张文鹏 | | | |

1975 年第 2 期

| 《星子书记》 | 史培发 | 《枣花》 | 王祖铃 | |
| 《团结新篇》 | 高歌红 | | | |

1975 年第 3 期

| 《捅蚂蟥》 | 祁小林 | 《通告贴出以后》 | 曹玉模 | |

1975 年第 4 期

| 《斗争田》 | 顾鸣 | 《新农曲》 | 王永久 | 李文耀 |
| 《扫煤》 | 王振平 | | | |

1975 年第 5 期

| 《祖业》 | 曹鸿骞 | 《行车隆隆》 | 洪绍泉 | |
| 《海燕》 | 顾大公 | | | |

1975 年第 6 期

《阵地》	王仲翔	《芦竹滩上》	李军	
《学农田》	洪霞	《挂锦旗》	胡子民	
《妹妹的心事》	桓祖玉	《山高春早》	吴炳南	

1975 年第 7 期

| 《拆篱笆》 | 王有和 | 《球场风波》 | 殷少来 | |
| 《货主》 | 唐希来 | | | |

1975 年第 8 期

| 《竹林哨》 | 袁合群 | 《公章》 | 张世祥 | |

《门》　　　　　　　高歌红

1975 年第 9 期

《重担在肩》　　　周根苗　《淮上红领巾》　　　祝兴义

《车轮飞转》　　　杨德华　《指挥部的灯火》　　许太旺

《助手》　　　　　谢振华　李耀炳

1975 年第 10 期

《一包化学草稿本》　洪霞　《课外一课》　　　　吴小喜

《闹瓜园》　　　　姚远牧　《精神财富》　　　　王本才

《万年青》　　　　余正新

1975 年第 11 期

《努力作战》　　　杨积彬　《新社员来到之前》陶良年　傅瑛

《激流奔腾》　　　王新如　《青出于蓝》　　　　严歌平

1975 年第 12 期

《让牛》　　　　　吴晓阳　《杜鹃红》　　　　　谢苏菲

《检修线上》　　　吴宣琦　《雏鹰岩》　　　　　史培发

1976 年第 1 期

《春华》　　　　　王才锡　《喜报栏上》　　　　孙继鹏

1976 年第 2 期

《加油站》　　　　李克明　《驼峰岭上的春光》孙叙伦

《闪光的排架》　　陈树　　《新学员》　　　　　陈振军

《编外民工》　　　吴晓凤　《捕俘手》　　　　　周佳虎　薛宣和

1976 年第 3 期

《百花洲渡口》　　陆苇　　《杏子》　　　　　　曹鸿骞

《碧山飞泉》　　　葛兆铣

1976 年第 4 期

《优秀的答卷》　　张世祥　《红心向阳》　　　蒋家环

《小战士》　　　　王传悟　《淮上青松》　　　吴晓风

1976 年第 5 期

《新书记》　　　　庄稼　王锐

《爱打冲锋的战士》　　　　　　　　　　　王才锡

1976 年第 6 期

《铺草的故事》　　洪霞　　《立足点》　　　　姚远牧

1976 年第 7 期

《风雪杏花岭》　　陈文举　《出路问题》　　　冠杰

1976 年第 8 期

《报到》　　　　　洪绍泉　《摄影》　　　　　徐明熙

《选中锋》　　　　廖汝耕　《丁海云》　　　　吴晓风

《促进派》　　　　程东峰　《一斤猪肉的故事》张文才　方春东

《倔妹掌刀》　　　张守诚

1976 年第 9 期

《拳头里的文章》　丁以能　《刀尖上的斗争》　许成厚

1976 年第 10 期

《丰收》　　　　　林春旭　《新来的工具员》　陈祥宝

《春耕》　　　　　祝兴义

1976 年第 11 期

《向阳关》　　　　曹鸿骞　《俞瑛》　　　　　陈承蔚

1976 年第 12 期

《永不松懈》　　　魏启平　《风雪石梁渡》　　王传悟

1977 年第 1 期

《太阳灯下》（中篇小说连载）　　　　　　　　　　　徐有恒

1977 年第 2 期

《广播站纪事》　　　张先珍　《突破》　　　　　　周根苗

《太阳灯下》（中篇连载）　　　　　　　　　　　　徐有恒

1977 年第 3 期

《大步向前》　　　王海宁　《柳岩》　　　　　　惠正法

《第一步》　　　徐文一　时学芸

《巧凤》　　　洪霞

1977 年第 4 期

《殷刚》　　　水庆中　《宣传员》　　　　　　范汝俊

《农村人物速写》　贾平凹　《彩霞歌》　　　　胡家柱

1977 年第 5 期

《主轴》　　　曹致佐　《卧牛河畔》　　　　严啸建

1977 年第 6 期

《园园豆》　　　洪霞　《龙山伏虎》　　　　郭宜中

《温暖》　　　万克玉　《差距》　　　　　　程东峰

《小红尺的故事》　叶平

1977 年第 7 期

《支柱》　　　武湘忠　《温暖的雪花》　　　胡家柱

《春风那天》　　孙叙伦　《秀明》　　　　　孙坝

1977 年第 8 期

《银锁记》　　　王光来　《源远流长》　　　张俊南

《军舰上新来的炮手》　　　　　　　　　　　　曙宽

《一张借条的故事》　　　　　　　　　　　周进

《电波通畅》　　　李伟国　薛宣和

1977 年第 9 期　无小说

1977 年第 10 期

《榴火》　　　　　祝兴义　《短篇四题》　　贾平凹

《水缸》　　　　　曹治泉

1977 年第 11 期

《怀里的秘密》　　万克玉　《陆老头》　　　许桂林

《清湛河的浪花》　严啸建　《蛙鼓》　　　　汪丽景

1977 年第 12 期

《02 号历险》　　　张文才　《老牛》　　　　昱杲

《明亮的荧光屏》　王海宁　《关心》　　　　宋知贤

《第一百件和从零开始》　　　　　　　　　　吕克明

海南

《海南文艺》：省级综合性文艺期刊，1972 年开始试刊，终刊时间
不详，目前仅找到 1973 年、1974 年的部分刊本。

1972 年试刊 1　缺

1972 年试刊 2　缺

1973 年第 1 期　试刊 3

《山高水长》　　　齐智明　《赶车人》　　　罗德祯

《半夜枪声》　　　黄宗华

《小鸭倌》（儿童文学）　　　　　　　　　　王莆周

1973 年第 2 期　总第 4 期　缺

1974 年第 1 期　总第 5 期

《责任》	饶树新	《志气号》	黄家华
《敲边鼓的人》	薛昌菁	《双飞燕》	钟静
《两代胶工》	周放歌		

1974 年第 2 期　总第 6 期

《西沙哨兵》	饶启镜	《锋芒初试》	张维
《路》	汪绪华	《主力军》	邢孝福
《小蹦子》	郭玉山		

四川

《四川文艺》：省级综合性文艺期刊，1972 年试刊，1973 年第 1 期起正式出刊。

1972 年　试刊 1

| 《大勇练武》 | 关德全 |

1972 年　试刊 2

| 《挺进新里程》 | 池正坤 | 《山娃》 | 王康华 |
| 《吉祥的凤凰》 | 李大业 | | |

1973 年 1 月号第 1 期　创刊号

| 《高高的山上》 | 艾芜 | 《杨大娘》 | 邓阳金 |
| 《报名入社》 | 克非 | 《女委员》 | 化石 |

1973 年 3 月号第 2 期

| 《曲登卡》 | 王庆 | 《拉车的人》 | 席光辉 |

1973 年 5 月号第 3 期

| 《迎春曲》 | 陈锡烈 | 《目标》 | 张重远 |

《我的师傅》　　　　雷勋章　《阳光撒满工棚》　宁松勋

1973 年 7 月号第 4 期

《早行人》　　　　　周克芹　《绿色的田野》　　张敬民

《在一个党委书记家里》　　　　　　　　　　崔桦

《乌江船工曲》　　　徐菜

1973 年 8 月号第 5 期

《崇高的职责》　　　宁松勋　《源头江畔的号声》张林

《磨刀石》　　　　　呼延兵　《李秀满》　　　　周克芹

《桔林新风》　　　　廖百书

1973 年 9 月号第 6 期

《乌江路》　　　　　徐菜　　《萨吉和白玛》　　杨星火

《青出于蓝》　　　　冯泽纯

《队长娘子》　　　　冯升平　《传经》　　　　　彭虎文

《杨春梅》　　　　　黄亮

1973 年 10 月号第 7 期

《战友》　　　　　　俊民　　《鼓足干劲》　　　池正坤

《铁锤记》　　　　　李戈　　《在广阔的天地里》林贵祥

1973 年 11 月号第 8 期

《马蹄声声脆》　　　李振冠

1973 年 12 月号第 9 期

《上山》　　　　　　池正坤　《责任》　　　　　凡夫

《水库工地上的新闻》　　　　　　　　　　　刘汤

《丰收序曲》　　　　刘学道

1974 年第 1 期

《站岗》　　　　　　火笛　　《捉"鬼"记》　　　芦泽华

1974 年第 2 期

《新支书》　　　　张敬民　《金马河边》　　　傅振贻

《紧要时刻》　　　杨再源　《八月的阳光》　　履冰

1974 年第 3 期

《新手》　　　　　周永年　《难忘的重逢》　　崔桦

《夏英》　　　　　火笛

1974 年第 4 期

《考试》　　　　　彭瑞都

《初访徐元菊》（长篇小说《春潮急》选载）　　克非

1974 年 5、6 月合刊

《在战斗的前列》　池正坤　《棉乡战鼓》　　　周克芹

《征程》　　　　　字心　　《严大爷》　　　　谢荣才

1974 年第 7 期

《闯将》　　　　　龚晓明　《较量》　　　　　周继久

1974 年第 8 期

《前哨》　　　　　鄢光忠　《粮站新兵》　　　黄少烽

《盛开的红梅》　　何国均

1974 年第 9 期

《火红的心》　　　张敬民

1974 年第 10 期

《不尽乌金滚滚来》　　　　　　　　　　　　郭庆渝

1974 年第 11 期　无小说

1974 年第 12 期

《夜奔青龙庙》（长篇小说《春潮急》第 26 章）　克非

1975 年第 1 期

《阵地》　　　　　　任正平　王孝源

《竹林上空的钟声》　庄增述　《在流动红旗后面》　李世权

1975 年第 2 期

《半间新房》　　　　蔚然　《杨梅》　　　　　　虔文

1975 年第 3 期

《并肩前进》　　　　池正坤　《马牧河畔》　　　少匆

《生动的一课》　　　曹家治　《穿山虎》　　　　薛启明

1975 年第 4 期

《在木材背后》　　　火笛　《田英》　　　　　　李一清

1975 年第 5 期

《惊涛》　　　　　　贾万超　《麦收时节》　　　林贵祥

《列车，顶着风雨前进》　　　　　　　　　　马蔺

1975 年第 6 期

《铁扫帚》　　　　　王庆　《舞台上》　　　　　鄢光忠

《小伙伴》　　　　　海南　克兰

《为了明天，战斗》　　　　　　　　　　　　郭庆渝

《熊熊的火塘》　　　　　　　　　　　　　　杨寿康

1975 年第 7 期

《大路旁》　　　　　何春生　《赵小春》　　　李大明

《寸步不让》　　　　肖田

1975 年第 8 期

《社妹子》　　　　　何世勤　《情况有变化》　　何国均

1975 年第 9 期

《强二嫂》　　　　　刘俊明　《擎天柱》　　　　陈德忠

《不锈的钢刀》　　　王庆　　《读书回来》　　　叶元忠

1975 年第 10 期

《焊花怒放》　　　周永年　　《着眼点》　　　贾万超

1975 年第 11 期

《樱桃熟了》　　　陈学书

1975 年第 12 期　无小说

1976 年第 1 期

《希望》　　　周克勤　　《朱廷秀》　　　庄增述

《人老心红》　　　庞家声

1976 年第 2 期

《"踏破冰"》　　　何春生　　《师徒俩》　　　王家彬

《堡垒》　　　林贵祥　　《新苗》　　　白水泉

《黄桷湾》　　　张敬民　　《渠水激荡》　　　郭松华

1976 年第 3 期

《春雷滚滚》　　　席光辉　　《回营途中》　　　唐学文

《山鹰一号》　　　魏予兵　　《不老松》　　　姚红文

1976 年第 4 期

《飞虹》　　　晓帆　　《钟老师傅》　　　鄢光忠

《道路》　　　肖鸥　　《宁小军》　　　唐安伟

1976 年第 5 期

《谭雪梅》　　　刘正明　符朝林

1976 年第 6 期

《张思德的战友》　　　黄谋远　　《难忘的岁月》　　　何世勤

《小鹰展翅》　　　伍元新　　《山花红艳艳》　　　黄少烽

1976 年第 7 期

《钢铁的大字报》　　火笛　　《风雷动》　　　　刘俊民

《新的征程》　　　　戴善奎　　《降魔记》　　　　蓝艰

1976 年第 8、9 期合刊

《新娘》　　　　　　何春生　　《苔床风雪》　　　文晓璋

《县委委员》　　　　吴文贵　李禾舟

1976 年第 10 期　　无小说

1976 年第 11 期　　无小说

1976 年第 12 期　　无小说

1977 年第 1 期

《甩臂大干的人》　　戴善奎

1977 年第 2 期

《寒夜笑语》　　　　郭庆渝　　《严重的时刻》　　鄢光忠

1977 年第 3 期

《铜墙铁壁》　　　　高贤均　　《桐子花盛开时节》脚印

《女婿》　　　　　　李一清　　《两颗红心》　　　肖鸥

1977 年第 4 期

《九月风雨》　　　　曹也平　　《老金》　　　　　温传昭

1977 年第 5 期

《报喜的炮声》　　　郭庆渝　　《大会如期举行》　池正坤

《制度》　　　　　　严明

1977 年第 6 期

《欢腾的火焰》　　　徐军　　　《心中的歌》　　　彭瑞都　春郊

《小树苗长高了》（儿童文学）　　　　　　　　　孔凡禹

1977 年第 7 期

《喜凤姐》　　　　　韩起　　《郝老科长》　　　　高贤均

《蹲点第一天》　　　李一清　《荧光屏前》　　　　叶元忠

1977 年第 8 期

《初上三〇三高地》（中篇小说《敌后观察所》选载）陈汉兴

《峥嵘岁月》　　　　脚印　　《丰收时节》　　　　李伯炎

1977 年第 9 期

《大干颂歌》　　　　杨文良

1977 年第 10 期

《姊妹俩》　　　　　李伯炎

《小顺儿和养蜂叔叔》（儿童文学）　　　　　　王代轩

1977 年第 11 期　戏剧、电影专号

1977 年第 12 期　无小说

贵州

《贵州文艺》：省级综合性文艺期刊，1972 年 5 月出刊，起初于内部发行，1975 年正式出刊，定为双月刊。

1972 年第 1 期

《攀登》　　　　　　严己　　《肖红梅》　　　　　袁欣

《枫林寨人》　　　　雨煤　　《阿乔》　　　　　　朱海峰

《打谷场上》　　　　朱江荣

1972 年第 2 期

《清溪河上》　　　　石定　　《心血》　　　　　　王安

《耿师傅》　　　　　金葵　　《山寨橙子香》　　　巩云

《买牛》　　　　　　顾松茂　《一匹疵布》　　　　邓德礼

1975 年第 1 期

《青山新苗》	星宫	《新风赞》	老初
《试验田》	刘忠仁		
《娄山红霞》	周青明	向剑辉 伍元新	潘柳蔚

1975 年第 2 期

| 《深刻的一课》 | 王亚光 | 《步伐》 | 罗义群 |
| 《绿海波涛》 | 徐国舜 | 《捉"泥猪"》 | 李谟 |

1975 年第 3 期

《树苗》	戴明贤	《战松山》	卢天祥 罗秉延
《小溪边的战斗》	朱海峰	《高家屯的钟声》	唐孟元
《春兰》	李筑玲	《樱桃》	杜斌

1975 年第 4 期

| 《月亮山》 | 刘荣敏 | 《锁龙坝上》 | 何光渝 |
| 《茶山春早》 | 伍法同 | 《收获的日子》 | 伍略 |

1975 年第 5 期

小小说：

《公路上》	张万明	《接班》	幼平
《出诊》	申荣彬	《我的师傅》	梅欣
《小菊》	王建平		

1975 年第 6 期

《季节不等人》	雨煤	《妇女主任》	李宽定
《彩虹》	龙岳洲	《八月苗山行》	何彩孝 袁昌文
《谢振武》（小小说）	谭安贵	《方向盘》	邬疆
《李师傅》	张子初		

1976 年第 1 期

《贫管代表》　　　珂鹰　　《归来》　　　王文科

《工宣队进驻的时候》　　　　　　　伍元新

1976 年第 2 期

《招生》　　　李宽定　《万山红遍》　星宫

《邬金》　　　王诲　　《幸福》　　　谭骏

《小燕高飞》　梁志忠　《新来的姑爷》吕笑

1976 年第 3 期

《春光灿烂》　杜斌　　《银线千里》　舒佩吾

《门》　　　　秦玉明　《马蹄岩战歌》何永刚

《红袖章》　　龙永烈

1976 年 9 月号增刊

1976 年第 5、6 期

《风雪路上》　刘肇武　《岔河涨水》　戴明贤

《出土新苗》　翁今　　《布力和阿桑》珂鹰

《红线曲》　　老初　　《早春的山乡》田儒雄

《彤玲》　　　薛苏

1977 年第 1 期

《拖拉机开进苗山寨》　　　雨煤

1977 年第 2 期

《辙印》　　　戴明贤　《探亲》　　　刘忠仁

《安全系数》　阎于信

1977 年第 3 期

《雪里青松》　唐光明　《凌鹰》　　　王运华

《姐夫》　　　　　　李宽定

1977 年第 4 期

《任凭风浪起》　　　雨煤　《锤声》　　　　　王海

《迈开大步》　　　　　朱慕文

1977 年第 5 期

《风雨乐陵站》　　　何士光　《难忘的小伙伴》　欧阳发

《送竞赛书以后》（小小说）　　　　　　　　李秀振

1977 年第 6 期

《奇勋记》　　　　　　卓平

《探林海》（中篇小说）　　　　　　　　　滕树嵩

《和朝霞一同升起的歌》　　　　　　胡志祥　蒋黔忠

备注：

以下期刊基本不刊发小说：

《泗阳新文艺》《泗阳文艺》：《泗阳新文艺》由泗阳县文化图书馆编印，无创刊、终刊信息，1971 年已出版，目前仅能找到 1972 年至 1974 年的部分刊本，基本不刊发小说，1975 年更名为《泗阳文艺》，不刊发小说，主要刊发群众性演唱材料、故事、诗歌等。

《革命文艺》（湖北）：1971 年开始出版，由湖北省群众文化处编辑，无终刊信息，仅存 1972 年、1973 年部分刊本，主要刊发歌曲、小戏曲、革命故事、诗歌等，不刊发小说。

以下期刊在 1972 年的出刊情况不详：

《工农兵文艺》（山西阳泉）：群众性文艺刊物，山西省阳泉市人民文化馆编辑，不定期出版，无创刊、终刊信息，刊发歌舞、演唱材料、戏剧、曲艺、美术等，基本不刊发文学作品。目前仅能查到 1973 年、1974 年部分刊本，根据 1973 年期号可推知 1972 年曾经出版过。

《工农兵文艺》（广州电白）：地方群众性文艺期刊，由广州电白县文化馆编印，基本不刊发小说，1970 年开始出版，但信息不全，无终刊信息，无法推知 1972 年是否出版。

二　1973 年开始出版的期刊

河南

《革命文艺》（开封）：地方性学习资料性质的文艺期刊，由开封市毛泽东思想宣传站编印，主要供工农兵作者学习和发表作品，不定期出版，无创刊、终刊信息，目前仅能查到 1973 年两册。

1973 年第 1 期

《王大伯》	徐仪明	《师傅》	张弛
《神耳》	翰工		

1973 年第 2 期　无小说

陕西

《陕西文艺》：以发表文学作品为主的省级综合性文艺期刊，1973 年 7 月号为创刊号，双月刊。1977 年 7 月改刊名为《延河》，定为月刊。

1973 年 7 月号第 1 期

《优胜红旗》	路遥	《玉桂》	张军
《特级钻头》	田舒强	《陆妈妈》	杨志平　李民生

1973 年第 2 期

《雪梅》	孙志渊	《职责》	梁若姿

儿童文学：

《虎墩》	牛垦	《少年马倌》	赵燕翼

《秋收时节》　　　士增　　《尕田管》　　　张德诚

1973 年第 3 期

《接班以后》　　　陈忠实　《责任》　　　　韩起

《红色后勤兵》　　吴志勇　《小钢炮》　　　徐世英

《回乡路上》　　　韩贵新　《风雨途中》　　左孔云

《女监察》　　　　李群虎

1974 年第 1 期

《冰封时节》　　　王稳年　《我的母亲》　　张军

《达瓦》　　　　　朱增补

1974 年第 2 期

《石桥畔》　　　　邹志安　《新兵双喜》　　拂晓

《兰兰》　　　　　李牧　　《闯关》　　　　贺锡达

1974 年第 3 期

《宣传台的风波》　潘光晴　《玉梅和天宝》　碧滔

《我的师傅》　　　胡奇友

1974 年第 4 期

《突击队的火种》　韩起　　《徒弟》鬲立军

儿童文学：

《小龙》　　　　　京夫　　《小铜哨》　　　刘恩龙

《穆芒顿珠》　　　刘良

1974 年第 5 期

《高家兄弟》　　　陈忠实　《达热布》　　　陈作礼

1974 年第 6 期

《一堂没有讲完的课》　　　　　　　　　　雷鸿儒

1975 年第 1 期

《第一次汇报》　　　　王晓新　《三遇刘升魁》　　　张弢

1975 年第 2 期

《高标准新传》　　　　韩起　　《铁道小卫士》　　　李凤杰

《"铁将军"把门》　　王锡峰

1975 年第 3 期

《白字是怎样变成红字的》　　　　　　　　　　　　姚如军

《难忘的八月》　　　　沫青

1975 年第 4 期

《公社书记》　　　　　陈忠实　《修车》　　　　　　杨忠余

1975 年第 5 期

《特殊任务》　　　　　苏文勋　《阵地》　　　　　　张颜利

《校园内外》　　　　　秦天行　《前哨》　　　　　　董蕾

《新的征途》　　　　　张宏运

1975 年第 6 期

《纳新风波》　　　　　李克之　《两个木匠》　　　　贾平凹

1976 年第 1 期

《二牛的心愿》　　　　董蕾　　《三换小黑板》　　　姚敬民

1976 年第 2 期

《机声隆隆》　　　　　李星　　《大老刘的故事》　　郑征

《金钥匙》　　　　　　程瑛　　《李英管电》　　　　何晓瑞

小小说：

《父子俩》　　　　　　路遥

《刘三婶》　　　　　　高陵县文化馆创作组

《曳断绳》	贾平凹	《丁牛牛》	朱合作

1976 年第 3 期

《东村纪事》	邹志安	《闪光》	李淑珍
《谁是第一》	胡东明		

1976 年第 4 期

《激流》	魏子旭	《大年初一》	曾兴武
《高度》	京夫		

小小说：

《龙春夺阵》	王蓬	《对门》	贾平凹
《一百五十个鸡蛋》	集体创作　朱合作（农民）执笔		
《坐车记》	郝昭庆		

1976 年第 5 期

《使命》	张爱华　石美华　赵菊芳		
《上演之前》	沈宁	《小铁》	樊秀峰

1976 年第 6 期　　无小说

1977 年第 1 期　　无小说

1977 年第 2 期　　无小说

1977 年第 3 期

《县委书记》	良田	《勇娃》	靳晓鹏

1977 年第 4 期　　无小说

1977 年第 5 期

《人民的歌手》	莫伸	《深深的脚印》	京夫
《学医记》	王蓬		

1977 年第 6 期

《出车途中》　　　成振炀

《马家父子》（儿童文学）　　　　　　　　赵燕翼

《延河》：

1977 年第 7 期

《通红的煤》　　　王汶石

《茫茫的草地》（小说连载）　　　　　　　李株

1977 年第 8 期

《茫茫的草地》（小说连载·续一）　　　　李株

《小岩》　　　张军　　《南关猪场》　　张举生

1977 年第 9 期

《茫茫的草地》（小说连载·续完）　　　　李株

1977 年第 10、11 期

《历史的脚步声》　　杜鹏程　《土司机》　　赵茂胜

《杨柳青》　　　邹志安　《全家一条心》　　马友庄

《夜诊》　　　董墨　　《报捷》　　　韩起

《张旺老汉所操心的》　　　　　　　　　　张弢

1977 年第 12 期

《老八和老九》　　赵茂胜

甘肃

《甘肃文艺》：省级综合性文艺刊物，1973 年 5 月创刊，1975 年第 1 期

起定为双月刊。

1973 年第 1 期

《金水洞前》	李禾	《新班长》	余振东
《春早》	汪一粟	《职责》	赵梁
《翠霞》	王秉才		
《红珊瑚腰刀》（儿童文学）			法兰

1973 年第 2 期

《特别试验田》	李益裕	《跃马扬鞭》	易希高
《红岭人》	刘效友	《马丹梅》	许若平
《两份报告》	欧维柱	《秋梅》（儿童文学）	谷德明

1973 年第 3 期

《采棉时节》	何生祖	《战"火眼"》	马骏
《我和拴牛》	肖正书	《一丝不让》	曹文汉
《闪光的石头》（儿童文学）	冉丹		

1974 年第 1 期

| 《山花歌》 | 马友庄 |

1974 年第 2 期

《灯下》	王萌鲜	《红十字药箱》	尕藏才旦
《钟声嘹亮》	李禾		
《骑上银鬃驹》（儿童文学）			艾力布扎木苏

1974 年第 3 期

《映山红》	浩岭	《苗俊英》	刘效友
《黄河春潮》	周永福		
《白龙江边小英雄》（儿童文学）			李逢春

1975 年第 1 期

| 《红沙河边》 | 何生祖 | 《朝阳桥》 | 辛耀午 |

《巩乃斯风雪》　　　　费金深

1975 年第 2 期

《泥腿子誓言》　　　王萌鲜　《理论新兵》　　　阎果治

《沙岗清泉》　　　　李田夫　《金鼓》（儿童文学）李百川

1975 年第 3 期

《大旗歌》　　　　　黄英　　《四走戈壁城》　　郗辉庭

《猎人的眼睛》　　　尕藏才旦

《春天的花》（儿童文学）　　　　　　　　李百川

1975 年第 4、5 期合刊

广阔天地、大有作为：

《春霞》　　　　　　姜艺　　《麦苗青青》　　　李希

《交鞭》　　　　　　王曦光　《雷海电波》　　　洪波

1976 年第 1 期

《擎旗记》　　　　　张锐　　《水阔浪高》　　　刘玉

《报春花》　　　　　尕藏才旦（藏族）

《朝霞满天》（小小说）　　　　　　　　　李德文

1976 年第 2 期

《背铺盖卷的人》　　王宁远　《步步登高》　　　余振东

《草原之夜》（儿童文学）　　　　　　　　法兰

1976 年第 3 期

《卡尔古丽》　　　　陈礼　　《红鹰》　　　　　世隆

《春雷滚滚》　　　　徐捷先　《琵琶新曲》　　　吕燃

《后山岭》　　　　　张克杰　《实心眼启启》　　王汉英

《塔塔尔汗》（儿童文学）　　　　　　　　赵燕翼

1976 年第 4 期

《再试锋芒》	李骏阳	《重任在肩》	李中兰
《丈量》	肖滋云	《奔流》	何生祖

1976 年第 5 期　无小说

1976 年第 6 期

《高高的云杉树》	颜明东

1977 年第 1 期

《跃进曲》	张锐	《水跃金霞》	王汉英

1977 年第 2 期

《卧牛掌》	王萌鲜	《兄弟》	赵燕翼
《踩浪少年》（儿童文学）	李百川		

1977 年第 3 期

《一把扳手》	曹杰	《在千度灼热面前》	李栋林
《攀登新高峰》	金岩	《水欢人笑》	李禾
《草原》	李积义		
《义务看田员》（儿童文学）	冯浩菲		

1977 年第 4 期

《阿依莎》	康民	《冬水》	景风
《闯关的人》	世隆		

1977 年第 5 期

《奔腾的石羊河》	王萌鲜	《婆媳俩》	曹天有
《太阳出山之前》	易希高	《你追我赶》	马清胜
《书记的"书记"》	张锐		

1977 年第 6 期

《大路向阳》（长篇小说选载） 黄权舆

《"特别"书记》 陈田 《礼物》 王汉英

《红霞半天》 何登焕 《养猪姑娘》 李江

《一副白金》（小小说） 纪卓瑶

黑龙江

《黑龙江文艺》：省级综合性文艺期刊，1973 年开始试刊，1974 年正式出版，定为月刊，是刊发知青小说的重要园地。

1973 年 试刊 1

《老牛哞儿》 李翔云 《心劲》 谢忠林

《插牌》 李荣

1973 年 试刊 2

《俩队长》 宝林 《表》 丁东红

1973 年 试刊 3

《暴风雪中》 杨利民 《笔架山下》 晓向

儿童文学：

《绿野红花》 王常君 《扶苗》 常泰昶

1973 年 试刊 4

《起点》（长篇小说《征途》选载） 郭先红

《烧水炉旁》 熊道衡 《钢枪奏凯歌》 刘功海

1973 年 试刊 5

《关怀》 程树榛 《车灯闪亮》 陈中复

《欢迎的锣鼓》 续文志

1973 年　试刊 6

《出钢》　　　　　　吴学运　《我们推荐她》　　晓向

1974 年第 1 期

《山村小乐队》　　　李汉平　《更上一层楼》　　张敬阳

《雨后》　　　　　　郑加真

1974 年第 2 期　无小说

1974 年第 3 期

《蓝天小将》　　　　姜世栋　张丹秋

《信任与委托》　　　朱雪艳　《顶天岭》　　　　王平

1974 年第 4、5 期合刊

《车间里的画家》　　季魁勋

1974 年第 6 期

《火红的战旗》　　　韦尚田　《进攻》　　　　　奚尚仁　李天君

儿童文学：

《水》　　　　　　　刘悦春　《山丫》　　　　　李汉平

《收山货的季节》　　黄健民

1974 年第 7 期　无小说

1974 年第 8 期

《永不休战》　　　　郝同宾　《测线》　　　　　宗水龙

《凌湖风浪》　　　　王常君

1974 年第 9 期

《春潮滚滚》　　　　温时耀

《闪光的宝石》（儿童文学）　　　　　　　　李广中

《千重浪》（长篇小说选载）　　　　　　　　毕方　钟涛

1974 年第 10 期

《初春》　　　　　勤文　　《关键时刻》　　　王毅

1974 年第 11、12 期合刊

《新的一代》　　　李进　　《踏波测流》　　　丁文君

《惊雷》（长篇小说选载）集体创作　王忠瑜　陈根喜　谢树执笔

《新苗吐芽》（儿童文学）　　　　　　　　　　雁羽

1975 年第 1 期

《春潮激荡》　　　马福林　《打草记》　　　　谢永兴

《正是春光》　　　孙仰芳　《前进挡》　　　　门嘉骊

《不怕"虎"的姑娘》　　　　　　　　　　　张野

1975 年第 2 期

《扫尘记》　　　　王不天　《春柳》　　　　　孙晓中

1975 年第 3 期

《牛角》　　　　　陆星儿　《火线》　　　　　洪志文

《大路朝阳》　　　王洪昌　《跃进的春天》　　徐双山

1975 年第 4 期

《临时工作》　　　孙晓中　《炉前报告》　　　刚毅开羽

《菜园风雨》　　　刘柏生　《阵地》　　　　　邢志生

《零点起步》　　　赵庆翔　《小厂长》　　　　宋文曾

《在理发店里》　　吴明远

1975 年第 5 期

《指标》（征文）　何苍劲　《闯新路》　　　　刘富国

《本色》　　　　　王清学

1975 年第 6 期

《决议风波》　　　朱雪燕　《春播时节》　　　张恩儒

《共同目标》　　　韩惠敏　《在餐车上》　　　张林

《列车在飞奔》　　戚文武

1975 年第 7 期

《渡"江"序曲》　　韦尚田

《山林中的火光》（儿童文学）　　　　　温安仁

1975 年第 8、9 期合刊

《开卷考试》　　　田地　　《山村新声》　　李汉平

《上课》　　　　　孙成武　《攻坚战》　　　张洪舜

《森林里的鞭声》　沈玉发

1975 年第 10 期

《时代的步伐》（征文）李守信

小小说：

《热气腾腾》　　　史雄飞　《小树搬家》　　谢宗年

《战士的责任》　　罗建安　《小小分销店》　卢国胜

1975 年第 11 期

《分房》（小小说）　王世俊

《伐木人传》（长篇小说选载）　　　　　屈兴岐

1975 年第 12 期

《真正的主人》　　戴万春　《烈焰》　　　　何苍劲

《山村锣鼓》　　　徐双山

《都柿熟了的时候》（儿童文学）　　　　刘名远

小小说：

《炉火熊熊》　　　韦尚田　《普通战士》　　王毅

《忻大伯》　　　　罗军

1976 年第 1 期

《账里有账》（小小说）张郁民

1976 年第 2 期

《培育》　　　　　耿发奎　《激流勇进》　　潘秀通　于万金

《新人英姿》　　　宋玉良　《"老实人"》　　　王清学

《咆哮的松花江》（长篇小说选载）　　　　　　林予　谢树

1976 年第 3 期

《冲锋不止》　　　阎英奎　丁继松　杨枫

《新教师》　　　　李汉平　《我的老战友》　　余雷

《新上任的理论辅导员》　　　　　　　　　　王治家

《闪光的道路》　　李进　周忠学

1976 年第 4 期

《劈风斩浪的人》　郭旭东　《东风》舜文

《舞台主人》　　　陆星儿

1976 年第 5 期

《兰河水涨》　　　张恩儒　《怒涛》　　　　　路宁

《激流滚滚》　　　郝同宾

1976 年第 6 期

《迎风斗浪》　　　阎英奎　丁继松　杨枫

《鹰击长空》　　　马永杰

《希望》　　　　　宗水龙　《金灿灿的路》　　朱雪燕

《大岭小卫士》（儿童文学）　　　　　　　　涂绍民

1976 年第 7 期

《闪光的乌金》　　王震武　《图案》　　　　　黄耀雄

《草原红霞》　　　金湛庆

1976 年第 8 期

《战旗迎风》　　　　孟尧　　《风云滚滚》　　　　杜玉亭

《钢铁边防线》　　　陈德惠

1976 年第 9 期

《捕鹤风波》　　　　杨更新

1976 年第 10 期　无小说

1976 年第 11、12 期合刊　无小说

1977 年第 1、2 期合刊

《光明之夜》（小小说）　　　朱玉

1977 年第 3 期

《新苗》（中篇小说选载）　　　刘柏生

1977 年第 4 期

《大庆的老干部》　　杨利民

《罕达犴的足迹》（中篇小说选载）　　　　　　　邹尚惠　朱美伦

1977 年第 5 期

《大张旗鼓》　　　　车广路　《草原小歌手》　　　王常君

1977 年第 6 期

《叫真的车长》　　　孟久成　《岗位》　　　　　　王世俊

《脚踏实地》　　　　郁民　　《"吉普"司机》　　　罗建安

《闪光的脚印》　　　翟广杰

1977 年第 7 期

《麦子黄了的时候》　谢中天　《有主意的老站长》　王正元

1977 年第 8 期

《鹰击长空》（长篇小说选载）　　　　　　　　　王忠瑜

《喜鹊窝里的"蛋"》（儿童文学）　　　　　朱奎

1977 年第 9 期

《云开雾散》　　　张恩儒

1977 年第 10 期

《难忘的岁月》　　聂德伟　《柳湾河的春天》　薛凤宝

《金泉河畔》　　　邢军

1977 年第 11 期

《期望》　　　　　程树榛　《大步长征》　　　谭贵宾

《在粮店里》　　　杨世隆

1977 年第 12 期

《上任》　　　　　金福骥　《演出前后》　　　崔金生

《汇报》　　　　　耿直

《翻身记事》（长篇小说选载）　　　　　　　梁斌

《大兴安岭文艺》：1973 年 6 月开始试刊，为不定期的地方综合性文艺刊物，1975 年起定为季刊，与《黑龙江文艺》联系紧密。

1973 年第 1 期　总第 1 期

《一个目标》　　　张跃铎　《在大路上》　　　刘卫东

《小英的婚事》　　田源　　《多看一步棋》　　朱淑香

《一张照片》　　　张维汉　《新来的主任》　　高忠厚

1974 年第 1 期　缺

1974 年第 2 期

《烈火真金》　　　张耀铎　《无声的交战》　　张熙觉

《王大爷的漫画》　王世俊　《老书记》　　　　赵振祥

1974 年第 3 期

《领路的"助手"》　　郑维梁　　《厉害丫头》　　　　张耀铎

1975 年第 1 期

《大干的时候》张莽　　《规划》　　王永泰

1975 年第 2 期

《炉火正红》　　　　　杜玉玲　　《阵地》　　　　　　戴惠荣

《土豆籽的风波》（小小说）　　　　李荣　刘文兴　张敬阳

1975 年第 3 期

《黑龙江文艺》《大兴安岭文艺》小说创作学习班作品选刊：

儿童文学：

《战士》　　　　　　　郭成兵　　《都柿熟了的时候》　刘名远

小小说：

《选线》　　　　　　　金福骥　　《热气腾腾》　　　　史雄飞

《发车之前》　　　　　章柏年　　《分房》　　　　　　王世俊

《路哨》　　　　　　　廓光

1975 年第 4 期

《真正的主人》　　　　戴万春　　《在喜庆的日子里》　张耀铎

《前哨阵地》　　　　　黄万华

小小说：

《毕业之后》　　　　　赫凤羽　　《耐火砖问题》　　　丁玉波

1976 年第 1 期

《黄金时节的故事》　　潘青　　　《战友》　　　　　　王永泰

《动力》　　　　　　　老健翔　　《把关》（小小说）　杨健

《上阵》（儿童文学）　　　　　姚国谨

《小哨兵智擒"钱串子"》（儿童文学）　　　　刘名远

1976 年第 2 期

《海燕新姿》	赫凤羽	《铁山顶妖风》	田长尧
《把准方向盘》	王世俊	《战斗》（小小说）	徐明

1976 年第 3 期

《迎春歌》	戴万春	《金泉红珠》	王国栋
《向光明的前途进军》			张熙觉
《西斡看园》（儿童文学）			徐海忠

1976 年第 4 期

《留给后代》	晓向	《崇高的理想》	康庆

1977 年第 1 期　无小说

1977 年第 2 期

《大推脾气》	罗建安	《岗位》	王世俊

1977 年第 3 期

《我和爸爸》	李利群	《黎明的前程》	赫凤羽
《小花猫的故事》（儿童文学）			刘名远

小小说：

《榜样》	罗建安	《接站》	王春华
《一班岗》	方继发		

湖北

《湖北文艺》：省级综合性文艺期刊，双月刊，1973 年 5 月号为创刊号。

1973 年第 1 期　创刊号

《夜闯凤凰滩》	傅长虹	《记下爱社一片心》	周扬帆
《过细》		孝感地区汉北工程文学创作组	
《降龙战》		孝感地区汉北工程文学创作组	

《红灯高照》　　　　傅子奎

1973 年第 2 期

《126 司机》	谭仲华	《杏花怒放》	陈树勤
《老刘蹲点》	熊元患	《材料科长》	王志贤
《起飞线上》	华林	《换牛记》	贺君佐

1973 年第 3 期

| 《老首长》 | 刘富道 | 《裁判员》 | 刘汉南 |
| 《考核》 | 蔡义德 马尚武 | | |

1973 年第 4 期

《捉"白面"》	贺君佐	《新矿工》	吴述强
《出车之前》	陆晓明	《油库主任》	罗祖照 张孝常
《高山养路工》	蔡元忠	《老班长》	周正藩

1974 年第 1 期

| 《献礼》 | 王积焰 | 《榴花似火》 | 龙治清 |
| 《新苗茁壮》 | 黄在毅 | | |

1974 年第 2 期

| 《树人》 | 朱有华 | 《决裂》 | 层林 |
| 《大青嫂子》 | 陈应谟 | 《考试》 | 程善帮 |

1974 年第 3 期

| 《铁柱》 | 彭鲁 | 《俊进》 | 徐培德 |
| 《小秦分房》 | 李栋 桂玉湜 | | |

1974 年第 4 期

| 《工分问题》 | 董宏猷 | 《干校归来》 | 朱有云 |
| 《涵管上的战斗》 | 华怀良 | 《炮筒子》 | 华仕咏 |

1974 年第 5 期

《新苗》　　　　　　　宋骥弘　《洪水到来的时候》　易群

1974 年第 6 期

《光荣任务》　　　　　陈天升　《风云万里》　　　　　傅子奎

1975 年　暂缺

1976 年　暂缺

1977 年　暂缺

江苏

《太湖文艺》（无锡）：地方性综合文艺期刊，1973 年开始出刊，目前缺 1973 年、1974 年刊本，只存部分刊本，为双月刊，无终刊信息。

1973 年　缺

1974 年　缺

1975 年第 4 期　总第 16 期

《眼光》　　　　　　　吴碧莲　《大老沙》　　　　　　汤祥龙

《立场问题》　　　　　江锡民

1975 年第 5 期　总第 17 期

《上任》（小小说）　　张友南　《风雨新松挺》　　　　顾一群

1976 年第 2 期　总第 19 期

《秤》　　　　　　　　徐建平　《"孺子牛"》　　　　　张永健

《"犟"丫头》　　　　　潘建亭

1976 年第 3 期　总第 20 期

《造反派性格》　　　　吴碧莲　《未来》　　　　　　　马汉清

1976 年第 4 期　总第 21 期

《激战凤还村》　　　　许平生　《激流勇进》　　　　　李桂源　朱旭

《额外任务》（小小说）   吴碧莲

1976 年第 5 期　总第 22 期　无小说

1976 年第 6 期　总第 23 期

《老兵的脚步》   焦点

1977 年第 1 期　总第 24 期　缺

1977 年第 2 期　总第 25 期　无小说

1977 年第 3 期　总第 26 期

《3 号服务员》   肖龙   《跑》   薛天伟

《戴花要戴大红花》   宋嘉义   《除夕夜》   马青

《一串红金果》（中篇小说连载）   平生

1977 年第 4 期

《看火镜》   高潮   《比赛》   许文龙

《一串红金果》（中篇小说连载续一）   平生

1977 年第 5 期

《鲜红的党旗》   天伟   《金桂飘香》   吴碧莲

《一串红金果》（中篇小说连载续二）   平生

1977 年第 6 期

《核产》   王金中   《泉山春秋》   严鹤   杨大中

《一串红金果》（中篇小说连载续三）   平生

江西

《江西文艺》：省级综合性文艺双月刊，1973 年 10 月出刊。

1973 年 10 月号第 1 期

《紫竹峰》   刘欧生   《三遇张虎》   李名英

1973 年第 2 期

《沐浴朝阳》   李如澍   《严把关》   辛华

《飞轮滚滚》　　　　新耕

1974 年第 1 期

《老管水员》　　　　郭平　　　《朝阳湖上》　　　　罗笑燕

《进山》　　　　　　柯才　　　《早春》　　　　　　雷峰

《任凭风云多变幻》　　　　　　　　　　　　　　　赖征海

1974 年第 2 期

《奋勇向前》　　　　郑学明　　《青春似火》　　　　石磊

1974 年第 3 期

《车笛赞》　　　　　新耕　　　《鲜花盛开》　　　　赵相如

《秧苗茁壮》　　　　王建过　文宝

1974 年第 4 期

《催春曲》　　　　　刘欧生　　《蛤蟆脊上的风波》　邱桂仁

1974 年第 5 期

《战斗的年华》　　　郑学明　　《金色的道路》　　　肖鑫光

《雄鹰展翅》　　　　洪道源　　《渔岛女教师》　　　贾献文

1974 年第 6 期

《朝气蓬勃》　　　　辜新生　　《架线》　　　　　　万发福

1975 年第 1 期

《夺权前夕》　　　　吴占林　　《阵地》　　　　　　胡兆宝

《收购季节》　　　　朱盛杰

1975 年第 2 期

《石榴村的春天》　　李南伦　　《在前进的道路上》　汲军

1975 年第 3 期

《车间办公室》　　　成炳坤　　《山村新医》　　　　邱桂仁

1975 年第 4 期

| 《徒弟》 | 毕必成 | 《新来的红卫兵》 | 郑日金 |

1975 年第 5 期

小小说：

《派车》	江洪	《在红色的土地上》	夏元麟
《"老主任"》	宋礼生	《火姑娘退工分》	李炎锠
《良种》	吴占林		

1975 年第 6 期　无小说

1976 年第 1 期　无小说

1976 年第 2 期

《火焰》	肖鑫光	《龙腾虎跃》	赵德章　郭庭恬
《"先行官"小传》	绍志　新耕		
《茂林和他的房子》	李如澍		

1976 年第 3 期

《新站长》	李子鸿	《战友》	余立薪　万斌生
《狮头崖的炮声》	刘欧生		
《抓狗鱼的故事》（儿童文学）			许春华

1976 年第 4 期

| 《第一个回合》 | 周国雄 | 《荆香》 | 宗宁 |
| 《擎旗人》 | 曹元明 | 《激流中的浪花》 | 朱盛杰 |

1976 年第 5 期

| 《小将宣战》 | 孙明明 | 《红尖兵》 | 李名英 |
| 《在一条战壕里》 | 熊华革 | 《老铁头》 | 李斌 |

1976 年第 6 期　无小说

1977 年第 1 期

《旗红火旺》　　　卢芳文　《暑雨滂沱》　　曹元明

《初战的胜利》　　肖学高　喻惠兰

1977 年第 2 期

《针锋相对》　　　陈泽峰　《心意》　　　　曾福龙

《时代的步伐》　　傅之潮

1977 年第 3 期

《南国烽烟》（长篇小说选载）　　　　　　罗旋

1977 年第 4 期

《奔腾急》　　　　李名英

1977 年第 5 期

《山村风暴》　　　李南伦　《长流向东》　　李如澍

《红军布告传奇》　张德章

1977 年第 6 期

《喜事》　　　　　郭世锻　《送红旗》　　　王金山

《家庭竞赛》　　　陈学工　《家属干部》　　赵文健

广西

《柳州文艺》：地方性综合文艺刊物，主要刊发本地作者的作品，1973 年
开始试刊，1974 年起正式出刊，不定期出版。

1973 年第 1 期　总 1 期

《接班之前》　　　曾仕龙　《校直工》　　　童立朝

《苏嫂》　　　　　李梦琴　《雷大锤》　　　方仁伟

1973 年第 2 期　总 2 期

《把关姑娘》	柯天国	《雷锋的战友》	王筱芸
《林华》	杨济仁		

1974 年第 1 期　总 3 期

《阿纳大爷》	恒颂	《出师》	柯天国
《松柏青青》	庞荣飞	《考试》	李仲明

1974 年第 2 期　总 4 期

《洪钟声声》	柯天国	《金花》	王振林
《岸柳成行》	郑北泉		

1974 年第 3 期　总 5 期

《宣讲之前》	柯天国	《金灿灿的早晨》	恒颂
《这里也是战场》	萌柳		

1975 年第 1 期　总 6 期　缺

1975 年第 2 期　总 7 期

《不冒烟的烟囱》	柯天国

1976 年第 1 期　总 8 期

小小说：

《我的第一个师傅》	郑北泉	《三张球票》	莫自强
《煤机隆隆》	宋建人	《这盏绿灯不能开》	陈修龄

1977 年第 1 期　总 9 期　无小说

1977 年第 2、3 期合刊　总第 10、11 期

《女儿的婚事》	柯天国	《对手赛》	张萍
《新的考题》	洪波	《一张领料单》	黄友林　霍群

1977 年第 4 期　总 12 期

《二伯爷》	张国聪	《送刀记》	霍群　黄友林
《小雷锋》	莫世和	《师徒俩》	陈汉
《粉笔》	刘江		

福建

《福建文艺》：省级综合性文艺期刊，1973 年第 1 期起开始试刊，为双月刊。

1973 年第 1 期

《红花满山》	金沙水	《一秒钟的故事》	钟标龙
《育秧时节》	孔屏	《新伙伴》	薛青

1973 年第 2 期

《上路》	汤滔	《春燕》	郑以灵
《更上一层楼》	刘广义	《决策之前》	方华
《织席女》	杨贾郎		
《小社员》（儿童文学）			林东
《欢乐的鱼塘》（儿童文学）			杜若人

1974 年第 1 期

《迎着朝阳》	曾毓秋	《挡马头》	陈原校
《快板李炳泉》	叶志坚	《柜台内外》	骆可典

1974 年第 2 期

《红妹子》	李启宇	《李园飘香》	戴冠青

1974 年第 3 期

《不停的车轮》	王鄂	《"特别干部"》	龚任文
《石蛋看瓜》（儿童文学）			徐常波

1974 年第 4 期

| 《矿工的步伐》 | 刘宵 | 《应急预案》 | 何端端 |
| 《"万一"连长》 | 周庆勤 | | |

1974 年第 5 期

《激流欢歌》	金沙水	《钢铁新一代》	郑敬平
《演出前后》	方叶		
《水的故事》	钟标龙		
《红色通告》（儿童文学）			青山

1974 年第 6 期

《红色的一月》	李启元	《多练几手》	王从
《铁道风云》	陈乙森	《灿烂征途第一步》	曾宪沧
《在密密的森林里》（儿童文学）			张永和

1975 年第 1 期

| 《战旗飘飘》 | 杨国荣 | 《乘风破浪》 | 翁树杰 |
| 《牛筋大伯》 | 陈恬 | 《前站》 | 孔屏 |

1975 年第 2 期

| 《鹰击长空》 | 林正平 | 《女老舟代①》 | 张亚清 |
| 《老当益壮》 | 林水土 | | |

1975 年第 3 期

《老支书新事》	庄东贤	《亚珍师傅》	洪荔生
《车场内外》	林培堂	《政治队长》	林孟新
《鸭》（儿童文学）	杜若人		

---

① "舟代"，为一个字，左右结构，查无此字。

1975 年第 4 期

《跃进序曲》	王芸亭	《长春大叔》	曹子恩
《夜练》	温文华	《山水委员》	卢腾
《养猪场里》	戴冠青	《新松沟的初春》	方叶
《斗争还在继续》	邓晨曦 陈娟		

1975 年第 5 期

《县委新委员》	金沙水	《牛头岭的战斗》	郁青
《一代风貌》	李启元	《炮声隆隆》	朱允祐
《老支书的一天》	何飞	《远征》	宇春

1975 年第 6 期

《枫红时节》	叶志坚	《冲锋在前的人》	华松
《来自新峰大队的报道》			卢希德
《新来的炊事员》			林孟新
《雷英》			吴金亮 黄弋平
《一份电报》			何端端
《圆圆》（儿童文学）			吴上爱

1976 年第 1 期

《老俩口》	杨健民	《住房分配单》	徐建光
《出发》	庄东贤	《审图纸》	吴哲真 梁岗
《传达之前》	吴捷	《姐妹俩》	陈恬
《新花红似火》	尚政		

1976 年第 2 期

《青山绿水间》	叶志坚	《大坝》	黄则根
《闽西春来早》	张胜友	《冬闯百浬洋》	张亚清
《重担我来挑》	张聚宁	《新手》	高亚龙

1976 年第 3 期

《战斗的步伐》	唐冈	《翠竹接云天》	李启元
《新仓管员的故事》	魏金养	《红梅迎春》	刘小敏
《小兵上岗》（儿童文学）	洪荔生		
《一担包菜》（儿童文学）	赵爱平	陈海山	钟连生

1976 年第 4 期

《风雷激荡》	杨国荣	《小车顶风开》	林谋荣
《榴花红似火》	戴冠青	《码头一课》	王丛
《正点发车》	张海勋		

1976 年第 5 期　怀念毛主席专刊

1976 年第 6 期

《床位》	林立乐	《试卷》	傅荣和
《午休时候》	陈维成		

1977 年第 1 期

《金色的火焰》	许雁	《工作服的故事》	方叶

1977 年第 2 期

《桃溪激浪》	林谋荣	《共产党员》	袁和平
《特约稿件》	温文华	《山村的笑声》	庄东贤

1977 年第 3 期

《"倔胡子"扛旗》	刘宵	《温暖》	林立乐
《墟场新闻》	王再习	《"电线"风波》	杨甫
《红军鞋》（儿童文学）			陈恬
《工厂的孩子》（儿童文学）			李幸
《矿车奔驰》（小小说）			施纯田
《锤声正响》（小小说）			陈文钊

1977 年第 4 期

《海疆拂晓》　　　　周红兵

1977 年第 5 期

《汀江少年》　　　杜若人　《第一天的道路》　　唐冈

《阿华》　　　　　林孟新　《"半边天"主任》　　陈乙森

1977 年第 6 期

《阵地战》　　　　林微润　《老大姐和魏小英》　洪荔生

《战士》　　　　　施建平　《铁道线上》　　　　张海勋

《新养路工》　　　郑致容

《龙岩文艺》《闽西文艺》：《龙岩文艺》由福建省龙岩地区革委会文化局编辑，地方性综合文艺期刊，1973 年、1974 年各出刊两期，不定期出版，目前无法查到期刊册。1976 年《龙岩文艺》改称为《闽西文艺》，定为季刊，刊发小说量较少。

《龙岩文艺》出刊 4 期　缺

《闽西文艺》：

1976 年第 1 期　总第 5 期　接续《龙岩文艺》　无小说

1976 年第 2 期

《一代新人》　　　吴子恒

1976 年第 3 期

《雷阵雨》　　　　陈耕　　《嵩岭风暴》　　　　张永和

《渡口青松》　　　赖干坚

1976 年第 4 期　无小说

1977 年第 1 期　无小说

1977 年第 2 期

《1 天》　　　　　　　　立乐

1977 年第 3 期　无小说

1977 年第 4 期　无小说

安徽

《文艺作品选》《文艺作品》：由合肥通讯社编印，是合肥市业余作者的重要阵地，1973 年第 1 期为创刊号，定为月刊，1973 年 7 月起正式发行。1974 年第 1 期起更名为《文艺作品》。

《文艺作品选》：

1973 年第 1 期

| 《汽笛长鸣》 | 李安海 | 《冯德师傅》 | 胡家柱 |
| 《宣誓》 | 宗信　跃渊 | | |

1973 年第 2 期

《除夕之夜》	邓俊平	《银线红心》	周枫
《长松大伯》	项学东	《雨后春笋》	何浩贤
《号兵》	姚山岭		

1973 年第 3 期

| 《红花》 | 王继侠 | 《崖畔上人家》 | 陈长凤　徐航 |
| 《按合同办事》 | 张亚 | 《决战之夜》 | 王忠 |

1973 年第 4 期

| 《一幅徽绣》 | 伍徽祖 | 《脚步》 | 春江 |

《织布人》　　　　　　梁珍思　刘维民

1973 年第 5 期

《哨声》　　　　　　王继侠　《钢城新一代》　　　周哲波

《"支农主任"》　　　张振华　《师徒俩》　　　　　张路

1973 年第 6 期

《第一个回合》（中篇小说《红心》第一章选载）　　　谢竞成

《蛮蛮和兰兰》（儿童文学）　　　　　　　　　　　崔波

《流水淙淙》　　　　春江　　《小喇叭响了》　　　谭福蓓

1973 年第 7 期

《五彩雨》　　　　　海涛　　《何大娘》　　　　　宗信跃渊

《青春岁月》　　　　　　　　　　　　　　　陈长风　徐航

《第一个回合》（中篇小说选载）　　　　　　　　谢竞成

1973 年第 8 期

《垂柳依依》　　　　京隆　　《渔村怒火》　　　王有任　吴坚豹

《红军磨》　　　　　叶秀根

《第一个回合》（中篇小说选载）　　　　　　　谢竞成

1973 年第 9 期

《小葵花》（小小说）　　　　　　　　　　　钱敏

《笔画的手表和纸剪的红星》（儿童文学）　　　罗晓帆

《育苗》　　　　　　濮洪凯　《青山望不断》　　　垦夫　张路

1973 年第 10 期

《战友》　　　　　　胡家柱　《新柳》　　　　　　郭强

《两代人》　　　　　吴小喜　《新苗苗壮》　　　陈长风　徐航

1973 年第 11 期

《"○"号队员》　　　孙玉春　《歌声》　　　　　　宋振国

《小小修配组》　　　许春耕

1973 年第 12 期

《铁的队伍》　　　罗晓帆　《靶场》　　　　　薛宣和

《文艺作品》：

1974 年第 1 期

《放心》　　　　　项学东

《鞋窝里的秘密》（儿童文学）　　　　　　　　李安祥

1974 年第 2 期

《闪光的钢锭》　　张振华　《溵河的早晨》　　陈长风　徐航

1974 年第 3 期

《战斗在召唤》　　袁汝学　孙玉春

1974 年第 4 期　小小说特辑

《批判会没有结束》杨杰　　《探家》　　　　　项学东

《换车》　　　　　凌长龙　《四月秧》　　　　宋振琪

《"逞能"的人》　孙玉春　《三个小观众》　　罗晓帆

1974 年第 5 期

《为了一个目标》　肖南　　《战焦岗》　　　　夏保尔

《特殊照顾》　　　张建生

1974 年第 6 期

《球拍的秘密》（儿童文学）　　　　　　　　　罗晓帆

《短笛长吹》　　　陈长风　徐航

《窗子》（小小说）孟媚媚　《沙枣花》　　　　李瑞林

1974 年第 7 期

《第三个调度》　　肖南　　《领料房里的风波》杨杰

《我们的班长》　　　　周莉

1974 年第 8 期

《风雨》　　　　邓俊平　《在订计划的时候》　杨德华

1974 年第 9 期

《犟哥出"嫁"》　　芦干　《立秋时节》　　　吴光城

《护路人》　　　　李洪俊

1974 年第 10 期

《大进管钟》（儿童文学）　　　　　　　张玉银

《一个皮夹子》　　　　　　　　　　　唐定芝

1974 年第 11 期

《老铁匠和他的徒弟》　吴庆初

1974 年第 12 期　无小说

1975 年第 1 期

《喜悦》　　　　张亚　《突击队政委》　　肖南

《迎战》　　　　曹太定

1975 年第 2 期

《天沂湖畔的歌声》　王全枢　《拦车》　　　许成章

《梨花村的孩子》　郑垦夫

1975 年第 3 期

《大江浪潮》　　柳志刚　《杏花嫂》　　　万克玉

《俺那没过门的媳妇》　崔波

《冬冬》（小小说）（儿童文学）　　　沈克勤　曹永柱

1975 年第 4 期

《喷泉》　　　　桓祖玉　《一往无前》　　王忠

1975 年第 5 期

《向着未来》　　　　胡家柱　　《重任在肩》　　　　董永龙

1975 年第 6 期

《迎春战歌》　　　　赵泉

《虎妮开锁》（儿童文学）　　　　　　　　　　张玉银

《灵灵送瓜》（儿童文学）　　　　　　　　　　赵清贤

《小燕行医》（儿童文学）　　　　　　　　　　顾鸣

1975 年第 7 期

《春到柳树林》　　　水庆中　　《虎妞》　　　　　费向野

《一字之差》　　　　周枫　　　《汇报》（小小说）　孙玉春

《"零"大姐》　　　　曹玉模

1975 年第 8 期

《集训期间》　　　　沙林森　　《柱子》　　　　　王全枢

《试卷》　　　　　　李序

1975 年第 9 期

《赵进社养猪记》　　水庆中　　《丁虎》　　　　　周根苗

小小说：

《辅导》　　　　　　郑垦夫　　《废钢场上的战斗》钱敏

《虎妮开锁》（儿童文学）　　　　　　　　　　张玉银

1975 年第 10 期

《向阳花红》　　　　蔡莽

小小说：

《一只茶杯的故事》　　　　　　　　　温宗浩　周东生

《椅子问题》　　　　　　　　　　　　王长胜　严歌平

《通知》　　　　　　郑元祥　　《普通劳动者》　　肖南

《两张戏票》　　　　赵泉　　《职权》　　　　　　杨杰

《方向》　　　　　　周志新

1975 年第 11 期

《规划》　　　　　　桑继安　孙朝熹

《铁豆当会计》　　　沙林森

《新党员》　　　　　永龙　文富　沪宁

《劳动委员》（小小说）　　　　　　　　　　解玉龙

1975 年第 12 期

《铁拳》　　　　　　杨杰　　《滔滔淮水映橱窗》　王友根

1976 年第 1 期

《新凤》　　　　　　阎立美　水庆中

1976 年第 2 期

《迎着晨光前进》　　伍徽祖　《大豆金灿灿》　　水庆中

1976 年第 3 期

《壮马山之歌》　　　周鹏飞　《瑞雪纷飞》　　　水庆中

《永不停步》　　　　武明　　《霞姐》　　　　　董永龙

1976 年第 4 期

《欢腾的金鸡岭》　　水庆中　《胜利的炮声》　　施南京

1976 年第 5 期

《出土的壮苗》　　　许开武　《一份报告》　　　黄泽存

《枫叶正红》　　　　张玉银

1976 年第 6 期

《小坤》　　　　　　董永玉　高昂

《丁妞和她的小伙伴们》（儿童文学）　　　　吴晓风

《鲜花朵朵》 　　　　　　　　　　　　　　　　　杨绮　任玫

1976 年第 7 期

《闪光的路》 　　　　曹治泉　　《金马河畔》 　　　　沙林森

《把关》 　　　　　　郑重

1976 年第 8 期

《主人》 　　　　　　肖南　　　《先锋连长》 　　　　丁邦国

《淠河浪》 　　　　　陈长风　徐航

1976 年第 9 期

《铁牛飞奔》 　　　　蒋陶　　　《检验》 　　　　　　轩嘉炳

1976 年第 10 期　无小说

1976 年第 11 期

《迎新晚会》 　　　　胡家柱

1976 年第 12 期

《碧绿碧绿的打瓜园》（儿童文学） 　　　　　　　陈长风　徐航

《鱼》 　　　　　　　水庆中　　《渡海第一船》 　　李凤琪

1977 年第 1 期　无小说

1977 年第 2 期

《刚刚捉妖记》 　　　周根苗

1977 年第 3 期

《耿大娘嘴里的喜团子》 　　　　　　　　　　　　许成章

《云芳姑娘》 　　　　李丙华　　《考试》 　　　　　　李静

《爸爸不在家》（儿童文学） 　　　　　　　　　　吴晓风

1977 年第 4 期

《馒头山下》 　　　　顾鸣

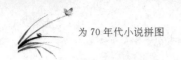

1977 年第 5 期

《老马识途》　　　　吴正本

1977 年第 6 期

《宝石》（儿童文学）　　　　　　　　　　　沙林森

《宝镜》（儿童文学）　　　　　　　　　　　陈长风　徐航

《一分钟》　　　　　　　　　　　　　　　　王茂恩

《雨后彩虹》（儿童文学）　　　　　　　　　何昆

1977 年第 7 期

《燃红炉火的人》　　　严歌平

1977 年第 8 期　无小说

1977 年第 9 期　无小说

1977 年第 10 期　无小说

1977 年第 11 期

《选队长》　　　　　　丘大同　《婆婆师傅》　　　黄敏

1977 年第 12 期

《三九隆冬》　　　　　吴文薇　《顶风船》　　　　　沙林森

贵州

《黔南文艺》：地方性综合文艺期刊，由黔南自治州《黔南文艺》编辑组编辑，1973 年 5 月创刊，为季刊，无终刊信息，目前仅能查到 1973 年、1974 年刊本。

1973 年第 1 期

《永不褪色》　　　　何萌　　《新的目标》　　　朱江荣

《铁牛下田》　　　　朱慕文　《青山常在》　　　储佩成

《小水兵》　　　　罗世槐

1973 年第 2 期

《穿云破雾》　　　周世雄　《新苗》　　　　卢惠龙

《润滑工》　　　　陈世经

《苗儿青青》（儿童文学）　　　　　　王正飞

1973 年第 3、4 期合刊

《斗龙记》　　　　岑海平　《红旗飘飘》　　冯季　一笔

1974 年第 1 期

《岩猛》　　　　　傅定淼

1974 年第 2、3 期

《银线闪光》　　　李居一　《计划问题》　　朱江荣

《虎娃》（儿童文学）李美

1974 年第 4 期

《百年大计》　　　芦惠龙

《葵葵和小虎》（儿童文学）　　　　　黄启伟

云南

《云南文艺》：省级综合性文艺期刊，1973 年 8 月创刊，双月刊，1976 年 1 月起改为月刊，无 1977 年信息，1978 年恢复为《边疆文艺》。

1973 年 8 月号第 1 期　　创刊号

《钢炉》　　　　　梁鑫泉　《丰收喜庆的日子》辛勤

《崖上青松》　　　范茂良　《育苗》　　　　晓旭

《翠竹长青》　　　唐嘉义

1973 年 10 月号第 2 期　庆祝十大专刊　无小说

1973 年 12 月号第 3 期

《越冬秧》	邢绍俊	《玛尕》	彭吉中
《警钟》	段明良	《龙虎添翼》	张东辉
《老师》	高仪华	《警钟》	段明良
《龙虎添翼》	张东辉		

1974 年第 1 期

《田虹》	志农	《山外青山》	王旭晖
《采烟季节》	普飞（彝族）		
《梅罕亮》	扬苏（白族）		

1974 年第 2 期

| 《炉火正旺》 | 罗云虎 | 《女队长》 | 赵之星（白族） |

1974 年第 3 期

| 《新春序曲》 | 彭吉中 | 《播春》 | 李军农 |

1974 年第 4 期

| 《挡不住的车轮》 | 石溪 | 《宣传委员》 | 吴军 |
| 《翠绿的蕉林》（儿童文学） | | | 王雨宁 |

1974 年第 5 期

| 《群众代表》 | 江水 |

1974 年第 6 期

| 《盘江春色》 | 范茂良 | 《清水河畔》 | 张珠珠 |
| 《傣家小猎人》（儿童文学） | | | 顿宝慧 |

1975 年第 1 期

| 《春天的战鼓》 | 尹相如 | 《通车之前》 | 田玉生 |

1975 年第 2 期

《泉嫂》　　　　滕达群　《妇女队长》　　彭景宏

《齐师傅》　　　陈建群　《闪亮的胶刀》　王建

1975 年第 3 期

《林涛奔腾》（征文选刊）　　　　孔翔来

《山妹》　　　　　　　　　　　　为真

《岩拉和玉温》（儿童文学）　　　李迪

《飞》（儿童文学）　　　　　　　赵之星（白族）

1975 年第 4 期

《前线指挥所》（征文选刊）　　　正隆

《弧光闪闪》　　刘朝伟

《一块闪光的矿石》　李启明

1975 年第 5 期

《云岭劲松》　　陈邦国　《航向》　　　　杨林森

《老车长》　　　彭吉中　《炉火红心》　高为华

1975 年第 6 期

《在开满攀枝花的大道上》　　　黄在旺

《弹弓的故事》（儿童文学）　　马莉

小小说：

《一棵甘蔗》　　张向东　《戽水歌》　　邓小波

《胶林夜》　　　刘桂芝　《一张桌子》　群力

1976 年第 1 期

《一份订不完的合同》　　　　宣六一　朱炳文

《红梅吐艳》　　尹国春

为70年代小说拼图

1976 年第 2 期　诗歌专号　无小说

1976 年第 3 期

《女班长》	何泰	《普通一兵》	余东红
《收夏》	李军农	《傣家小社员》	郭思九
《叶丽和艾莎》	周怡华		

1976 年第 4 期

《一朵云》　尹相如

努力反映无产阶级"文化大革命"征文选刊：

《调度室里的风波》 彭怀仁	《景颇儿女》	黄在旺
《差拉山上的锤声》		江朝泽
《向阳路上》（小小说）		李正新
《田春苗》（小小说）		王延烽

1976 年第 5 期

努力反映无产阶级"文化大革命"征文选刊：

《冲击》	祁振声	《舞台》	杨伊达
《铁架十三峰》	罗云虎	《试徒》	陈岳军
《赤脚颂》	张向东		

1976 年第 6、7 期　总第 21、22 期

| 《反击之前》 | 向丽玲 | 《事业》 | 胡廷武 |
| 《警钟长鸣》 | 张明喜 | | |

西双版纳傣族自治州业余文艺创作选载：

| 《人心所向》 | 石溪 | 《奔向田野》 | 吴军 |
| 《拖拉机上山那天》 | | | 刘伯华 |

备注：

《桂林文艺》《攀枝花文艺》：根据相关记载可知《桂林文艺》《攀

枝花文艺》从 1973 年开始出版，目前没有查到 1973 年至 1977 年刊本，仅存 1977 年之后的刊本。

三 1974 年开始出版的期刊

河南

《河南文艺》：省级综合性文艺期刊，1974 年第 1 期为创刊号，双月刊。

1974 年第 1 期

《百年大计》　　　　王不天

1974 年第 2 期

《阵地》　　　　　陈解民　《扎根》　　　　孟庆德

1974 年第 3 期

《医疗前线》　　　李文龙　《成长》元和平

1974 年第 4、5 期合刊

《大河奔流》　　　朱根发　《凌云英》　　　渑池县文艺创作组
《斗争在继续》　　张小虎　《不管风吹浪打》　仰韶文
《永远前进》　　　王振邦　《小闯将》　　　张振永

1974 年第 6 期　无小说

1975 年第 1 期　无小说

1975 年第 2 期

《浩浩荡荡》　　　王不天　《春潮奔腾》　　　祝育春

1975 年第 3 期

《主动进攻》　　　魏世祥　《坚守阵地》　　　朱根发

1975 年第 4 期

《战士》　　　　　李克定　《青山寨的钟声》　张振永

《车轮飞转》　　　　　张世黎

1975 年第 5 期

《停车场上》　　　　　张同喜　《玉根学医》　　　　侯钰鑫

《座位》　　　　　　　王不天

1975 年第 6 期　无小说

1976 年第 1 期

《硬骨头队长》　　　　金雨　　《青柏向阳》　　　　周欣

《青年突击队员》　　　陈大斌

《春水新歌》　　　　　傅纯白乐①

《一次考试》（儿童文学）　　　　　　　　　　　刘秀森　宋孝先

1976 年第 2 期

《两代人》　　　　　　石振声　《茧花赋》　　　　　王不天

《把底的人》　　　　　金燕　　《两张蓝图》　　　　郑松青

1976 年第 3 期

《雨猛松挺》　　　　　陈步超　《雏鹰》　　　　　　肖运昌

《东风劲吹》　　　　　张文清

1976 年第 4 期

《潮汛》　　　　　　　杨东明　《顶风破浪》　　　　贾爱萍

《永不停息的战斗》　　　　　　　　　　　　　　刘向阳

《瓜园小哨兵》（儿童文学）　　　　　　　　　　张长安

1976 年第 5 期

《砥柱中流》　　　　　祝育春

《闪亮的铁锤》　　　　孙炳鑫

---

① "白乐"，为一个字，左右结构。

1976 年第 6 期　无小说

1977 年第 1 期

《红石青松》　　　　夏扬

1977 年第 2 期　无小说

1977 年第 3 期

《永远年轻的人》　　　　　　　　　　　刘向阳

《农机战线"大庆人"》　　　　　　　　南予见

《现场会上》　　　王燕飞　《乐宽叔》　　国谦

《阳阳和军军》（儿童文学）　　　　　　沈凡

1977 年第 4 期

《春夜》　　　　　叶文玲　《催阵炮响》　李克定

《严师长》　　　　黄京湘　《普通的战士》钮岱峰

《雪映丹心》　　　李旻

1977 年第 5 期

《谁主沉浮》　　　夏扬　　《顶梁柱》　　诗勤

《"万一"姑娘》　陈造

1977 年第 6 期

《香柏树》　　　　涂白玉　《问津渡》　　宝城

《送书的故事》　　张长安　《大雪飘飘》　张兴元

宁夏

《宁夏文艺》：省级综合性文艺刊物，1974 年第 1 期起出刊，双月刊，单月出版。

1974 年第 1 期

《重要任务》　　　宋友仁　《盘山渠》　　肖孟

《哥尔乐和他的马头琴》　　　　　　　　　　　塞原

《云云》（儿童文学）　　　　　　　　　　　　查舜

《信任》（小小说）　　　　　　　　　　　　　鲍洁

1974 年第 2 期

《云天岭》　　　　　薛迅

1974 南第 3 期

《高高的钻塔》　　　　陈振祥　《责任》　　　　徐宿鱼

《女充电工》　　　　　余小沅

《灵娃》（儿童文学）　　　　　　　　　　　陈国光

1974 年第 4 期

《西沙儿女——正气篇》（中篇小说选载）　　　浩然

《我们的鹰》　　　　塞原　　《新路》　　　　季成

1974 年第 5 期　诗歌专号

1974 年第 6 期

《快马加鞭》　　　　杨羊文①《斗争》　　　　蔡锦棨

《新花》（儿童文学）　　　　　　　　　　　查舜

1975 年第 1 期

《冲锋在前》　　　　余小沅　《煤城朝晖》　　郑正

《定线》　　　　　　进涛　　《雨露阳光》　　罗肇秦

《迎春》　　　　　　史建华　《磨炼》　　　　孟星

小小说：《红村炮声》　　　　　　　　　　　苏玉林

1975 年第 2 期

《矿灯闪闪》　　　　徐宿雨　《红石山》　　　麦秋

---

① "羊文"，为一个字，左右结构，疑为讹字，可能是"羚"，或"牧"。

《这里没有冬天》（小小说）　范长华

1975 年第 3 期　儿童文学特辑

《"我是主人"》	林滨	《小夜校》	闪华
《小巴特尔》	朱宇	《桥头夜战》	陈生祥
《我的第一个老师》	张爱林		

1975 年第 4 期

《决裂》	杨小林	《重任在肩》	范长华
《小猎手》	王乐春	《小哨兵》	李建平
《一个星期六的夜晚》	季成		
《这里也是战场》	马进建		

1975 年第 5 期

| 《洪嫂上任》 | 朱正安 | 《原则》 | 丁元 |
| 《炊事新歌》 | 赵九合 | | |

1975 年第 6 期　小戏曲、小演唱专号

1976 年第 1 期

《珍珠》	何君倬	《在"57 号"地里》	菁华
《新节目》	秉勋	《两份申请报告》	姚莫羡
《王大伯的急事》（小小说）			丁洪福

1976 年第 2 期

《标准》	蒋如根	《主轴》	刘士（回族）
《迎春》	叶茂	《收割之前》	邓存恒
《球赛的最后几分钟》			胡大雷
《支农曲》（小小说）			李跃飞
《农场小电工》（小小说）			张凤山
《儿童团》（儿童文学）			王健玲
《刚刚》（儿童文学）			钱松樵

1976 年第 3 期

《钢梁铁柱》（征文）　徐宿鱼　《旌旗奋》（征文）　宋友仁

《新上任的团长》　　蒋如根　《蒙古包里的风波》富俊年

《电磨房里的斗争》（儿童文学）　　　　　闪华（回族）

1976 年第 4 期　无小说

1976 年第 5 期

《驾驶楼上》　　　胡延荣　《小荣请战》　　史建华

《红雁》（儿童文学）　　　　　　　　　杨小林

1976 年第 6 期

《蓝天凯歌》　　　蒋如根　《战友》（小小说）李跃飞

1977 年第 1 期　无小说

1977 年第 2 期

《黄河东流》　　　杨瑛　《深山沟里机声隆》徐正坤

《稻苗青青》　　　杨东刚　《沙川师傅》　　李跃飞

1977 年第 3 期

《竞赛》　　　　　鲍洁

儿童文学：

《我当民兵前的一件事》　　　　　　　　戈悟觉

《翔翔和拴拴》　　　　　　　　　　　　闪华（回族）

1977 年第 4 期

《展翅凌云》　　　孙志连　《"小贡献"》　　朱向国

《打背包的故事》　南远景　《考试》　　　　吕国昭

《完钻前的小事》　吕国昭

1977 年第 5 期

《轰鸣的柴油机》　吕国昭　《新标准》　　　程枫

《飞奔的汽车》　　　李镇　　《新炮手》　　　　彭建银

《在老队长睡着的时候》　　　　　　　　　　倪培新

1977 年第 6 期

《火》　　　　　　　李唯　　《牛虎大伯》　　　李默零

《鱼》（儿童文学）　郭云

新疆

《新疆文艺》：新疆军区生产建设兵团政治宣传部、《新疆文艺》
编辑部编辑，1974 年 1 月号为创刊号，双月刊。

1974 年第 1 期

《后浪推前浪》　　　张瑞成　《渡口》　　　　　兰学毅

《奔腾在伊犁河上》马合木提·买合买提

1974 年第 2 期

《咱们的连长》　　　王玮　　《翠青》　　　　　刘伯璋

《油海一盏灯》　　　王大鸿　《志红》　　　　　余跃水

《代代相传》　　　　吴定刚

1974 年第 3 期

《希望》　　　　　　陈学迅　《草原红霞》　　　冯江

《春潮》　　　　　　　　　伊沙克（维吾尔族）

《英雄小矿工》（中篇小说选载）　　　　　　宁廷彪

1974 年第 4 期

《新的考验》　　　　郑稼民　《桥》　　　　　　刘德元

1974 年第 5、6 期合刊

《披荆斩棘》　　　　刘永祯　《朝阳》　　　　　杨明堂

《新政委》　　　　　张发良

1974 年第 7、8 期合刊

《火把》　　　　　　李婉　　《银花朵朵》　　　苗雨

《"夜老虎"张勇》　　　　　　　　　　　　　凤文珍

1974 年第 9 期

《畅通无阻》　　　　王大鸿　《石花》　　　　　白练（回族）

《付印之前》　　　　王守运

1975 年第 1 期　总第 10 期

《命脉》　　　　　　李梦泽　《热西旦木》　　　赵志国(锡伯族)

《三进三连》　　　　茅萱　　《关键问题》　　　郑稼民

《都曼》（儿童文学）汪海涛

1975 年第 2 期

《暴风雪中》　　　　阿扎提（维吾尔族）

《高山骏马》　　　　吐尔干拜（柯尔克孜族）

《洪霞》　　　　　　俞敬元　《坚定不移》　　　胡尔朴

《红柳丛丛》　　　　贡淑芬　《小姚插秧》　　　祁大慧

《立足点》　　　　　沙砚勤　《龙腾虎跃》　　　刘伯强

1975 年第 3 期

《柯孜勒山下》（长篇小说选载）　柯尤慕·图尔迪（维吾尔族）

《战天斗地》　　　　居麻拜·比拉勒（哈萨克族）

《猛虎添翼》　　　　侯献斌

《出山虎》　　　　　李彦清

《响雷》（儿童文学）　　　　　　　　　　　　汪海涛

1975 年第 4 期

《巴哈尔大叔》　　　左尔东·沙比尔（维吾尔族）

《火洲风云》　　　　杨明堂　《火红的喜报》　　　秦孟珺

《为了一个目标》　　祝云亭

1975 年第 5 期

《丰收》　　　　　　卡哈尔（维吾尔族）

《源远流长》　　　　白练（白族）

《老师》　　　　　　阿不力米提司马义（维吾尔族）

1975 年第 6 期

《叶尔羌河的早晨》　肖陈　《东去的列车》　　　段宝珊

1976 年第 1 期

《水往山上流》　　　王太平　《妇女队长》　　　　张荣庆

1976 年第 2 期

《红旗漫卷》　　　　冯士林　《车勇的故事》　　　修艾永

《午夜的雷声》　　　胡尔朴　《咱们的大学生》　　樊跃勤

《新鲜血液》　　　　亚黎昆（维吾尔族）

1976 年第 3 期

"文化大革命好"征文选载：

《第二次交锋》　　　段宝珊　《炉火熊熊》　　　　段顺生

《种子撒满大地》　　肖陈　《守门人》　　　　　骋野

1976 年第 5 期　无小说

1976 年第 6 期　无小说

1977 年第 1 期

《胶靴的故事》　　　胡尔朴

1977 年第 2 期

《库迪莱提》　　　　克尤木·吐尔迪（维吾尔族）

《牧村新貌》　　　　外力拜·吾拉孜阿里（哈萨克族）

《老钳工新传》　　　段宝珊　《礼物》　　　　樊跃琴

《高云燕》　　　　　荣棣　　《塔里木夜歌》　胡尔朴

《闪闪发光的宝石》　张国钧

1977 年第 3 期

《第二期工程》　　　张宝发　《钻塔红灯》　　　严冰

《雪山鸿雁》　　　　张风水

《光明的颂歌》　　　艾则孜·沙吾提（维吾尔族）

1977 年第 4 期

《放心》　　　　　　张发良　《塔里木纪事》　　沈贻炜

《金桥卫士》　　　　李生明

1977 年第 5 期

《临时的广播员》　　沈贻炜　《瀚海护线工》　　张风水

《千斤顶》　　　　　张剑云

1977 年第 6 期

《春播时节》　　　　刘光全　《老当益壮》　　　张国柱

《严大妈》　　　　　俞敬元　《新》　　　　　　李好学

《找风》　　　　　　姚志刚

湖北

《武汉文艺》：综合性文艺双月刊，1974 年第 1 期为创刊号。

1974 年第 1 期

《浪激夔门》　　　　邹克　　《铿锵的锤声》　刘富道　方志民

1974 年第 2 期

《海燕》　　　　　　陈立德　《小蜜蜂》　　　　龚三明

1974 年第 3 期

《舞台新兵》　　　　曹策前　《工地战旗红》　　曾德厚　刘泽寰

1974 年第 4 期

《火红的五月》　　　杨锡璟　《新上任的队长》　刘丕林

《胸怀》　　　　　　沈鸿信

1974 年第 5 期

《厂报编辑》　　　　许世奇　《三个挂枪的孩子》龚家芹

1974 年第 6 期

《女班长》　　　　　钟家茂　《矿山金凤》　　　郑辉

《书》　　　　　　　沈立德

1975 年第 1 期

《小树》　　　　　　李尔钢　《演习》　　　　　王洪宪

《靠山》　　　　　　陈丕瓒　李友元　赵德科

1975 年第 2 期

《前进歌》　　　　　　　　　段夙慧　余德亨　于光

《咱们队里的新苗子》　　　　阎俊杰

1975 年第 3 期

《激战拦路虎》　　　蒋金和　《三喜护路》　　　陈昆满

1975 年第 4 期

《寄自"红旗一号"的报告》　　　　　　项能波

《这事发生在武昌鱼的故乡》　　　　　陈丕瓒

《红书站》　　　　　李昌炎　温永安

《茶场新人》　　　　森林

1975 年第 5 期

《进军鼓》　　　　　郑赤鹰　李汉生

小小说：

《考核的标准》　　　刘传洲　《炉前顾问》　　钟家茂

《卖猪路上》　　　　棉丰　　《分瓜》　　　　孙世海　段延锡

《派车》　　　　　　沈鸿信　《风格》　　　　郭佩荣

1975 年第 6 期

《龙门的秘密》　　　王宜法

小小说：

《买鱼》　　　　　　涌河　　《战 "火龙"》　　刘行松

《江水向东流》　　　苗连贵　《玉英》　　　　刘丕林

《分票》　　　　　　陈一云

1976 年第 1 期

《小肖湾的早晨》　　李尔钢

《憨胡娘》　　　　　汪大洪

《虎吼、雷鸣、马嘶》（长篇小说《李自成》选载）　姚雪垠

1976 年第 2 期

《弓委员》　　　　　惠文　　《战友回来了》　　黄卫国　赵和平

《矿山风雷》　　　　邓思源　《火红的袖章》　　丁永淮

1976 年第 3 期

《闯将》（征文）　　李德复　《交锋》　　　　邓玉梅

1976 年第 4 期

《江上激流》　　　　李翔凌

《顶风新篇》（征文）　　　　　　　　　　　季岳生

1976 年第 5 期　悼念毛主席　无小说

1976 年第 6 期　无小说

1977 年第 1 期　无小说

1977 年第 2 期

《有理篇》　　　丁永淮　《铁腿陈三虎》　回金龙

1977 年第 3 期

《老徒弟》　　　王怀福　《对手》　　　陈惠文

1977 年第 4、5 期

《鸡冠花》　　　张晓林

《贼狼滩》（长篇小说选载，《新的战场》第一部）　李北桂

1977 年第 6 期

《红柳颂》　　　朱景忠　高子鲜

《悬崖之夜》（长篇小说选载，《贼狼滩》第六章）　李北桂

浙江

《杭州文艺》：前身为杭州的《群众演唱》与《革命文艺》，新时期后改刊为《西湖》。1974 年第 1 期为创刊号。

1974 年第 1 期　创刊号

《师徒》　　　　肖前

1974 年第 2 期

《我们都是战斗员》赵征

1974 年第 3 期

《根深苗壮》　　陆云松　《向阳商店》　　辛民

1975 年第 1 期

《割青草的故事》　　倪树根　《火岗清泉流》　　赵和松

1975 年第 2、3 期合刊

《前进路上》　　　　倪土　　《芒种时节》　　　何纪宁

《放炮姑娘》　　　　杨家骥

《枫叶正红》（小小说）　　　　　　　　　　胡霜

《点子》（小小说）　　　　　　　　　　　　朱效瑜

1975 年的 4 期

《高山红》　　　　　倪土　　《坚守阵地的人》　陆云松

《放牛》　　　　　　楼飞甫

1975 年第 5 期

《九段沙》　　　　　洪军　　《基础》　　　　　王重远

1975 年第 6 期

《金锁把关》　　　　周策　　《岗位》　　　　　辛民

少年习作：

《爱社大叔》　　　　陈敏　　《红星照耀去战斗》禹杭

1975 年第 7 期

《银幕内外》（小小说）　　　　阿牛

《新茶》　　　　　　刘源春　《老当家新传》　　陈旭明

1975 年第 8 期

《新调来的炊事员》汪逸芳　《菜的故事》　　　夏鸿根

小小说：

《管门》　　　　　　张鲁杭　《雨途》　　　　　陈光照

《柜台边上》　　　　莫小米　《新的步伐》　　　龚树坤

《力量》　　　　　姚永年　《一车瓦片》　　　蒋唤孙

1975 年第 9 期

《新套路》　　　　骆雨　　《"实践"师傅》　　李建国
《银花》　　　　　陆云松　《誓言》　　　　　　吴坚奋

1975 年第 10 期

《焊花》　　　　　沈治平　《"底脚螺丝"》　　　陈旭明

1975 年第 11 期

《探潮》　　　　　吴光松　《金竹池畔》　　　　阮未青
《浇菜》　　　　　倪树根

1975 年第 12 期　无小说

1976 年第 1 期

《春潮》　　　　　红华　　《关键时刻》　　　　朱德才
《潜力》　　　　　黄梦燕

1976 年第 2 期

《样子》　　　　　倪土　　《植保姑娘》　　　　张为礼
《一篇小说稿》　　陈歆耕

小小说：
《忠实的学生》　　许云　　《签字》　　　　钱土木　蒋唤荪

1976 年第 3 期

《文宣队纪事》　　陈旭明　《"乱头阿爹"》　　　肖前
《小燕》（儿童文学）红华　《定位》　　　　　　赵征

1976 年第 4 期

《顶风前进的人》　沈治平
《山春》（儿童文学）　　　　　　　　　　　　刘源春

《后代》（长篇小说选载）　　　　　　　　毛英

1976 年第 5 期　纪念鲁迅专辑

1976 年第 6 期

《后代》（长篇小说选载）　　　　　　　　毛英

1977 年第 1 期

《"老窑头"的故事》　金学钟　《"百分卡"》　谷益
《后代》（长篇小说选载）　　　　　　　　毛英

1977 年第 2 期

《三亩椭李园》　　　张正纲　《度假》　　胡尹强
《后代》（长篇小说选载）　　　　　　　　毛英

1977 年第 3 期

《登陆浪窝岛》　　　洪军　　《石炮手》　夏鸿根
《后代》（长篇小说选载）　　　　　　　　毛英

1977 年第 4 期

《"领头雁"》　　　　刘源春　《"堤"外事》　阿牛
《闪光的乌金》　　　朱效瑜

1977 年第 5 期

《同心果》　　　　　赵瑞平　《不平坦的路》　黄梦燕
《她们没有留下姓名》　　　　　　　　　　石志明

1977 年第 6 期

《小交通》　　　　　陈道阔　《断奶》　　方艳芬
《假日里》　　　　　沈虎根
《大雪飘山村》（儿童文学）　　　　　　　红华

1977 年第 7 期

《通红的火》　　　　汪逸芳　《"老将"师傅》　姜三

《山高路长——山区旅店纪事》　　　　　　倪土

1977 年第 8 期

《点篙引船》　　　毛英　　《龙河桥》　　　　阮生江

1977 年第 9 期

《享福》　　　　　陈旭明　《燕燕学艺》　　　戚天法

1977 年第 10 期

《在胜利这一天》　林海　　《爸爸的手提包》　万刚

《一颗红五星》　　方艳芬

1977 年第 11 期

《向阳院里的笑声》郑开慧　《目标》　　　　　陆云松

1977 年第 12 期　戏剧曲艺专辑　无小说

上海

《朝霞》：1974 年 1 月创刊，由上海人民出版社编辑、出版，为月刊，1976 年 9 月后停刊，主要刊发小说、散文、诗歌、理论、杂文、批判文章。

1974 年第 1 期

《初试锋芒》（征文选刊）　　　　　　　　夏兴

《红卫兵战旗》（征文选刊）　　　　　　　姚真

《电视塔下》　　　段瑞夏　《女船长》　　　陆俊超

1974 年第 2 期

《闪光的军号》　　林正义　《钢厂新人》　　　边风豪

《追图》（征文选刊）　中华造船厂"三结合"业余创作小组

《火上加油》　　　曹刚强　《小兵过河》　　　庄大伟

《小主人》　　　　周勇闯

1974 年第 3 期

《挂红花那天》（征文选刊）   姚克明

《浦江潮》（征文选刊）   陈足智

《组织委员》   郭宁   《号子嘹亮》   边风豪   包裕成

《攻"关"》   朱勤甫

1974 年第 4 期

《野营途中》   吕兴臣   《潜力》   俞云泉

《一篇揭矛盾的报告》   崔洪瑞

1974 年第 5 期

《试航》（征文选刊）王金富   朱其昌   余彭年

《东风扑面》   复旦大学中文系文学创作专业   袁航

《凌云》   楼耀福

1974 年第 6 期

《长江后浪推前浪》   孙颙

《会燃烧的石头》   杨代藩   张成珊

《签订合同的时候》   践波

《一杆敲断的教鞭》   徐根生

《岩龙和小平》   杨美清

1974 年第 7 期

《一往无前的人》   杨中言   楼耀福

《心中的炉火》   朱敏慎

《起宏图》   姚建明   《主角》   曹刚强   姚忠礼

《第一线上》   庄大伟

1974 年第 8 期

《布告》（征文选刊）史汉富   《长龙伏虎记》   陶志豪

《"铁手"》　　　　林启茵　《劲梅》　　　　　叶勉

1974 年第 9 期

《典型发言——续〈一篇揭矛盾的报告〉》　　　段瑞夏

《新人小传》　　　胡万春　《车长》　　　　　胡廷楣

1974 年第 10 期

《序曲》（征文选刊）施伟华　《再闯虎口洋》　　钱建群

《万年河波涛》　　郑生思　《秧田新绿》　　　陈先法　赵兰英

1974 年第 11 期

《新的镜头》　　　边风豪　《金色的路》　　　秦节　顾绍文

《最后一个工班》　张长公

1974 年第 12 期

《远航书简》　　　罗建国　《师生》　　　　　杨焱

新人新作：

《路霞》　　　　　奚青　　《机床大夫》　　　陆振华

《永不停步》　　　俞亮鑫

1975 年第 1 期

《钢浇铁铸》（征文选刊）　　　　　　　　　钱钢

《跑步前进》　　　韦国华

小小说：

《广场附近的供应点》（征文选刊）　　　　　朱敏慎

附《供应点上》（初稿）

《十年树人》　　　段瑞夏　《榔头篇》　　　　叶勉

《战鼓催征急》　　邹悠悠　《归心似箭》　　　董德兴

《鱼鹰初试》　　　杨文达

1975 年第 2 期

《开拓未来的战斗》唐俊　　《出国之前》　　　方同德

《朝阳升起的时候》　　吴若春　《钢筋》　　　　楼耀福

1975 年第 3 期

《洪雁度假》　　　　伍元新　《店堂前的红灯》　蒋小馨

《营业之外》　　　　朱敏慎　《珞巴姑娘雅嘉》　叶晞　廖东凡

《火花》　　　　　　谭留根　《深度》　　　　　张士敏

小小说：

《万年青》　　　　　顾戍耕　《老门卫》　　　　姚胥正

《友谊手》　　　　　盛华海

1975 年第 4 期

《百分之九十五》　　史汉富　《春笋岭》　　　　杨代藩

《水妹子》　　　　　曹雨煤　《钥匙》　　　　　郁俊英　沈金祥

《南山红梅》　　　　张永秀

1975 年第 5 期

《老实人的故事》　　孙颗　　《剪春罗》　　　　杨德昌

《浪花》　　　　　　王振栋　《重任在肩》　　　王端阳

《为了明天，向前》　于水

1975 年第 6 期

小小说：

《权力》　　　　　　周林发　《签名》　　　　　毛炳甫

《汽车往哪里开》　　左鸿恕　《考勤》　　　　　边风豪

《退休第一天》　　　陆志平　《接班的钟声》　　陈星

《一杯蜂蜜》　　　　郎松源　《演出前后》　　　蒋小馨

儿童文学：

《弹弓和南瓜的故事》　　　　　　　　　　　贾平凹

《文艺班里的风波》　　　　　　　　　　　　李凤杰

1975 年第 7 期

《这不是偶然的》	段瑞夏	《山寨钟声》	雨煤
《叶正青》	田谷	《填湾记》	侯陶珠
《带班的人》	陈伯玉		

1975 年第 8 期

《女采购员》	刘绪源	《大草塘》	叶蔚林
《大海捞针》	江华南		

小小说：

《长在屋里的竹笋》	黄新心	《急性子的人》	陈述之
《"老管"》	周宜地	《红色的箭头》	张莉萍
《洁白的饭单》	何琪琦　韩源		

1975 年第 9 期

《普通一员》	史汉富	《钢厂笛声》	刘观德
《冠军赛》	王琪霞	《产值问题》	邱茂中

小小说：

《潮头》	蒋明德	《涛涛》	李纯
《假日》	王蓬		

1975 年第 10 期

《永不停步》	胡万春	《无产者》	杨森　董德兴
《光明磊落》	刘绪源　蒋明德		

1975 年第 11 期　无小说

1975 年第 12 期

《立春》	刘观德

小小说：

《文革嫂》	王成君	《队委员》	贾平凹

《百分之百》　　　　王仲翔　《拆桥的人》　　　　杨辉周

1976 年第 1 期

《为革命委员会站岗的人》（征文）　　　　段瑞夏

《峥嵘岁月》（征文）　　　　姚真

《毕业归来》　　　　张步真　《高瞻远瞩》　　　　董德兴　胡廷楣

《未受邀请的"代表"》　　　　陈先法

《标灯闪闪》　　　　士敏　《新的课题》　　　　陈光　李莘

《小菁和小健》　　　　王晓元　《社员》　　　　鲁风

《第五十一个学员》　任志高　《一道考题》　　　　邱伟坚

1976 年第 2 期

《凌云篇》　　　　刘绪源　《铁肩膀扛旗》　　　　宗廷沼

《岗位》　　　　刘观德　《掌印》　　　　夏坚勇

《新坝合龙的时候》　　　　严捷

《郭大妈的"万宝全书"》　　　　杨福根

1976 年第 3 期

《总攻发起之前》（征文）　　　　周林发

《幼儿园的钟声》　　陈传瑜

《新鲜婶儿》（征文）　　　　苏桂波

《柳河川纪事》　　董蕾

《菜苗事件》　　　　王蓬　《山口把关》　　　　程鹏

1976 年第 4 期

《套红的号外》（征文）　　　　张福荣　蒋明德　施伟华

《只要主义真》（征文）　　　　杨代藩

《小楼风雨》（征文）　　　　王修亚

《风轮飞转》　　　　左鸿恕　《阵地》　　　　徐根生　董国新

《老耿头》　　　　朱和平

1976年第5期

《五月惊雷》　　　林正义　《中流砥柱》　　　邵华

《再闯落马坡》　　彭吉安　《第一号文件》　　俞天白　王锦园

《小伟造反》（儿童文学）　　　　侯苏豫

《大会之前》（儿童文学）　　　　周开雾

1976年第6期

《瞄准点》　　　　周伟民　《风口》（征文）　王琪霞

《在革命风暴中》　庄新儒

小小说：

《动向记录簿》　　何康平　《"团结"号》　　　范希平　诸宏建

《动力》　　　　　傅兆雄　《不寻常的车厢》　张达邦

1976年第7期

《铁厂纪事》　　　朱和平　《你代表谁》　　　陈伯玉

《罩不住的光》　　张圣禄

《东西南北中》（征文）　　　　　史汉富

1976年第8期

《前线》（征文选刊）于水　《初夏》　　　　　凌岩

《书记拜师》　　　高启道　《交班》　　　　　谢炳根

《方向》　　　　　赵孝思　《本色》　　　　　唐水明

《龙江花》　　　　张建中

《破冰的人》　　　龚金凤　方国平　单慧玉

1976年第9期

《老姐妹》　　　　姚胥正　《两改通知》　　　张达邦

《前哨》　　　　　　　　　　　　　季为民

《不尽的航程》　　　张圣隆　瞿晨渔　施正国

备注：

《沱江文艺》（四川内江）：根据相关资料记载，1974 年开始出版，但无法查到 70 年代期刊册。

四　1975 年开始出版的期刊

山东

《青岛文艺》：综合性文艺期刊，1975 年 5 月开始试刊，1977 年第 1 期起正式出刊。

1975 年第 1 期

| 《青春长在》 | 吕广耀 | 《攀高峰的人》 | 李德义 |
| 《积肥记》 | 袁学强 | 《扑鲭时节》 | 孙明俭　陈焕章 |

1975 年第 2 期

《出车之前》　　　尤凤伟　《新工人苗壮》　　王宏源

1975 年第 3 期　无小说

1976 年第 1 期　缺

1976 年第 2 期　缺

1976 年第 3 期　缺

1976 年第 4、5 期

《轨道》　　　　　李忠诚　《春潮》　　　　　王宏源

《首战告捷》（长篇小说选载，选自《飚风》）　　文敏

《庄户列车在前进》　　　　　　　　　　　张玲

1976 年第 6 期

《点上交锋》　　　王永乐

《无风港的风浪》（选自长篇小说《渔港之春》）　姜树茂

《新的战斗》　　　李德义　《接受任务之后》　李希连　孙德顺

1977年第1期

《怒火》　　　　　郭先登　《竞赛》　　　　　张永和

《渔港之春》（长篇小说选载）　　　　　　姜树茂

青海

《青海文艺》：地方性综合文艺期刊，1975年开始出刊，双月刊。

1975年第1期　总第1期

《勇往直前》　　　张帆　　《昆仑姐妹》　　　王宗仁

《新来的"司机"》　姚橹　　《定线》　　　　　周衍

1975年第2期

《过"河"之后》　　武延年　《核算》　　　　　李英举

《好钢》　　　　　娄敏敏　《任务》　　　　　蒋兆钟

《哈里木》　　　　郭玉道　《打靶之前》　　　阎绪海

1975年第3期

《金苗》　　　　　薛亮　　《虻牛石》　　　　　周衍

《开镰之前》　　　孙业民

儿童文学：

《索玛林的松苗》　仁青侃卓《一次实战演习》　陈士濂

《玩具的故事》　　　　　　　　　　　　孙家马良①

1975年第4期

《人民的战士》　　窦孝鹏　《第一个镜头》　　王国栋

---

① "马良"，为一个字，左右结构，查无此字。

| 《不锈钢》 | 刘建民 | 《春雷滚滚》 | 张秉乾 |

1975 年第 5 期

| 《第一次冶炼》 | 强文久 | 《风火洞》 | 向近秀　钱佩衡 |
| 《小路哥》 | 冯文超 | 《本色》 | 程春 |

1975 年第 6 期

| 《迎风挺立的战士》 | 王国栋 | 《育苗》 | 李孔学 |
| 《写请帖》 | 齐明 | 《第一天》 | 聂亮 |

1976 年第 1 期

| 《冬红》 | 贺良凡 | 《长流水》 | 程枫 |
| 《特制零件》（小小说） | | | 娄敏敏 |

1976 年第 2 期

| 《会说话的星星》 | 王宗仁 | 《自觉的战士》 | 糖吉思　陈庆英 |
| 《比较》 | 吴新华 | 刘小湄 | |

1976 年第 3 期

| 《石磊》 | 高战军 | 《凌燕展翅》 | 王国栋 |
| 《一张试卷》 | 姚英斌 | 《旭日东升》 | 杨志军 |

1976 年第 4 期

| 《永不脱靶》 | 娄敏敏 | 《进军》 | 张秉乾 |
| 《炮手》 | 汪泾洋 | 《顶风上的人》 | 无巧 |

1976 年第 5 期

| 《一篇工作笔记》 | 刘其明 |

1976 年第 6 期　无小说

1977 年第 1 期

| 《雪浪——一位生产队长的自述》 | | 程枫 |

1977 年第 2、3 期

《焊花灿烂》	冯文超	《答卷》	傅军刚
《富恒的双手》	麦天枢	《难忘的一课》	王玉梅
《风云初记》	杨志军		

1977 年第 4 期

| 《白杨哗哗》 | 程枫 | 《赶点列车》 | 蔡其康 |
| 《雪线下播种》 | 钱佩衡 | 《水专家》 | 郭立业 |

1977 年第 5、6 期　无小说

新疆

《古城文艺》：由新疆奇台县文化馆编辑，1975 年开始出刊，到 1977 年共出刊 6 期。

1975 年第 1 期

| 《紧急任务》 | 梅欣 |

1975 年第 2 期

| 《妇女队长》 | 荣棣 | 《夜深"人静"》 | 温玉芳 |
| 《送羊》 | 阎伟 | | |

1975 年第 3 期　无小说

1976 年第 1、2 期

| 《山雨欲来》（连载） | 柳乐 | 《高云燕》 | 荣棣 |
| 《女锻工》 | 吕珊 | 《支农》 | 周乐尧 |

1977 年第 1 期

| 《博鲁河畔》 | 刘大江 |

内蒙古

《巴彦淖尔文艺》：由巴彦淖尔盟文化局创作组编辑，1975 年第 1 期为创刊号，为不定期综合性内部文艺刊物，无终刊信息，到 1977 年共出刊 5 期。

1975 年第 1 期　总第 1 期

《柳湾春枝》　　　　　侯三毛　《果园飘香》　　　　蔺鸿儒

《森严壁垒》　　　　　文颖

1975 年第 2 期　无小说

1976 年第 1 期　缺

1976 年第 2 期　缺

1977 年第 1 期　总第 5 期

《沙窝探肥记》　　　　杨志今　《老亲家会面》　　　崔凤鸣

《高粱地里的哨声》（儿童文学）　　　　　　　侯三毛

湖南

《雁峰文艺》：综合性群众文艺期刊，由衡阳市文化工作室编辑，1975 年第 1 期为创刊号。

1975 年第 1 期　总第 1 期

《双轮齐飞》　　　　　周孔波　《亮亮与彤彤》　　　欧阳卓智

1976 年第 1 期

《校门》　　　　　周孔波

《小虎和小敏》（儿童文学）　　　　　　　　黄化安

1976 年第 2 期

《战斗的旗帜》　　　　王光明　《熊熊烈火》　　　　周孔波

《火红的岁月》　　　张正国

1976 年第 3 期　无小说

1976 年第 4 期　无小说

1977 年第 1 期　无小说

1977 年第 2 期

《主人》　　　　　　陈杰荣

1977 年第 3 期　总第 8 期

《衡北烈火》　　　童隆杰　《伏虎岗》　　　　木白

《合金珠》　　　　周孔波　谭州

江苏

《江苏文艺》：省级综合性文艺期刊，月刊，1975 年第 1 期为创刊号。

1975 年第 1 期

《入党》　　　　　周唯一　《一往无前》　　　海笑

《东渡黄河》　　　黄铁男

1975 年第 2 期

广阔天地激扬文字（知识青年文艺创作学习班新作）：

《春天的脚步》　　张宇清　《第二次交锋》　　郭宁　刘初宝

《金色的茅屋》　　沈泰来　《锤》　　　　　　许永

《新的洗礼》　　　马金忠　《军寨河畔》　　　蔡剑秋

《春风劲吹》　　　樊云生

1975 年第 3 期

《发奖前后》　　　李昌达　《凌燕》　　　　　胡晓湖　陈建民

《煤城虎将》　　　徐州矿务局工人创作组

《蔚兰的天空》　　　丁大卫

《大干队长》（小小说）　　　　　　　　　　徐福心

《柳河桥》　　　任斌武

1975 年第 4 期

《挑战》　　　张宇清

儿童文学专辑：

《小代表》　　　龚慧瑛　《种瓜记》　　　王寿洪

《在学工的日子里》刘同祥　《儿歌手》　　　倪健

《翠生生的杉苗》　野苍　《顶门柱》　　　陆顺英

《火红的袖章》　汪应祥

1975 年第 5 期

反腐蚀斗争进行曲：

《朝阳庄的后代》　徐有志　徐立

《堡垒》　　　李军

《眼界》　　　陈肃　《挺拔的泡桐树》叶公觉

《闪光的路徽》　方同德　《报到》　　　方友声　李云刚

《写给作者的小说》　　　　　　　　　胡本炎　石嘉

1975 年第 6 期

《巍巍青驼峰》　王益山　《春晨纪事》　　马春阳

《灿烂的焊花》　邓小秋

小小说：

《换房》　　　陈云雷　《出车》　　　孙景生

《沸腾的夜市》　黄铁男

1975 年第 7 期

《进山》　　　钟锐　《县委书记》　　何晨　丰文

《扳砖记》　　　　　姜绪章　《"火"大娘》　　　波渺

《泥腿子编辑》　　　周琳　　《小铁铲亮闪闪》　　秦南文

《夯》　　　　　　　陈学工

1975 年第 8 期　无小说

1975 年第 9 期

《脚印》　　　　　　孙超　　《定音记》　　　　　汪强

《脚手架下》　　　　黄蓓佳

1975 年第 10 期

《一次没有安排的发言》　　　　　　　　　　　陆泰

《源泉》　　　　　　刘新　　《忘年交》　　　　　刘山民

《老姜师傅》（小小说）　　　　　　　　　　　韩导秦

1976 年第 1 期

"农业学大寨　普及大寨县"小说专号：

《重返杨柳圩》　　　成正和　《开弓没有回头箭》　黄蓓佳

《田野欢歌》　　　　刘丽明　《卧龙山》　　　　　郑再忠　翟永刚

《半只匾》　　　　　樊大为　《金帆河畔》　　　　苏从林

《领墒牛》　　　　　石殿梁　《百泉溪》　　　　　洪忍

《青到柳林渡》　　　万叶树　《庄户列车》　　　　洪叶　桂庭　彦生

《扳头师傅》　　　　范小天　《小站春暖》　　　　高华

《关键问题》　　　　张宇清

1976 年第 2 期

《新一代的幼芽》　　江苏师范学院文艺创作组

《老建议》　　　　　姜绪章　《开场锣鼓》　　　　陈小杭

1976 年第 3 期

《钟声铛铛》　　　　潘庆梅　《血染的红旗》　　　严清

《讲坛上下》　　　陈肃　　《老委员新事》　　韩今

《山泉浪花》　　　李春溪

1976 年第 4 期

《槐枝》　　　　　林启祯　《春柳》　　　　　王茂林

《青松》（小小说）　陈乃祥　《父辈的心愿》　　陆涛声

《雁窝山的炮声》　潘新宁

1976 年第 5 期

歌颂无产阶级文化大革命专辑：

《湖滨风云录》　　杨炳山　《锋芒所向》　　　金曾豪

《葡萄架下》（上篇）方同德　《破土而出》　　　马春阳

《前哨》　　　　　朱晓伶

《一篇"造反宣言"》（小小说）　　　　　　邹鸿喜

1976 年第 6 期

《高高的桅杆》　　徐朝夫　《小天兵》　　　　许永

《大革命的火星》　龚慧瑛　《关键时刻》　　　徐尚云

《葡萄架下》（下篇）　　　　　　　　　　方同德

1976 年第 7 期

《时代最强音》　　沈泰来　《春潮滚滚》　　　成正和

《初征》　　　　　曾立平

《流水线上的风波》（小小说）　　　　　　杨东亮

1976 年第 8 期

《鲜花报警器》　　江奇涛　《铁马驰骋》　　　肖平

《老测工和他的尺》殷志扬　《喜人云》　　　　李同溪

1976 年第 9 期

《倒蹲点》　　　　周正荣　《分水岭》　　　　张宇清

1976 年第 10 期

《七月的进军》　　　　秦文玉　《风雨湖心岛》　　　王中华

《掘进队长》　　　　　何锡龄

《连心线》（小小说）　　　　　　　　　　　　　黄铁男

1976 年第 11 期

《水乡女货郎》　　　　徐海伧

1976 年第 12 期

《雪梅》（小小说）　　陈民牛　《浪花》（小小说）卢晓更

《金穗岭新事》　　　　沈泰来

1977 年第 1 期

《胜天曲》　　　　　　王益山　《枣花飘香》　　　　池源

1977 年第 2 期

《万年松》　　　　　　孙家玉　《腊月春光》　　　　徐朝夫

《红红的雨花石》（中篇小说连载）　　　　　　海笑

《搬家》　　　　　　　王承刚

1977 年第 3 期

《八月江潮》　　　　　朱国鼎　《"拔河姑娘"》（小小说）邱晔

《争分夺秒》(小小说)洪叶　　　《"有劲师傅"》　　　林震公

《红红的雨花石》（中篇小说连载·续一）　　　海笑

1977 年第 4 期

《红红的雨花石》（中篇小说选连·续二）　　　海笑

1977 年第 5 期

《龙腾虎跃》　　　　　韩今

《红红的雨花石》（中篇小说连载·续三）　　　海笑

1977 年第 6 期

《炼》（小小说）　　顾寄南　《大青河边》（小小说）龚慧瑛

《木匠的胸怀》（小小说）　　　　　　　　　金曾豪

《一丝不苟》（小小说）　　　　　　　　　　石嘉

《姐姐》（小小说）　李丰　　《松子》（小小说）蒋玉德

《想起三十年前……》　　　　　　　　　　黄政枢

《红红的雨花石》（中篇小说连载续四）　　海笑

1977 年第 7 期

《喷涌的山泉》　　　张宇清

《红红的雨花石》（中篇·续完）　　　　　海笑

1977 年第 8 期

《雪原篝火》　　　江奇涛

1977 年的 9 期

《石匠的心愿》　　刘振华　程乐坤

《"三水书记"》　　邱晔

1977 年第 10 期

《绿色的河岸》　　　王中华　《迎风崖》　　贺毅武

《一只虎骨酒瓶的来历》　　　　　　　　唐炳良

《螃蟹宴》　　　姜绪章

1977 年第 11 期　无小说

1977 年第 12 期

《龙山脚下》　　　殷志扬　《踢开头三脚》　张道坤

《凌云志》　　　葛修瀚

浙江

《浙江文艺》：省级综合性文艺期刊，1976 年起定为双月刊，刊发小说量较大。

1975 年第 1 期

《小兵本纪》	高连章	《雄鹰展翅》	龚泽华
《军营的早晨》	王领群	《一件棉军衣》	张国瑛
《百丈岭》（长篇小说选载）			绍兴
《百丈岭》	创作组		

1975 年第 2 期

《绿柳成行》	余方德	《带路》	卢祥耀
《二走葫芦桥》	陈忠来	《红五月》	徐迅
《走访王亚兰》	陈志超	《阅报栏前》	毛英

1975 年第 3 期

《似火的年月》	赵和松	《行船蜗牛滩》	何文丰
《序幕》	徐启华	《半爿岩》	艺峰
《学艺》	郑名恭	《新教师》	陆云松
《试验田》	李追深	《"修旧迷"》	丁子兵

1975 年第 4 期

《新里程》	欣荣	《战地新画》	宇声
《春雷滚滚》	许胤丰	《岭崖苍松》	王领群
《弧形溪畔》	卢同庚	《三号门前》	翟俊伟

1975 年第 5 期

《老兵新貌》	苏贵长	《礼物》	张国瑛
《班长》	方宣清	《葵英上任》	张卫乔
《新来的党委书记》	李追深		

1975 年第 6 期

《我是一个兵》	余方德	《调查》	汤步青　陈又新
《春天的画》	徐俊其	《岩梅吐芳》	周策
《连队的一把"锁"》			何健生

1975 年第 7 期

《退休报告》	金剡	《红竹苗》	余通化
《师徒俩》	方宣清	《果满枝头》	庄月江

1975 年第 8 期

《前夕》（长篇小说选载）	胡尹强
《红枫似火》	余方德

小小说：

《一丝不苟》	王重远	《氨水池边》	庄月江
《宣战》	丁祖良	《庄红》	薛安莉

1975 年第 9 期

《老郭营长》	费爱能	《种草子》	金学种
《"跑马表"的故事》			龚泽华
《孩子们的心意》（小小说）			徐迅
《金凤山上》	沈明祥		

1976 年第 1 期

《主心骨》	张振刚	《考试的风波》	林伟　梁米芳
《元旦之前》	朱德才		

1976 年第 2 期

《菜苗苗壮》	秦品元	《山娃打猎》	学种

1976 年第 3 期

| 《路》 | 殷光玉 | 《新女婿》 | 龚泽华 |
| 《生命的凯歌》 | 王能祥 | | |

1976 年第 4 期

《斗潮篇》	许铨先 许云		
《在鲜红的党旗下》	蒋焕孙		
《饲养场的风波》	童遵森	《实习》	叶荣镇

1976 年第 5 期 无小说

1976 年第 6 期

| 《社会公仆》 | 王重远 | 《退休》 | 金善枢 |
| 《老实人新传》 | 欣荣 | 《秧苗青青》 | 袁丽娟 |

1977 年第 1 期 无小说

1977 年第 2 期

《顶梁柱》	赵和松	《红糖》	庄月江
《伏牛》	陈翊	《三封电报》	刘星
《决不误点》（小小说） 永生			

1977 年第 3 期

《女检验工》	南晖	《夺猪笾》	张振刚
《新媳妇》	时宏	《父子》	章云行
《桃树的故事》	蔡金荣		

1977 年第 4 期

| 《"要强"的兵》 | 费爱能 | | |
| 《在战斗的航线上》 | 葛宝亭 | | |

1977 年第 5 期

《心愿》　　　　　　汪逸芳　《父亲》　　　　　　吴广宏

《渔汛正旺》　　　　蔡文良　《红山茶》　　　　　柴夫

1977 年第 6 期　诗歌专号　无小说

备注：

《群众文艺》（河北）：由河北省群众艺术馆编辑，1975 年第 1 期起正式出刊，是以刊登工农兵演唱作品为主的文艺刊物，一般不刊发小说。1977 年改刊为《河北群众文艺》，不刊发小说。

《群众文艺》（贵州）：不定期综合性群众文艺刊物，为适应各地区工农兵群众开展业余文艺创作活动的需要而创办，并为农村业余文艺宣传提供材料，由贵州省群众艺术馆编辑，刊发小剧本、曲艺、故事、创作经验谈、作者体会等，基本不刊发小说。

《群众文艺》（盐城）：群众性文艺刊物，由江苏省盐城地区革命委员会文教局编辑，基本不刊发小说。

五　1976 年开始出版的期刊

北京

《人民文学》：全国性文艺刊物，1976 年第 1 期为创刊（复刊）号，1976 年出版 9 期，1977 年起定为月刊。

1976 年第 1 期

《机电局长的一天》蒋子龙　《枫叶殷虹》　　　　陆星儿

《老实人的故事》　孙　颙

《"公"树的故事》（儿童文学）　　　　　　　　胡景方

1976 年第 2 期

《严峻的考验》　　　段瑞夏　《铁军的步伐》　　　宋新英

《海兰》　　　　　张逢春　《达娃吉》　　　　格桑多杰(藏族)

1976 年第 3 期

《无畏》　　　　　陈忠实　《主人》　　　　　周永年

《羚羊寨》　　　　张步真　《展翅高飞》　　　张新岗

《暴风雨》(各地作品转载)　　　　　　　　　鲁兆荣

1976 年第 4 期

《女共产党员》　　魏树海

《严峻的日子》(各地作品转载)　　　　　　伍兵

《铁锨传》　　　　蒋子龙　《演出之前》　　宋树新

《第一次支委会》　扈其震

《金色的翅膀》(儿童文学)　　　　　　　　许乃平

1976 年第 5 期

《占领》　　　　　蒋焕孙

《在大风大浪中——献给参加无产阶级文化大革命的红卫兵小将》
(各地作品转载)　黄虹坚

《不灭的火焰》　　柯天国　《潜流》　　　　士敏

1976 年第 6 期

《洪涛曲》(长篇小说《金光大道》第三部选载)　浩然

《春焰》　　　　　赵践　　《矿山钢梁》　　张峻

《毛主席的红小兵》钱世明

1976 年第 7 期　悼念毛主席

1976 年第 8 期　无小说

1976 年第 9 期

《脚步》　　　　　齐振夏　《咱们的大老魏》张成珠

1977 年第 1 期　无小说

1977 年第 2 期

《在燃烧的大地上》（长篇小说选载，选自《东方欲晓》）　杨沫

《党课》　　　　　王石　　《铁妈》　　　　贾平凹

《嫩苗苗壮》　　　罗先明

1977 年第 3 期

《丹梅》　　　　　叶文玲　《荷花嘴奇遇》　谢璞

《望日莲》　　　　徐光耀　《戈壁守井人》　赵燕翼

1977 年第 4 期

《心声》　　　　　萧育轩　《序幕》　　　　胡万春

《风筝飘飘》　　　周元镐　《风雪路上》　　叶雨蒙

1977 年第 5 期

《雪飘除夕》　　　叶文玲　"吓一跳"的故事　李汉平

《环节》　　　　　王家斌　《带飞》　　　　王世阁

1977 年第 6 期

《地上的"神仙"》　白桦　《希望》　　　　萧育轩

儿童文学：

《预备红小兵的故事》　　　　　　　　　　田丁

《外婆提的一条优点》　　　　　　　　　　吴一天

《盼望》　　　　　　　　　　　　　　　　梁学政

《纸条儿和纸条儿》　　　　　　　　　　　开华　霆昭

1977 年第 7 期

小说两篇：《足迹》《标准》　王愿坚

《工作队长张解放》　邹志安　《风雨罗霄路》　李长华

《高高的红石崖》　　张贤华

1977 年第 8 期

《长征路上》（三篇）王愿坚 《今天》 杜斌

1977 年第 9 期

《雪亮的战刀》 石川军

1977 年第 10 期

《挥起战刀的炮手们》 王汶石

《"院士"》 张天民 《毛毡路》 徐保林 丁秀峰

1977 年第 11 期

《班主任》 刘心武 《取经》 贾大山

《四书记》 徐慎 《年饭》 叶文玲

《北大荒人物速写》陆星儿 《两邻居》 刘江 班澜

《我的"新战友"》 曹雪寒 《送鹅记》 张永秀

《春女》 贾平凹 《在太行山上》 俞林

1977 年第 12 期

《山雨》（长篇小说选载） 魏巍

山西

《汾水》：省级综合性文艺期刊，1976 年 1 月开始出刊，为双月刊。

1976 年第 1 期

《摇耧记》 胡帆 《伏虎岭下》 田东照

《我当支书以后》 侯凤翔

《新上任的检验员》 陈为人沈豪 胡经伦

1976 年第 2 期

《老学员》 王兆永 《在前进中学》 崇轩 纯志

| 《打狼》 | 王中干 | 《改英》 | 师耘 |

1976 年第 3 期

《白云沟》	杨兆平	《演戏的故事》	马力
《争夺》	贺小虎	《炉火熊熊》	解义勇
《明智和他的小伙伴》（儿童文学）			彭剑澄

1976 年第 4 期

《并肩战斗》	赵之同	《党委书记》	孙越
《毕业答卷》	马阳虎	《战鼓刚刚擂响》	赵士元
《我的组长》	董保存		

1976 年第 5 期

| 《新大学生》 | 权延赤 | 《扎根》 | 李锐 |
| 《第一天》 | 范大鹏 | 《兽医小组》 | 刘桂权 |

1976 年第 6 期

| 《征途上》 | 焦祖尧 | 《草原神鹰》 | 李再新 |
| 《决战前夜》（长篇小说《漳河春》选载） | | | 王东满 |

1977 年第 1 期

| 《搬家》 | 周宗奇 | 《妇女主任》 | 胡帆 |

1977 年第 2 期　无小说

1977 年第 3 期　短篇小说特辑

《戴上火红的袖标》	周宗奇	《大车王忠》	张石山
《柿树林中》	师耘	《评工会上》	王子硕
《标准》	张庭秀	《老松与新瓜》	韩文洲
《脉搏》	李锐	《竞赛》	孙越
《矿山的主人》	高有为	《夜巡》	李汉明

1977 年第 4 期

| 《哨所》 | 王戈洪 | 《冰坡》 | 王建国 |

1977 年第 5 期

《水泉庄闹水》	王红罗	《风雨蛤蟆峪》	杨兆平
《一把铁锹》	段协平	《小游击队员》	崔巍
《在坦克靶场上》	郭平		

1977 年第 6 期

《争分夺秒》	赵文台	《两闯苍鹰峰》	张石山　李锐
《金谷飘香》	张庭秀	《传经》	金志勤
《智擒逃敌》	南志中		

西藏

《西藏文艺》：省级综合性文艺期刊，1976 年 6 月开始试刊，1977 年第 1 期正式创刊，季刊。

1976 年 6 月　试刊

《燕子来信》	杨景民	《"恰东"的故事》	朱圣安

1977 年第 1 期　创刊号

《扎尼河的激浪》	于胜庆	《炉火熊熊》	颜维华

1977 年第 2 期

《织机上的电光》	林芝毛纺厂创作组集体创作　许树仁执笔
《骏马飞奔》	德吉措姆

1977 年第 3 期

《边疆的眼睛》	詹仕华
《望果节那天》	吴春荣　洛桑希洛

1977 年第 4 期

《阿佳次仁拉姆》	索郎顿珠
《差距》	莫畏难

湖北

《黄石文艺》：地方综合性文艺期刊，1976 年 12 月创刊，湖北省黄石市《黄石文艺》编辑部编，为不定期的内部文艺刊物。

1976 年总第 1 期　无小说

1977 年总第 2 期

《贼狼滩》（长篇小说《新的战场》第一部连载）　李北桂

1977 年总第 3 期

《任重道远》　　　　陈双　　《放牛组长》　　　宋运昭

《小兽医》　　　　　叶序录

《贼狼滩》（长篇小说连载）　　　　　　　　　李北桂

1977 年总第 4 期

《"广播迷"师傅》　贺书贵　《大零嫂》　　　　丁永淮

《银河长流》　　　　曹启彪

《贼狼滩》（长篇小说连载）　　　　　　　　　李北桂

1977 年总第 5 期

《七月流火》　　　　曹策前　《过得硬》　　　　马景源

《省三大伯》　　　　徐银斋　《窑火正红》　　　胡述武

《贼狼滩》（长篇小说连载）　　　　　　　　　李北桂

备注：

以下期刊创刊时间不详，只存有 1976 年以后刊本。

《玉林文艺》（广西）：地方综合性文艺期刊，由玉林地区文化局主办，创刊、终刊信息不详，1976 年前曾出刊 15 期，因为读本缺失，无法确定创刊时间，只存有 1976 年、1977 年刊本。

1976 年第 1 期   总 16 期

| 《谈笑凯歌还》 | 康圣清 | 《赶山记》 | 黄健仁 罗奕海 |

《谈笑凯歌还》   康圣清   《赶山记》   黄健仁 罗奕海

《报春的人》   李东伟   《初试锋芒》   黄振权 陈有初

1976 年第 2 期   总 17 期

《铁心》   钟扬莆   《山花红艳艳》   韦凤英

《生机勃勃》   黄飞卿

1976 年第 3 期   总 18 期   缺

1976 年第 4 期   总 19 期   无小说

1977 年第 1 期

《两个专业队长》 钟扬莆   《护牛》   黄飞卿

《对手》   周汉强   《春满果园》   钟扬莆

《金竹爷爷》（儿童文学）   李伯豪

《一串钥匙》（儿童文学）   砂仁

1977 年第 3 期

《她的故事》   韦一凡   《登攀》   李东伟

《一只破水泥袋的故事》   谢彩文

1977 年第 4 期

《找到了》   李昌伯   《帮助》   初露

《迎桂珊》   朱淑玲

以下期刊根据相关材料记载于 1976 年出刊，但目前无法查到刊本。

《自贡文艺》（四川省）

《哈尔滨文艺》（黑龙江省）

六 1977 年开始出版的期刊

山东

《济南文艺》：综合性文艺期刊，1977 年第 1 期为创刊号，双月刊。

1977 年第 1 期　缺

1977 年第 2 期　缺

1977 年第 3 期

《小厂风云》　　　　晓正　《车场内外》　　　严民

《小小宣传站》（儿童文学）　　　　　　　崔伟

《表》（儿童文学）　　　　　　　　　　　赵常

1977 年第 4 期

《云马岭的蹄声》　李存葆　《电闪雷鸣的时候》王升

《并不奇怪的故事》方肇瑞　《火苗》　　　　于鹤翔

1977 年第 5 期

《张牛山家事》　　贾化文　宋家庚

《麦海深处》　　　庞嘉泰

1977 年第 6 期

《凌云》　　　　　谢家沁　《滩头风波》　　刘柏修

上海

《上海文艺》：综合性文艺期刊，1977 年 10 月创刊，月刊。

1977 年 10 月号第 1 期

《杨林同志》　　　巴金　《出山》　　　　茹志鹃

《比武》　　　　　赵乃炘

《高夫人东征小记——历史小说〈李自成〉第三卷中的一个单元》

姚雪垠

1977 年第 2 期

《地层深处》　　　于炳坤　《在林区列车里》　逯斐

《小袁和老袁》　　　　周永平

《高夫人东征小记》（长篇小说选载）　　　　　　　姚雪垠

1977 年第 3 期

《酒葫芦》　　　陈旭明　《禁声》　　　　彭新琪

《高夫人东征小记》（长篇小说选载）　　　　　　　姚雪垠

小小说：《一颗小小螺丝钉》　　　　　　　李楚城

《"朝我刺！"》　　　吕兴臣

《攻坚战》　　　袁也平　《心中一盏灯》　　　胡林森

备注：

以下期刊 1977 年前出刊，但创、终刊时间不详，仅存 1977 年部分刊本。

《东江文艺》：由广东地区文化局编，仅存 1977 年的 3 期，创刊、终刊时间不详。

1977 年 3 月第 1 期　总第 15 期　无小说

1977 年 6 月第 2 期

《风云激荡》　　　屠丁

1977 年 8 月第 3 期

《画一杠的故事》　　　潘伟新

以下期刊根据相关记载曾于 1977 年出版，但无法查到刊本：

《塔里木文艺》；

《连云港文艺》；

《云南群众文艺》。

以下期刊创刊、终刊时间不详，仅存 1977 年以后读本：

《群众文艺》（贵阳）

第二编　1972—1977 年长篇小说提要

　　下文中所记载的长篇小说会有遗漏的可能性，但每一部都经笔者在北京几大图书馆中查证过，对主要内容的描述基本遵照小说出版时扉页或底页上的"内容摘要"，力图还原出版时的真实样貌。

　　一　1972 年的长篇小说①

　　1.《金光大道》第一部　浩然　人民文学出版社 1972 年第 1 版

　　写于 1970 年 12 月 12 日至 1971 年 11 月 2 日。

　　《金光大道》是三卷集的长篇小说。作者通过新中国成立后华北一个村庄的革命演变，描绘了在我国农业社会主义改造过程中两个阶级、两条道路、两条路线的斗争。第一部的故事发生在新中国成立初期，着重表现土改运动完成后，广大贫下中农在党的路线引导下，在与资本主义势力和形形色色的阶级敌人及种种困难的斗争实践中，认识到只有社会主义才能救中国，从而坚定不移地走上了"组织起来"的金光大道。

　　2.《激战无名川》　郑直　人民文学出版社 1972 年第 1 版

　　完稿于 1971 年 11 月，1972 年 4 月再次修改。

　　小说讲述了中国人民志愿军铁道兵部队和朝鲜人民在朝鲜并肩战

---

　　①　这里原则上不包括儿童文学，但因《闪闪的红星》和《矿山风云》影响比较大，所涉及面相对广，不能只局限在儿童文学中来看待，这里也列出。

斗、英勇卓绝地进行反"绞杀战"的故事。

3.《牛田洋》　南哨　上海人民出版社1972年2月第1版

这是呼应毛泽东《五·七指示》的一部长篇小说，热情歌颂了在祖国南海前线围垦牛田洋、执行战备生产任务的解放军战士，反映了他们火热的战斗生活。

4.《江畔朝阳》（第一部）　郑加真　上海人民出版社1972年第1版

1965年7月初稿至1972年4月第五稿。

这是一部反映国营农场三大革命斗争实践的长篇小说，以1963年小麦丰收为中心事件，讲述了朝阳生产队在党的领导下与党内右倾机会主义分子及一小撮地主、资产阶级分子的斗争故事。

5.《矿山风云》　李学诗　上海人民出版社1972年第1版

这是《矿山风云》的第一部。小说通过几个矿工孩子的一段经历，讲述了他们在党的教育和带领下帮助煤矿工人同日本鬼子、汉奸、把头做斗争，逐渐成长为革命的新一代。

6.《飞雪迎春》（上部）　周良思　上海人民出版社1972年第1版

这是一部反映60年代（故事始于1968年）矿工生产、生活的长篇小说，通过湖影山铁矿的阶级斗争、路线斗争展开了波澜壮阔的大生产画面。

7.《虹南作战史》（上部）　上海县《虹南作战史》写作组　上海人民出版社1972年第1版

《虹南作战史》写作组是以贫下中农土记者为主体的写作组，在写作组里，实行了土记者和农村基层干部相结合、业余和专业相结合。写作组于1970年6月成立，写了4稿，后印出"征求意见稿"，听取意见，修改后才最终定稿。写作组本打算写两部，但未实现。

小说以上海市郊虹南乡贫下中农坚持两条路线斗争的事迹为原

型，将调查内容进行集中概括，讲述了虹南农业合作化运动的全过程。

8.《桐柏英雄》 中国人民解放军工程兵《桐柏英雄》创作组前涉执笔

天津人民出版社 1972 年 11 月第 1 版；另有 1977 年 11 月第 2 版。

1960 年初稿于长沙，1964 年改于北京，1972 年为向毛主席《在延安座谈会上的讲话》发表三十周年献礼而再度修改，并出版。1974 年再版。

这是描写解放战争的长篇小说，讲述了人民解放军一个连队开辟桐柏新区的战斗生活。

9.《闪闪的红星》 李心田 人民文学出版社 1972 年版

"文革"前写成，到 1972 年才出版。

小说讲述的是红军离开江西革命根据地以后，留在当地的一个红军战士的孩子潘震山在党组织和革命群众的关怀下，在严酷的阶级斗争中成长的故事。

（以下是 70 年代再版的小说，因时代原因对原作有所改动，也将其放入 70 年代小说中。）

10.《艳阳天》（第一卷） 浩然 人民文学出版社 1972 年版

1964 年人民文学出版社出第 1 版。北京各大图书馆无 1972 年版。

第一卷围绕 1957 年京郊一个农业合作社的"土地分红"与闹粮问题展开了错综复杂的阶级斗争。

11.《沸腾的群山》（第一部） 李云德 人民文学出版社 1972 年第 2 版

人民文学出版社 1965 年 12 月出版第 1 版。

1964 年底稿于鞍山完成，1965 年 5 月至 8 月修改于北京。

这是一部反映解放战争时期东北工业战线上的生产和斗争生活的

长篇小说。

12.《海岛女民兵》　黎汝清　人民文学出版社 1972 年第 2 版

1966 年人民文学出版社出第 1 版，这次再版作者做了一些修改。

小说写的是新中国成立初期位居海防前线小岛上以海霞为首的一支女民兵队伍在生产与对敌斗争中成长、成熟的故事。

13.《连心锁》　克扬、戈基　山西人民出版社 1972 年 6 月第 2 版

本书于 1962 年 1 月出第 1 版。

小说以淮北抗日民主根据地的农村为背景，描写了新四军部队中的几位朝鲜战士为了中国人民的解放事业同中国人民并肩战斗、克敌制胜的故事。

14.《渔岛怒潮》　江树茂　人民文学出版社 1972 年 9 月第 2 版

本书 1965 年 12 月由人民文学出版社出第 1 版，本次再版作者进行了修改。

1962 年 9 月到 12 月写于青岛，1965 年修改，1972 年重改。

小说讲的是解放战争时期海岛渔民在党的领导下同国民党反动派进行英勇斗争的故事。

二　1973 年的长篇小说

1.《剑》　杨佩瑾　江西人民出版社 1973 年 10 月第 1 版

1963 年初稿于南昌，1965 年修改于北京，1973 年 4 月重写于南昌。

这部小说描写的是中国人民志愿军侦查员和朝鲜人民游击队并肩战斗的故事。

2.《东风浩荡》　刘彦林　人民文学出版社 1973 年第 1 版

本书描写的是 60 年代初期工业战线上的生产、斗争生活，着重

表现了我国制药工人自力更生、艰苦奋斗的精神，并围绕试制新产品展现了工业生产中两个阶级、两条道路、两条路线的激烈斗争。

3.《黄海红哨》《黄海红哨》创作组集体创作　李伯屏执笔　人民文学出版社 1973 年第 1 版

1972 年 5 月 1 日初稿，1973 年 9 月 2 日四稿。

这部小说写的是中国人民解放军某部守岛部队和民兵联合起来提高警惕、加强战备的故事。

4.《沸腾的群山》（第二部）　李云德　人民文学出版社 1973 年 10 月第 1 版

1972 年 6 月初稿完成于鞍山，1972 年 7 月至 8 月修改于北京。

小说反映的是抗美援朝战争时期东北工业战线上的生产、斗争生活。在内忧外患的困难时期，东北某矿党委依靠工人阶级走自力更生、艰苦奋斗的道路，粉碎了阶级敌人的破坏阴谋，刹住了右倾歪风，终于胜利完成了矿山的修复工程。

5.《春潮》　海笑　江苏人民出版社 1973 年 12 月第 1 版

写于 1960—1965 年，1973 年改定文稿。

小说以我国发展国民经济的第一个五年计划为背景，集中反映了地处苏南的溪城纺织厂在增产节约运动中所展开的一场尖锐、复杂的斗争。

6.《雁鸣湖畔》　纪延华[①]　吉林人民出版社 1973 年第 1 版

1973 年 5 月 23 日定稿于长春，同年 12 月出版。

由中共敦化县委组织张笑天、王维臣等"三结合"创作而成。

小说讲的是东北某地环水大队于 1969 年秋至 1970 年春在建立合作医疗站过程中与阶级敌人、资本主义工作作风做斗争，最终使医疗

---

① 纪延华是张笑天的笔名，张笑天常用的笔名还有纪华、亚东华。

卫生工作走上正轨的故事。

7.《难忘的战斗》　孙景瑞　上海人民出版社 1973 年 9 月新 1 版

本书原名为《粮食采购队》，于 1958 年 9 月由新文艺出版社出版；1959 年 1 月转由上海文艺出版社出版，1965 年 1 月又由作家出版社上海编辑所出版。这次出版作者做了重大修改，在深化主题思想、塑造无产阶级英雄人物方面做了强化。

1958 年初稿写成于莲花池畔，1973 年大改于大浦桥旁。

小说描写的是解放战争前夕深入汉水边农村的一支粮食采购队跟盘踞在那里的武装土匪和阶级敌人在政治上、军事上进行激烈斗争的故事。

8.《彝族之鹰》　杨大群　上海人民出版社新 1 版

本书 1966 年 1 月由原人民文学出版社上海分社出版，1973 年版做了修订。

小说写的是彝族青年阿鹰在党的教育和培养下如何从一个苦"娃子"成长为抗美援朝战争中空军英雄的故事。

9.《龙滩春色》（上）　马春　天津人民出版社 1973 年 10 月第 1 版

1972 年 5 月初稿，1973 年 8 月定稿于天津·杨柳青。

本书是一部反映根治海河的长篇小说。

10.《盐民游击队》　天津汉沽盐场创作组集体创作　崔椿蕃执笔　天津人民出版社 1973 年第 1 版

这是反映抗日战争时期盐区军民斗争生活的长篇小说。

11.《草原新牧民》（上山下乡青年读物）　邢凤藻、刘品青　天津人民出版社 1973 年第 1 版

1972 年 5 月初稿完成，1973 年 6 月修改，1973 年 11 月出版。

小说描写的是知识青年扎根边疆、接受贫下中农再教育、共建社

会主义新草原的故事。

12. 《征途》（上、下册） 郭先红 上海人民出版社 1973 年第 1 版（本书还出版了农村版）

1970 年 11 月至 1973 年 5 月六稿于爱辉、逊克、哈尔滨、上海等地完成。

这部小说以 1969 年风起云涌的知识青年上山下乡运动为背景，描写了上海一批知识青年奔赴黑龙江边疆插队落户干革命的故事。

13. 《连心锁》 克扬、戈基 山西人民出版社 1973 年第 3 版

本书 1962 年 1 月出第 1 版，1972 年 6 月出第 2 版，本版是第 3 版。

14. 《牛田洋》（普及版） 南哨 上海人民出版社 1973 年 6 月第 2 版

本书 1972 年 2 月第 1 版，本版是第 2 版。

15. 《艳阳天》（第二卷、第三卷） 浩然 人民文学出版社 1973 年版

本书第二卷 1966 年 3 月出版过大 32 开精、平装本，第三卷于 1966 年 5 月出版过 32 开平装本。

北京各大图书馆无 1973 年版本。

三 1974 年的长篇小说

1. 《金光大道》（第二部）浩然 人民出版社 1974 年第 1 版
另有人民文学出版社 1974 年版。

《金光大道》是多部长篇小说。第二部着重讲述了芳草地农民走上"组织起来"的金光大道后，与天斗、与资本主义势力和阶级敌人斗，从而巩固、发展了互助合作组织，建立起天门区第一个农业生产合作社。

2.《千重浪》 毕方、钟涛 人民文学出版社1974年第1版

1971年1月至1973年1月初稿完成，1973年4月至1974年7月定稿。

小说表现的是"文化大革命"开展前后东北某地铁岭大队依靠集体经济开展农业机械化的故事。

3.《地下长龙》 李德复、卫士洪 湖北人民出版社1974年2月第1版

1973年10月28日修改于湖北省出版发行局。

小说讲述的是"文革"时期鄂西北人民打通石龙山，开凿大型引水隧洞的故事。

4.《水下尖兵》 沈顺根 人民出版社1974年第1版

1973年8月初稿完成于北京，1974年国庆定稿于旅顺。

这是一部反映海军潜水小分队支援水电站建设的长篇小说，并围绕任务的完成表现了阶级斗争和路线斗争的复杂性。

5.《革命春秋》 北京大学中文系七〇级工农兵学员创作组 人民出版社1974年第1版

小说由工农兵学员和教师相结合集体创作，自诩为"文科师生'以社会为工厂'，与工农兵结合，走开门办学道路，进行无产阶级教育革命的一个成果"。

这部长篇小说其实是多人创作的一本小说集，通过讲述农民柳茂青在抗日战争、解放战争、社会主义革命和"文化大革命"几个不同历史时期的生活片段，塑造了柳茂青这一英雄人物的典型形象。因为各篇均以柳茂青为主人公，彼此具有连续性，又被视为表现英雄人物先进事迹的长篇小说。

6.《春潮急》（上、下册）（《必由之路》第一部） 克非 上海人民出版社1974年第1版

大 32 开本　（上）1974 年 7 月第 1 版　（下）1974 年 12 月第 1 版

32 开本　（上）1974 年 4 月第 1 版　（下）1974 年 9 月第 1 版

1956 年至 1959 年初稿于绵阳，1974 年 4 月改毕于上海。

小说表现的是 50 年代中期川西北农村掀起的轰轰烈烈的农业合作化运动，围绕着要不要办农业社这样一个根本命题，展现了两个阶级、两条道路、两条路线的斗争。

7.《剑浪河》（上山下乡知识青年创作丛书）　汪雷　上海人民出版社 1974 年 9 月第 1 版

1973 年 2 月至 8 月初稿完成于北方海滨，1974 年 3 月至 7 月修改于黄浦江畔，作者为知青。

这部小说讲述的是知识青年扎根农村、接受贫下中农再教育，在农村的阶级斗争和路线斗争的风口浪尖里茁壮成长的故事。

8.《较量》　李良杰、俞云泉　上海人民出版社 1974 年 5 月第 1 版

这是一部反映工业战线上阶级斗争的长篇小说。1962 年上海某工厂装配车间在完成生产任务的同时，与阶级敌人展开了斗争，并批判了埋头业务、不问政治的错误倾向。

9.《建设者》（第一部）　冉淮舟　天津人民出版社 2 月第 1 版

1971 年 2 月至 1972 年 11 月初稿完成，1973 年 2 月至 5 月重写，1973 年 8 月再改稿于天津。

这是反映"文化大革命"中工业战线斗争生活的长篇小说。它以北方一个工业基地的建设为背景，表现了一个炼钢厂围绕生产问题展开的两个阶级、两条路线的斗争。

10.《中流砥柱》　长正　河北人民出版社 1974 年 7 月第 1 版

1973 年立春初稿完成于唐山，1974 年夏至改于杨柳青。

这是一部反映海河流域人民在"文化大革命"中遵照毛泽东"一

定要根治海河"的指示，团结一致、艰苦奋斗、开山治水的长篇小说。

11.《擒龙图》（上卷）　张峻　河北人民出版社 1974 年 12 月第 1 版

写于 1972 年秋至 1973 年 8 月。

小说反映的是海河流域人民在根治海河的过程中发生的两个阶级、两条路线和两种思想的激烈斗争。

12.《保卫马良山》　李丰祝　辽宁人民出版社 1974 年 9 月第 1 版

1972 年至 1974 年写于本溪。

这是一部反映抗美援朝战争的小说。

13.《望云峰》　张恩儒　黑龙江人民出版社 1974 年 9 月第 1 版

1976 年第 2 版较第 1 版有所修改。

这是一部反映抗美援朝战斗生活的长篇小说。

14.《碧空雄鹰》　齐勉　山东人民出版社 1974 年 1 月版

1973 年 4 月写毕于济南。

这是一部讲述中国人民志愿军一支年轻的空军部队在抗美援朝战争中成长、建功的故事。

15.《霞岛》　周肖　解放军文艺社 1974 年 12 月第 2 版

本书 1974 年 7 月由农村读物出版社选为"农村版图书"出版。

1972 年冬初稿完成于海岛，1974 年春定稿于北京。

小说讲述了 1962 年南海前哨军民守岛、建岛、粉碎国民党武装窜犯的斗争故事。

16.《剑》　杨佩瑾　江西人民出版社 1974 年 8 月第 2 版

17.《敌后武工队》（农村版图书）　冯志　解放军文艺社 1974 年版　农村读物出版社重印

1958 年 11 月出第 1 版，1963 年 7 月出第 2 版，本书是根据解放军文艺社 1963 年 7 月第 2 版排印的。

小说讲述的是抗日战争时期一支短小精悍的武装工作队深入敌后打击敌人的故事。

18.《草原新牧民》（农村版图书）　刑凤藻、刘品青　天津人民出版社 1973 年版　农村读物出版社重印

19.《雁鸣湖畔》（农村版图书）　纪延华　吉林人民出版社 1973 年版　农村读物出版社重印

20.《剑》（农村版图书）杨佩瑾　江西人民出版社 1973 年版 农村读物出版社重印

四　1975 年的长篇小说

1.《志气歌》　杜峻　广东人民出版社 1975 年 10 月第 1 版

1973 年 5 月至 11 月初稿，1974 年 3 月至 8 月二稿，1975 年 6 月改毕于广州；作者为广东省青年工人。

小说围绕 60 年代初南海之滨一个化工厂的兴建，歌颂了工人阶级自力更生、战胜苏修叛徒集团和国内阶级敌人，忘我进行社会主义革命和建设的英雄气概。

2.《铁旋风》（第一部）　王士美　人民文学出版社 1975 年 5 月第 1 版

写于 1973 年 10 月至 1975 年 2 月。

这是以知识青年上山下乡为题材的长篇小说，讲述了北京知青到阿拉腾草原插队落户、建设边疆、保卫边疆的故事。

3.《渤海渔歌》　单学鹏　人民文学出版社 1975 年 5 月第 1 版

1972 年 4 月至 1973 年 12 月写于渔村，1975 年第 5 次修改于北京。

小说讲述了 70 年代初渤海渔民抓革命、促生产，在阶级斗争与路线斗争中打击敌人、教育同志的故事。

4.《钻天峰》 《钻天峰》三结合创作组集体创作 奚植执笔 人民文学出版社 1975 年 6 月第 1 版

小说讲述的是 1966 年前后铁道兵某部指战员在红军长征战斗过的地方修筑钢铁大道的故事。

5.《边城风雨》 张长弓、郑士谦 人民文学出版社 1975 年 6 月第 1 版

1974 年 8 月 21 日改于西辽河畔，1975 年 2 月 28 日完稿于呼和浩特。

小说讲述的是解放战争年代北方某边城国营贸易工作人员同敌人进行曲折斗争，夺取商业战线上的领导权，进而支援前线的故事。

6.《大刀记》 郭清澄 人民文学出版社

第一卷 人民文学出版社 1975 年 7 月第 1 版

第二卷 人民文学出版社 1975 年 7 月第 1 版

第三卷 人民文学出版社 1975 年 8 月第 1 版

据记载另有山东人民出版社 1975 年三卷本，但国家图书馆、人民大学图书馆、北京大学图书馆均无此版本。

1971 年 10 月至 1974 年 10 月草于山东宁津县时集公社，1975 年 3 月至 5 月改定于北京。

《大刀记》是三卷集长篇小说，通过对八路军一支游击队和人民群众在抗日战争从相持阶段到大反攻胜利这一历史时期的战斗经历的再现，显示了人民战争的无穷威力。

7.《路》 鲁之洛 湖南人民出版社 1975 年 8 月第 1 版

小说讲的是 70 年代初期，一支由铁路工人、解放军和民兵组成的百万铁路建设大军修建连接西南地区与北京的铁路，并揪出隐藏的

阶级敌人的故事。

8.《万年青》 谌容 人民文学出版社 1975 年 9 月第 1 版

1973 年 3 月初稿，1975 年 4 月定稿。

小说讲的是 1962 年秋万年青大队的贫下中农在发展生产的同时与"包产到户"的风气和资本主义倾向做斗争，从而巩固人民公社集体经济的故事。

9.《红石口》 龚成 人民文学出版社 1975 年 10 月第 1 版

这是一部反映 70 年代初公安战线对敌斗争的长篇小说。

10.《大雁山》 李荣德、王颖 人民出版社 1975 年 9 月第 1 版

1973 年 5 月草于济南，1975 年 4 月定稿于北京。

这部小说讲的是抗日战争时期胶东地区八路军一支特别小队奇袭日寇占领的重镇，夺取敌人兵工厂机器，建立、保卫自己的兵工厂，并机智歼敌的故事。

11.《大海铺路》 上海市造船公司文艺创作组 上海人民出版社 5 月第 1 版

本书另有农村读物出版社出版的"农村版"。

定稿于 1975 年 3 月，是工人业余作者和专业作者"三结合"创作的产物。

小说通过描述 70 年代跨龙船厂的造船工人建造"祖国"号万吨远洋巨轮和万匹机的过程，批判了崇洋媚外、爬行主义的地主买办资产阶级思想，揭示了工业战线上尖锐的路线斗争和阶级斗争。

12.《分界线》（上山下乡知识青年创作丛书） 张抗抗 上海人民出版社 1975 年 9 月第 1 版

这是一部描写扎根在黑龙江农场的知识青年的长篇小说。小说以对东大洼的保与弃问题为主线展开办场中两条路线的斗争，并通过对不同知青的塑造，揭示了 70 年代知青在留与去问题中的思想挣扎，

劝诫知青安心生产，必能在广阔天地中大有作为。

13.《洪流滚滚》 李明性 河南人民出版社 1975 年 11 月第 1 版

1971 年 7 月初稿，1975 年 7 月四稿。

这是一部以阶级斗争为主线、以豫皖苏三省人民团结治水为背景的长篇小说。

14.《映山红》 岚晨 江西人民出版社 1975 年 7 月第 1 版

小说讲述的是 60 年代中期转业军人杨志群到边远山区发展农村医疗事业、配合农业生产、帮助打击敌特的故事，通过一系列事件批判了医护人员主观教条的工作作风、农业生产中的错误路线以及党内官僚主义。

15.《惊雷》 黑龙江省双城县革命委员会、中国人民解放军京字 801 部队联合创作组集体创作 王忠瑜、陈根喜、谢树执笔

上册 天津人民出版社 1975 年 1 月第 1 版；

下册 天津人民出版社 1975 年 3 月第 1 版。

本书上册另由农村读物出版社出版了"农村版"。

写于 1971 年 3 月至 1973 年 1 月，1974 年 8 月改定于天津。

小说讲述了华北地区一个农业生产大队在社会主义教育运动中发生的两个阶级、两条道路、两条路线的激烈斗争。

16.《龙滩春色》（下集） 马春 天津人民出版社 1975 年 9 月第 1 版

写毕于 1973 年 12 月。

这是反映根治海河的长篇小说。上集描写了在毛泽东革命路线指引下打响了根治海河的第一炮——开拓黑港河的故事。下集着重展现了在治河的过程中两个阶级、两条路线的斗争。

17.《拂晓的号角》 南通市《拂晓的号角》创作组 江苏人民出版社 1975 年 10 月第 1 版

1974 年 1 月初稿，1975 年 6 月三稿。

小说以中国人民解放战争为历史背景，描写了苏中解放区某地印刷厂在上级党委的领导下坚持在敌后印刷党报和政治宣传品，有力配合了军事斗争，最终得以粉碎国民党的武装进攻。

18.《激流》 刘怀章　河北人民出版社 1975 年 4 月第 1 版

1972 年 9 月至 12 月初稿于杨柳青，1973 年 9 月至 10 月改于杨柳青。

这是一部反映根治海河的长篇小说。小说以子牙河枢纽工程的建设为背景，展现了广大建设工人和贫下中农与天斗、与地斗、与阶级敌人斗的革命豪情。

19.《奴隶的女儿》 王致钧　内蒙古人民出版社 1975 年 8 月第 1 版

1973 年 6 月、7 月草于乌兰察布草原，1974 年改于北京、呼和浩特。

小说写的是"文化大革命"期间半农半牧区蒙汉劳动人民团结起来学大寨的故事，着力塑造了年轻的支部书记、奴隶的女儿乌兰托娅的英雄形象。

20.《风云岛》 闵国库　辽宁人民出版社 1975 年 9 月第 1 版

1973 年 4 月初稿完成于青岛，1974 年 10 月改于沈阳，1975 年 5 月定稿于旅顺。

小说写的是 60 年代初海上战斗小分队的潜水战士和岛上的民兵、广大渔民不断提高阶级斗争和路线斗争觉悟，与暗藏的特务和"水鬼"展开激烈斗争，全歼国民党匪兵的故事。

21.《草原明珠》 王栋　辽宁人民出版社 1975 年第 1 版

1982 年出第 2 版，1982 年版做了修订。

初稿完成于 1964 年，"文革"中修改，加入路线斗争、阶级斗争等内容，80 年代再度修改，1982 年再版。

小说讲的是全国农业合作化高潮中，模范青年女教授马兰来到戈壁，从事教育工作，在阶级斗争与路线斗争中勇往直前，成功创办了牧读小学。

22.《咆哮的松花江》（上、下册） 林予、谢树 黑龙江人民出版社 1975 年第 1 版

另有农村读物出版社重印版。

1973 年 10 月至 1974 年 5 月初稿完成，1974 年 6 月至 1975 年改定完成。

小说写的是 60 年代初期东北农村一个生产大队反对"三自一包"的生产生活。

23.《"04"号产品》 丁盈川 陕西人民出版社 1975 年 11 月第 1 版

1972 年 6 月初稿完成，1975 年 6 月第四次修改定稿；作者为工人业余作者。

这部小说围绕 1971 年延光仪表厂在试制国家急需的"04"号产品时所发生的矛盾冲突，表现了工人阶级排除万难、自力更生的生产热情，以及高度的阶级斗争和路线斗争意识，最终挖出了特务，教育了警惕性不高的干部、群众。

24.《煤城怒火》 向春 山东人民出版社 1975 年 4 月第 1 版

1972 年 9 月初稿完成，1974 年 11 月脱稿于济南。

小说写的是抗日战争时期某煤城的广大矿工在中国共产党的领导下对敌斗争的故事。

25.《烽火》 牟崇光 山东人民出版社 1975 年 5 月第 1 版

1971 年冬至 1972 年春初稿完成，1972 年夏至 1974 年夏修改。

小说表现了抗日战争初期中共在胶东腹地的山区宣传群众、组织

人民革命武装、建立抗日根据地的艰苦曲折的战斗历程。

26.《草原新牧民》（上山下乡青年读物）　邢凤藻、刘品青　天津人民出版社 1975 年版

据《全国总书目》记载，该小说有 1975 年版，但北京各大图书馆无 1975 年版，待考。

27.《飞雪迎春》（第 2 版）　周良思　上海人民出版社 1975 年第 2 版

这部小说本打算分两部写成，1972 年出版了上部，后经修改将上、下两部合成一部，即成本版。

小说反映了无产阶级"文化大革命"爆发后铁矿工人大力发展生产，与修正主义办矿路线做斗争，并挖出潜伏敌人的故事。

28.《钢铁巨人》　程树榛　上海人民出版社 1975 年 9 月第 2 版

本书 1966 年 2 月由原人民文学出版社上海分社出版，这次重版做了较大修改，在深化主题思想、加强阶级斗争和路线斗争、突出主要英雄人物等方面给予了强化。

1964 年 8 月初稿完成于富拉尔基，1965 年 7 月修改于上海，1975 年 3 月再改于上海。

这是一部反映 60 年代工业战线生产、斗争生活的小说。

29.《艳阳天》（第 2 版）（第一卷、第二卷、第三卷）　浩然　人民文学出版社 1975 年版

第一卷，1964 年 9 月第 1 版，第二卷 1966 年 3 月第 1 版，第三卷 1966 年 5 月第 1 版。

第一卷，人民文学出版社 1975 年 8 月第 2 版。第一卷围绕 1957 年"土地分红"与闹粮问题展现了京郊一个农业合作社错综复杂的阶级斗争。

第二卷，人民文学出版社 1975 年 10 月第 2 版。第二卷讲述的是

经过一系列的斗争，合作社里的新老贫农具有了更丰富的斗争经验。

第三卷，人民文学出版社 1975 年 12 月第 2 版。第三卷围绕麦收事件展现了激烈的路线斗争与阶级斗争。

30.《千重浪》 华方、钟涛 人民文学出版社 1975 年第 2 版 1974 年版为第 1 版

31.《霞岛》（农村版图书） 周肖 解放军文艺出版社 1974 年版 农村读物出版社重印

32.《较量》（农村版图书） 李良杰、俞云泉 上海人民出版社 1974 年版 农村读物出版社重印

本书另有插图本，由上海锅炉厂工人美术组插图。

33.《剑河浪》（农村版图书） 汪雷 上海人民出版社 1974 年版 农村读物出版社重印

34.《擒龙图》（上卷）（农村版图书）张峻 河北人民出版社 1974 年版 农村读物出版社重印

35.《保卫马良山》（农村版图书） 李丰庆 辽宁人民出版社 1974 年版 农村读物出版社重印

五 1976 年的长篇小说

1.《万山红遍》（上卷） 黎汝青 人民文学出版社 1976 年 1 月第 1 版

1960 年草于上海，1974 年初稿完成于北京，1975 年定稿于北京。

小说分上、下两卷，写的是第二次国内革命战争初期，1928 年春天到秋天，一支红军队伍在祖国南方某山区建立农村革命根据地的英勇斗争故事。

2.《柳河屯烽火》（第一部） 刘云鹏 内蒙古人民出版社 1976 年 6 月第 1 版

写成于 1975 年 4 月。

小说描写了抗日战争初期八路军挺近敌后，依靠群众在冀中平原建立抗日根据地，与日本侵略者、汉奸进行英勇斗争的故事。

3.《英雄的乡土》 晋庆玉 贵州人民出版社 1976 年 3 月第 1 版

1960 年初稿完成于贵州安顺，1974 年第三次修改于四川万源。

这部小说描写了抗日战争时期鲁西南地区的一支游击队与日本侵略者和汉奸作战的故事。

4.《不息的浪潮》 孙景瑞 上海人民出版社 1976 年 4 月第 1 版

本书原名为《红旗插上大门岛》，原由新文艺出版社 1958 年 8 月出第 1 版，并先后由上海文艺出版社和作家出版社上海编辑所重印多次。此次再版，做了重大修改。1975 年大改于黄浦江畔。

小说讲述的是人民解放军的一个英雄连队于 1950 年在解放祖国大陆以后乘胜前进、解放沿海岛屿大门岛的战斗故事。

5.《火网》 王世阁 解放军文艺社 1976 年 3 月第 1 版

写于 1972 年 10 月至 1975 年 10 月。

这是一部反映抗美援朝战争的小说。

6.《战火催春》 孙家玉 江苏人民出版社 1976 年 5 月第 1 版

这是一部反映抗美援朝战争的小说。

7.《昨天的战争》（第一部）上、下册 孟伟哉 人民文学出版社 12 月第 1 版

1974 年 10 月至 1976 年 3 月写于北京。

这是一部反映抗美援朝战争的长篇小说。

8.《蓝天志》 傅子奎 湖北人民出版社 1976 年 2 月第 1 版

这是一部反映抗美援朝战争的长篇小说。

9.《农奴戟》克扬 天津人民出版社 1976 年 7 月第 1 版

这是一部描写 50 年代末中国军民在党的领导下平息西藏反动上

层集团武装叛乱，最终建立人民政权的小说。

10.《边塞风啸》 许特生 解放军文艺出版社 1976 年 10 月第 1 版

这是一部反映 60 年代初期我国新疆边防前线军民反修斗争生活的长篇小说。作品描写了生产建设兵团战士和人民公社牧民组成的一支队伍在转场过程中粉碎里通外国的特务分子的破坏阴谋，配合边防部队，巩固和加强国防的斗争故事。

11.《青石堡》 朱剑 江苏人民出版社 1976 年 5 月第 1 版

1972 年 10 月至 1973 年 1 月初稿完成于北京，1975 年 1 月至 1975 年 10 月改毕于南京。

这是一部描写农村社会主义教育运动的长篇小说，从敌我斗争和人民内部的思想斗争这两条线索展开了一连串的矛盾冲突。

12.《孔雀高飞》 高中午 人民文学出版社 1976 年 9 月第 1 版

1960 年至 1964 年、1974 年至 1976 年，共写了六稿。

这部小说讲述了 50 年代边疆傣族人民在农业合作化运动中坚持社会主义道路，反对复辟倒退，与阶级敌人展开了坚决的斗争的故事。

13.《雨后青山》 广西壮族自治区百色地区三结合创作组集体创作 人民文学出版社 1976 年 1 月第 1 版

北京各大图书馆缺广西人民出版社出版的此书。

这是关于我国南方某地区陇榕大队开展"农业学大寨"运动的故事。小说中贫下中农以大寨为榜样，加速农业生产的发展，并且与错误路线、与一小撮阶级敌人、与资本主义倾向展开斗争。

14.《云燕》 管建勋 人民文学出版社 1976 年 10 月第 1 版

1971 年 10 月至 1973 年 2 月写于西河务村，1975 年 9 月第四次改于宝坻、北京。

作者是二十多岁的青年农民，是回乡参加农业生产的回乡知识青年。

小说塑造了知识青年李云燕扎根农村干革命的光辉形象。60 年代初李云燕高中毕业后到农村落户，在贫下中农的教育下迅速成长，1962 年被选为大队党支部书记，带领广大社员坚持社会主义方向，大批资本主义、大干社会主义。

15.《漳河春》 王东满 山西人民出版社 1976 年 2 月第 1 版

小说讲的是 60 年代初，太行山下一个生产队修渠引水，抵抗"三自一包"的生产、斗争故事。

16.《银沙滩》 冯育楠 天津人民出版社 1976 年 4 月第 1 版

1973 年 3 月完成初稿，1975 年 11 月定稿于天津。

为响应"农业学大寨"的号召，华北某地区白杨大队掀起了改土治碱的高潮。小说塑造了一组农村领导干部、老贫农、知识青年的英雄群像，反映了"农业学大寨"过程中尖锐的阶级斗争和路线斗争。

17.《山川呼啸》 古华 湖南人民出版社 1976 年 9 月第 1 版

1974 年 5 月至 10 月完成初稿，1975 年 1 月至 8 月完成二稿，1976 年春完成三稿移至完成前面。

小说围绕五岭山区人民学大寨兴建引水工程这一中心事件，讲述了一位在"文革"中成长起来的年轻公社党委书记带领广大贫下中农狠批修正主义、资本主义，发扬自力更生、艰苦奋斗的革命精神，大干社会主义的动人事迹。

18.《长虹》 田东照 山西人民出版社 1976 年第 1 版

上部，1976 年 5 月第 1 版；下部，1976 年 10 月第 1 版。

小说讲述的是晋西北山区一个大队在"文化大革命"中掀起"农业学大寨"的高潮，兴修水利，改变农村面貌，并与阶级敌人、错误路线做斗争的故事。

19.《巨蟒河》 杨春田 内蒙古人民出版社 1976 年 5 月第 1 版

1975 年 9 月改毕于呼和浩特。

这部小说描写了党的八届十中全会前夕我国一个山区发生的两个阶级、两条道路、两条路线的斗争。

20.《响水湾》 郑万隆 人民出版社 1976 年 6 月第 1 版

写于 1975 年 1 月至 10 月。

小说讲述了阳坡庄大队贫下中农同"三自一包"的修正主义路线、自发的资本主义势力和阶级敌人展开斗争，抗旱抗灾，大力生产，巩固人民公社集体经济的故事。

21.《山里人》 张雷 山东人民出版社 1976 年 3 月第 1 版

1975 年定稿于泉城。

这部小说通过展现滚龙峪生产大队在"农业学大寨"运动中所发生的一系列矛盾冲突，反映了在社会主义革命和社会主义建设中农业生产中两个阶级、两条路线、两条道路的斗争。

22.《百丈岭》 绍闯 浙江人民出版社 1976 年 4 月第 1 版

本书另由农村读物出版社出版了"农村版"。

绍闯为绍兴《百丈岭》三结合创作班子的代称。

小说讲述的是 1964 年秋末冬初到 1965 年春夏之交浙东山区百丈岭大队的贫下中农响应"农业学大寨"的号召与天斗、与阶级敌人和错误路线斗，最终建成高山水库，取得"农业学大寨"的初步胜利。

23.《击浪》 紫松 湖北人民出版社 1976 年 11 月第 1 版

作者为一位教师，这部小说为其处女作。

这是一部反映"文革"中大别山区梅河水库两个阶级、两条路线斗争的小说。

24.《樟田河传》 程贤章 广东人民出版社 1976 年第 1 版

1973 年 7 月至 9 月初稿完成于广州，1975 年 8 月至 12 月三稿

完成。

小说以 1972 年批修整风运动在城乡的深入开展为背景，歌颂了"文化大革命"以来涌现的新生事物，如革命样板戏、红卫兵、五七干校等，反映了农业学大寨中的各种斗争，对"反击右倾翻案风"有现实意义。

25.《宏图》 聊城地区《宏图》三结合创作组 山东人民出版社1976 年 9 月第 1 版

1975 年 1 月聊城地区组成由领导、贫下中农、作者参加的"三结合"创作组。

小说以 1956 年发展和巩固高级农业生产合作社为历史背景，讲述了在发展养猪事业中党员干部、贫下中农同错误路线、阶级敌人以及自发资本主义势力进行斗争的故事。

26.《万山红》 孙坂 安徽人民出版社 1976 年 2 月第 1 版

这部长篇小说展现了 1957 年一个农业合作社中发生的阶级斗争和两条道路的斗争。

27.《沸腾的群山》（第三部） 李云德 人民文学出版社 1976 年9 月第 1 版

1974 年 9 月初稿完成于鞍山，1975 年 8 月进行了修改，1976 年2 月再改于北京。

这是继前两部之后描写 1952 年秋以后"三反""五反"时期东北工业战线生产、斗争生活的小说，表现了无产阶级与资产阶级势力、与暗藏特务的激烈斗争。

28.《狂飙曲》（上） 李凡、迟松年 辽宁人民出版社 1976 年 5月第 1 版

1975 年 8 月至 12 月完成初稿，1976 年修改于沈阳。

这是一部反映煤炭战线两个阶级、两条道路、两条路线斗争的长

篇小说。上卷以"文革"的准备阶段和发动阶段为历史背景，展开了以掘进队长金辉为代表的革命派同走资派的斗争，批判了刘少奇的修正主义路线，歌颂了"鞍钢宪法"。

29.《伐木人传》（上、下册） 屈兴岐 人民文学出版社 1976 年 1 月第 1 版

1973 年 11 月完成初稿，1975 年 8 月定稿于北京。

这是一部反映林业战线上两条路线斗争的长篇小说。小说以无产阶级"文化大革命"的准备阶段和发动阶段为历史背景，描写了革命派坚持林业企业的社会主义方向，同部分干部所推行的修正主义路线展开了一系列的斗争，并在"文化大革命"中取得斗争的胜利。

30.《汽笛长鸣》 西安铁路分局工人创作组 陕西人民出版社 1976 年第 1 版

本书另由农村读物出版社出版了"农村版"。

这是一部以"大跃进"中铁路运输战线的斗争生活为题材的长篇小说，讲述了以郑大江为中心的工人、干部在"大跃进"运动中努力工作，屡屡完成艰巨任务，揪出暗藏敌人的故事。

31.《使命》 王润滋 山东人民出版社 1976 年 4 月第 1 版

写于 1974 春末至 1975 年冬，改定于 1976 年。

这是一部反映"文化大革命"中教育革命的长篇小说，通过对教育战线上阶级斗争与路线斗争的展现，肯定并歌颂了无产阶级"文化大革命"。

32.《前夕》（《峥嵘岁月》第一部） 胡尹强 人民文学出版社 1976 年第 1 版

小说围绕培养革命接班人这个重大问题，再现了"文化大革命"前夕教育战线上两个阶级、两条路线的激烈斗争。

33.《澜沧江畔》 李惠薪 人民文学出版社 1976 年 5 月第 1 版

1972 年 11 月完成初稿，1975 年 11 月改于北京。

小说讲述的是在"文化大革命"中首都医务人员响应毛主席"把医疗卫生工作的重点放到农村去"的号召，组成医疗队，奔赴祖国西南边疆为贫下中农服务、巩固合作医疗、培训赤脚医生的故事。

34.《斗熊》 尚弓 上海人民出版社 1976 年 5 月第 1 版

这是"三结合"创作的小说。

这是一部反映 70 年代初期公安人员和广大人民群众同帝国主义间谍斗争的长篇小说。

35.《斗争在继续》 周振天 河北人民出版社 1976 年 4 月第 1 版

这是一部描写 70 年代初公安人员依靠群众同破坏军工产品生产的国民党特务进行斗争的小说。

36.《鼓角相闻》 钟虎、石冰 上海人民出版社 1976 年 5 月第 1 版

小说围绕知识青年在高寒山区培育水稻良种的科学实验活动，肯定了把远大的革命理想同脚踏实地的工作作风结合起来的态度，并以此教育了一度为资产阶级思想所诱惑的同志，揭露了新生的资产阶级分子的罪行，揪出了隐藏的叛徒。

37.《晨光曲》 北京市通县三结合创作组 人民文学出版社 1976 年 5 月第 1 版

1976 年 2 月完稿于通县北海大队。

小说展现了一幅知识青年在农村广阔天地投入三大革命斗争、促进农业生产的壮丽画卷。

38.《延河在召唤》 《延河在召唤》写作组 人民文学出版社 1976 年 5 月第 1 版

本书采用"三结合"方式，由知识青年执笔写作。

小说讲的是1969年知识青年奔赴延安，接受贫下中农再教育，扎根农村干革命，并逐渐成长的故事。

39.《我们这一代》　卢群　江苏人民出版社1976年5月第1版

本书另由农村读物出版社出版了"农村版"。

这是一部直接反映"文革"的小说。它紧扣无产阶级与资产阶级的矛盾，以革命造反派和走资本主义道路当权派的斗争为中心，再现了"文革"中的斗争场面，塑造了革命造反派的代表、知识青年李菊珍的形象。

40.《李自成》（第二卷，上、中、下册）　姚雪垠　中国青年出版社1976年12月第1版

41.《县委书记》（第一部）　阎丰乐　人民出版社1976年6月第1版

1976年1月初稿完成于济南，1976年4月定稿于北京。

小说描写的是1963年到"文化大革命"前夕，鲁西南湖滨地区无产阶级革命派带领广大人民群众跟党内走资派做斗争的故事。

42.《武陵山下》　张行　湖南人民出版社1976年第2版

本书1965年10月第1版。

1959年3月完成初稿，1965年10月改成于长沙，1975年元月重改于袁家岭。

小说反映了新中国成立初期人民解放军挺进湘西剿匪的斗争生活。

43.《铜墙铁壁》　柳青　人民文学出版社1976年2月第2版

本书于1951年初版，本版是第2版。

1951年3月写毕，1973年8月修订。

这是一部反映陕北农民在解放战争中支援前线的长篇小说。

44.《望云峰》　张恩儒　黑龙江人民出版社1976年6月第2版

本书 1974 年 9 月第 1 版，本版是第 2 版，这次再版，作者对书中有的人物、一些细节和文字做了修改。

这是一部反映抗美援朝战斗生活的长篇小说。

45.《艳阳天》（第 2 版） 浩然 人民文学出版社 第一卷、第二卷、三卷 1976 年版

本书第一卷至第三卷分别于 1964 年 9 月、3 月、5 月出第 1 版。

46.《龙滩春色》（下） 马春 天津人民出版社 1976 年大 32 开版，北京各大图书馆无此版本。

47.《惊雷》（下册） （农村版图书）黑龙江双城县革命委员会、中国人民解放军京字八〇一部队联合创作组集体创作，王忠瑜等执笔

天津人民出版社 1975 年版 农村读物出版社重印

48.《咆哮的松花江》（农村版图书）（上、下册） 林予、谢树

黑龙江人民出版社 1975 年版 农村版图书编选小组选编 农村读物出版社重印

六 1977 年的长篇小说

1.《风扫残云》 丁令武 河南人民出版社 1977 年 5 月第 1 版

1960 年春草拟提纲于南京，1970 年冬初稿完成于洛阳，1976 年夏第四次修改于郑州。

小说写的是一支人民解放军队伍于 1950 年深秋在湘西复杂的山崖湖泽地区消灭土匪的故事。

2.《雁塞游击队》 马云鹏 人民文学出版社 1977 年 6 月第 1 版

1976 年 11 月完稿于太原。

小说写的是抗日战争时期党领导的一支游击队在华北敌后开辟革命根据地的斗争故事。

3.《草原雾》（蒙古族）扎拉嘎胡 人民文学出版社 1977 年 6

月第 1 版

写于 1961 年至 1965 年，"文革"中无法出版，1977 年才得以出版。

小说反映的是 60 年代初期草原人民建设和管理现代化钢铁联合企业的生产和斗争生活，塑造了蒙古族第一代钢铁工程技术人员和工人阶级的艺术形象。

4.《鹰击长空》 王忠瑜 黑龙江人民出版社 1977 年 8 月第 1 版

1961 年至 1964 年初稿完成，1976 年定稿。

作者为空军部队的文化工作人员，属于专业作者，"文革"前就发表过作品，这部小说写于 60 年代初，在"文革"中修改过多次，到 1977 年才得以出版。

小说写的是抗美援朝战争中人民志愿军空军和朝鲜人民并肩作战抗击美帝空军的故事。

5.《山林支队》 王树梁 人民出版社

上册 1977 年 7 月第 1 版；下册 1977 年 10 月第 1 版。

1973 年"八·一"节初稿完成，1977 年春节改定。

小说写的是抗日战争时期八路军一个连队深入敌后山林地区开展游击战、歼灭日寇的故事。

6.《穿云山》 韦任敏 广西人民出版社 1977 年 1 月第 1 版

1972 年至 1974 年初稿，1976 年改毕。

韦任敏，即"为人民"，是《穿云山》三结合创作组的代称。

小说讲述的是 1964 年到 1965 年桂西大石山区农民响应"农业学大寨"的号召，开展根治旱涝灾害的工作，并与修正主义路线、资本主义自发势力和暗藏敌人进行斗争的故事。

7.《草原的早晨》（蒙古族）扎拉嘎胡 人民文学出版社 1977 年 6 月第 1 版

1976 年 12 月写毕于呼和浩特。

小说以 60 年代初期的一个草原钢铁厂为背景，塑造了蒙古族第一代钢铁工人的英雄群像，生动地反映了在贯彻"鞍钢宪法"过程中尖锐、复杂的斗争。

8.《草原歼匪》 兰必让 甘肃人民出版社 1977 年 8 月第 1 版

1959 年 3 月草于天水，1976 年 6 月修定于平凉。

小说描写的是新中国成立初期中国人民解放军在西北草原地区进行肃匪清特的斗争生活。

9.《阿力玛斯之歌》 冯苓植 人民文学出版社 1977 年 2 月第 1 版

1972 年至 1976 年于巴彦淖尔和北京等地完成四稿。

小说展现的是 1962 年草原人民奋勇抗灾，并同党内资产阶级和社会上的阶级敌人做斗争的画面。

10.《义和拳》（上、下册） 冯骥才、李定兴 人民文学出版社 1977 年 12 月第 1 版

1975 年 11 月 12 日第一稿完成于天津，1977 年 7 月 1 日第二稿完成于北京。

这是一部以天津义和团抗击八国联军入侵、保卫天津为题材的革命历史小说。

11.《在决战的日子里》 刘子威 天津人民出版社 1977 年 12 月第 1 版

1976 年 9 月脱稿。

小说讲述的是解放战争时期中国人民解放军一支部队所走过的一段光辉的战斗历程，着重描写了清风店战役的胜利。

12.《陈胜》 刘亚洲 湖北人民出版社 1977 年 11 月第 1 版

1976 年 1 月 23 日写毕。

这是一部反映秦末陈胜、吴广领导的农民起义的小说。

13.《戈壁春风》　刘学江　山东人民出版社1977年4月第1版

1974年12月至1976年12月写毕三稿，1977年4月定稿。

小说描述了1965年老红军战士带领胶东半岛某海滨城市支边青年在西北边疆农场坚持以阶级斗争为纲，反修防修，大干社会主义的斗争故事。

14.《山呼海啸》（上、下册）　曲波　中国青年出版社1977年7月第1版

小说讲述的是有关抗日战争的故事。

15.《戎萼碑》　曲波　山东人民出版社1977年6月第1版

1977年6月定稿于烟台。

这部长篇小说以抗日战争最艰苦的1942年、1943年为背景，描写了共产党一支医务工作队在战场上行医、火线上办院的英雄事迹。

16.《大业千秋》　朱春雨　吉林人民出版社1977年12月第1版

1972年草稿于长白山，1975年除夕定稿于长春。

小说反映的是"文化大革命"开始前后不到两年时间里发生在某林业局的一场尖锐复杂的两个阶级、两条道路、两条路线的斗争。

17.《敌后战场》　竹丛　天津人民出版社1977年11月第1版

1976年3月2日完稿。

小说讲述的是抗日战争时期敌占区一个工厂的工人们在共产党员的领导下配合八路军和游击队，取得战斗胜利的故事。

18.《疾风落叶》　孙蕴英　人民文学出版社1977年11月第1版

1973年10月初稿完成，1977年2月定稿。

小说反映的是解放战争时期的战斗生活。

19.《古玛河春晓》　沈凯　人民文学出版社1977年11月第1版

1972年2月第一稿写于新疆，1977年4月第七稿改于北京。

这是一部反映新中国成立初期人民解放军进驻新疆"屯垦戍边"的小说。

20.《解放石家庄》 李丰祝 解放军文艺社 1977 年 7 月第 1 版

1974 年 4 月初稿完成于本溪，1977 年 4 月定稿于北京。

小说反映的是中国人民解放军某旅在解放战争时期英勇杀敌，不断取得胜利的战斗生活。

21.《风浪口》 李述宽、岳长贵 辽宁人民出版社 1977 年 10 月第 1 版

1975 年 8 月至 1976 年 3 月初稿，1976 年 6 月改毕。

小说讲述的是某渔村民兵、儿童团配合游击队、解放军争取解放战争胜利的故事。

22.《夺刀》 克扬 山西人民出版社 1977 年 3 月第 1 版

这是一部描写抗日战争胜利后鲁南、淮北军民粉碎蒋介石匪帮发动内战阴谋的长篇小说。

23.《山燕》 杨大群 人民文学出版社 1977 年 8 月第 1 版

小说讲述的是青年干部于山燕带领贫下中农响应"农业学大寨"号召，开田、打井、炼化肥，以及揪斗反革命分子的故事。

24.《奔腾的大黑河》 谷丰登 内蒙古人民出版社 1977 年 11 月第 1 版

1973 年 2 月至 1976 年 1 月初稿未完成，1977 年 8 月定稿于呼和浩特。

小说讲述的是河畔大队在"农业学大寨"运动中治理大黑河，并与混进领导班子的阶级异己分子和地主做斗争的故事。

25.《燕岭风云》 单学鹏 人民文学出版社 1977 年 1 月第 1 版

1972 年 6 月至 1973 年 8 月初稿完成，1975 年 11 月第四次重写于北京。

这部小说以八届十中全会前后为时代背景，通过描写华北燕山区一个林业队为农业创造增产条件、大力绿化荒山的故事，展示了两个阶级、两条道路、两条路线的激烈斗争。

26.《巍巍的青峦山》　林井然　上海人民出版社 1977 年 1 月第 1 版

1972 年 2 月初稿写于锦江山下，1975 年 2 月重写于鸭绿江畔，1976 年 6 月修改于黄埔江畔。

这部长篇小说反映的是抗日战争时期胶东人民在党的领导下与日本鬼子、汉奸、国民党投降派做斗争的战斗生活。

27.《不屈的昆仑山》　林江、烈岩　山东人民出版社 1977 年 9 月第 1 版

这是一部反映抗日战争的长篇小说。[①]

28.《南国烽烟》（第一部）　罗旋　江西人民出版社 1977 年 11 月第 1 版

1974 年至 1976 年三稿完成于赣州。

这是描写土地革命时期南方一支游击队斗争生活的长篇小说。

29.《狂飙》　邱恒聪　江西人民出版社 1977 年 4 月第 1 版

1974 年春初稿，1975 年秋改，1977 年春再改于南昌。

这部小说通过对井冈山下金岭乡打土豪、分田地、建立革命根据地的描写，说明我国革命武装夺取政权只能走建立农村革命根据地、以农村保卫城市的道路。

30.《云岭之战》　张广平　甘肃人民出版社 1977 年 6 月第 1 版

1973 年 10 月初稿完成，1976 年 6 月完成五稿。

这是一部描写志愿军抗美援朝战斗生活的小说。

---

① 北京各大图书馆无此书。据《中国小说提要——当代部分（上）》记载，《不屈的昆仑山》为表现抗日战争的长篇小说。

31. 《创业》 张天民 中国青年出版社 1977 年 7 月第 1 版

1974 年 5 月电影《创业》于郑州拍摄中，作者受中国青年出版社之邀开始写长篇小说。

小说以电影《创业》为基础，描绘了 60 年代石油工人在党的领导下顶住苏修压力和刘少奇反革命修正主义路线的干扰，独立自主、艰苦创业开展石油大会战的生产画面。

32. 《翼上》（上、下册） 陈立德 人民文学出版社 1977 年 4 月第 1 版

这是一部反映中国人民志愿军空军战斗生活的长篇小说。

33. 《铁道前哨》 郎澜 上海人民出版社 1977 年 8 月第 1 版

1973 年严冬初稿完成于芜湖，1977 年春天定稿于上海。

作者是一位铁路工人。

小说表现的是 60 年代初期皖南山区某铁路工区在整治严重病害过程中进行的复杂的阶级斗争。

34. 《碧泉之战》（上） 郑保志 山西人民出版社 1977 年 4 月第 1 版

小说分上、下两册，下册于 1978 年 6 月出第 1 版。

小说讲述的是志愿军战士在抗美援朝战斗中奋勇杀敌的故事。

35. 《三战陇海》（上、下册） 柯岗 人民出版社 1977 年 9 月第 1 版

1963 年动笔于大连，1975 年脱稿于北京，"文革"中不得出版，1977 年才得以出版。

小说描写的是人民解放军于 1946 年 8 月至 1947 年 8 月在陇海铁路两侧英勇歼敌的战斗故事。

36. 《创业史》（第二部 上卷） 柳青 中国青年出版社 6 月第 1 版 （另有陕西人民出版社 1977 年版）

这是一部描写中国农村社会主义革命的长篇小说，着重表现了这一革命中社会的、思想的和心理的变化过程。全书共四部。第二部写农业生产合作社的成立和巩固。小说分上、下两卷，下卷于 1979 年出版。

37.《军垦战歌》 胡杨 河北人民出版社 1977 年 7 月第 1 版

1972 年冬至 1973 年秋写成初稿，1974 年春至 1974 年冬完成二稿，1976 年修改于石家庄。

作者为业余作者。

小说描写了一批上海支边青年到塔里木军垦农场支援边疆开发，在老一辈革命战士的教导下锻炼成长的故事。

38.《冲霄曲》 胡锡山 江苏人民出版社 1977 年 12 月第 1 版

1964 年 10 月至 11 月初稿完成于无锡，1967 年 8 月至 10 月三稿完成于太湖，1971 年 2 月至 5 月完成五稿，1976 年至 1977 年 5 月完成八稿于南京。

这是一部描写中国人民志愿军空军战斗生活的长篇小说。

39.《长长的乌拉银河》 俊然 解放军文艺社 1977 年 5 月第 1 版

1974 年春节前夕初稿完成于哈尔滨，1977 年春节前夕修改于北京。

小说讲述的是解放战争前夕，共产党派出民族武装工作队深入东北大兴安岭乌拉银河流域发动群众，终于孤立并全歼了国民党匪特，使鄂伦春获得了解放。

40.《闹海记》（上） 唐亢双、谢金雄 广东人民出版社 1977 年 5 月第 1 版

这是一部反映 50 年代南海港湾渔业合作化过程中两个阶级、两条道路、两条路线斗争的小说。

41.《红潮》（献给中国人民解放军建军五十周年） 祝自明

上册 福建人民出版社 1977 年 2 月第 1 版

下册 福建人民出版社 1977 年 3 月第 1 版

1975 年仲夏初稿完成于福州，1975 年元月改于漳州，1976 年 3 月定稿于福州。

这是一部反映解放战争时期人民游击战争的长篇小说。

42.《太行志》 崔复生 河南人民出版社 1977 年 11 月第 1 版

1977 年 4 月第四次修改于郑州。

小说描述的是农业合作化后太行山区人民坚持社会主义道路，根治穷山恶水，彻底改变山区贫困面貌的故事，并展现了建设社会主义新山区中两个阶级、两条道路、两条路线的激烈斗争。

43.《映天红》 群星 江苏人民出版社 1977 年 10 月第 1 版

这是一部反映抗日战争时期敌后军民奋勇抗敌的小说。

44.《将军河》（第一部） 管桦 中国青年出版社 1977 年 12 月第 1 版

小说表现的是华北将军河地区人民在党的领导下展开的民族抗日战争。

45.《万山红遍》（下卷） 黎汝清 人民文学出版社 1977 年 9 月第 1 版

1976 年 2 月初稿完成于北京，1976 年 12 月定稿于北京。

小说写的是第二次国内革命战争初期 1928 年春天到秋天，党领导的一支红军队伍在南方某山区建立农村革命根据地的英勇斗争故事。

46.《广大的战线》《广大的战线》创作组集体创作，维恩、峻峰执笔 人民文学出版社 1977 年 9 月第 1 版

写于 1973 年 10 月至 1976 年 12 月。

小说以"文化大革命"中新兴市人民银行一个分理处的活动为中心，描写了银行职工和新老资产阶级分子的斗争，是为数不多的以金融战线生活为题材的长篇小说。

　　47.《李自成》（第一卷　上、下册）　姚雪垠　中国青年出版社1977年7月第2版

　　本书1963年7月第1版，本版是第2版。

　　48.《吕梁英雄传》（第2版）　马烽、西戎

　　1952年4月第1版，1956年第2版，1977年根据1956年第2版重新排印，本书另有农村读物出版社出版的农村版。

　　本书在"文革"时期不得出版，粉碎"四人帮"后得以重新出版。

　　小说讲述的是敌后抗日军民对敌斗争的故事。

　　49.《创业史》（第一部）　柳青　中国青年出版社1977年版

　　本书1960年出第1版，本次出版做了一些重要的修改。依据这次再版，另印发了农村版。

　　第一部写的是农村社会主义革命的互助阶段。

　　50.《英雄的乡土》　晋庆玉　贵州人民出版社1977年10月第2版

　　本书1976年3月第1版，本版是第2版。

　　51.《桐柏英雄》　中国人民解放军工程兵《桐柏英雄》创作组集体创作，前涉执笔　天津人民出版社1977年11月第2版

　　本书1972年11月出第1版，本版是第2版。

　　52.《农奴戟》　克扬　天津人民出版社1977年大32开本

　　本书1976年7月已出版32开本。

　　53.《武陵山下》　张行　湖南人民出版社1977年3月第3版

　　本书1965年10月出第1版，本版是第3版。农村读物出版社

1977 年 8 月根据本书 1976 年 3 月第 2 版印行了"农村版"。

54.《火网》(农村版图书) 王世阁 解放军文艺出版社 1976 年 3 月版 农村读物出版社重印

55.《县委书记》(第一部)(农村版图书) 阎丰乐 人民出版社 1976 年 6 月版 农村读物出版社重印

56.《映山红》(农村版图书) 岚晨 江西人民出版社 1975 年 7 月版 农村读物出版社重印

57.《暴风骤雨》(农村版图书) 周立波 农村读物出版社重印

本书根据人民文学出版社 1956 年 8 月第 2 版重印。这次重印由作者在文字方面略作改动。

写于 1947 年到 1948 年,1948 年 12 月写毕于哈尔滨。

这是反映土改运动的一部小说。

58.《樟田河》(农村版图书) 程贤章 广东人民出版社 1976 年第 1 版 农村读物出版社重印

第三编　1972—1977 年中篇小说提要

1972 年

1.《春风杨柳》　沙群　上海人民出版社 1972 年第 1 版

小说以 1968 年上海郊区农村血吸虫病防治工作中的阶级斗争为故事主线，反映了农村赤脚医生的斗争生活。

2.《海防线上》　辛刚、卞方赞　天津人民出版社 1972 年第 1 版

小说描写的是海防地区军民团结起来破获一起反革命案件的过程。

1973 年

1.《新桥》　丛敏　上海人民出版社 1973 年第 1 版

这是一部反映上海郊区农村在党的八届十中全会公报发表前后两个阶级、两条道路、两条路线斗争生活的中篇小说。

2.《草原轻骑》　张长弓　天津人民出版社 1973 年第 1 版

小说描写了"文化大革命"前夕一支活跃在内蒙古地区的乌兰牧骑的战斗生活。

3.《青春》　张长弓　内蒙古人民出版社 1973 年第 1 版

小说以创建初期的边疆生产建设部队为背景，描写了知青投身屯垦戍边事业的故事。

4.《沃土新苗》　刘柏生　黑龙江人民出版社 1973 年第 1 版

这是一部反映知识青年上山下乡，接受贫下中农再教育，插队落

户干革命的中篇小说。

5.《鲁剑五号》 张相林 山东人民出版社 1973 年第 1 版

这是一部反映渔民海上斗争的小说，表现了渔民之间深厚的阶级感情、军民之间鱼水般的亲密关系。

6.《壁垒森严》 陈定兴 广东人民出版社 1973 年第 1 版

小说描写了 1970 年夏公安机关在南方某市破获一宗特务案件的故事。

7.《追穷寇》李晓明 广东人民出版社 1973 年第 1 版

章回小说。小说讲的是 1950 年人民解放军某部在消灭国民党残匪的战斗中追踪逃跑匪首，最终将其缉拿的故事。

8.《威震敌胆》 胡学方 广东人民出版社 1973 年第 1 版

小说以解放战争初期东北战场为背景，讲述了一支炮兵部队的成长故事。

1974 年

1.《西沙儿女——正气篇》 浩然 人民出版社 1974 年第 1 版
另由农村读物出版社选为"农村版图书"出版。

小说以南海人民抗日武装斗争为背景，通过对西沙渔民为保卫西沙同汉奸、渔霸和日本侵略者进行英勇斗争的描写，集中塑造了程亮这一无产阶级革命英雄形象。

2.《西沙儿女——奇志篇》 浩然 人民出版社 1974 年第 1 版
另由农村读物出版社选为"农村版图书"出版。

小说描写了西沙儿女建设西沙、保卫西沙的斗争生活。

3.《大梁》上海电机厂《大梁》创作组 上海人民出版社 1974 年第 1 版

这是一部反映"文革"中工业战线上阶级斗争、路线斗争的小说。

4.《江水滔滔》 杭涛 上海人民出版社1974年第1版

这是一部反映解放初期上海航道工人斗争生活的小说。

5.《铁骑》 照日格巴图 内蒙古人民出版社1974年第1版

这部小说以一个骑兵连队的战斗生活为背景，描写了解放战争时期中国人民解放军骑兵与步兵部队并肩作战，在内蒙古草原上消灭国民党反动派的斗争生活。

6.《金色的种子》 伍杰 陕西人民出版社1974年第1版

小说描写了经过"文化大革命"的某农村中学中以主人公向农为首组织起来的农业科学试验小组在农业学大寨运动中利用课余事件积极展开活动的故事。

7.《风雨杏花村》 牧夫 广东人民出版社1974年第1版

另由农村读物出版社选为"农村版图书"出版。

小说围绕"文革"中出现的合作医疗这一新生事物，表现了一场尖锐、复杂的阶级斗争。

8.《胶林儿女》 张枫 广东人民出版社1974年第1版

此部书为中篇小说《珠碧江边》的续篇。

小说通过反映海南岛某军垦农场1962年的阶级斗争和生产斗争，热情歌颂了为建设海南、保卫海南而战斗的英雄儿女。

9.《送盐》 廖振 广东人民出版社1974年第1版

小说讲的是解放战争初期闽粤赣边区人民支援游击队的故事。

1975 年

1.《山风》 周嘉俊 上海人民出版社1975年第1版

小说描写了一批上海知青在农场深入开展"农业学大寨"，开发高山、建立生产基点的故事。

2.《奔腾的东流河》 陈大斌 天津人民出版社1975年第1期

这是一部反映50年代农村互助合作运动的小说。

3.《翠岭朝霞》 嘉山县革委会创作　安徽人民出版社 1975 年第 1 期

小说讲的是皖东农村一个生产大队在"农业学大寨"运动中展开的一场尖锐激烈的阶级斗争。

4.《疾风》 蔡维才　湖北人民出版社 1975 年第 1 版

小说反映的是抗日后期冀南平原军民粉碎日伪抓劳工计划的斗争。

5.《彩虹曲》 山萌　广东人民出版社 1975 年第 1 版

小说写的是 1962 年，我国国民经济出现暂时困难的时候，南方某地一间农业机械厂的两个阶级、两条道路和两条路线的斗争。

1976 年

1.《彩虹曲》（农村版图书） 山萌　广东人民出版社 1975 年第 1 版，农村读物出版社 1976 年重印版

2.《新苗》 刘柏生　黑龙江人民出版社 1976 年第 1 版

这是一部反映知识青年上山下乡在广阔天地里大有作为的小说。

3.《九龙风云》 甘征文　湖南人民出版社 1976 年第 1 版

这是一部农民作者创作的反映农村进行"文化大革命"的小说，集中表现了无产阶级革命派与党内走资派的尖锐的矛盾冲突，在一定程度上再现了农村"文化大革命"沸腾的战斗生活。

4.《茶山春》 宋振国　安徽人民出版社 1976 年第 1 版

小说通过对生产建设兵团某知识青年连队在江南山区开荒种茶的描述，颂扬了广大知青扎根农村的革命精神。

5.《风云图》 杨昭科　广东人民出版社 1976 年第 1 版

这是一部描写 70 年代初期广东某山村气象员生活的小说。

6.《奔马河畔》《奔马河畔》三结合创作组　辽宁人民出版社 1976 年第 1 版

这是一部反映"文化大革命"发动阶段农机战线上两个阶级、两条路线、两条道路斗争的小说。

7.《火苗》 李瑞林 江苏人民出版社 1976 年第 1 版

这是一部以煤矿工人反对日本侵略者掠夺我国煤炭的斗争为主要内容的小说。

8.《火焰》 金安福 天津人民出版社 1976 年第 1 版

这部小说主要描写了某油田炼油厂在"文化大革命"中建立革命委员会后围绕改革一台旧锅炉而展开的一场复辟与反复辟的斗争。

9.《红花》《红花》创作组集体创作 张向午执笔 辽宁人民出版社 1974 年第 1 版

这是一部反映知青扎根草原、建设边疆的中篇小说。

10.《霞满龙湾》 张建国 人民文学出版社 1976 年第 1 版
这是一部反映知识青年在农村广阔天地锻炼成长的小说。

11.《足球场上》 高尔品 安徽人民出版社 1976 年第 1 版

小说围绕一支少年业余足球队参加全省比赛的前前后后，铺开了一幕又一幕的紧张场面，揭示了体育战线上两个阶级、两条路线、两种思想激烈复杂的斗争。

12.《百花川》（又名"三把火"） 浩然 天津人民出版社 1976 年第 1 版

这是一部反映农业学大寨的小说，描写了京郊百花川生产队贫下中农向党内资产阶级和资本主义自发势力发动猛烈进攻，使百花川重回到社会主义道路的故事。

13.《青少年护泊哨》 顾骏翘 江苏人民出版社 1976 年第 1 版
小说围绕青少年护泊哨的诞生和成长，展开了船埠码头上两个阶级、两条道路的激烈斗争。

14.《甘泉》 戴帆 广东人民出版社 1976 年第 1 版

小说以 1975 年农业学大寨运动为背景，通过讲述一个国营华侨茶场的斗争生活，歌颂了抵制右倾翻案风的英雄人物。

1977 年

1.《遥远的槟榔寨》 李迪　云南人民出版社 1977 年第 1 版

这是一部描写边境少年对敌特斗争的小说。

2.《罕达犴的足迹》 邹尚慧、朱美伦　黑龙江人民出版社 1977 年第 1 版

这是一部反映 60 年代末发生在东北边疆地区对敌反特的小说。

3.《映花河畔》 胡柯　湖南人民出版社 1977 年第 1 版

小说描写了湘西土家山寨的一个生产大队在深入开展农业学大寨的运动中，以粮食为纲，积极发展养鸭业，并塑造了一个扎根农村的优秀知识青年的形象。

4.《战马长啸》 戴云卿、李双临　辽宁人民出版社 1977 年第 1 版

小说描写了 60 年代末北疆草原达拉罕大队民兵连在战备施工和牧业学大寨的斗争中与苏修派遣特务和隐藏的阶级敌人做斗争的故事。

备注：

此部分不包括革命故事以及故事性强的人物传记、报告文学，如《特级英雄黄继光》《铁流后卫》《张思德》等。

附录　1972—1977 年的短篇小说集[①]

1972 年

书名	编（著）者	出版社
《冲锋在前》	南京部队政治部宣传部编	人民文学出版社
《红石山中》	人民解放军工程兵政治部宣传部编	人民文学出版社
《雨涤松清》	济南部队政治部宣传部编	人民文学出版社
《号声嘹亮》	人民文学出版社编	人民文学出版社
《红松村的故事》	人民文学出版社编辑部编	人民文学出版社
《篝火正旺》	人民文学出版社编	人民文学出版社
《攀高峰》	人民出版社编辑	人民出版社
《不卷刃的钢钎》	人民出版社编辑	人民出版社

---

① 本表参照图书出版记录编制，并未逐一查证，特此说明。

续表

书　名	编（著）者	出　版　社
《绘新图》	人民出版社编辑	人民出版社
《友谊桥边》	人民出版社编辑	人民出版社
《迎春展翅》	上海港工人业余写作组	上海人民出版社
《航门激浪》	上海航道局工人创作组	上海人民出版社
《沃土新苗》	上海市革命委员会下乡上山办公室、上海人民出版社编	上海人民出版社
《在灿烂的阳光下》	天津人民出版社编辑	天津人民出版社
《国际歌声传四海》	天津港务局工人写作组	天津人民出版社
《油田尖兵》	六四一厂工人写作组	天津人民出版社
《战马嘶鸣》	天津人民出版社编	天津人民出版社
《山高路远》	中国人民解放军工程兵政治部宣传部编	天津人民出版社
《风雪红松》	河北人民出版社编辑	河北人民出版社
《警钟常鸣》	山西人民出版社编辑	山西人民出版社
《奔腾的铁流》	辽宁人民出版社编辑	辽宁人民出版社
《飞雪扬鞭》	吉林人民出版社编辑	吉林人民出版社

书 名	编（著）者	出 版 社
《开山斧》	松江河林业局革命委员会政治部编	吉林人民出版社
《团长下连》	吉林人民出版社编辑	吉林人民出版社
《长白山下》	通化地区革命委员会政治部宣传组、文教局编	吉林人民出版社
《中流砥柱》	黑龙江人民出版社编辑	黑龙江人民出版社
《迎风破浪》	黑龙江人民出版社编辑	黑龙江人民出版社
《朝霞万朵》	陕西人民出版社编辑	陕西人民出版社
《骏马在奔驰》	陕西人民出版社编辑	陕西人民出版社
《青松岭》	中国人民解放军工程兵政治部宣传部编	陕西人民出版社
《新的高峰》	甘肃人民出版社编辑	甘肃人民出版社
《育新苗》	甘肃人民出版社编辑	甘肃人民出版社
《山花》	甘肃人民出版社编辑	甘肃人民出版社
《登高望远》	甘肃人民出版社编辑	甘肃人民出版社
《一代新人》	甘肃人民出版社编辑	甘肃人民出版社
《新鲜血液》	新疆人民出版社编辑	新疆人民出版社

续表

书名	编（著）者	出 版 社
《飞雪迎春》	山东人民出版社编辑	山东人民出版社
《支部书记》	山东省纪念毛主席《在延安座谈会上的讲话》发表三十周年办公室编	山东人民出版社
《火花》	山东人民出版社编辑	山东人民出版社
《引航》	江苏人民出版社编辑	江苏人民出版社
《山里红梅》	江苏人民出版社编辑	江苏人民出版社
《黄海长缨》	江海红著	江苏人民出版社
《管山人》	浙江省纪念毛主席《在延安座谈会上的讲话》发表三十周年征文办公室编	浙江人民出版社
《登高赞》	浙江省纪念毛主席《在延安座谈会上的讲话》发表三十周年征文办公室编	浙江人民出版社
《开端》	前锋文艺创作组编	浙江人民出版社
《熔炼》	安徽人民出版社编辑	安徽人民出版社
《列车飞奔》	安徽人民出版社编辑	安徽人民出版社
《航程》	芜湖市工人业余创作组编	安徽人民出版社
《朝霞万朵》	江西人民出版社编辑	江西人民出版社
《雨涤竹翠》	江西人民出版社编辑	江西人民出版社

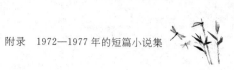

续表

书　名	编（著）者	出 版 社
《老实人》	福建人民出版社编辑	福建人民出版社
《春色满园》	福建人民出版社编辑	福建人民出版社
《战马驰骋》	河南人民出版社编辑	河南人民出版社
《召唤》	河南人民出版社编辑	河南人民出版社
《工农兵短篇小说选》	武汉市革命委员会文教局编	湖北人民出版社
《光辉的道路》	湖北省革命委员会"五·七"干校政工组编	湖北人民出版社
《七叶一枝花》	湖北人民出版社编辑	湖北人民出版社
《山鹰展翅》	湖南省《工农兵文艺》编辑组、湖南人民出版社编辑组编	湖南人民出版社
《禾苗正绿》	广东人民出版社编辑	广东人民出版社
《海燕号归航》	广东人民出版社编辑	广东人民出版社
《延安的种子》	广西人民出版社编辑	广西人民出版社
《老实人》	四川人民出版社编辑	四川人民出版社
《"数学家"算账》	云南人民出版社编辑	云南人民出版社
《笛声嘹亮》	云南人民出版社编辑	云南人民出版社

续表

书名	编（著）者	出版社
《一代新人》	云南人民出版社编辑	云南人民出版社
《青石河上》	云南人民出版社编辑	云南人民出版社
《延安的种子》（小说、散文合集）	上海人民出版社编辑	上海人民出版社
《边疆新人》（小说、散文合集）	内蒙古自治区人民出版社编辑	内蒙古自治区人民出版社
《重任在肩》（小说、散文合集）	吉林省庆祝中国共产党诞生五十周年征文小组编	吉林人民出版社
《海兰激浪》（小说、散文合集）	延安人民出版社编辑	延安人民出版社
《延河之歌》（小说、散文合集）	陕西省延安地区革命委员会政工组编	陕西人民出版社
《目标》（小说、散文合集）	宁夏人民出版社编辑	宁夏人民出版社
《哨兵》（小说、散文合集）	中国人民解放军六四一二部队政治部编	浙江人民出版社
《海防线上》（小说、散文合集）	陆扬烈著	浙江人民出版社
《前进路上》（小说、散文合集）	贵州人民出版社编辑	贵州人民出版社

1973 年

书 名	编（著）者	出 版 社
《南疆木棉红》	广西壮族自治区革命委员会文艺创作办公室	人民文学出版社 广西人民出版社
《索道隆隆》	红透山铜矿政治部、抚顺市文化局合编	人民文学出版社
《带班》	武汉部队政治部宣传部编	人民文学出版社
《哨所的早晨》	昆明部队政治部宣传部编	人民文学出版社
《彩霞万里》①	凤章	人民文学出版社
《第一步》	人民出版社编	人民出版社
《红梅花开》	人民出版社编	人民出版社
《山丹花》	人民出版社编	人民出版社
《火花》	人民出版社编	人民出版社
《杨柳风》	浩然	人民出版社
《浪花渡》	方楠	人民出版社
《锁金峡》	张登魁	人民出版社
《小将》	上海电机厂五一工大文科班、上海警备区政治部编	上海人民出版社

---

　　①　本书曾于 1965 年 3 月出第 1 版，这次再版，由作者做了修改，并增加了一篇《拜师记》。

续表

书 名	编（著）者	出 版 社
《碧水长流》	上海人民出版社编	上海人民出版社
《朝霞万里》	天津动力机厂工人写作组	天津人民出版社
《红花满山崖》	中国人民解放军京字九〇八部队政治部编	天津人民出版社
《麦花香》	天津人民出版社编辑	天津人民出版社
《新嫂嫂》	天津地区革委会文化局编	天津人民出版社
《春哥集》	浩然	天津人民出版社
《高高的蓝天》	天津人民出版社编	天津人民出版社
《水绿山青》	河北省革命委员会文艺组编	河北人民出版社
《春色满城》	保定市群众艺术馆创作组编	河北人民出版社
《骏马飞腾》	河北人民出版社编辑	河北人民出版社
《种籽》	河北人民出版社编辑	河北人民出版社
《凌云峰上》	山西人民出版社	山西人民出版社
《在阳光下》	焦祖尧	山西人民出版社
《奶茶飘香》	峻防	内蒙古人民出版社

续表

书名	编（著）者	出版社
《边鼓声声》	吴佩灿	内蒙古人民出版社
《礼花》	包家骏	内蒙古人民出版社
《锤声不断》	辽宁人民出版社编辑	辽宁人民出版社
《春花朵朵》	鞍山市文艺创作组编	辽宁人民出版社
《林海哨兵》	敦化林业局等编	吉林人民出版社
《攀高》	吉林化学工业公司业余文艺创作组编	吉林人民出版社
《进厂之后》	通化市《进厂之后》编写组	吉林人民出版社
《夜渡》	中国人民解放军工程兵政治部宣传部编	黑龙江人民出版社
《彩虹飞渡》	二一〇七工程陕西省建设指挥部编	陕西人民出版社
《峡谷长虹》	梅字工程指挥部政治部编	陕西人民出版社
《心愿》	西安仪表厂政治部编	陕西人民出版社
《油田春早》	甘肃人民出版社编	甘肃人民出版社
《新绿的腾格里》	甘肃人民出版社编	甘肃人民出版社
《在前进的道路上》	宁夏人民出版社编	宁夏人民出版社

续表

书 名	编（著）者	出 版 社
《柳春》	宁夏人民出版社编	宁夏人民出版社
《连云浪花》	江苏人民出版社编	江苏人民出版社
《战地朝晖》	江苏省军区政治部编	江苏人民出版社
《司令员的发言权》	毛英	浙江人民出版社
《炉火通红》	合肥市业余文艺创作组	安徽人民出版社
《红岭青松》	中国人民解放军 6408 部队政治部编	安徽人民出版社
《青弋江畔》	安徽人民出版社编辑	安徽人民出版社
《丹枫似火》	安徽人民出版社编辑	安徽人民出版社
《鄱湖风浪》	九江地区文艺站编	江西人民出版社
《春笋》	江西人民出版社编	江西人民出版社
《红箭双飞》	福建人民出版社编辑	福建人民出版社
《春到柳叶河》	河南人民出版社编	河南人民出版社
《猛虎添翼》	湖北人民出版社编辑	湖北人民出版社
《映山红》	广州部队生产建设兵团政治部编	广东人民出版社

续表

书 名	编（著）者	出 版 社
《峥嵘岁月》	广东人民出版社编	广东人民出版社
《三次交锋》	广东人民出版社编	广东人民出版社
《战长空》	中国人民解放军七三三二部队创作组	广西人民出版社
《朝霞》（上海文艺丛刊）	上海人民出版社编	上海人民出版社
《金钟长鸣》（上海文艺丛刊）	上海人民出版社编	上海人民出版社
《彩虹》（山西文艺丛书）	山西人民出版社编	山西人民出版社
《风华正茂》（钟山文艺丛刊）	江苏人民出版社编	江苏人民出版社
《凌霄》（文艺丛刊）	浙江人民出版社编	浙江人民出版社
《井冈鸿雁》（革命文艺丛书）	江西人民出版社编	江西人民出版社
《春雨江南》（革命文艺丛书）	江西人民出版社编	江西人民出版社
《战士的品格》（小说、散文合集）	济南部队政治部宣传部编	山东人民出版社
《高峡出平湖》（小说、散文合集）	《高峡出平湖》创作组 福建人民出版社编	福建人民出版社
《练兵场上》（小说、散文合集）	湖南人民出版社编	湖南人民出版社
《塞外春花》（小说、散文合集）	内蒙古生产建设部队政治部编	内蒙古人民出版社

书 名	编（著）者	出 版 社
《大青山南北》（小说、散文合集）	乌兰察布盟文化局创作组编	内蒙古人民出版社
《红心岭》（小说、散文合集）	中国人民解放军后字二〇三部队政治部编	陕西人民出版社
《塞上风光》（小说、散文合集）	陕西省榆林地区革命委员会政工组编	陕西人民出版社
《山外青山》（小说、散文合集）	济南部队政治部前卫报社编	山东人民出版社
《新苗》（小说、散文合集）	江西人民出版社编辑	江西人民出版社
《沃土壮苗》（小说、散文合集）	福建人民出版社编辑	福建人民出版社
《航标灯》（小说、散文合集）	云南省文化局编	云南人民出版社
《赤水浪花》（小说、散文合集）	中国人民解放军 0276 部队政治部编	贵州人民出版社

1974 年

书 名	编（著）者	出 版 社
《朝晖》	人民文学出版社编辑	人民文学出版社
《迎着朝阳》	北京工人作者鲁兆荣等	人民文学出版社
《红卫兵的步伐》	人民出版社编辑	人民出版社
《上海短篇小说选》	上海人民出版社编辑	上海人民出版社

书　名	编（著）者	出　版　社
《农村的春天》	上海市属国营农场三结合创作组作	上海人民出版社
《快马加鞭》	上海市仪表电讯工业局工会业余创作组	上海人民出版社
《列车奔腾》	上海铁路分局工人业余创作组	上海人民出版社
《水上雄鹰的故事》	中国人民解放军四一〇〇部队政治部创作组编	天津人民出版社
《入地牵龙》	承德地区革命委员会文化处编	河北人民出版社
《枣林风波》	河北人民出版社编辑	河北人民出版社
《松青旗红》	马骏等著	山西人民出版社
《激战红云岭》	中国人民解放军总字三五九部队政治部编	山西人民出版社
《哨所清泉》	中国人民解放军内蒙古军区政治部编	内蒙古人民出版社
《黄河激浪》	巴盟文教局创作组编	内蒙古人民出版社
《挑战》	辽宁人民出版社编辑	辽宁人民出版社
《吉林短篇小说选》	吉林人民出版社编辑	吉林人民出版社
《起飞线上》	沈阳部队空军政治部宣传部编	吉林人民出版社
《奔腾的江流》	吉林市群众文化艺术宣传站编	吉林人民出版社

书　名	编（著）者	出　版　社
《闪亮的钢枪》	甘肃省军区政治部宣传处编	甘肃人民出版社
《出发》	程枫	青海人民出版社
《激浪》	山东人民出版社选编	山东人民出版社
《在爸爸战斗过的地方》	刘锡红等著	山东人民出版社
《春雷》	冯家传等著	山东人民出版社
《进军》	江苏人民出版社编辑	江苏人民出版社
《终身课题——上山下乡知识青年创作选》	江苏人民出版社选编	江苏人民出版社
《腊梅香》	江苏人民出版社编	江苏人民出版社
《蓝天哨兵》	南京部队空军政治部宣传部编	江苏人民出版社
《剑岛风雨》	南京部队政治部宣传部编	江苏人民出版社
《金凤》	安徽人民出版社编	安徽人民出版社
《幸福路》	阜阳地区文化局等编	安徽人民出版社
《春讯》	中国人民解放军南京军区安徽生产建设兵团政治部编	安徽人民出版社
《跃马扬鞭》	安徽人民出版社	安徽人民出版社

续表

书　名	编（著）者	出　版　社
《育秧时节》	安徽人民出版社	安徽人民出版社
《百年大计》	湖北人民出版社编辑	湖北人民出版社
《金色的湖州》	湖南人民出版社编辑	湖南人民出版社
《红缨花》	广西人民出版社编辑	广西人民出版社
《春到雅鲁藏布江》	中国人民解放军西藏军区政治部宣传处编	西藏人民出版社
《青春颂》（朝霞文艺丛刊）	上海人民出版社编辑	上海人民出版社
《碧空万里》（朝霞文艺丛刊）	上海人民出版社编辑	上海人民出版社
《青山翠柏》（山西文艺丛书）	山西人民出版社编辑	山西人民出版社
《烈火丹心》（山西文艺丛书）	山西人民出版社编辑	山西人民出版社
《河畔红梅》（百花文学丛刊）	陕西人民出版社编辑	陕西人民出版社
《激流勇进》（钟山文艺丛刊）	江苏人民出版社编辑	江苏人民出版社
《新课堂》（小说、散文合集）	复旦大学中文系文学创作专业	上海人民出版社
《龙腾虎跃》（小说、散文合集）	吉林省军区政治部宣传处编	吉林人民出版社
《新秀》（小说、散文合集）	青海人民出版社编辑	青海人民出版社

续表

书名	编（著）者	出版社
《陕西文学新作选》	西北大学中文系写作教研室编	陕西人民出版社

1975 年

书名	编（著）者	出版社
《沂蒙山高》	济南部队政治部宣传部编	人民文学出版社
《风雪边防线》	新疆部队政治部宣传部编	人民文学出版社
《清泉》	刘国良等著	人民出版社
《向阳松》	北京铁矿工人写作组	人民出版社
《这里并不平静》	"三结合"创作	上海人民出版社
《忻山红》	《忻山红》三结合创作组	上海人民出版社
《小兵上阵》		上海人民出版社
《盛大的节日》	《盛大的节日》三结合创作组	上海人民出版社
《创造者的歌》	"三结合"集体创作	上海人民出版社
《油浪滚滚》	上海人民出版社编	上海人民出版社
《春雷》（天津工人创作丛书）	天津人民出版社编辑	天津人民出版社

书　名	编（著）者	出　版　社
《满天飞霞》（天津工人创作丛书）	大港油田政治部编	天津人民出版社
《青春似火》	南开大学中文系编	天津人民出版社
《枫岭红》	天津人民出版社编	天津人民出版社
《激流》	刘怀章	河北人民出版社
《换新天》	高尔纯等著	河北人民出版社
《煤海的报告》	大同矿物局工人业余文艺创作组作	山西人民出版社
《青石崖》	铁道部、第三铁路工程局第二工程处工人编创组	山西人民出版社
《新春集》（新生事物短篇小说）	内蒙古人民出版社编辑	内蒙古人民出版社
《草原明珠》	于鲁人	内蒙古人民出版社
《春满钢城》（纪念鞍钢宪法发表十五周年）	鞍山市文艺创作组编	辽宁人民出版社
《迎着朝阳》	辽宁人民出版社编辑	辽宁人民出版社
《换防》	长春市文化局编	辽宁人民出版社
《阳光灿烂》	松林河林业局革委会政治部编	吉林人民出版社
《闪光的试卷》	黑龙江生产建设部队四师政治部编	黑龙江人民出版社

续表

书 名	编 (著) 者	出 版 社
《屯垦新篇》	黑龙江生产建设部队政治部编	黑龙江人民出版社
《高峡平湖》	陕西省宝鸡市冯家上工程指挥部政工组编	陕西人民出版社
《战旗飘扬》	甘肃文艺编辑部编	甘肃人民出版社
《战斗的航程》	烟台地区革委文化局编	山东人民出版社
《钟声》	山东省革委文化局创作组编	山东人民出版社
《英姿飒爽》	刘新等著	江苏人民出版社
《红缨》	高志青等著	江苏人民出版社
《激浪奔腾》	樊云生等著	江苏人民出版社
《铺路石》	无锡市革命委员会文化局编	江苏人民出版社
《试金石》	俞文海等著	江苏人民出版社
《火焰》	马鞍山市革命委员会政工组编	安徽人民出版社
《战鼓咚咚》	祁小林等著	安徽人民出版社
《岭上春》	上饶地区文艺站供稿	江西人民出版社
《青竹吐翠》	厦门大学中文系七二级工农兵学员编	福建人民出版社

书 名	编（著）者	出 版 社
《心愿》	周根苗等	安徽人民出版社
《风雨桐林寨》	商丘地区文化局创作组编	河南人民出版社
《军营新歌》	中国人民解放军武汉部队政治部宣传部编	湖北人民出版社
《新的血液》	湖南人民出版社编辑	湖南人民出版社
《陈贵连长》	四川人民出版社编辑	四川人民出版社
《胶林千里绿》	云南生产建设部队政治部宣传处编	云南人民出版社
《高原的春天》	云峰等著	西藏人民出版社
《金滩战歌》	武延年等著	青海人民出版社
《金色的征途》	延边人民出版社编辑	延边人民出版社
《战地春秋》（朝霞文艺丛刊）	上海人民出版社编	上海人民出版社
《序曲》（朝霞文艺丛刊）	上海人民出版社编	上海人民出版社
《不灭的篝火》（朝霞文艺丛刊）	上海人民出版社编	上海人民出版社
《闪光的工号》（朝霞文艺丛刊）	上海人民出版社编	上海人民出版社
《今朝》（文学丛刊）	天津人民出版社编辑	天津人民出版社

续表

书名	编（著）者	出版社
《巨浪》（山西文艺丛书）	山西人民出版社编	山西人民出版社
《动力》（山西文艺丛书）	山西人民出版社编	山西人民出版社
《决裂》（山西文艺丛书）	山西人民出版社编	山西人民出版社
《荷花塘》（百花文学丛刊）	陕西人民出版社编	陕西人民出版社
《春雨新苗》（文艺丛刊）	浙江人民出版社编	浙江人民出版社
《赣水高歌》（革命文艺丛书〈六〉）	江西人民出版社编	江西人民出版社
《长江之歌》（革命文艺丛书〈七〉）	江西人民出版社编	江西人民出版社
《决裂》（革命文艺丛书〈八〉）	江西人民出版社编	江西人民出版社
《前进!》（小说、散文合集）	前进农场业余大学	上海人民出版社
《迎春曲》（小说、散文合集）	咸阳地区革命委员会文教局编	陕西人民出版社
《漫天捷报》（小说、散文合集）	宁夏军区政治部编	宁夏人民出版社
《后起之秀》（小说、散文合集）	广州部队政治部宣传部编	湖南人民出版社
《宽广的道路》（小说、散文合集）	株洲市三结合编创组编	湖南人民出版社

1976 年

书名	编（著）者	出 版 社
《万泉河畔》	中国人民解放军工程兵政治部宣传部编	天津人民出版社
《山寨号角》	成都部队政治部文化部编	人民文学出版社
《火红的榴花》	江苏人民出版社编	江苏人民出版社
《风雨战旗红》	承德市革委会文化局编	河北人民出版社
《风浪》	《风浪》编辑组编	四川人民出版社
《凤落山》	韦苇	内蒙古人民出版社
《风暴》	湖南人民出版社编辑	湖南人民出版社
《半边天》	武汉大学中文系七四级工农兵学员集体创作	湖北人民出版社
《礼花》	包家骏	内蒙古人民出版社
《号令》	四川人民出版社编	四川人民出版社
《这里也是战场》	安阳市业余短篇小说创作学习班	河南人民出版社
《军营新歌》	崔洪昌等著	解放军文艺社
《百舸争流》	广东省文艺创作室、广东人民出版社编辑部合编	广东人民出版社
《在激流中》（天津工人创作丛书）	天津市化工局政治部编	天津人民出版社

书 名	编（著）者	出 版 社
《任重道远》	肖建华等著	广西人民出版社
《红瓦》（知识青年上山下乡短篇小说集，农村版图书）	农村版图书编选小组选编	农村读物出版社
《阳光灿烂》	辽宁人民出版社	辽宁人民出版社
《欢腾的碧茵河》	刘子民等著	黑龙江人民出版社
《沙葱青青》	《内蒙古文艺》编辑部编	内蒙古人民出版社
《杨柳青青》	贵州人民出版社编辑	贵州人民出版社
《放排姑娘》	张爱斌等	安徽人民出版社
《枫叶殷红》（农村版图书）	农村版图书编选小组选编	农村读物出版社
《青春闪光》	南京市文化局创作组编	江苏人民出版社
《青梨村的喜事》	刘山民等	江苏人民出版社
《奔腾》	屈虹等	人民出版社
《昆仑春色》	青海省革命委员会文化局编	人民文学出版社
《肯攀登的人》	上海纺织工业局三结合创作组	上海人民出版社
《洪流》	耿桂云等	河北人民出版社

书名	编（著）者	出版社
《挑战》	河北人民出版社	河北人民出版社
《春意正浓》	中国人民解放军 88612 部队编	河北人民出版社
《战斗在最前线》	梅新生等	解放军文艺社
《战鼓急》	刘永贵等	吉林人民出版社
《追风骏马》	《内蒙古文艺》编辑部编	内蒙古人民出版社
《高峡风云》	《高峡风云》编辑组编	四川人民出版社
《高歌猛进》	沈阳市总工会、文化局编	辽宁人民出版社
《海底激流》	上海石油化工总厂小说、散文创作学习班	上海人民出版社
《哨兵》（天津工人创作丛书）	天津人民出版社编辑	天津人民出版社
《展翅飞腾》	益阳地区《展翅飞腾》三结合编创组编	湖南人民出版社
《雁岭新风》	通化地区文化局编	吉林人民出版社
《朝霞满天》	旅大市文学艺术馆编	辽宁人民出版社
《新的战斗》	北师大中文系七三级三班等	人民出版社
《瑞雪纷飞》	刘渊等著	人民出版社
《碧绿的秧苗》	北京大学中文系文学专业七二、七三级凌霄	人民文学出版社

续表

书　名	编（著）者	出　版　社
《锤炼》	八三二〇二部队政治部编	安徽人民出版社
《潮河雨夜》	尹振华等	河北人民出版社
《擎天峰》	郑州市文化馆创作组编	河南人民出版社
《火，通红的火》（朝霞丛刊）	上海人民出版社编辑	上海人民出版社
《天山儿女永远怀念毛主席》《红哨》文艺丛刊）	新疆人民出版社编辑	新疆人民出版社
《今朝》（文学丛刊）	天津人民出版社编辑	天津人民出版社
《东风传喜讯》	甘肃人民出版社编辑	甘肃人民出版社
《白杨战歌》（百花文学丛刊）		陕西人民出版社
《响水河畔》	延边人民出版社编辑	延边人民出版社
《战地黄花》（文艺丛刊）		山东人民出版社
《铁肩谱》（朝霞丛刊）	上海人民出版社编	上海人民出版社
《奔腾的孔雀》（小说、散文合集）	西双版纳傣族自治州文艺创作编辑组编	云南人民出版社
《春潮滚滚》（小说、散文合集）	湖南人民出版社编辑	湖南人民出版社
《老贫农的心意》（小说、散文合集）	"三结合"创作组	新疆人民出版社

1977 年

书　名	编（著）者	出　版　社
《山村里的故事》	丁茂	内蒙古人民出版社
《我的第一个上级》	马烽	人民文学出版社
《风雪之夜》	王汶石	人民文学出版社
《猎手的歌》	任斌武	江苏人民出版社
《李双双小传》	李准	人民文学出版社
《光辉的里程》	杜鹏程	人民文学出版社
《并未逝去的岁月》	范若丁	广东人民出版社
《遥远的戈壁》	（蒙古族）敖德斯尔	人民文学出版社
《飞兵赤水》	《飞兵赤水》编辑组编	四川人民出版社
《鹰青海》	窦孝鹏	人民出版社
《火红的钢焰》	江西钢厂工人写作组	江西人民出版社
《火把》	四川省军区政治部《火把》创作组集体创作	人民文学出版社
《龙山炮声》	武进县文化局编	江苏人民出版社
《闯关》	长沙市《闯关》编创作组	湖南人民出版社

续表

书名	编（著）者	出 版 社
《花开千里》	科右前旗文化局编	吉林人民出版社
《挑战》	《挑战》创作组编	人民文学出版社
《草原集》	《内蒙古文艺》编辑部编	人民文学出版社
《果实累累》	刘心武等著	人民出版社
《急浪口》	盐城县文化馆编	江苏人民出版社
《淬火集》	中共第一重型机器厂委员会政治部编	人民文学出版社
《昆仑新图》	檀瑞林等著	青海人民出版社
《骑骆驼的人》	内蒙古人民出版社编	内蒙古人民出版社
《朝阳似火》	洛阳市文化局编	河南人民出版社
《新的战斗》	中国人民解放军八一〇三二部队政治部编	黑龙江人民出版社
《新的起点》	衡水地革委文教局编	河北人民出版社
《胜天歌——写在唐山抗震救灾前线》	上海人民出版社编辑	上海人民出版社编辑
《胸中的河流》	许成章等著	安徽人民出版社
《博格达峰的回声》	赛福鼎	新疆人民出版社

续表

书　名	编（著）者	出　版　社
《金秋十月》（小说、散文集）	伊始等	广东人民出版社
《十月的胜利》（《红哨》文艺丛刊）	新疆人民出版社编辑	新疆人民出版社
《火红的边防》（《红哨》文艺丛刊）	新疆人民出版社编辑	新疆人民出版社
《广阔天地》（丛刊）	《广阔天地》编辑部编	山东人民出版社
《东风万里》	山东省革委文化局创作办公室编	山东人民出版社
《战地黄花》（文艺丛刊）		山东人民出版社

参考文献

一　主要文艺期刊

1.《人民文学》（1976—1977 年）

2.《上海文艺》（1976—1977 年）

3.《北京文艺》（1973—1977 年）

4.《朝霞》（1974—1976 年）

5.《广西文艺》（1972—1976 年）

6.《安徽文艺》（1973—1977 年）

7.《吉林文艺》（1972—1977 年）

8.《辽宁文艺》（1972—1974 年）

9.《内蒙古文艺》（1974—1976 年）

10.《湘江文艺》（1972—1976 年）

11.《黑龙江文艺》（1973—1975 年）

12.《广东文艺》（1974—1977 年）

13.《延河》（1977 年）

二　主要书目

1. 程光炜：《文学讲稿："80 年代" 作为方法》，北京大学出版社
2009 年版。

2. 孟繁华、程光炜：《中国当代文学发展史》，人民文学出版社2004年版。

3. 洪子诚：《中国当代文学史》（修订版），北京大学出版社2007年第2版。

4. 朱寨：《中国当代文学思潮史》，人民文学出版社1987年版。

5. 谢冕、洪子诚主编：《中国当代文学史料选（1949—1975）》，北京大学出版社1995年版。

6. 杨鼎川：《1967：狂乱的文学年代》，山东教育出版社1998年版。

7. 孙兰：《"文革"文学综论》，远方出版社2001年版。

8. 洪子诚、孟繁华：《当代文学关键词》，广西师范大学出版社2002年版。

9. 杨健：《文化大革命中的地下文学》，朝华出版社1993年版。

10. 王尧：《彼此的历史》，山东文艺出版社2008年版。

11. 王尧：《迟到的批判》，大象出版社2000年版。

12. 肖敏：《20世纪70年代小说研究——"文化大革命"后期形态及其延伸》，中国社会科学出版社2012年版。

13. 蔡翔：《革命/叙述：中国社会主义文学——文化想象（1946—1966）》，北京大学出版社2010年版。

14. 李杨：《50—70年代中国文学经典再解读》，山东教育出版社2003年版。

15. 许子东：《为了忘却的集体记忆——解读50篇文革小说》，生活·读书·新知三联书店2000年版。

16. 夏志清：《中国古典小说》，江苏文艺出版社2008年版。

17. 中国版本图书馆编：《全国总书目（1970—1978）》，中华书局出版。

18. 郭启宗、杨聪凤编：《中国小说提要》（当代部分），百花洲文艺出版社 1990 年版。

19. 吴俊、李今、刘晓丽、王彬彬编：《中国现代文学期刊目录新编》，上海人民出版社 2010 年版。

20. 梁启超：《中国历史研究法》，上海文艺出版社 1999 年版。

21. 梁启超：《中国历史研究法补编》，中华书局 2010 年版。

22. 余嘉锡：《目录学发微》，时代文艺出版社 2009 年版。

23. 姚明达：《中国目录学史》，上海古籍出版社 2002 年版。

24. 袁庆述：《版本目录学研究》，湖南师范大学出版社 2002 年版。

25. 彭斐章、乔好勤、陈传夫编著：《目录学》，武汉大学出版社 2003 年版。

26. 陈子善：《边缘识小》，上海书店出版社 2009 年版。

27. 解志熙：《考文叙事录》，中华书局 2009 年版。

28. 黄仁宇：《中国大历史》，生活·读书·新知三联书店 2007 年第 2 版。

29. 黄仁宇：《从大历史的角度读蒋介石日记》，九州出版社 2007 年版。

30. 黄仁宇：《万历十五年》，生活·读书·新知三联书店 1997 年版。

31. 贾新民主编：《20 世纪中国大事年表（1900—1988）》，中国人民大学出版社 1992 年版。

32. 李明德：《仿像与超越——当代文化语境中的文学期刊》，中国社会科学出版社 2007 年版。

33. 靳大成主编：《新时期著名人文期刊素描》，中国文联出版社 2003 年版。

34. 方厚枢辑注：《中国出版史料·现代部分·第三卷》（上册），山东教育出版社 2001 年版。

35. 北岛、李陀主编：《70 年代》，生活·读书·新知三联书店 2009 年版。

36. 涂光群：《五十年文坛亲历记 1949—1999》（上），辽宁教育出版社 2005 年版。

37. 刘小萌：《中国知青史：大潮 1966—1980 年》，中国社会科学出版社 1998 年版。

38. 梁丽芳采编：《从红卫兵到作家：觉醒一代的声音》，台北万象图书公司 1993 年版。

39. 徐友渔：《直面历史》，中国文联出版社 2000 年版。

40. 韦君宜：《老编辑手记》，四川人民出版社 1985 年版。

41. 韦君宜：《思痛录露沙的路》，文化艺术出版社 2003 年版。

42. 黄建斌：《牛田洋风潮》，湖南文艺出版社 2009 年版。

43. 洪子诚、么书仪：《两忆集》，北京大学出版社 2009 年版。

44. 胡绳主编：《中国共产党的七十年史》，中共党史出版社 1991 年版。

45. 周明主编：《历史在这里沉思——1966—1976 年纪实》，华夏出版社 1986 年版。

46. 席宣、金春明著：《"文化大革命"简史》，中共党史出版社 1996 年版。

47. 王年一：《大动乱的年代》，河南人民出版社 1988 年版。

48. 薄一波：《若干重大决策与事件的回顾》（下卷），中共中央党校出版社 1993 年版。

49. 王本朝：《中国当代文学制度研究（1949—1976）》，新星出版社 2007 年版。

50. 李建军：《小说修辞研究》，中国人民大学出版社 2003 年版。

51. ［英］戈登·柴尔德：《历史的重建——考古材料的阐释》，方辉、王堃杨译，上海三联书店 2008 年版。

52. ［美］R. 麦克法夸尔、费正清编：《剑桥中华人民共和国史——中国革命内部的革命（1966—1982）》，中国社会科学出版社 1992 年版。

53. ［美］海登·怀特：《后现代历史叙事学》，陈永国、张万娟译，中国社会科学出版社 2003 年版。

54. ［法］皮埃—马克·德比亚齐：《文本发生学》，汪秀华译，天津人民出版社 2005 年版。

55. ［法］米歇尔·福柯：《知识考古学》，谢强、马月译，生活·读书·新知三联书店 2003 年版。

56. ［法］罗贝尔·埃斯卡皮：《文学社会学》，于沛选编，浙江人民出版社 1988 年版。

57. ［英］E. H. 卡尔：《历史是什么》，陈恒译，商务印书馆 2007 年版。

58. ［加拿大］斯蒂文·托托西：《文学研究的合法化》，马瑞琦译，北京大学出版社 1997 年版。

59. ［美］柯文：《在中国发现历史》，林同奇译，中华书局 2002 年版。

60. ［美］柯文：《历史三调：作为事件、经历和神话的义和团》，杜继东译，江苏人民出版社 2000 年版。

61. ［美］C. 赖特·米尔斯：《社会学的想象力》，生活·读书·新知三联书店 2005 年版。

62. ［德］马克斯·韦伯：《学术与政治》，冯克利译，生活·读书·新知三联书店 2005 年版。

63. ［荷兰］米克·巴尔：《叙述学：叙事理论导论》，谭君强译，中国社会科学出版社 1995 年版。

64. ［英］诺曼·费尔克拉夫：《话语与社会变迁》，殷晓蓉译，华夏出版社 2003 年版。

65. ［美］彼得·盖伊：《历史学家的三堂小说课》，刘森尧译，北京大学出版社 2006 年版。

66. ［美］华莱士·马丁：《当代叙事学》，伍晓明译，北京大学出版社 2005 年版。

67. ［美］勒内·韦勒克、奥斯汀·沃伦：《文学理论》，刘象愚等译，江苏教育出版社 2005 年版。

68. ［日］竹内好：《近代的超克》，李冬木、赵京华、孙歌译，生活·读书·新知三联书店 2005 年版。

69. ［日］柄谷行人：《日本现代文学的起源》，赵京华译，生活·读书·新知三联书店 2006 年版。

70. ［英］汤因比、厄本：《汤因比论汤因比——汤因比、厄本对话录》，王少如、沈晓红译，上海三联书店 1989 年版。

71. ［法］弗朗索瓦·多斯：《碎片化的历史学——从〈年鉴〉到"新史学"》，马胜利译，北京大学出版社 2008 年版。

三　主要论文（以发表时间排序）

1. 刘光裕：《论京剧〈海港〉的思想倾向》，《文史哲》1980 年第 4 期。

2. 宋晨：《面对"样板戏"的沉思》，《团结报》1986 年 6 月 26 日。

3. 韦君宜：《那几年的经历：我看见的"文革"后半截》，《新文学史料》1988 年第 2 期。

4. 李晶：《文学与"文革"》，《文学自由谈》1989 年第 1 期。

5. 潘凯雄、贺绍俊：《文革文学：一段值得重新研究的文学史》，《钟山》1989 年第 2 期。

6. 王干：《重读〈东方红〉和〈大海航行靠舵手〉》，《钟山》1989 年第 2 期。

7. 木弓：《"文革"的文学精神——民众理想的辉煌胜利》，《钟山》1989 年第 2 期。

8. 布白：《关于"样板戏"的议论》，《作品与争鸣》1991 年第 11 期。

9. 谢冕：《研究文革文学：误解的"空白"》，《文艺争鸣》1993 年第 2 期。

10. 曹文轩：《研究文革文学：死亡与存活》，《文艺争鸣》1993 年第 2 期。

11. 程文超：《研究文革文学："空白"的回信》，《文艺争鸣》1993 年第 2 期。

12. 赵毅衡：《研究文革文学：自由与文学》，《文艺争鸣》1993 年第 2 期。

13. 易毅：《研究文革文学：被激活的记忆》，《文艺争鸣》1993 年第 2 期。

14. 陈思和：《民间的浮沉：对抗战到文革文学史的一个尝试性解释》，《上海文学》1994 年第 1 期。

15. 伍宇：《中国作协"文革"亲历记》，《传记文学》1994 年第 9 期。

16. 樊星：《"文革记忆"——"当代思潮史"片段》，《文艺评论》1996 年第 1 期。

17. 胡有清：《论文革批评模式》，《文艺争鸣》1998 年第 1 期。

18. 王尧：《"文革"主流意识形态话语与浩然创作的演变》，《苏州大学学报》1999 年第 3 期。

19. 王尧：《关于"文革文学"的释义与研究》，《文艺理论研究》1999 年第 5 期。

20. 王尧：《"文革文学"纪事》，《当代作家评论》2000 年第 4 期。

21. 王尧：《"文革"对"五四"及"现代文艺"的叙述与阐释》，《当代作家评论》2002 年第 1 期。

22. 郜元宝：《关于文革研究的一些话》，《当代作家评论》2002 年第 4 期。

23. 蔡翔、费振钟、王尧：《文革与叙事》，《当代作家评论》2002 年第 4 期。

24. 张志忠：《还原历史的努力》，《当代作家评论》2002 年第 4 期。

25. 张木荣：《近十年"文革文学"研究略述》，《中国文学研究》2003 年第 2 期。

26. 王锤陵：《典型论在"十七年"及"文革"时期的演化与论争》，《江苏社会科学》2003 年第 3 期。

27. 董健、丁帆、王彬彬：《"样板戏"能代表"公序良俗"和"民族精神"吗——与郝铁川先生商榷》，《文艺争鸣》2003 年第 4 期。

28. 程光炜：《为什么要研究 70 年代小说》，《文艺争鸣》2011 年第 18 期。

29. 程光炜：《"80 年代"文学的边界问题》，《文艺研究》2012 年第 2 期。

30. 程光炜：《文学年谱框架中的路遥创作年表》，《当代文坛》2012 年第 3 期。

31. 曾令存：《作为学科史命题的"文革文学"研究》，《中国现代文学研究丛刊》2011 年第 6 期。

32. 金大陆、启之：《一个研究"文革"的新思路新方法——金大陆教授访谈录》，《社会科学论坛》2012 年第 2 期。